Eine Welt

voller Sex

Die sexuellen Vorlieben von Paaren, Frauen und Männern sind so vielfältig, dass es mir vermutlich schwer fällt irgendwann mal alle Sexgeschichten erzählt zu haben. Meine erotischen Geschichten beruhen teils auf eigenen Erfahrungen, wurden von Freunden und Bekannten so erlebt oder bewegen sich so nah wie möglich an der Realität.

Es war mir schon immer eine Herzenssache Geschichten zu erzählen, die Glaubhaft sind und/oder tatsächlich so geschehen sind. Als mein Leser sollst du dich schnell in der Geschichte wiedererkennen und die Lust und Leidenschaft selbst spüren, die ich Gefühlt habe, als ich die Story niedergeschrieben habe. Darum schreibe ich oft in der Ich-Perspektive.

Sex und Erotik gehören zu den wichtigsten Sachen auf der Welt. Nur wenn er ein ausgefülltes Sexleben hat für ein zufriedenes Leben. Das ist zumindest meine Meinung dazu. Und meine Motivation, damit Frauen, Männer und Paaren offen mit dem Thema umgehen und sich ihre sexuellen Wünsche erfüllen.

© 2025
Sylvia Schwanz
ISBN: 978-3-7693-7785-9
Ebooks.ab.18@gmx.de
Verlag: BoD · Books on Demand GmbH,
Überseering 33, 22297 Hamburg,
bod@bod.de
Druck: Libri Plureos GmbH,
Friedensallee 273, 22763 Hamburg

Eine Welt voller Sex

30 heiße erotische Geschichten
von Sylvia Schwanz

Inhalt

Spielt die Größe doch eine Rolle?

Nervös hüpfte Marina am Straßenrand von einem Bein auf das andere. Erneut schaute sie auf die Uhr: 10 Minuten war Franziska schon über die Zeit, was für sie sehr ungewöhnlich war. Und an ihr Handy ging sie auch nicht! Ob ihrer Arbeitskollegin etwas passiert war?

Die beiden jungen Frauen kannten sich seit etwa sechs Jahren, seit sie gemeinsam als Auszubildende bei der Firma angefangen hatten. Sie waren sich sofort sympathisch gewesen und hatten Freundschaft geschlossen, zumal sie sich äußerlich so ähnlich waren, dass sie oft für Schwestern gehalten wurden.

Beide waren heute vierundzwanzig, hatten lange, brünette Haare, eine schlanke, sportliche Figur und sogar ihre mittelgroßen Brüste und ihre Becken waren durchaus vergleichbar. Charakterlich hätten die beiden allerdings kaum unterschiedlicher sein können. Marina, als Einzelkind aufgewachsen, war von jeher ausgeglichen, in sich ruhend und zurückhaltend gewesen, wohingegen Franziska sich bereits als Kind gegen zwei größere Brüder hatte durchsetzen müssen und dementsprechend forsch und auch ein wenig flippig war. Sie war auch diejenige, die auf Männer zuging und sie abschleppte, während Marina alleine blieb und darauf wartete, dass der Traumprinz sie ansprach.

Und den hatte sie vor einigen Monaten auch gefunden, zumindest glaubte sie das. Markus war 30, arbeitete in einer Versicherungsgesellschaft und war ,tageslichttauglich'. Nicht mehr, aber auch nicht weniger. Franziska belächelte sie wegen des Typs, denn sie fand ihn ,langweilig und spießig', aber sie fand jeden Kerl nach spätestens drei Tagen langweilig, daher war das für Marina keine ernsthafte Kritik. Sie war zufrieden: er war liebevoll, gab sich viel Mühe mit ihr und... ja, auch der Sex war okay. Nichts, wobei man abhebt und fliegt, aber solide Handwerksarbeit. Auch seine ‚Ausstattung' empfand sie als ‚normal bis groß', konnte sich also insgesamt glücklich schätzen.

Und obwohl ihre Freundin eher draufgängerisch und manchmal auch unberechenbar war, eines war sie immer: pünktlich.

Plötzlich klingelte Marinas Smartphone. Es war Franziska! „Hi, wo bleibst du denn?", versuchte Marina den Ärger in ihrer Stimme zu unterdrücken. „Sorry, Schatz, bin in zehn Minuten da, okay?"

„Okay", gab Marina seufzend zurück, als Franziska das Gespräch auch schon beendet hatte. Was blieb ihr auch anderes übrig. Mit öffentlichen Verkehrsmitteln war die Fahrt in die Firma eine Weltreise und so war Marina, die kein Auto besaß, auf die Mitfahrgelegenheit ihrer Freundin angewiesen, was ja auch alle Jahre gut geklappt hatte.

Nach genau neun Minuten fuhr Franziska in zackigem Tempo mit ihrem Mini vor, einem Geschenk ihrer Eltern zur bestandenen Ausbildung.

Zügig stieg sie ein und wollte schon auf ihre Freundin einreden, da stockte sie, denn sie wusste, warum ihre Freundin zu spät gekommen war. Ihre Franziska sah einfach blendend aus: glücklich, frisch geduscht und gewaschen und ihre Lippen umstrahlten ein unglaubliches Lächeln. Marina kannte diesen Zustand ihrer Freundin. Franziska war gerade frisch und sehr befriedigend gefickt worden!

Marina verzog ihr Gesicht zu einem breiten Lächeln. „Ist schon okay", erklärte sie ihrer Freundin, „ich hoffe, er war gut!" Franziska lachte kurz auf und antwortete nur: „Er war SEHR gut!"

Schnell legte Franziska den Gang ein und brauste los. Während der Fahrt erfuhr Marina, dass Franziska gestern Abend einen Kerl abgeschleppt hatte, der sich als sehr ausdauernd und sehr erfahren herausgestellt hatte. „Aber das allerbeste war sein Schwanz! So etwas hast du noch nie gesehen! Der war so riesig, ich hatte zuerst sogar Angst, dass er bei mir nicht hineinpasst."

Nun musste Marina wirklich lachen. „Ich will dir ja nicht zu nahe treten, meine Liebe, aber etwas, was bei dir nicht hineinpasst, so etwas muss doch erst gebaut werden, oder?"

Franziska hatte bestimmt schon mit Hunderten von Kerlen geschlafen, die sie an den unmöglichsten Orten und in ihrer burschikosen, lasziven Art um den Finger gewickelt und in ihr Bett gezogen hatte. Es war kaum vorstellbar, dass es etwas an männlicher Anatomie gab, das sie noch überraschen konnte.

Franziska wandte sich ihrer Freundin kurz grinsend zu, um sich dann gleich wieder auf den Verkehr zu konzentrieren. „So einen Riesen habe ich ehrlich noch nie gesehen, ich hatte schon Angst, dass er mich zerreißt." Ungläubig blickte Marina ihre Freundin an. „Du verarscht mich doch! Wie groß soll der denn gewesen sein?"

„Na, so mindestens 23 Zentimeter", erwiderte Franziska und zeigte kurz mit beiden Händen die Länge an, ehe sie die Hände wieder ans Lenkrad nahm. Marina stieß einen Stoßseufzer aus. „Sooo lang? Das ist ja wirklich ein Hammer!

Und die Dicke?" Franziska lachte und sagte: „Da bist du auch interessiert, was?"

Sie schaute kurz ihre Freundin an. „Die Dicke war echt die Krönung! So dick und fett habe ich noch keinen Schwanz gesehen! Ich kann das in Zentimeter nicht angeben… aber die Eichel war so riesig, die habe ich kaum in den Mund bekommen!"

Leichte Neidgefühle krochen in Marina hoch. Wieso bekam Franziska die großen, dicken Schwänze ab, während sie sich mit Hausfrauenkost zufriedengeben musste. Obwohl… größer muss doch nicht gleich besser sein, oder?

Sie hatte Markus Gerät nicht vermessen, aber sie hielt es für guten Durchschnitt. Marina stieß einen Seufzer aus. „Ach, und wenn schon", tat sie die Bemerkung ihrer Freundin ab. „Mehr als ficken kann der auch nicht."

„Ja, aber wie!", ereiferte sich Franziska. „Ich bin ja vieles gewohnt, wie du weißt…" In diesem Moment grinste sie erneut. „Aber der hat mich aufgespießt und mich zum Mond katapultiert!" „Du übertreibst", antwortete Marina, deren Neid sich nun noch deutlicher zu entwickeln begann.

„Keineswegs! Heute Morgen wachte ich auf und bemerkte gleich, wie etwas in meinen Rücken drückte. Klar, dass ich sofort erkannte, dass es diese Monsterlatte war! Ich will also den Pimmel in den Mund nehmen, da schubst mich Chris, so hieß der Kerl, frech weg, dreht mich auf den Bauch, hebt mein Becken an und drückt sein Monster einfach so tief in meine Pussy! Gottseidank war die noch ein klein wenig feucht, sonst hätte der mich glatt zerrissen! Und dann beginnt der da weiterzumachen, wo er einige Stunden zuvor aufgehört hatte.

Echt! Der spießte mich auf wie ein Hähnchen auf der Stange und dann hat der mich gefickt, dass mir Hören und Sehen verging! Ich bin bestimmt viermal in kurzer Zeit gekommen und dann nochmal, als er mir seine Sahne in den Bauch gespritzt hat."

„Na, dann ist es ja kein Wunder, dass du durchgefickt aussiehst und zu spät kommst!", erwiderte Marina spitz. Erneut ein kurzer, intensiver Blick von Franziska. „Sag mal, Schätzchen, kann das sein, dass du nur neidisch bist, weil dein Markus da nicht mithalten kann?"

„Ach Quatsch!", wiegelte Marina ab, obwohl ihre Freundin den Nagel auf den Kopf getroffen hatte. „Die Größe spielt doch keine Rolle, das weiß doch jede Frau!"

Franziska stieß ein kurzes, helles Lachen aus. „Entschuldige, wenn ich dir das auf den Kopf zusage, Marinaleinchen, aber ich glaube, da musst du noch viel lernen!" „Du spielst dich nur auf", erwiderte ihre Freundin, die jetzt richtig böse war, weil Franziska sie so leicht erkannt und ihr die (traurige) Wahrheit auf den Kopf zugesagt hatte.

Franziska ließ ihrer Freundin Zeit, sich etwas zu beruhigen und meinte dann in beiläufigem Ton: „Du brauchst einen anständigen Schwanz zum Vergleich, damit du das besser beurteilen kannst!"

„Markus reicht mir voll und ganz!", beharrte Marina und starrte wütend aus dem rechten Seitenfenster. Sie verschränkte die Arme und signalisierte damit das Ende der Diskussion. Franziska lächelte vor sich hin. Ihr war eine Idee gekommen. Sie hatte einen Plan!

Mittags saßen die beiden Frauen schweigend in der Kantine und Franziska spürte, dass Marina immer noch eingeschnappt war. „Entschuldige, Spatz, ich wollte Markus wirklich nicht beleidigen oder diskreditieren. Sicherlich ist er ein sehr guter Lover." Sie glaubte zwar keinen Moment daran, dass dieser langweilige Knirps tatsächlich ein sehr guter Liebhaber sein könnte, doch sie wollte ihre Freundin ein wenig aufmuntern.

„Ja, das ist er auch", erwiderte Marina trotzig, obwohl sie wusste, dass er allenfalls Mittelklasse war... so wie sie eben.

Bis zur Rückfahrt gingen sie sich aus dem Weg und als Marina zu ihrer Freundin ins Auto gestiegen war, schlug ihr Franziska vor, dass Markus und sie heute Abend zu ihr und Chris kommen sollten, dann würde sie sich mit einem guten Essen und einer kleinen Versöhnungsparty revanchieren. Marina stimmte nach kurzem Zögern zu. Sie nahm sich fest vor den besagten Chris fürchterlich eingebildet und arrogant zu empfinden.

Abends fuhren Marina und Markus mit seinem Auto zu Franziska und trafen auf einen freundlichen, bescheidenen Chris, der so anders war, als Marina erwartet hatte und sie mit seinem Charme so gefangen nahm, dass ihr Ärger schmolz wie Eis in der Sonne.

Franziska fuhr großartig auf und versorgte insbesondere die Männer mit reichlich alkoholischen Getränken, so dass die beiden auch bald müde und schläfrig wurden und feststand, dass beide nicht mehr Autofahren und bei Franziska übernachten mussten. Phase 1 ihres Plans war aufgegangen!

Franziska hatte sich sehr freizügig bewegt und sowohl BH als auch Slip weggelassen. Ersteres hatten beide Männer natürlich bemerkt, insbesondere, wenn sich Franziska zum Bedienen tief hinabbeugte.

Marinas böse Blicke ignorierend hatte sie damit die beiden Kerle -- und insbesondere auch Markus - scharf gemacht, ohne ihre optischen Versprechungen auch nur ansatzweise zu erfüllen. Sie berührte keinen der Männer, beobachtete jedoch schmunzelnd die ‚heimlichen' Blicke in ihren Ausschnitt und die Beulen in ihren Hosen.

Nach kurzer Zeit verzog sich ein mit zu viel Alkohol beladener Markus dann auch in Franziskas Arbeitszimmer, das auch als Gästezimmer fungierte und bald darauf verschwand Chris in Franziskas Schlafzimmer, das er ja schon kannte.

Franziska schenkte Marina, die ebenfalls gut angesäuselt war, noch etwas Aperol ein, nahm sie in den Arm und weihte sie dann in ihren Plan ein: „Liebes, heute Nacht sollst du einen großen Schwanz kennenlernen und dann selber entscheiden, ob Größe wirklich zählt."

Sie erläuterte, wie sie darauf geachtet hatte, dass beide Männer durch den Alkohol müde und durch ihre aufreizende Art angeregt aber unbefriedigt geblieben waren. „Und das werden wir jetzt ändern", schlug Franziska ihrer Freundin vor. „Du besuchst Chris und ich nehme deinen Platz bei Markus ein. Wir bringen die Schwänze der beiden hoch und dann..."

So benebelt Marina im Kopf war, sofort wurde ihr klar, was ihre Freundin da ausbaldowert hatte. „Du willst meinen Freund Markus ficken?", empörte sie sich leicht lallend.

Franziska drückte ihre Freundin noch enger an sich. „Du kannst dafür mit Chris machen was du willst... aber ich rate dir, dich von ihm ficken zu lassen. Das Erlebnis wirst du nie wieder vergessen. Später tauschen wir wieder die Betten und die beiden werden nichts merken."

„Das hast du dir ja schön ausgedacht", wollte sich Marina immer noch nicht beruhigen. „Nur um mir zu beweisen, dass du vielleicht recht hast, machst du meinen Freund betrunken und willst dich über ihn hermachen."

„Ich will gar nichts", beschwichtigte sie Franziska. „Meinetwegen kannst du Chris auch so haben. Ich bin nicht neidisch auf dich oder etwa eifersüchtig. Ich dachte nur, ein Tausch wäre fairer..."

Franziska hatte die ganze Zeit über ihre Freundin sanft am Rücken und am Arm gestreichelt und versucht zu beruhigen und das schien auf die junge Frau Wirkung zu haben. Außerdem trugen der Alkohol, die erotische Stimmung, die die ganze Zeit über geherrscht hatte und die insgeheim vorhandene Neugier, ob Franziska wirklich Recht hatte dazu bei, dass Marina ins Grübeln kam.

Vor Markus hatte sie zusammen mit Franziska schon manchen Kerl angemacht, verführt, ins Bett gelotst, ihn mit lesbisschen Spielchen aufgegeilt und dann zu dritt mit ihm Sex gehabt. So hatte Marina mehr als einmal von Franziskas unkomplizierter Art Männer aufzureißen profitiert und nebenbei noch die Zärtlichkeit ihrer Freundin genossen. Es passte gut, dass beide bi waren und auch gelegentlich miteinander zärtlich waren.

Franziskas Hand näherte sich Marinas Brust und massierte sie behutsam durch die Bluse. Sie kannte ihre Freundin gut genug um zu wissen, was sie mochte. Als sie ihr auch noch die Lippen aufdrückte und diese zu einem engen Zungenkuss verschmolzen, war es um Marina geschehen. Ihre Neugier und ihre Geilheit hatten die Oberhand gewonnen.

„Einverstanden", sagte sie schließlich, als sich die beiden Münder voneinander gelöst hatten. „Ich muss zugeben, dass ich neugierig bin", sagte sie offenherzig und als sie in Franziskas heiteres Gesicht sah, mussten beide lachen.

„Ich freue mich, dich als beste Freundin zu haben", erwiderte Franziska und wieder verschmolzen die beiden zu einem Zungenkuss. Da nicht zu erwarten war, dass die beiden schlafenden Kerle genug Energie aufbringen würden, die Frauen in Stimmung zu bringen, mussten sie das wohl oder übel selbst erledigen. Und sie hatten ja jede Menge Erfahrung damit.

Frisch geduscht, aufgegeilt und neugierig schlüpfte Marina in das Schlafzimmer ihrer Freundin, wo Chris vor sich hin schnarchte. Es war dunkel, denn Franziska hatte an alles gedacht und die Vorhänge zugezogen. Chris würde aufgrund ihrer figürlichen Ähnlichkeit in seinen von Alkohol benebelten Sinnen bestimmt kaum bemerken, dass es nicht Franziska war, die sich ihm näherte.

Vorsichtig kuschelte sich Marina ins Bett und näherte sich Chris warmem Körper. Ja, sie hatte schon Erfahrung mit Männern und ja, sie hatte auch schon mit Franziska zusammen einiges angestellt, doch die Partner zu tauschen, das war ihnen bisher noch nicht in den Sinn gekommen. Und doch fand sie es spannend und aufregend, wie jedes Mal, wenn sie jemanden kennenlernte und begann unter der dünnen Bettdecke seinen Körper zu erforschen.

Mit sanftem Streicheln begaben sich ihre Hände auf die Reise und fuhren über seinen Bizeps, seine stattliche Brust, seinen straffen Bauch bis hinunter zu seinem besten Stück, das friedlich auf dem Oberschenkel lag. Chris schlief offensichtlich gerne nackt.

Vorsichtig begann sie Chris Schaft zu streicheln, seine Eier zu kneten und sich durch seine kurz geschnittene Behaarung zu wühlen. Der Erfolg blieb auch nicht lange aus. Sein ‚Kleiner' schwoll zögernd an um sich schließlich pochend aufzurichten. Als Marina ihre Hand um den Schaft legte, spürte sie das Blut pumpen und dass der Schwanz nicht aufhörte zu wachsen. Bei Markus wäre jetzt Feierabend gewesen, aber Chris Ungeheuer puckerte immer weiter, bis Marina ihn nicht mehr vollständig umgreifen konnte. Das musste sie sehen!

Behutsam schlug sie die Decke zur Seite und fand einen mächtigen, dicken Stab vor, der alles, was sie bisher gesehen hatte in den Schatten stellte. Franziska hatte nicht gelogen.

Marina ließ ihre Hand über seine Eier wandern und fühlte das Gewicht und die Größe seiner Liebesmurmeln. Vorsichtig beugte sie sich vor und leckte mit der Zunge über die rötlich glänzende Eichel.

Ein leises Stöhnen war zu hören, doch wie Marina mit einem schnellen Blick bemerkte, schlief Chris immer noch. „Er hat bestimmt einen schönen Traum", verzog sie ihren Mund zu einem Grinsen, während ihre Zunge begann den Schaft hinauf und hinab zu lecken, während sie den Prügel weiter sanft wichste. Ihre Versuche, seine dicke Eichel in den Mund zu nehmen, musste sie abbrechen, sie war einfach zu groß.

Die Gedanken daran, was es für ein Gefühl sein müsste, dieses Monster in sich aufzunehmen ließen ihre Säfte in der Muschi zusammenlaufen. Sie war scharf auf diesen Schwanz, gestand sie sich ein und verstand nun, warum Franziska wollte, dass sie diese Erfahrung machte. Sie dachte kurz an Markus, doch sein Schwanz war bestimmt nur die Hälfte von dem, den sie vor sich hatte, und kam ihr schon jetzt im Vergleich mickrig vor. Wenn dieser dicke Schwanz sie aufgerissen und durchgepflügt hatte, so wurde ihr klar, würde ihr Markus Durchschnittsgerät vermutlich nicht mehr genügen.

Scheiß drauf! Sie liebte ihn sowieso nicht! Er war zwar insgesamt okay -- für einen Kerl! -- aber nichts, woran sie sich klammern müsste. Chris Stöhnen wurde lauter, seine Augen begannen zu flattern. Er würde bald aufwachen. Schnell aber vorsichtig ließ Marina Chris Schwanz los, schwang sich über seine Hüfte und brachte die dicke Eichel vor ihrer saftigen Pflaume in Stellung.

Sie ergriff sich den Schaft und fuhr einige mit der Eichel an ihren Schamlippen auf und ab, bis sie schön feucht waren, dann verleibte sie sich die Eichel ein. Gott, war die riesig! Ihre Hand wanderte hinunter zu seinen Eiern. Wie warme Steine fühlten sie sich an. Chris erwachte und flüsterte lallend einen Namen: „Franziska! Ist das geil!"

Er erkannte sie nicht und hielt sie für seine Freundin. Das war gut so! Sie legte ihm den Finger auf den Mund und machte nur „schschscht". Dann senkte sie Millimeter um Millimeter ihr Becken und ihr war, als würde ein glühend heißes Schwert in sie fahren und sie in der Mitte zerreißen. Mit zusammengebissenen Zähnen nahm sie das Monster zur Hälfte in sich auf und als sich ihre Fotze an den Eindringling gewöhnt hatte, begann sie ihn vorsichtig zu reiten.

Sie fühlte wie Chris Hände sich auf ihre Brüste legten und sie sanft streichelten. „Ja, reite mich, meine geile Schlampe", feuerte er seine Partnerin an. Offenbar stand er auf Dirty Talk.

Chris ging mit seinen Händen beherzt zu Werke, er walkte und drückte ihre Titten viel kräftiger, als sie das von anderen Kerlen gewohnt war, doch in diesem Moment war ihr ganzer Körper so konzentriert auf die Empfindungen, die das Monster in ihrer Möse erzeugten, dass sie das kaum mitbekam. Erst als er sanft in ihre Brustwarzen kniff und einen kurzen Schmerzimpuls erzeugte, fokussierte sich ihr Körper auf seine rauen Liebkosungen an ihren Titten und ließ seinen Schwanz kurz außer Kontrolle.

Das war ein Fehler! Chris nutzte die Konzentration ihres Körpers auf ihre Titten dazu sein Becken ruckartig nach oben zu bewegen. Er steckte nun zu dreiviertel in ihrer engen Möse und er steckte plötzlich mit der Eichel tief in ihrer Möse.

Der unbekannte Schmerz, der sie durchfuhr, als das Monster in ihrem Bauch gegen ihren Muttermund stieß, raubte ihr fast die Sinne und ließ sie aufschreien. Willenlos ließ sie sich von Chris von sich herunterheben und auf den Rücken drehen. Ihre Beine spreizte sie automatisch, als Chris sich auf sie legte und sein Prügel erneut an ihre Fotze klopfte.

„Ich werde jetzt meinen ganzen Schwanz in dich schieben, dich aufspießen und mit meinem Monster deine Muschi ficken. Willst du das, du geile Schlampe?"

Immer noch benebelt wimmerte Marina ein „ja" und wurde in diesem Moment Zeuge, wie der Schwanz ohne anzuhalten in sie hineinfuhr, tief in ihr Loch stieß, und schließlich vollständig in ihr steckte.

Chris war nicht so betrunken, wie es den Anschein gehabt hatte. Er hatte längst bemerkt, dass es Marina war, die unter ihm lag und die er gerade fickte. Langsam und stetig zog er seinen Schwanz zurück und drückte ihn durch den Muttermund wieder vollständig in die junge Frau hinein. Marina hatte längst das Denken aufgegeben. Ihre Nerven, ihre Gedanken waren längst auf die unglaublich süße Pein konzentriert, die sich gerade in ihrem Inneren vollzog.

Jeden seiner sanften Stöße empfing sie mit erregter Erwartung und nachdem sie sich an das Gefühl gewöhnt hatte, das der dicke Schwanz in ihr erzeugte, fieberte sie jedem Stoß entgegen. „Schneller! Fick mich schneller!", bettelte sie und bei etwas hellerem Licht hätte sie das Grinsen auf Chris Gesicht bemerkt.

„Oh ja, meine kleine, geile Schlampe! Ich werde dich ficken, wie dich noch keiner gefickt hat! Du wirst meinen Schwanz lieben und kein anderer Schwanz wird es dir je wieder so gut besorgen können wie meiner."

In der Tiefe ihres Herzens und ihres Verstandes wusste sie, dass Chris Recht hatte. Sie war süchtig geworden nach diesem Biest, das sich immer schneller in ihren Körper fraß und ihre Erregung ansteigen ließ.

Da war es, das bekannte Ziehen in ihrem Inneren, das sich ausbreitete, ihre Muschi überflutete und sich durch ihren Körper bewegte. Marina stöhnte auf vor Lust und als das

Ziehen ihre Brustwarzen erreicht hatte, explodierte sie, umklammerte Chris und wimmerte: „weiter... weiter..." Und Chris machte weiter. Immer wieder rammte er seinen Schwanz in die gierig schmatzende Fotze und genoss die Enge ihres Liebeskanals.

Er wusste, er würde auch nicht mehr lange benötigen, bis er soweit war zu kommen und er freute sich darauf, sich in dieser für ihn fremden Fotze zu verströmen. „Ja, ich ficke dich immer weiter und weiter", redete er auf sie ein, während Marina sie von einer Seite auf die andere warf und von den Wellen der Lust durchgeschüttelt wurde.

Orgasmus folgte auf Orgasmus und verschmolz zu einem Megaorgasmus, der ihr den Atem nahm. Ihre Sinne hatten ausgesetzt, bekamen nicht mehr mit, wie er zu ihr sagte: „Und jetzt spritze ich meinen heißen Saft in deine enge Fotze, liebe Marina. Ich will dich ganz vollspritzen, dich besamen, dir ein Kind machen!"

„Ja, spritz sie voll", hörte sie jetzt auch Franziskas Stimme neben sich. Ihre Freundin war unbemerkt zu den beiden gestoßen und streichelte die Brüste ihrer Freundin. „So fickt nur einer!", flüsterte sie Marina ins Ohr, die nur mühsam mit dem Kopf nicken konnte.

Chris setzte zum Schlussspurt an. Immer härter stieß er sein knüppelhartes Rohr in die hilflos wimmernd junge Frau, bis er sich ruckartig in ihr verströmte und ihr einen schier endlosen Strom an heißem Eierlikör direkt in die Möse schoss. Sie konnte fühlen wie sich ihre Pussy mit seinem Samen füllte. Immer mehr. Bis sein Sperma langsam aus ihrem Loch hinaus quoll.

Als der Strom endlich versiegt war, drehte sich Chris von ihr herunter und nahm sie in den Arm.

„Ich wusste von Anfang an, dass du das warst, Marina", flüsterte er seiner Sexpartnerin ins Ohr. „Und ich fand es unglaublich geil in deine enge Fotze zu stoßen."

Nach Atem ringend stieß Marina hervor: „Das war absolut gigantisch! Das war der beste Sex meines Lebens!" „Größe spielt also doch eine Rolle", gluckste ihr Franziska siegesgewiss ins Ohr und beide Frauen mussten lachen.

Spätvorstellung im Kino

Ich stehe vor dem Kino, schaue noch einmal auf die Adresse in deiner E-Mail. Hier muss es sein. Ich bin etwas zu spät, aber du meintest, falls der Film schon losgegangen ist, sitzt du ganz hinten und wartest.

Ich löse das Ticket für die Spätvorstellung. Als ich den Saal betrete, läuft noch das Vorprogramm. Zuerst denke ich, ich bin im falschen Film -- der Saal ist fast leer. In der Mitte sitzt ein Pärchen. Doch dann sehe ich dich im Lichtschein der Leinwand ganz hinten sitzen und steige die Stufen zu dir hoch.

Du sitzt in der Mitte der Sitzreihe. Im flackernden Licht sehe ich, dass du ein luftiges Sommerkleid anhast, deine Beine sind bis zur Mitte deiner Oberschenkel frei. Ich setzte mich neben dich, greife deine Hand, die auf deinem Oberschenkel liegt und berühre dabei die nackte Haut deines Schenkels. Du drückst meine Hand, aber wir sehen beide weiter zur Leinwand. Das andere Pärchen sitzt 5 Reihen vor uns. Meine Hand löst sich von deiner und bleibt auf deinem Oberschenkel liegen, kurz unter dem Saum deines Kleides, deine Hand legt sich auf meinen Arm.

„Schön, dass du hier bist", sage ich leise. Zur Antwort drückst du meinen Arm, streichelst ihn.

Meine Finger berühren die Innenseite deiner Schenkel, streicheln die weiche Haut. Ich fahre nur leicht mit den Fingerspitzen darüber und sehe die Gänsehaut auf deinem Arm im flackernden Lichtschein der Leinwand. Du schiebst dich auf dem Sitz weiter nach vorne, dein Kleid rutscht dabei höher, gibt den Blick auf dein Höschen frei, dass sich eng an dich schmiegt, Konturen erahnen läßt. Meine Hand ist dabei automatisch näher an deinen Schoss gewandert, liegt nahen an deinem Höschen. Die Haut ist weicher hier oben. Meine Finger berühren dich fast nicht, bewegen sich über der Haut, streifen dich nur manchmal. Ich spüre, wie du seufzt. Meine Finger fahren sehr knapp an deinem Höschen vorbei, weiter nach unten, zwischen deine Beine. Du öffnest unwillkürlich deine Schenkel etwas weiter für mich, ich spüre die Wärme in deinem Schoss, eine feuchte Wärme. Ich mag das. Du willst dich meinen Fingern entgegen schieben, aber ich lasse die Berührung noch nicht zu. Du drückst meinen Arm fester, willst ihn zu dir ziehen, willst diese Berührung. Plötzlich lege ich meine flache Hand auf dein Höschen, auf deinen Schamhügel über deine Schamlippen.

Ein lautes Seufzen entkommt dir, gerade in einer leisen Stelle im Saal. Die Frau dreht sich um, schaut kurz zu uns und tuschelt dann kurz mit ihrem Partner.

Meine Hand drückt auf deinen Schamhügel, mein Daumen streicht leicht über das Höschen, über die darunter liegenden Schamlippen, drückt, als er über deinem Kitzler ist. Ich sehe, dass deine Brustwarzen aufgerichtet sind, sich deutlich unter deinem Kleid abzeichnen. Du bemerkst meinen Blick und fährst mit deiner Hand über deine Brust, streichelst deine Brustwarze, kneifst sie, ziehst an ihr, liebkost nun deine beiden Brüste.

Ich lasse von dir ab, erhebe mich kurz, öffne meine Jeans und befreie meinen Schwanz aus der Enge. Er steht prall von mir ab. Wenn die Frau sich jetzt wieder umdrehen würde, hätte sie freie Sicht auf meine von der Leinwand erleuchtete Erektion. Du bekommst große Augen und ziehst mich am Arm wieder in den Sitz. Ich muss lächeln, nehme deine Hand und führe sie zu meinem Schwanz. Du umgreifst ihn, drückst, fährst hoch und runter. Du ziehst die Vorhaut über die Eichel und siehst im Licht der Leinwand, wie sie glänzt.

Langsam beugst du dich zu mir rüber, immer weiter runter. Ich spüre deinen Atem an der empfindlichen Haut der Eichel. Du öffnest deinen Mund und deine Zungenspitze fährt über meine Eichel. Deine Lippen folgen, du küsst ihn, genau auf die Spitze, schiebst deine Lippen weiter über mich, ziehst dabei die Vorhaut ganz zurück und meine Eichel wird ganz von deinen Lippen umschlossen. Deine Zunge umspielt mich, du saugst an mir. Der Unterdruck läßt die Eichel noch mehr anschwellen. Dein Kopf sinkt weiter nach unten und ich sehe fasziniert, wie mein Schwanz immer weiter in deinem süßen Mund verschwindet. Ein wunderschönes Gefühl, warm und feucht, intim. Du gibst in langsam wieder frei. Er glänzt jetzt komplett, ist nass von deinem Speichel. Der Anblick macht mich verrückt. Zu deinem Speichel tritt jetzt meine eigene Feuchtigkeit in Form eines Tropfens aus meiner Schwanz-spitze. Du setzt deine Lippen darüber. Ich lehne mich im Sitz zurück, seufze. Du saugst ihn wieder ein, nimmst einen langsamen Rhythmus auf. Ich umgreife deinen Oberkörper mit meinem rechten Arm, umfasse deine Brust, streichle deinen harten Nippel und betrachte fasziniert das Geschehen.

Die Saaltüre geht auf und eine Frau kommt rein. Du stoppst erschrocken, deinen Kopf noch über meinen Schoss gebeugt. Die Frau steigt die Stufen nach oben, in unsere Richtung. Du setzt dich schnell hoch, lehnst dich in deinen Sitz, hältst aber immer noch meinen knallharten, feuchten Schwanz in deiner Hand. Die Frau, vielleicht in unserem Alter, geht zwei Reihen vor uns in die Mitte -- genau vor uns -- und setzt sich. Deine Hand bewegt sich wieder zögerlich, als du dich wieder beruhigt hast -- unbeobachtet und sicher wähnst.

„Steh auf", flüstere ich dir zu. Du siehst ungläubig zu mir. Ich drücke sich sanft, aber bestimmt am Arm nach oben. Als du stehst -- du blickst dich dabei ängstlich im Saal um -- manövriere ich dich vor meinen Platz. Mein Schwanz berührt dabei deine Beine, hinterläßt bestimmt eine feuchte Spur. Ich drehe dich zu mir her. Lege meine Arme um dich, fahre mit meinen Händen deinen Rücken hoch, wieder hinunter, lasse sie auf deinem Po. Drücke ihn, knete deine Pobacken. Du stöhnst leise, blickst dich immer wieder um.

Meine Hände wandern weiter nach unten, verweilen an der Stelle, an der dein Po in die Oberschenkel übergeht -- ich liebe diese Stelle -- und fahren weiter nach unten, auf deine nackte Haut. Langsam bewege ich mich wieder nach oben, aber diesmal unter deinem Kleid. Du zuckst zusammen, Blickst dich immer wieder um. Ich drücke deine Pobacken auf teilweise nackter Haut, da beim Bewegen auf dem Sitz das Höschen verrutscht ist. Du schließt jetzt deine Augen und genießt die Liebkosungen. Als ich weiter nach oben fahre und mit den Fingern in den Rand deines Höschens einhake, öffnest du sie blitzschnell wieder. Langsam ziehe ich unter deinem Kleid dein Höschen nach unten, über deine Oberschenkel, deine Knie, bleibe damit an meinem Schwanz hängen, der sich an deine Beine drückt. Schließlich hebst du kurz nacheinander deine Beine an und ich befreie dich von dem mittlerweile feuchten Stück Stoff.

Wieder fährt meine Hand unter dein Kleid, jetzt auf nackter Haut. Meine Hände umschließen deine festen Pobacken. Dabei schiebt sich dein Kleid nach oben, legt deinen Po frei, der sicherlich schön im Leinwandflackern leuchtet. Du beginnst schneller zu atmen. Die Situation, das eventuelle entdeckt werden läßt dein Herz schneller schlagen. Es erregt dich ungemein und läßt dich immer feuchter werden.

Ich fahre von hinten zwischen deine Beine, taste mich zwischen deinen Pobacken bis zu deinem Lustzentrum vor, tauche mit einem Finger in die warme Feuchtigkeit ein. Du drückst deinen Po meiner Hand, also der Leinwand entgegen. Ich ziehe meine Hand wieder zurück, nicht ohne auf dem Rückweg mit meinem feuchten Finger deine süße Rosette zu liebkosen.

Du zuckst zusammen, drückst dich aber meinen fordernden Fingern entgegen.

Du bist feucht, sehr feucht, bereit. Ich drehe dich zwischen meinen Beinen um und drücke dich langsam nach unten, meinem harten Schwanz entgegen. Er drückt gegen deine Rosette, während du dich hinab senkst. Du stöhnst leise erschrocken auf, blickst auf die Frau vor dir. Ich korrigiere deine Position und spüre, wie deine heißen Schamlippen meine Eichel umschließen, während du dich vollständig auf mich hinab senkst. Du spürst mich tief in dir, während du in den Kinosaal blickst, auf die Frau, das Pärchen. Langsam spannst du deine Beinmuskeln an, hebst dich leicht auf mir, senkst dich wieder vorsichtig. Dein Herz schlägt bis zum Hals.

Der Hauptfilm hat schon längst angefangen und die Aufmerksamkeit der anderen Besucher richtet sich auf die Leinwand, während du auf meinem Schwanz reitest. Es ist anstrengend, dich aus dem Sitz langsam zu erheben. Ich helfe dir, indem ich deine Pobacken umfasse und dich in deinem Takt mit anhebe. Beim Absenken bewegst du dein Becken kreisförmig, willst mich tiefer spüren. Ich spüre, wie mir dein Saft an den Hoden entlangläuft. Meine Finger, die an deinen Pobacken liegen, ziehen deine Schamlippen auseinander, öffnen dich, um dich weiter auf mich gleiten zu lassen. Dabei berühren einige Finger immer wieder deine Rosette, was wie ein elektrischer Schlag für dich ist, dich weiter reizt, antreibt, bis zum Äußersten -- und du kommst zum ersten Mal. Du beißt dir auf die Lippen, um nicht laut zu schreien, dein Körper bebt, du presst dich nach unten fühlst mich ganz tief und ich spüre, wie deine Muskeln in dir arbeiten.

Du sinkst auf die Lehne der Sitzreihe vor dir. Ich hebe kurz deinen Po an, mein immer noch harter Schwanz gleitet aus dir und ich setze dich wieder auf mich. Er liegt zwischen deinen Pobacken, zeigt nach oben, zu mir, nass von dir. Du fängst langsam an, auf meinem Schwanz hin und her zu rutschen und spürst ihn von deinem Kitzler bis zu deiner Rosette, wo du länger verweilst -- zu intensiv ist das Gefühl, auch für mich. Meine Eichel fährt durch deine weichen, warmen, sehr feuchten Schamlippen bis zu deinem geschwollenen Kitzler, um an Rückweg genau zwischen deinen Pobacken zum Liegen zu kommen. In der Position setzt du dich auf, erhöhst für dich den Druck auf diese empfindliche Stelle, läßt dein Becken kreisen. Meine Hände fahren unter deinem Kleid über deinen Rücken nach vorne, umfassen deine vollen Brüste. Deine Nippel stehen hart ab, warten darauf, liebkost zu werden, was ich gerne tue. Dein Becken fährt weiter auf mir vor und zurück, verteilt deine Feuchtigkeit auf mir, auf uns. Du hebst dein Becken etwas an, greifst zwischen deinen Beinen hindurch und ziehst meinen Schwanz in die andere Richtung, die Eichel nach vorne zu dir, und nimmst deine ursprüngliche Bewegung wieder auf.

Jetzt allerdings fährt mein Schwanz jedes Mal ein Stückchen in dich, wenn du dich nach hinten schiebst, und drückt frech gegen deinen Po, wenn du noch weiter nach vorne rutschst. Du spielst damit, läßt die Eichel in deine Muschi gleiten, rutscht etwas nach vorne, bis sie an deinen Po drückt und drückst dein Becken dann vorsichtig nach hinten, spürst, wie ich in dich drücke, um dich gleich wieder von mir weg zu bewegen. Dieses Spiel macht mich fast wahnsinnig und reizt dich unglaublich intensiv, denn du verstärkst das Spiel bei jedem Mal. Du schiebst deine nassen Schamlippen über meinen Schwanz, es ist schmierig, wir gleiten aufeinander und jedesmal erhöhst du den Druck.

Als du meine Eichel bis zur Hälfte in deine enge Rosette gleiten läßt, greife ich deine Hüften und ziehe dich langsam nach hinten. Du stösst die Luft aus, krallst dich in den Vordersitz, als mein Schwanz in dich gleitet, er ist sehr feucht von dir, und plötzlich sitzt du senkrecht auf mir, mein Schwanz tief in deinem Po, umarme dich von hinten, halte dich fest auf mir. Du zitterst vor Erregung. Ich bewege mein Becken vorsichtig und du spürst meine zaghaften Bewegungen in dir. Ich bewege mich so, dass ich leicht und vorsichtig in dich stoßen kann. Dein Becken beginnt zu kreisen, du genießt es, so ausgefüllt zu sein, derart intensiv und intim, in meiner Umarmung. Ich spüre die Enge, spüre deinen Körper an meinem, du hast dich mittlerweile zurückgelehnt, meine Arme liegen über deinem Oberkörper und wir bewegen uns ineinander. Du spürst, wie ich anschwelle, härter werde. Ich lege eine Hand nach vorne zwischen deine Beine, drücke auf deine Muschi, fahre weiter nach unten zu deiner Rosette, lege zwei Finger links und rechts neben meinen Schwanz an deinen Po, spüre mich und dich, spüre, wie ich stetig in dich gleite, währen meine Hand auf deine Muschi drückt, mein Handballen deinen Kitzler reizt.

Es ist zu viel für uns. Ich komme in dir, pumpe Alles in dich hinein, spüre, wie du dich verkrampfst. Wir kommen zusammen, unsere Körper zucken, deine Liebessäfte ergießen sich über meine Hoden, alles wird nass.

Wir halten uns umklammert, warten, bis der Höhepunkt abklingt, atmen heftig. Ich ziehe meine Hand zwischen uns zurück, lege sie auf deinen Bauch und die Zeit scheint endlos.

Als wir die Augen öffnen, läuft der Abspann -- der Saal leer.

Grenzen überschreiten mit einem Fremden

Sie hatte die Erinnerung an ihr Erlebnis mit dem Fremden ganz tief in sich vergraben. Niemandem hatte sie etwas davon erzählt, auch ihrer besten Freundin nicht. In seltenen Momenten holte sie die Erinnerung wie eine verbotene Frucht aus ihrem Inneren, betrachtete sie und fragte sich was sie damals dazu getrieben hatte sich dem Fremden hinzugeben. Oft führte die Erinnerung dazu, dass sie erregt wurde und ab und an hatte sie sich dann auch selbst befriedigt. Im Nachhinein hatte sie sich immer sehr geschämt, schließlich hatte sie ihren Freund Mark betrogen. Jetzt war der Alltag zurück in ihrem Leben. Ihre Beziehung war immer noch schön, immer noch berechenbar und nie wäre sie auf die Idee gekommen etwas von ihrer dunklen Seite ihrem Freund zu erzählen. Auch ihr seltener Sex war wie ihre Beziehung, nett, ohne Überraschungen. Heute war Freitag und sie hatte die späte Schicht in der Bar.

Der Laden war brechend voll und gemeinsam mit ihrer Kollegin versuchte sie das Chaos in den Griff zu bekommen. Momentan schienen alle Gäste zufrieden zu sein und so stellte sie sich neben die Bar, wischte sich den Schweiß aus dem Gesicht und trank ein Glas Wasser. Sie ließ den Blick durch den Raum schweifen bis dieser an einem Tisch in der Ecke hängenblieb. Es traf sie wie ein Blitz als sie den Fremden entdeckte der dort mit einigen anderen saß. Sie spürte wie ihre Knie weich wurden und Panik in ihr aufstieg. Vielleicht hatte er sie nicht gesehen, hoffte sie im Stillen.

Der Tisch gehörte zum Bereich der Kollegin, so musste sie dort wenigstens nicht direkt bedienen. Plötzlich sah der Fremde in ihre Richtung und sie spürte wie ihr heiß wurde. Schnell wand sie sich ab und ging in Richtung der Toiletten, sie brauchte jetzt einen Moment für sich. Die ganzen, widersprüchlichen Gefühle waren mit einem Schlag zurückgekehrt und sie wusste nicht was sie tun sollte. „Ruhig bleiben", sagte sie zu sich selbst. „Du ziehst deine Arbeit jetzt ganz professionell durch, vielleicht hat er dich ja nicht erkannt." Sie ging zurück und stürzte sich in ihre Arbeit. Während sie bediente spürte sie ständig seinen durchdringenden Blick auf sich ruhen, blickte selbst aber nur selten in seine Richtung. Sie wollte schließlich keine falschen Signale außenden. Die Bar leerte sich bereits als sie die Toilette verließ und plötzlich vor dem breit gebauten Fremden stand. Sie blickte nervös, verschämt zu Boden und versuchte sich an ihm vorbeizudrücken. Plötzlich spürte er seine Hand als er sie zurückhielt. „Ruf an", sagte er und steckte ihr einen Zettel in die Tasche. Dann ließ er sie los und verließ die Bar ohne sich umzudrehen. Sie brauchte einige Zeit bis ihr Herz nicht mehr so schnell schlug, ihr war heiß.

Sie war zuhause und betrachtete verträumt den Zettel den er ihr zugesteckt hatte. Schon seit einigen Tagen trug sie ihn bei sich und grübelte darüber nach, ob sie die Nummer anrufen sollte die dort notiert war. Sie war so neben der Spur, dass sogar Mark etwas bemerkt und besorgt nachgefragt hatte, ob denn alles in Ordnung sei. Sie hatte ihn mit einer Ausrede beruhigen können was aber nichts an ihrer Situation geändert hatte. Ihr Verstand befahl ihr die Nummer wegzuwerfen, ihr Leben wie gewohnt weiterzuführen. Es fehlte ihr doch eigentlich an nichts und sie würde alles aufs Spiel setzen.

Doch da war auch ein anderes Gefühl, eines, dass es ihr unmöglich machte den Zettel zu vernichten. Heute war sie alleine zuhause und lag mit einem Glas Wein in der Hand auf dem Sofa und drehte versonnen den Zettel in ihrer Hand hin und her. Vielleicht war es der Alkohol, vielleicht die Neugier doch auf einmal ertappte sie sich dabei wie sie die Nummer in ihr Telefon eintippte und auf die grüne Wähltaste drückte. Sie hielt das Telefon an ihr Ohr und war schon kurz davor wieder aufzulegen als plötzlich eine tiefe Stimme ertönte. „Ja, Hallo?" Sie war wie gelähmt und brachte keinen Mucks hervor. „Ich weiß wer dran ist", sagte die Stimme nach einigen Momenten der Stille. „Hab mich schon gefragt wann du anrufst." „Ja also...ich wollte nur sagen das wir nie", stammelte sie in den Hörer. Er unterbrach sie schroff. „jaja...klar. Ich weiß warum du anrufst und du weißt es auch. Ich schicke dir meine Adresse und du kommst vorbei, würde sagen Freitagabend. Sag deinem Freund du übernachtest woanders, mir egal. Hast doch einen Freund oder?"

Er wartete ihre Antwort nicht ab. „Aber hab jetzt keine Zeit zu telefonieren, bis Freitag." Er legte auf. Sie war völlig überrumpelt. Was dachte dieser Kerl eigentlich wer er war, dachte sie erbost. Plötzlich piepste ihr Telefon und eine Adresse erschien auf ihrem Telefon. Warum habe ich den Arsch nur angerufen dachte sie voller Wut auf sich selbst. Sie wusste tief in sich, dass sie zu ihm gehen würde.

Sie konnte die Woche über kaum schlafen voller Selbstvorwürfen und dem schlechten Gewissen gegenüber ihrem Freund, aber auch voller prickelnder Vorfreude. Sie erfand eine Ausrede warum sie Freitag nicht nach Hause kommen würde und ihr Freund fragte nicht weiter nach. Es ärgerte sie sehr, dass es anscheinend nichts gab was ihn beunruhigte. So stand sie nun in einem schönen, kurzen Kleid vor der Adresse die der Fremde ihr mitgeteilt hatte und brachte erst nach längerer Zeit den Mut auf zu klingeln. Sie hörte Schritte und der Fremde öffnete ihr die Tür. Zaghaft folgte sie der einladenden Handbewegung und trat in die schöne, geräumige Wohnung ein. Der Fremde ging ins

Wohnzimmer, nahm Platz, griff sich einen Controller und spielte weiter an seinem Videospiel. Er hatte ein einfaches T-Shirt und eine Jogginghose an während sie sich mit ihrer Strumpfhose, dem Kleid und den hohen Schuhen fehl am Platz fühlte. „Setz dich, bin gleich soweit", sagte er ohne von seinem Spiel aufzublicken und wies mit dem Kopf auf einen freien Sessel. Sie setzte sich gehorsam und wusste nicht was sie jetzt tun sollte.

Das Selbstbewusstsein des Mannes schüchterte sie ein. Nach kurzer Zeit legte er das Spiel beiseite und musterte sie mit seinen blauen Augen. Ihr wurde heiß und sie rutschte unruhig hin und her. „Was soll ich machen", fragte sie unsicher. Er stand auf und wies mit der Hand auf eine Tür. „Da lang", sagte er und sie stand auf. Sie betraten das Schlafzimmer in dem ein geräumiges Bett stand. Unsicher sah sie sich um. „Leg dich aufs Bett, zieh dein Höschen aus und mach die Beine breit", sagte er ruhig während er mit sich mit der einen Hand in den Schritt faste. Langsam legte sie sich aufs Bett und zog ihr schönes Höschen aus.

Sie hob das Kleid an, spreizte mit rotem Kopf ihre Beine und präsentierte ihm ihre frisch rasierte Muschi. Sie kam sich billig vor, wie eine Nutte. „Jetzt pack deine Titten aus und spiel an dir rum", hörte sie seinen Befehl. Als hätte sie ihren eigenen Willen verloren zog sie sich ihr Kleid über den Kopf, zog den BH aus und legte sich wieder in Position. Dann begann sie mit geschlossenen Augen langsam mit ihrer Hand ihren Scheideneingang zu umspielen während sie sich mit der anderen über die Brüste strich. Sofort reagierte ihr Körper und sie spürte die Feuchtigkeit zwischen ihren Beinen. „Du bist ein richtiges kleines Miststück", stellte er zufrieden fest während sie sich weiter streichelte.

„Sorry, muss jetzt erstmal das alte Zeug loswerden", sagte er und zog sich seine Hose herunter. Sein großer Schwanz stand bereits wie ein Fahnenmast von ihm ab. Ohne Verzögerung trat er auf sie zu, legte sich auf sie und drückte den Schwanz in sie. Das alles geschah innerhalb von Sekunden und sofort begann er wild und ungestüm in sie zu stoßen. Sie stöhnte auf, da ihr kaum Zeit blieb sich an den Schwanz zu gewöhnen als er schon bis zum Anschlag in sie getrieben wurde. Dies war nicht der zärtliche Sex den sie von zuhause kannte. Der Fremde rammelte sie wie ein ausgehungertes Tier, wild und ohne Rücksicht. Jeder Stoß machte ein schmatzendes, klatschendes Geräusch und sie fing an wild zu stöhnen. Sie betrachtete wie hypnotisiert den großen, glänzenden Schwanz der in ihr verschwand nur um kurz darauf wieder aus ihr gezogen zu werden. Dann begann er zu stöhnen und schon kurz darauf pumpte er seinen Samen mit tiefen Stößen in sie. Er verweilte kurz keuchend auf ihr, dann er zog er seinen Schwanz langsam heraus und zog sich seine Jogginghose an. „Nicht schlecht für Runde eins", stellte er fest. „Ich bin im Wohnzimmer, wenn du was brauchst." Er ging während sie noch mit weit gespreizten Beinen auf dem Bett lag und sein Samen warm aus ihr lief. Sie stand mit wackligen Beinen auf. Dieser Mann war so anders als ihr Freund. Er war egoistisch, rücksichtslos und selbstbewusst und wahrscheinlich war es genau das was sie so anziehend fand. Sie hatte sich ihm unterworfen ohne zu wissen warum.

Als sie das Wohnzimmer betrat saß er, als wäre nichts geschehen, auf seinem Sofa und schaute Fern. Sie setzte sich neben ihn was er ohne große Regung zur Kenntnis nahm. Sie hätte sich gerne unterhalten, doch er schien kein sonderliches Interesse daran zu haben sich mit ihr zu beschäftigen. So saßen sie schweigend nebeneinander und sahen sich gemeinsam einen Film an. „Hey", hörte sie ihn nach einiger Zeit rufen. Sie blickte in seine Richtung und sah, dass er seine Jogginghose heruntergezogen hatte und seinen schlaffen Schwanz in der Hand hielt. „Komm her und kümmere dich um ihn", befahl er ihr mit einem Lächeln. Sie stand auf und wusste nicht so recht was sie jetzt tun sollte. „Man, bist du dumm", sagte er nach einer Weile. „Knie dich zwischen meine Beine und lutsch ihn groß, ist doch nicht so schwer zu verstehen." Sie ging auf ihn zu und kniete sich umständlich zwischen seine gespreizten Beine. Sie hasste es Männer oral zu befriedigen, fand es eklig. Ihr Freund hatte sich damit arrangiert und fragte nicht mehr danach aus Angst sie zu verärgern. Sie umfasste vorsichtig den Schwanz des Mannes und begann zaghaft daran herumzuspielen. Er sah sie verständnislos an, dann griff er ihren Kopf und drückte sie nach unten. Der Penis roch nach Sperma und Scheidensekret.

„Stell dich nicht so an, Mund auf", sagte er ungeduldig und ihr blieb nichts anderes übrig als ihm Folge zu leisten. Sie umschloss den Schwanz vorsichtig mit ihren Lippen und dieser begann augenblicklich anzuwachsen. Sie musste würgen, ihr war schlecht. Noch immer hatte er ihren Kopf mit seinen Händen umschlossen und begann nun diesen über seinem immer größer werdenden Glied auf und ab zu führen. „So gefällt mir das", seufzte er zufrieden. Sie hasste es den Schwanz zu blasen, gab sich aber trotzdem Mühe. Immer mehr Speichel sammelte sich in ihrem Mund und lief aus ihren Mundwinkeln.

Dadurch verschwand der Geruch und es fiel ihr zunehmend leichter den Schwanz in sich aufzunehmen. Ihr Stecher seufzte zufrieden, ließ ihren Kopf los und lehnte sich zurück während sie versuchte so viel des nun steinharten Schwanzes wie nur möglich in ihren Mund zu bekommen. Schmatzend bließ sie sein Glied, leckte den Schaft entlang ganz so wie sie es früher in Pornofilmen gesehen hatte. „Genug jetzt", sagte er nach einiger Zeit und zog sie hoch. „Setz dich drauf", er blickte sie herausfordernd an. Sie packte den Schwanz, führte ihn an ihre nasse Möse und setzte sich auf ihn. Das Gefühl als der harte Penis in ihr verschwand war unglaublich und sie begann sofort ihn tief und hart zu reiten. Er umfasste sie dabei, umspielte ihre Brüste mit der Zunge und biss immer wieder leicht in ihre von Erregung abstehenden Brustwarzen. Ihr Becken zuckte wild als sie nach kurzer Zeit zu einem intensiven Orgasmus kam. Sie stöhnte laut, auch dies kannte sie nicht von zuhause und presste ihren zuckenden Unterleib mit aller Macht gegen das Becken des Mannes. Als ihr Orgasmus abgeklungen war stieß er sie von sich. „Los, auf alle viere mit dir."

Sofort ging sie in die Hündchenstellung und reckte ihm ihren Hintern entgegen. Sie wollte mehr. Er kniete sich hinter sie und drang mühelos in sie ein. Er umfasste ihre Hüften und zog sie bei jedem Stoß hart an sich. Sie war schweißüberströmt und zitterte vor hemmungsloser Erregung. „Gefällt dir wohl du Schlampe", sagte er mit keuchender Stimme. Sie merkte, dass es sie noch geiler machte, wenn er sie so nannte. „Jaaa...fick mich härter", brachte sie mit gepresster Stimme hervor. Nie hätte sie gedacht, dass sie so sein könnte und sie spürte Unbehagen, wenn sie daran dachte, dass ihr Freund zuhause es ihr wohl nie auf diese Art besorgen würde.

Wie sollte sie je wieder Befriedigung finden mit dem langweiligen Blümchensex zuhause. Wie ein wildes Tier stieß er in sie, hart, tief und fest. Er zog ihren Kopf nach hinten und schlug ihr mit der flachen Hand auf den Hintern. Er war wie entfesselt. Dann drückte sie nach unten, so dass sie auf dem Bauch lag während er ohne unterlass weiter tief in sie fickte. Plötzlich zog er seinen Schwanz aus ihrer feuchten, heißen

Möse und sie seufzte enttäuscht auf. Sie spürte sie wie er mit seinem Finger in ihrer Muschi steckte und sie zuckte zusammen. Er zog die jetzt feuchten Finger aus ihr und verteilte sie auf ihrem Anus. „Hey", protestierte sie panisch „nicht in den Arsch, das habe ich noch nie gemacht." Ihr Freund hatte einige Zeit darauf gedrängt mit ihr Analverkehr zu haben, doch sie hatte ihn schroff zurückgewiesen.

Wie schon Oralverkehr fand sie es unnatürlich und eklig, wenn ein Mann seinen Schwanz in das „falsche Loch" steckte. „Na dann ist heute dein erstes Mal, gratuliere", stellte der Fremde ungerührt fest und sie spürte bereits die große Eichel an ihrem Schließmuskel. Sie fing an zu zappeln, doch er lag schwer auf ihr. „Ich würde raten dich zu entspannen, sonst wird's unangenehm", sagte er lachend und sie spürte wie der Schwanz Stück für Stück in sie rutschte. Sie schrie auf und versuchte verzweifelt sich zu entspannen. Es tat weh, schlimmer als sie erwartet hatte. Und dann gab ihr Schließmuskel nach und mit einem letzten, kleinen Stoß verschwand der Schwanz bis zum Anschlag in ihr. Reglos lag er auf ihr während sie spürte, wie ihr die Tränen über ihr schmerzverzerrtes Gesicht herunterliefen. Und dann fing er an sie in ihren Arsch zu ficken. Er zog den Schwanz zurück nur um ihn dann wieder in sie zu treiben.

Jeder seiner erbarmungslosen Stöße tat weh und sie schrie und stöhnte. Er nahm davon keine Notiz, sondern war nur darauf fixiert das junge Fleisch zu bearbeiten und mit seinem Samen abzufüllen. Nichts hätte ihn jetzt bremsen oder abhalten können. Sie wand sich unter ihm, konnte sich jedoch nicht von ihm befreien bis er schließlich zum Orgasmus kam. Sie spürte wie der Schwanz anschwoll und sich gleich im Anschluss ein warmer Strahl in ihren Darm ergoss. Welle um Welle spritzte er sein Sperma in sie und stöhnte dabei. Sie lag jetzt ganz still da, überwältigt vom Schmerz, der Erniedrigung aber auch Geilheit die immer noch durch sie fuhr. Er blieb noch eine Weile liegen, dann zog er seinen Schwanz mit einem schmatzenden Geräusch aus ihrem Hintern. „Puh...Runde zwei war geil", stellte er zufrieden fest. Sie blieb schwer atmend liegen während er sich bereits wieder auf das Sofa gesetzt hatte und den Film wieder startete.

Es wurde eine lange Nacht. Wie ein ausgehungerter Zuchtbulle fickte der Mann sie ohne ihr groß eine Pause zu gönnen. Sobald sein Schwanz wieder bereit war packte er sie sich um sich in ihr zu befriedigen. Sie fühlte sich als wäre sie eine lebende Sexpuppe, nur dazu da ihrem Meister zu dienen. Außerhalb davon sie zu ficken zeigte er keinerlei Interesse an ihr, fragte nichts und ignorierte sie. Nicht einmal seinen Namen verriet er ihr.

Als sie am nächsten Morgen die Wohnung verließ war sie müde und erschöpft. Ihre Möse und ihr Arsch brannten von der harten Behandlung und sie hatte das Gefühl innerlich zu schwimmen vom Sperma der Mannes. Sie setzte sich in den Zug nach Hause. Wie sollte sie ihrem Freund je wieder in die Augen sehen können dachte sie beunruhigt.

Gesunder Sex

Ich träumte schon lange davon, es mal mit einer Frau zu treiben. Wie oft malte ich es mir mit allen möglichen Frauen aus. Ich stellte es mir einfach geil vor, eine Frau zu lecken, an ihren Brustwarzen zu saugen und oft habe ich es mir bei diesen Gedanken selbst besorgt.

Irgendwann war mein Verlangen so groß, dass ich eine Annonce in der Rubrik „Sie sucht sie" in einer örtlichen Zeitschrift aufgab: „Neugierige sie sucht einfühlsame Lehrerin." Ich war sehr gespannt auf die Reaktionen. Zu meiner großen Freude bekam ich auch Post. Es war leider nur ein Brief, aber dafür klang er sehr interessant.

Ihr Name war Isabelle, sie war 28, also 8 Jahre älter als ich, und wohnte gar nicht so weit von mir entfernt. Ich zögerte, aber ich war so neugierig, dass ich sie doch anrief. Sie hatte eine sehr anregende und freundliche Stimme, was mich immer interessierter macht. Wir erzählten ein wenig über uns, wobei ich erfuhr, dass sie zwei Beziehungen mit Frauen hatte, aber auch immer wieder mit Männern zusammen war, doch im Moment war sie solo. Da sie schon seit längerem wieder mal große Lust auf eine Frau hätte, habe sie sich ganz spontan auf meine Anzeige gemeldet. Wir verabredeten uns für den kommenden Samstagnachmittag in einem Café in der Stadt.

Das Wochenende kam immer näher und das mulmige Gefühl in meinem Bauch wurde immer größer. Ich war mir nicht mehr sicher, ob es das Richtige war, was ich vor hatte, aber ich wollte es endlich wissen! Der Samstag war gekommen. Ich war schrecklich aufgeregt, aber gleichzeitig auch irgendwie erregt. Ich spürte bereits den ganzen Morgen ein leichtes ziehen in meinem Unterleib.

Ich stand unentschlossen vor meinem Kleiderschrank, probierte sämtliche Kombinationen meiner Klamotten aus. Endlich entschied ich mich für meinen schwarzen Spitzen-BH und den passenden Slip, einen kurzen Wickelrock und ein sehr enges Trägershirt. Danach ging ich ins Bad und rasierte meine Muschi blank. Als ich mich endlich meinen Schamlippen zuwendete, konnte ich meine Vorfreude auf das bevorstehende Treffen gut erkennen. Ich hätte es mir am liebsten schon wieder gemacht, doch ich riss mich zusammen. Noch schnell unter die Dusche und dann endlich anziehen, schminken und los.

Auf der Fahrt bekam ich einen dicken Klos im Hals und als ich endlich einen Parkplatz gefunden hatte, dachte ich, ich würde diese Aktion nie heil überstehen. Panik ergriff mich einen Moment lang. Doch zum Glück siegte meine Lust. Ich ging auf das Café zu und entdeckte Isabelle sofort. Sie saß wie ausgemacht draußen an dem äußersten Tisch. Ich kam auf sie zu, lächelte sie schüchtern an. Sie grinste zurück, stand auf und gab mir einen leichten Kuss auf die Wange. Ich schloss dabei meine Augen und atmete ihren Duft ein. Sie sah so aus, wie ich sie mir nach ihren Beschreibungen vorgestellt hatte.

1,70 m groß, lange, blonde Haare, rehbraune Augen, sinnliche, volle Lippen und eine sehr feminine Figur. Ein Vollblutweib - und ihre Augen funkelten. Als ich sie so musterte, kam die Bedienung. Wir bestellten Kaffee. Wir fingen ein Gespräch an, redeten über alles Mögliche, nur nicht über das eine Thema. Meine Blicke blieben immer wieder an ihrem Mund und ihren Brustwarzen hängen, die sich unter ihrer Bluse abzeichneten. Ich traute mich nicht, den ersten Schritt zu machen. Wir verstanden uns jedoch sehr gut, waren auf einer Wellenlänge, lachten über die selben Witze. Doch dann kam der Zeitpunkt, wo klar war, das nun etwas passieren musste. Sie fragte: „Kommst du noch mit zu mir? Wir könnten ja etwas zusammen kochen, allerdings müssten wir dann noch einkaufen gehen." Die Situation war gerettet und ich war gespannt, was noch passieren würde.

Wir bezahlten und gingen in den nächsten Supermarkt um die Ecke. Nun kam die Frage, was wir denn kochen wollen. Doch ich gestand ihr, dass ich gar keinen großen Hunger hatte. Als ich das leckere Obst vor mir liegen sah, hatte ich eher Lust auf etwas Frisches. Also einigten wir uns auf etwas ganz Gesundes. Gemeinsam wählten wir sorgfältig Trauben, Erdbeeren und alles, was man noch Leckeres in der Obstabteilung finden kann, aus. Das Eis war gebrochen als Isabelle mich von hinten umarmte und mir ein paar gut geschwungenen Bananen vor die Nase hob. Es wird heute also Obstsalat geben! Immer wieder grinsten wir uns an und wurden langsam immer deutlicher in unseren Gesten. Dann ging es zu ihr. Sie fuhr voraus, ich schön brav hinter ihr her. Während der Fahrt griff ich mir immer wieder zwischen die Beine. Mein kurzer Rock hinderte mich nicht sehr dran. Isabelle machte mich tierisch an. Und das machte sich bemerkbar.

Bei ihr angekommen gingen wir direkt in die Küche. Wir packten aus. Ich setzte mich provokativ auf die Arbeitsfläche und naschte an den Erdbeeren. Ich hob ihr eine angebissene Erdbeere entgegen und schaute sie fragend an. Isabelle kam auf mich zu, ich öffnete meine Beine und zog sie zwischen sie. Langsam ließ ich die Frucht über ihre Lippen gleiten. Sie öffnete ihren Mund, leckte genüsslich über sie und biss ab. Beim Zuschauen öffnete ich wie ein kleines Kind meinen Mund. Ich musste endlich diese Lippen berühren! Ich näherte mich ihr und schließlich küssten wir uns. Sie schob mir noch etwas von ihrer Beere rüber und sorgte gleich für Nachschub, der ausgebreitet neben uns lag. Ich umfasste dabei ihr Hüften, zog sie noch näher an mich.

Ihre Brüste drücken an meine. Ich packte ihren Po, massierte ihn erst sanft, dann immer wilder, während wir uns immer inniger küssten. Ich spürte, wie ihre Hände unter meinen Rock glitten, sie suchten sich langsam, aber zielsicher den Weg zu meiner feuchten Muschi. Sie streichelte sanft über meine Lippen, was mich schaudern ließ. Mit ihren Nägeln fuhr sie zärtlich über den Stoff meines Slips. Etwas fester drückte sie ihn in meine feuchte Spalte. Dann schob sie den Stoff beiseite und massierte mir ausgiebig meine Möse. Ich spreizte meine Beine soweit ich nur konnte. Sie machte mich richtig geil. Ich öffnete nun ihre Bluse, mir kamen ein Paar wundervolle Brüste entgegen. Ich massierte sie und saugte an ihren Warzen, so wie ich es schon immer geträumt hatte. Ich tastete mich zu ihrer Jeans vor. Öffnete sie und streifte sie ihr ab. Endlich konnte sich mein großer Traum erfüllen. Ich nahm Isabelles Finger, die immer noch ausgiebig beim Massieren waren, und leckte sie wollüstig ab. Wie gern ich doch meinen Saft schmeckte!

Ich stand von der Arbeitsplatte (was für eine Bezeichnung) auf und kniete mich vor Isabelle, um ihr mit reichlich Speichel durch ihren Slip über die, wie ich feststellte, vollkommen rasierte Möse zu lecken. Sie roch gut und ich wollte sie endlich schmecken. Ich nahm sie bei der Hand, in die andere ein paar Bananen und zog sie ins Wohnzimmer auf die Couch. Ich kniete mich vor sie, schälte grinsend die Banane und öffnete ihre Beine. Sie meinte: „Sie wird dir gut schmecken! Probier es!", und ich ließ mich nicht zweimal auffordern. Doch ich wollte sie richtig genießen. Ich fuhr mit meiner Nase langsam über ihre Schamlippen, stupste ihren Kitzler an und sog ihren herrlichen Duft in mich auf. Mit meiner Zunge teilte ich vorsichtig ihre Lippen, die von ihrem Saft schon glitzerten. Ich spreizte ihre Pussy mit meinen Fingern und leckte jede Falte ausgiebig. Sie schmeckte geil. Ich wollte gar nicht mehr aufhören, doch da zeigte mir Isabelle, dass ich nun zusätzlich die Banane zum Einsatz bringen sollte. Langsam schob ich sie in ihr glitschiges Loch, das sie mir erwartungsvoll entgegen reckte. Ich nahm das andere Ende in den Mund und schob immer weiter und weiter.

Sie steckte fast komplett in ihr und so konnte ich wieder von ihrem köstlichen Saft probieren und immer wieder über ihren geschwollenen Kitzler lecken. Isabelle rekelte sich auf der Couch, sie schien nicht mehr liegen sitzen zu können. Mit einer Hand kniff ich ihr sanft in den Po und mit der anderen massierte ich ihre Brüste. Isabelle nahm meinen Kopf und zog so die Frucht wieder aus sich heraus, worauf sie meinen Mund gleich wieder näher an sich drückte. So fickte ich sie, bis die Banane zu weich wurde. Isabelles Stöhnen und Rekeln zeigte mir, wie sehr sie es genoss. Ich zog den Rest heraus und leckte den geilen Brei aus ihr. Ihr Stöhnen wurde dabei immer lauter und gipfelte in einem heftigen Seufzer. Ich spürte, wie sie kam, fühlte, wie sich ihre Möse immer wieder zusammen zog. Ihr Saft wurde immer mehr und ich leckte ihn gierig auf, bis sie mich zu sich hoch zog. Den Rest der Banane genossen wir nun gemeinsam.

Doch jetzt wollte auch ich noch auf meine Kosten kommen. „Was wirst du mit mir anstellen?", fragte ich Isabelle, die nicht lange überlegen musste und aufstand. Sie kam mit einer Schale Trauben zurück. Sie legte sich vor mich auf die Couch, ihr Kopf zwischen meinen Schenkeln. Ich ließ mich nach hinten fallen und genoss ihren heißen Atem auf meiner triefenden Möse. Ich spürte ihre Zunge, wie sie meinen Kitzler umkreiste, es machte mich wahnsinnig. Dann merkte ich, wie sie mir eine Traube nach der anderen in mein Loch schob. Ich nahm sie gerne in mir auf. Doch Isabelle bettelte, sie wolle sie essen. Trauben-Mösen-Saft, etwas sehr Leckeres, wie sie mir beteuerte. Also drückte ich sie wieder heraus. Isabelle ließ sie über ihre Zunge in den Mund rollen und zerbiss sie genüsslich. Um mir von dieser Köstlichkeit abzugeben, legte sie sich neben mich und küsste mich ausgiebig. Dabei ließ sie aber nicht die Finger von mir und massierte immer weiter meine Möse, so dass ich nach kurzer Zeit heftig unter ihr kam. Mein Körper begann zu zittern, meine Beine bebten, als ich meinen Orgasmus lautstark genoss. Mein Höhepunkt war schöner, intensiver und geiler als ich es mir je vorgestellt hatte.

Durch diese heiße Nummer wurde ich nicht zur klassischen Lesbe. Aber ich nutzte seitdem jede Chance auch Sex mit einer Frau zu haben. Isabelle und ich trafen uns noch einige Male und fickten uns die Mösen wund.

Die Richtige für mich

Das Ende meiner Pubertät war eine schlimme Zeit.
Zugegeben, Beginn und Mittelteil waren sicher auch
schwierig, aber wahrscheinlich eher für meine Eltern. Als ich
dann Volljährig wurde und alle Reifeprozesse abgeschlossen
waren, sollte eigentlich auch wieder der normale Verstand
einsetzen. Trotzdem stand ich vor einigen Schwierigkeiten.
Vor allem vor Sexuellen. Meine Freunde hatten zu diesem
Zeitpunkt alle längst feste Freundinnen oder zumindest
anderweitig Erfahrungen gesammelt. Für mich bestand Sex
immer noch aus Pornos, bei denen ich mir gelegentlich einen
runterholte, um meinen angestauten Hormonen freien Lauf zu
lassen. An echtem Sex mit echten Mädchen war für mich nicht
zu denken. Nicht, dass sie für mich nicht existiert hätten, aber
ich war so durchschnittlich wie man es nur sein konnte, so
dass diese Dinge in unerreichbarer Ferne lagen.

Bis Maria in mein Leben trat.

Ich lernte sie an der Uni, in einem meiner ersten Seminare,
kennen. Maria war ein Jahr älter als ich und auch einen halben
Kopf größer. Sie war ein ausgesprochen hübsches Mädchen,
mit langen blonden Haaren, grünen Augen, schlank und einer
runden Brille auf der Nase. Sie war intelligent, versprühte jede
Menge Lebensfreude und hatte einen tollen Humor. Nie hätte
ich gedacht, sie könnte sich für mich ernsthaft interessieren.
Aber bei Maria war vieles anders, wir verstanden uns auf
Anhieb und unternahmen nach überraschend kurzer Zeit auch
Dinge außerhalb unseres Kurses miteinander. Ich hatte auch
ein paar weibliche Freunde, so dass ich mir weiter nichts
dabei dachte, außer dass ich gerne mehr mit ihr zusammen
sein würde. Ich ahnte nicht, dass es ihr genauso ging. Und
selbst wenn es mir aufgefallen wäre, dass sich Maria mehr als

normal für mich interessierte, hätte ich auch bloß nicht den Mut aufgebracht, auf sie zuzugehen. Aber zum Glück gehörte sie zu den Mädchen, denen es nichts ausmachte, selbst die Initiative zu ergreifen. Allerdings fiel sie nicht mit der Tür ins Haus, den etwas Spaß wollte sie auch haben, wie sie mir später einmal verriet.

So kam sie eines Tages mit einem grünen Sweatshirt in den Kurs. Es hatte einen weiten, runden Kragen, der etwas zu groß zu sein schien. Aber was verstand ich schon von Frauen-klamotten? Normalerweise setzte sich Maria immer neben mich, doch an diesem Tag saß sie mir gegenüber. Wir brauchten diesmal mehr Platz zum Arbeiten, ich dachte mir also nichts dabei. Erst, als sich Maria bei ihrer Arbeit nach vorne beugte, wurde mir das ganze Ausmaß ihrer Garderobe bewusst. Der Kragen war nämlich so geschnitten, dass er einen ordentlichen Ausschnitt präsentierte, wenn sie sich nach vorne beugte. Ach was Ausschnitt, man konnte ihr direkt ins Shirt sehen. Natürlich konnte ich nicht widerstehen, einen kurzen Blick zu riskieren. Was ich sah, raubte mir den Atem. Denn man sah alles -- und ich meine wirklich Alles. Die süße Maria trug nämlich keinen BH, so dass ich freien Blick auf ihre nackten Titten hatte. Gut bestückt war sie, etwas mehr als eine Handvoll und ihre Brüste hingen auch nicht, sondern standen prall und fest nach unten. Als sie sich wieder aufrichtete, konzentrierte ich mich schnell wieder auf meine eigene Arbeit. Ich sah verstohlen nach links und rechts, aber die anderen schienen nichts bemerkt zu haben. Nur ich, der ihr direkt gegenüber saß, hatte etwas sehen können.

Ich kam nicht darauf, dass es Absicht von ihr hätte sein können, sondern dankte meinem Glück und hoffte, dass sie sich noch einmal nach vorne beugen musste. Ich brauchte nicht lange darauf zu warten und wieder hatte ich freie Sicht auf diese fantastischen Rundungen. Maria schien diesmal besonders beschäftigt, denn sie blieb ziemlich lange nach vorn gebeugt. Ich war heilfroh, heute eine besonders enge Boxer zu tragen, so dass man nicht die dicke Beule sehen konnte, die sich schon in meiner Hose gebildet hatte. Jedoch konnte ich mich diesmal nicht so schnell losreißen und als ich hochsah, blickte ich Maria direkt in die funkelnden, grünen Augen. Ich wusste sofort, dass sie bemerkt hatte, was ich gesehen habe. Ich bekam einen knallroten Kopf, doch Maria lächelte nur entspannt und widmete sich wieder ihrer Tätigkeit. Ich war verwirrt. Eigentlich hatte ich mit einer anderen Reaktion gerechnet. Sicher, sie hatte die Klamotten gewählt und den BH weggelassen, aber es war auch ziemlich heiß und es gab mir nicht gleich das Recht, so zu glotzen. Aber nun schlich sich bei mir doch der Gedanke ein, dass sie es vielleicht darauf angelegt haben könnte. Wollte sie mich testen? Warum?

Diese Fragen beschäftigten mich noch den Rest des Tages, denn Maria ließ mich bis zum Ende zappeln, so dass ich schon dachte, sie wäre vielleicht doch sauer. Erst beim Verabschieden steckte sie mir heimlich einen Zettel zu, bevor sie verschwand. Ich hatte noch nie einen Zettel von einem Mädchen bekommen und ich traute mich erst in meinem Zimmer, ihn zu lesen. Dabei wäre ich fast vom Stuhl gefallen. Maria schrieb, sie hätte sich in mich verknallt. In mich. Deswegen war sie so offensiv gewesen und es täte ihr leid, wenn sie mich damit verschreckt hätte. Des Weiteren fragte sie, ob wir uns am Wochenende bei ihr treffen wollten. Und darunter stand nur noch: deine Maria.

Deine Maria.

Mir rauschte das Blut in den Ohren, als mir die letzten Wochen bewusst wurden. Ich Idiot. Aber wie hätte ich das ahnen sollen und meinte sie das wirklich alles ernst? Sollte sich dieses attraktive Mädchen in mich verguckt haben? Ausgerechnet mich. Andererseits, sie lud mich zu sich nach Hause ein und wir hatten uns noch nie in ihrer Wohnung oder bei mir im Wohnheim getroffen. Ich schrieb eine Antwort, die ich vor Aufregung mehrmals schreiben musste und wartete voller Ungeduld auf den nächsten Tag. Aber diesmal ließ ich Maria auch ein wenig zappeln, obwohl ich es selber kaum aushielt. Ich sah, wie sie mir die ganze Zeit über nervöse Blicke zuwarf. Erst kurz vor Ende der Vorlesung schob ich ihr unauffällig den Zettel zu. Anders als ich las sie ihn aber gleich und ihr Gesicht hellte sich auf. Ich hatte ihr geschrieben, dass sie mich keinesfalls verschreckt hatte und ich mich furchtbar gerne mit ihr treffen würde. Maria kam zu mir, flüsterte mir ins Ohr: „Samstag, elf Uhr bei mir." Dann drückte sie mir einen schnellen Kuss auf den Mund und war weg.

Ich stand noch eine Weile versteinert da. Obwohl es nur eine kurze Berührung war, schienen meine Lippen in Flammen zu stehen.

Ich konnte Samstag nicht erwarten.

Überpünktlich stand ich am ein paar Tage später vor Marias Wohnung. Als sie mir die Tür öffnete, traute ich meinen Augen nicht. Sie war barfuß und trug nur ein knappes Shirt und eine kurze Hotpants. Sie fiel mir gleich um den Hals und strahlte mich an. „Ich bin so froh, dass du gekommen bist", flüsterte sie und ihre Lippen kamen mir schon wieder sehr nah. Ich nahm all meinen Mut zusammen und küsste sie. Darauf schien Maria gewartet zu haben. Sie erwiderte den Kuss voller Leidenschaft und presste sich dabei eng an mich. Ich konnte die Hitze ihres Körpers spüren. „Und ich hatte schon Angst, ich wäre wieder zu schnell gewesen", sagte sie, als wir uns voneinander lösen konnten.

„Nein. Ich war nur etwas überrascht. Außerdem ... so richtig habe ich bisher auch noch nicht geküsst", gab ich zu. Maria lächelte und küsste mich gleich nochmal, bevor sie mich endlich ins Haus ließ. Wir machten eine kurze Besichtigung, dann gingen wir die Treppe hoch in Marias Zimmer, das direkt unter dem Dach war und fast die ganze obere Etage einnahm. Die Sonne fiel durch die schrägen Fenster und tauchte das Zimmer in goldenes Licht. Wir setzten uns kurzerhand auf den Boden, direkt unter eines der Fenster. Wir redeten über die letzten Wochen, über die Gedanken, die wir uns gemacht hatten und lachten über uns beide. Maria gestand mir, dass sie von Anfang an Gefallen an mir gefunden hätte und ich gestand, dass es mir ähnlich ging, ich aber sicher nie den Mut gefunden hätte, so auf sie zu zukommen, wie sie es getan hatte. „Ja, da hätten dir aber auch zwei wichtige Argumente gefehlt", lachte Maria und streckte ihren Oberkörper ein wenig, so dass sich ihre Brüste deutlich unter ihrem Top spannten. Ich merkte, wie sich in meiner Hose etwas regte und versuchte, möglichst nicht zu sehr darauf zu starren. „Da hast du recht, das war schon was Besonderes", sagte ich.

„Es hat dir also gefallen?", fragte sie mit einem verlegenen Lächeln.

Ich nahm Maria sanft in die Arme und zog sie auf meinen Schoß. „Sonst wäre ich ja wohl kaum hier", flüsterte ich ihr zu. Ich merkte, wie sie leicht erschauerte und begann ihren Hals zu küssen. Maria seufzte leise, dann griff sie an den Saum ihres Shirts und zog es sich über den Kopf. Wieder trug sie keinen BH und ihre Brüste standen nackt vor meinem Gesicht.

Zwei wundervolle, runde Kugeln, die sich leicht unter ihren Atemzügen hoben und senkten. Ich näherte mich diesem reizvollen Neuland und küsste sanft die harten Nippel, nahm sie in den Mund und liebkoste nach und nach das Ganze, feste Fleisch ihrer Brüste. Maria ließ mich dabei gewähren und sie Stück um Stück erforschen. Schließlich nahm sie meinen Kopf zwischen beide Hände und küsste mich und zum ersten Mal schob sie dabei ihre Zunge in meinen Mund. Ich war völlig überrascht, versuchte aber den Kuss so gut ich konnte zu erwidern. Nach einer Weile stand Maria auf und ich kniete vor ihr, drückte ihr einen Kuss auf den flachen Bauch und fuhr mit meiner Zunge in ihren Bauchnabel. Sie musste lachen, weil es sie kitzelte, was mich noch mehr animierte. Dabei hatte ich meine Hände erst auf ihrem Rücken und legte sie dann auf ihre Pobacken, die durch die Hotpants noch praller wirkten. Ich knetete sie, während ich weiter ihren Bauch küsste, bis Maria meinte: „Willst du mich nicht ganz ausziehen?"

Ich wollte und öffnete langsam den Knopf direkt vor mir und zog ihr die enge, kurze Hose über den Hintern und dann die schlanken Beine hinunter, so dass sie nur noch mit einem weißen Slip bekleidet vor mir stand. Der war aber so durchsichtig, dass ich deutlich ihre Schamlippen erkennen konnte. Außerdem hatte das Höschen einen sichtbar nassen Fleck, was mich fast noch mehr erregte, als der unbekannte Duft, der von ihr ausging. Noch immer vor ihr kniend sah ich sie fragend an. Maria nickte lächelnd und ich zog ihr den Slip die Beine runter. Nun hatte ich sie ganz nackt und ihre haarlosen, nass glänzenden Schamlippen direkt vor meinem Gesicht. Ohne nachzudenken und obwohl ich so etwas noch nie gemacht hatte, fuhr ich mit der Zunge darüber, um zu prüfen, wie sie wohl schmeckte. Maria stöhnte überrascht auf. Damit hatte sie wohl nicht gerechnet. Da von ihr sonst kein Protest kam, leckte ich weiter, erforschte ihre Spalte und kostete immer mehr von ihrem geilen Nektar. Nach einer Weile meinte Maria dann: „Komm, lass uns aufs Bett legen." Das stand unter einem der Dachfenster und Maria, kaum lag sie, spreizte soweit sie konnte ihre Beine. Das war ein Anblick! Ich genoss ihn, während ich zu ihr ging und widmete mich dann weiter ihrem Schoß. Sie ließ mich zuerst gewähren, dann zeigte sie mir nach und nach, wie ich sie noch besser mit der Zunge verwöhnen konnte. Sie spreizte mit den Händen ihre Schamlippen, zeigte mir wo ihr Kitzler war und forderte mich auf, ihr erst einen, dann zwei Finger ins Loch zu schieben. So leckte und fingerte ich sie zum Orgasmus. Sie kam ziemlich heftig, ziemlich laut und ziemlich feucht.

Während sie sich beruhigte, küsste ich mich an ihrem Körper nach oben, verweilte ein wenig länger bei ihren wunderschönen Brüsten, bis ich ihren Mund erreicht hatte. Wir küssten uns zärtlich, dann lächelte sie mich wieder an. „Warum hast du eigentlich noch so viel an? Das finde ich ganz schön unfair", meinte Maria grinsend. Sie zog mir zuerst das Shirt über den Kopf und verteilte ein paar Küsse auf meinem Oberkörper. Dann sollte ich mich auf den Rücken legen und sie küsste sich von oben nach unten, bis sie schließlich den Bund meiner Hose erreichte. Mein Herz klopfte schneller, als sie ohne zu zögern den Knopf öffnete und die Hose nach unten zog. Jetzt trug ich nur noch meine Boxer, in der eine deutliche Beule zu sehen war. Ihre grünen Augen funkelten voller Lust, als sie mich von unten angrinste und meinte: „Na mal sehen was wir hier Feines haben." Sie hob den Bund ein wenig an und zog sie dann ganz langsam nach unten, bis ihr mein ziemlich harter Schwanz vollständig entgegen sprang. Vorsichtig nahm sie ihn in die Hand, da sie wohl merkte, dass er zum Platzen gespannt war. Ein tolles Gefühl, eine andere Hand, als die Eigene, an meinem besten Stück zu haben.

Maria fing nun vorsichtig an, die Hand am Schaft auf und ab zu bewegen. Während sie mich so sanft wichste, blickte sie mich prüfend an. „Du siehst aus, als wenn du gleich kommst", bemerkte sie keck.

„Wenn du so weitermachst, auf jeden Fall", erwiderte ich stöhnend. Das Gefühl war einfach zu geil.

„Dann komm, ich will sehen wie du spritzt!"

Kaum hatte sie das gesagt, da kam es mir auch schon und mit einem lauten Stöhnen schoss mir das Sperma aus meinem steil aufgerichteten Schwanz. Ich kam so heftig, dass der erste Spritzer auf Marias linker Brust landete. Die beiden Nächsten verteilten sich gleichmäßig auf unsere Oberschenkel, während der Rest ihr über die Hand lief und in meinen Schoß tropfte. Maria hatte die ganze Zeit mit großen Augen zugesehen, wie mein Schwanz zuckend seinen Samen verschossen hatte. Dabei hatte sie ihn stetig weiter gewichst und melkte so auch die letzten Tropfen heraus. Dann beugte sie sich plötzlich hinunter und leckte mit der Zungenspitze über die spermaverschmierte Eichel. Schließlich nahm sie ihn ganz in den Mund und lutschte daran. „Schmeckt gar nicht schlecht", grinste sie. Dann kam sie zu mir nach oben und kuschelte sich in meine Arme. „Tut mir leid, dass ich dir nicht gleich richtig einen geblasen habe. Das nächste Mal, versprochen."

„Keine Sorge, es war fantastisch", erwiderte ich und küsste sie.

Den Rest des Nachmittags verbrachten wir in Marias Bett. Nackt, versteht sich, aber ohne uns noch einmal zu befriedigen. Wir wollten die nächsten Schritte langsam angehen, um sie mehr genießen zu können. Wahrscheinlich wollte Maria mich aber einfach nicht gleich überfordern.

Am Abend lernte ich noch Marias Mutter kennen, die in Schichten auch oft am Wochenende arbeiten musste, bevor ich brav nach Hause ging. Ihr Vater war dagegen auf Dienstreise, wie so oft, was sich für uns noch als praktisch erweisen sollte. Natürlich war Maria eigentlich alt genug, um ihr eigenes Leben und auch Liebesleben zu führen, aber mit den Eltern im Haus fühlten wir uns nicht frei genug.

Trotzdem sahen wir uns von da an als Paar, ohne es zunächst an die große Glocke zu hängen. In der Uni gab es keine Schwierigkeiten, da waren wir ja sowieso die ganze Zeit zusammen. In meiner WG wäre es allerdings aufgefallen und ich hatte keine Lust auf Tratsch, also mussten wir bis zum nächsten Wochenende warten, bis wir uns auch körperlich wieder näher kommen konnten. Wir hatten uns bei ihr zum „lernen" verabredet, Maria hatte aber schon angekündigt, dass ich diesmal bei ihr übernachten konnte. Ihre Mutter hatte Nachtschicht, sah darin aber kein Problem, wir waren schließlich alt genug und der Vater war eh nicht da.

Als sie mir zur verabredeten Zeit die Tür öffnete, staunte ich nicht schlecht. Sie trug ein weiß-rot gestreiftes Sommerkleid, dass ihr züchtig bis über die Knie ging und ihre Haare hatte sie links und rechts zu zwei Zöpfen geflochten. Richtig süß und unschuldig.

„Wow, siehst du toll aus!", sagte ich zu ihr, als ich sie in den Arm nahm und küsste.

„Nur für dich", flüsterte sie, bevor sie meinen Kuss erwiderte und dabei leicht ihre Zungenspitze in meinen Mund schob.

Diese Berührung ließ mich auf einen heißen Abend hoffen. Ich begrüßte ihre Mutter und dann gingen wir brav in ihr Zimmer, um auch wirklich etwas für die Uni zu machen. Am Nachmittag hockten wir uns vor den Fernseher. Wir kuschelten auf der Couch, sahen fern und redeten nebenbei über unsere Woche. Kurz nach sechs steckte ihre Mutter den Kopf zur Tür herein und sagte, dass sie jetzt gehen würde. Sie wünschte uns eine gute Nacht und wir sollten nicht solange fernsehen, meinte sie lächelnd. Obwohl ihr sicher klar war, dass wir das nicht vorhatten.

Kaum hörten wir, dass die Tür hinter ihr zuschlug, da sahen wir uns an und fielen sofort küssend übereinander her. Während unsere Zungen einen wilden Tanz vollführten, wanderten meine Hände sofort unter ihr Kleid und zu ihren Brüsten. „Langsam, langsam!", keuchte Maria und grinste. „Sonst kommst du wieder so schnell."

Ich hörte auf und sah sie gespielt böse an: „Das war gemein."

Sie verzog das Gesicht zu einer niedlichen Unschuldsmiene: „Tut mir leid." Dann kam sie ganz dicht zu mir ran und flüsterte: „Ich bin ja selbst schon wieder ganz nass." Das wollte ich sofort überprüfen und schob rasch meine Hand in ihr Höschen. Maria stöhnte erregt auf und ohne Probleme glitt mein Finger durch ihre Schamlippen und dann in ihr Loch hinein. So begann ich sie leicht zu fingern und sah ihr dabei fest in die wunderschönen, grünen Augen. „Oh bitte, leck mich wieder!", bat Maria nach einer Weile keuchend. Ich zog ihr den Slip aus, während sie sich ihr Kleid bis über den Bauch schob und ihre Schenkel weit für mich öffnete. Ich musste mich auf der Couch fast ganz auf den Bauch legen, um mit meiner Zunge ihren Schoß zu erreichen. Diesmal wusste ich genau, was ich zu tun hatte und zielgerichtet fand meine

Zungenspitze ihren Kitzler. Ich spielte mit ihm, saugte und lutschte an ihrer Muschi herum und steckte wieder einen Finger in sie hinein. So brachte ich sie zum Höhepunkt, den sie mit einem lauten Stöhnen begleitete. Während sie sich wieder beruhigte, entkleidete ich sie komplett, um endlich an ihre Titten zu kommen. Ich küsste gierig diese wundervollen Kugeln und liebkoste die harten Nippel, was Maria schon wieder zu einem leichten Stöhnen veranlasste.

Doch schnell entzog sie sich mir: „Jetzt bis du an der Reihe, ich habe noch ein Versprechen einzulösen", meinte sie mit einem schalkhaften Lächeln. Ich sollte mich auf die Couch setzten und Maria kniete sich davor zwischen meine Beine. Sie öffnete meine Hose und zog sie mir mitsamt der Unterhose aus. Mein harter Schwanz sprang freudig heraus und sofort schnappte ihn Maria sich. Diesmal hielt sie sich aber nicht lange mit wichsen auf, sondern stülpte sofort ihre zarten Lippen über die Eichel. Zunächst saugte sie daran, dann versuchte sie immer mehr von meinem Schwanz in ihren Mund zu bekommen. Es gelang ihr nicht ganz und schließlich ging sie dazu über, meinen Schaft zu lecken und lediglich immer wieder an der Eichel zu saugen. Ich fand es einfach nur geil. Es war so schön warm und feucht, wenn sie ihn im Mund hatte. Dann nahm sie auch noch meinen Sack in eine Hand und kitzelte mich dort mit ihren langen Fingernägeln. In meinen Eiern kochte es bereits und mir war klar, dass ich leider nicht mehr lange durchhalten würde. „Maria, ich komme gleich", warnte ich.

„Na dann komm doch", erwiderte sie nur, bevor sie meinen Schwanz wieder soweit es ging in den Mund nahm. Sie verzichtete jetzt darauf, meinen Schaft zu lecken, sondern wichste ihn zusätzlich mit der freien Hand, während die andere weiter mit meinen Eiern spielte. Das war zu viel und stöhnend spritzte ich in ihrem Mund ab. Maria versuchte zunächst tapfer alles zu schlucken, doch sie kam nicht nach und entließ meinen Schwanz in die Freiheit, so dass die letzten Spritzer in ihrem Gesicht landeten, während ihr ein bisschen Sperma aus dem Mund lief und über ihr Kinn auf ihre Titten tropfte.

Ich war fix und fertig, so heftig hatte ich noch keinen Höhepunkt erlebt.

Sie grinste mich derweil zufrieden an und meinte, sie ginge mal eben ins Bad sich sauber machen. Ich solle doch schon mal vor in ihr Zimmer gehen. Als Maria verschwunden war, gönnte ich mir ein paar Sekunden, bevor ich den Fernseher ausschaltete und unsere Sachen aufsammelte. In ihrem Zimmer schmiss ich alles auf einen Stuhl und legte mich erschöpft aufs Bett. Doch als Maria aus dem Bad wiederkam und ich sie so nackt zu mir aufs Bett kommen sah, da erwachten sofort wieder alles Lebensgeister und mit ihr die Lust.

Als Maria sich neben mich legte, amüsierte sie sich über meinen bereits wieder steifen Schwanz. Ich erwiderte nichts, sondern begann sie wild und leidenschaftlich zu küssen. Ich lag dabei auf dem Rücken und sie nun vollständig auf mir. Ihre Brüste rieben an meiner Haut, ich knetete ihren süßen Hintern und unsere Lippen wollten sich gar nicht wieder voneinander lösen. Schließlich unterbrach Maria unseren Kuss dennoch.

„Ich möchte mit dir schlafen", flüsterte sie.

Mein Herz machte einen Sprung. Sobald hatte ich irgendwie nicht damit gerechnet. Zugegeben hatte ich auch ein wenig Angst, da es mein erstes Mal werden würde und ich Sorge hatte, mich zu blamieren. „Bist du dir sicher?", fragte ich vorsichtig.

Statt zu antworten, griff Maria lächelnd an meinem Kopf vorbei unter ihr Kopfkissen. Als ihre Hand wieder zum Vorschein kam, hielt sie ein Kondom darin. Scheinbar hatte sie es bereits fest geplant. Manchmal vergaß ich, dass Maria älter und erfahrener war. Daher wusste sie auch, was jetzt zu tun war und griff zielgerichtet nach meinem Schwanz. Sie wichste ihn sanft und versuchte dabei, die Vorhaut über die Eichel zu bekommen. Da mein Penis zwar steif, aber trocken war, ging es nicht so richtig. Also nahm sie ihn kurz entschlossen in den Mund und lutschte ihn, um dabei die Vorhaut zurückzuschieben. Als meine Eichel vollständig entblößt war, nahm Maria das Kondom, öffnete es und setzte es auf die Spitze. Geschickt rollte sie den Gummi dann herunter und ein paar Augenblicke später war mein Schwanz perfekt eingepackt. Ein komisches Gefühl, aber nicht unangenehm. Dann stülpte sie wieder ihre Lippen über mein gummibewehrtes Glied, um auch das Kondom von außen anzufeuchten. Ihre Muschi hingegen war weiter klitschnass, das konnte ich deutlich an meinem Unterschenkel fühlen, auf dem sie dabei saß.

Dann war es soweit. Maria stieg über meinen Schoß und brachte die Eichel vor ihren Eingang. Sie setzte sich vorsichtig darauf und die Eichel glitt langsam in ihr Loch. Was für ein Gefühl, so warm und feucht wie ihr Mund, aber wesentlich enger und intensiver. Sie verharrte kurz und wir sahen uns tief in die Augen, bevor sie sich mit einem Ruck fallen ließ. Dabei durchstieß ich einen Widerstand, was Maria mit einem schrillen Schrei begleitete. Ich war vor Schreck wie erstarrt. Hatte ich sie gerade entjungfert? Von wegen Erfahrung, aber konnte das wirklich auch ihr erstes Mal sein?

Ganz ruhig blieb Maria auf mir sitzen, als ich komplett in sie eingedrungen war. Die Augen hatte sie geschlossen und eine Träne lief ihr die Wange hinunter. „Alles in Ordnung?", fragte ich besorgt. „Ja", seufzte sie „War ganz schön heftig, aber jetzt fühlt es sich gut an."

„Maria, ist das... warum hast du nicht...?"

Statt einer Antwort küsste sie mich. „Alles gut. Es ist perfekt", flüsterte sie. Dann fing sie vorsichtig an, sich zu bewegen. Sie schob leicht ihr Becken vor und zurück, so dass ich ganz in ihr drin blieb, wir aber beide stimuliert wurden. Es war ein geiles Gefühl, obwohl das Kondom sicher ein wenig von dem Reiz nahm. Vielleicht war das aber auch gut so, sonst wäre ich sicher wieder sofort gekommen. So aber konnten wir beide den ersten Fick unseres Lebens genießen. Sie stützte sich dabei leicht auf meiner Brust ab, während ich ihr abwechselnd Po und Titten massierte.

Dann wollte sie unten liegen und wir änderten die Stellung. Maria stieg von mir herunter und legte sich neben mich auf den Rücken. Ich rollte mich auf sie, wobei ich darauf achtete, dass das Kondom nicht verrutschte, denn wir waren beide inzwischen ziemlich durchnässt zwischen den Beinen. Ohne Schwierigkeiten drang ich wieder in sie ein und Maria stöhnte diesmal voller Lust auf. Ich fickte sie nun mit leichten Stößen, wobei ich mit der Zeit immer mutiger wurde und meinen Schwanz bis zur Hälfte aus ihr herauszog, obwohl dabei auch der Reiz immer stärker wurde. Um mich abzulenken küsste und leckte ich an ihren Brüsten und den super harten Knospen. Marias Stöhnen wurde immer lauter. „Oh man ist das geil, ich glaub ich komm gleich", keuchte sie schließlich.

Ich hatte Sorge gehabt, sie nicht mehr zum Orgasmus zu kriegen, da mir bereits der Saft in den Eiern brodelte. Doch kaum hatte sie das gesagt, als sie auch schon zum Höhepunkt kam. Sie ging dabei ziemlich ab, stieß kleine, spitze Schreie aus und kratzte mir mit ihren langen Nägeln leicht schmerzhaft über den Rücken.

„Maria du bist so geil, ich komm auch gleich", stöhnte ich ihr zu.

„Spritz mich bitte voll, ich will sehen, wie du kommst!", forderte sie, leicht außer Atem.

Ich schaffte es gerade noch, meinen Schwanz aus ihrer Muschi zu ziehen und das Kondom abzustreifen, als ich auch schon abspritzte. In großen Schüben landete mein Sperma auf ihrem verschwitzten Bauch und spritzte durch die immer noch zurückgezogene Vorhaut sogar bis zu ihren Brüsten. Dabei musste ich auch mächtig stöhnen, denn durch den geilen Fick war mein Höhepunkt ebenfalls sehr gewaltig. Dann sank ich erschöpft neben sie und wir küssten uns zärtlich.

„Wahnsinn, ich hätte nicht gedacht, dass unser erstes Mal so toll wird", flüsterte Maria glücklich.

„Ich hätte nicht gedacht, dass es dein erstes Mal ist", gestand ich.

„Ja, ich habe dir nichts gesagt, weil ich nicht wollte, dass du dir zu viele Gedanken machst. Aber ich wusste von Anfang an, dass ich es mit dir endlich machen wollte. Also Sex, meine ich. Und es war fantastisch!"

Wir küssten uns noch lange und kuschelten, bevor wir eng umschlungen einschliefen.

Die Jahre, die ich mit Maria zusammen war, gehörten zu den Schönsten meines Lebens. Wir unternahmen viel zusammen und hatten nach dieser ersten Nacht noch sehr oft guten Sex.

Aber irgendwann gingen wir doch getrennte Wege, das Leben wollte es so, ohne dass die Entscheidung so richtig bei uns gelegen hätte. Die Trennung war schmerzhaft und Tränenreich und die ersten Wochen danach waren für mich sehr schwer. Am Anfang schrieben wir noch viele Nachrichten, doch mit der Zeit wurden es immer weniger, bis der Kontakt schließlich ganz abbrach.

Aber ich werde nie die Zeit vergessen, die ich mit ihr verbracht habe und die so wichtig für mich war.

Danke, Maria!

Begegnung mit einem Fremden

Als sich die Tür öffnete und der Diener mit seinem stoischen Gesichtsausdruck beiseite trat, um mir Einlass zu gewähren, trat ein anderer vor, um mir Mantel und Umhang abzunehmen. Nur der beste Service für die Elite und die Wohlhabenden.

Ich folgte dem Butler mit dem steifen Rücken in die Haupthalle und begab mich in die erste Reihe der Menge, wo ich diejenigen begrüßte und von ihnen begrüßt wurde, die ich nur kurz getroffen hatte oder die ich vielleicht nur von ihrem Ruf oder Namen her kannte.

Normalerweise bin ich kein Freund geselliger Dinnerpartys, aber die Firma hatte darauf bestanden, dass ich während der Ferienzeit mindestens zwei pro Monat besuchte. Das gehörte alles zu meiner neuen Beförderung, so sagte man mir zumindest. Da ich für eine Anwaltskanzlei in der dritten Generation arbeitete, war das zu erwarten, aber ich verabscheute diese Zusammenkünfte, da ich mir nie sicher war, was für ein Bild ich abgeben sollte. Heute Abend hatte ich mich für Eleganz entschieden, und nach dem anerkennenden Lächeln einiger Herren und dem Spott ihrer Damen zu urteilen, war meine Wahl goldrichtig. Ich hatte mein Wort gegeben, dass ich kommen würde, und da war ich, pünktlich und auf Hochglanz poliert.

Ich hatte mich für das schwarze Seidenkreppkleid mit dem Neckholder-Mieder entschieden. Der Kragen war zwei Zentimeter hoch und mit kleinen brünierten Goldperlen besetzt, was viel Schmuck überflüssig machte, also hatte ich mich für die kleinen bernsteinfarbenen Tropfenohrringe entschieden, die das Kleid zu ergänzen schienen und das Licht einfingen, wenn sie sich bewegten. Es war so geschnitten, dass es jede Kurve umschmeichelte und bis zur Mitte der Oberschenkel geschlitzt war, ein gewagter Versuch, sexy zu wirken. Ich fühlte mich darin dekadent und liebte das Gefühl der Seide auf meiner Haut. So sehr, dass ich nur sehr wenig darunter trug. Der Stil des Kleides ließ die Schultern und den Rücken frei, so dass es wirklich keine Möglichkeit gab, einen BH zu tragen, und aus einer Laune heraus hatte ich den schwarzen Tanga angezogen, den mir meine Schwester zum Geburtstag geschenkt hatte. Meine einzige Sorge war, dass das köstliche Streicheln der Seide über meinen nackten Hintern und meine Brustwarzen meine Freude daran für eine konservative Gesellschaft zu offensichtlich machen würde. Wer brauchte schon einen Mann, wenn man unbegrenzt Champagner und die süße Umarmung eines seidenen Abendkleides hatte, oder?

Nachdem ich zwanzig Minuten länger damit verbracht hatte, mein Haar zu einem eleganten französischen Zopf zu flechten, ließen mich die lästigen kleinen Ausreißer, die sich golden an meinen Schläfen und im Nacken entlangschlängelten, knurren und in leiser Frustration schnaufen, als sie über ein Auge fielen. Ich schaute auf die Uhr und stellte fest, dass ich noch mindestens zwei Stunden Zeit hatte, um höflich zu sein, bevor ich mich in meine Wohnung zurückziehen und das versprochene warme Bad nehmen konnte. Meier, einer der Seniorpartner, kam mir zu Hilfe und begann mit der Vorstellungsrunde, wobei er mich nach einem kurzen Rundgang durch den Raum gnädigerweise sich selbst überließ.

Ich muss zugeben, dass es für mich aufregend war, mich durch die Menge zu bewegen, obwohl ich wusste, wie wenig ich anhatte. Es war, als hätte ich ein köstliches Geheimnis, und ich lächelte verschmitzt und forderte die Menschen, mit denen ich sprach, fast heraus, zu erraten, was es war, als ich ihren Blick traf. Nach etwa einer halben Stunde der üblichen Unterhaltung ließ ich meine Aufmerksamkeit über die Menge schweifen. Als ich ein lautes, eindeutig männliches Lachen hörte, suchte ich die Gesichter nach der wahrscheinlichsten Quelle ab. Ich machte es zu einer Art Spiel, um mir die Zeit zu vertreiben, bis das Abendessen serviert wurde.

Ich spürte, wie eine Wärme über meinen entblößten Rücken strich, und als ich mich umdrehte, sah ich in die intensiven, dunkelbraunen Augen. Sein Blick streifte meinen Körper in einer gemächlichen Beurteilung, die mein System langsam zum Brennen brachte. Ich spürte, wie sich meine Haut kräuselte, als ob seine Augen ihre Oberfläche streichelten, und mein Herz flatterte unter meiner Brust. Ein Moment. Ein langer, sehr warmer und angenehmer Moment, in dem wir in einer stillen Verbindung miteinander verbunden waren. Dann verschwand er, als hätte es ihn nie gegeben, und verschwand in der Menge. Ich blinzelte und spürte, wie ich erschauderte. Stirnrunzelnd suchte ich die Menge ab, aber es gab keine Spur von ihm. Ich spürte, wie sich meine Brustwarzen gegen die Seide drückten, als ob ich die Berührung eines anderen Menschen erwartete.

Noch nie hatte ich so stark auf einen Mann reagiert, vor allem, wenn er mich nicht einmal berührt hatte. Ich hörte mein leises, nervöses Lachen, obwohl es in meinen Ohren hohl klang. Ich beschloss, dass ich etwas zu trinken brauchte, und ergriff den Arm eines der umherziehenden Kellner, der ein Tablett mit prickelnden Getränken in Kristallflöten trug. Ich wählte eine aus, bedankte mich und ging auf die sanften Klänge der Musik zu. Ich trat durch einen Torbogen in einen kleineren Raum mit einer Bar und einem angestellten Pianisten und ließ mich in der Nähe der Kurve des kleinen

Flügels nieder, um den Gesprächen um mich herum zu lauschen.

Als ich den Kristall an meine Lippen hob, fiel mein Blick erneut auf ihn. Diesmal saß er mir gegenüber. Diese dunklen, schwülen Augen starrten ohne zu blinzeln in meine Richtung, während ein älterer weißhaariger Herr sich aufmerksam mit ihm unterhielt. Gestärkt durch den Wein in meiner Hand nippte ich an dem goldenen Getränk und erwiderte seinen kühnen Blick.

Manche Männer sind einfach dazu geboren, einen Smoking zu tragen. Mit seinem dunklen Haar, das unmodisch lang auf die breiten Schultern fiel, passte dieser Mann mit einem seltsamen Sinn für Rebellion in dieses Bild. Aus irgendeinem Grund brachte mich das zum Lächeln, so als ob wir etwas gemeinsam hätten. Ein Geheimnis, in das die anderen einfach nicht eingeweiht waren.

Sein Grinsen war schnell und ansteckend, und ich spürte, wie ich es erwiderte und die Augenbrauen hochzog, während ich an meinem Drink nippte. Als ich merkte, dass ich ihn anstarrte, richtete ich meine Aufmerksamkeit wieder auf die Unterhaltung um mich herum. Es war zu spät, um wegzulaufen, und ich stellte fest, dass Frau Meier sich zu mir gesellt hatte und ihr Bestes tat, um mich einem der jüngeren, praktischerweise alleinstehenden Anwälte in der Kanzlei vorzustellen. Höflich lächelnd machte ich Smalltalk und entschuldigte mich dann, indem ich um das Ende des Klaviers herumging, weil ich eine Ausrede suchte, um mich dem dunkeläugigen Mann vorzustellen. Ich ertränkte meine Enttäuschung im letzten Schluck meines Drinks, als ich sah, dass er nicht mehr da war.

Gerade als ich das leere Glas absetzte, spürte ich, wie eine weitere Champagnerflöte über meine nackte Schulter glitt. Zitternd drehte ich mich um und nahm sie ihm mit einem sanften Lächeln aus den Fingern, wobei ich versuchte, das Zittern in meiner Stimme zu unterdrücken.

„Danke, sah ich durstig aus?"

„Mmn mehr, entschlossen, den Karneval durch einen angenehmen Dunst zu beobachten."

Ich spürte, wie meine Beine flüssig wurden. Der tiefe Ton seiner Stimme ließ meine Brust sich zusammenziehen und meinen Mund trocken werden. Während ich langsam am Wein nippte, beschloss ich, dass dieser Abend viel mehr Potenzial hatte, als ich zunächst dachte. Bei diesem Tempo könnte ich sogar das langweilige Abendessen überstehen. Wenn es wirklich einen Gott gäbe, würde er mich zumindest so nah an sich heranlassen, dass ich diesen Mann in den nächsten Stunden beobachten könnte.

Er warf mir einen verschmitzten Blick zu, senkte die Augen, als könne er meine Gedanken hören, und warf sie dann schräg zu mir hoch, bevor er sich entfernte. Ich spürte die vertraute Hitze des Verlangens in meinem Bauch, als seine Finger meine Hüfte streiften. Keine Namen, keine Anmachsprüche, dieser Mann war unwirklich. Meine Augen folgten ihm hungrig, und ich versuchte, lässig zu wirken, als ich ihm in einigem Abstand durch die Menge folgte, neugierig, ob er mit jemandem zusammen war. Er drängte sich an ein paar Leuten vorbei, die ihn freundlich grüßten, und nickte ihnen zu, bevor er zu mir zurückblickte, eine unausgesprochene Herausforderung in seinen Augen. Ich zog die Brauen hoch und folgte ihm. Was sollte ich sonst tun? So viel Spaß hatte ich schon lange nicht mehr gehabt. Er bahnte sich seinen Weg durch den Raum zum Speisesaal und schlüpfte an den Dienern vorbei, die vorbei eilten, um die letzten Details unter Kontrolle zu bringen.

Fasziniert beobachtete ich, wie er von Tisch zu Tisch ging und die Namenskarten befingerte, bis er fand, was er suchte. Mit einem leisen, neugierigen Lachen trat ich näher an die Tür heran und lehnte mich an den Rahmen, als er die Karte einsteckte und zu einem anderen Tisch ging. Er tauschte die Sitzordnung aus, ging zurück und ersetzte die fehlende Karte und hob einen Finger an die Lippen, um mir zu signalisieren, dass ich unser Geheimnis für mich behalten sollte. Leise lachend nickte ich und fragte mich, welchen Unfug er wohl vorhatte. Hatte er die Sitzordnung geändert, so dass die Ex-Frau des Gastgebers neben seiner jetzigen saß? Oh... dieser Gedanke könnte das Abendessen sehr interessant machen. Leise lachend wandte ich mich wieder dem Zimmer zu. Oh ja, ich würde zum Abendessen bleiben.

Ich sah mich nach meinem Komplizen um, aber er war wieder in der Menge verschwunden. Wie ein Mann, der sich so eklatant von seinen Mitmenschen unterschied, so völlig verschwinden konnte, war mir ein Rätsel. Resigniert wartete ich auf die Ankündigung des Abendessens und suchte mir eine ruhige Ecke, um den Raum zu beobachten. Als ich spürte, dass jemand hinter mir auftauchte, konnte ich nur hoffen, dass er es war. Als ich mich umdrehte, spürte ich seinen Atem an meinem Ohr... seine Stimme hatte die gleiche Wirkung auf mich wie zuvor.

Er flüsterte leise: „Ich hoffe, du verrätst mich nicht."

Ich lächelte und wollte mich umdrehen, als sich seine Hände um meine Taille legten und mich an sich zogen, um mich an der Bewegung zu hindern. Das Gefühl, dass sich sein harter Körper von hinten an meinen presste, reichte aus, um meine Kehle zuzuschnüren, und ich hörte, wie meine Worte in einem leisen, kehligen Flüstern herausgepresst wurden.

„Also, warum sollte ich das tun?"

„Mmnn warum in der Tat... wenn ich denke, dass du mit dem Ergebnis zufrieden sein wirst." „Ich hoffe, das wirst du." „Wirst du?" Mein Herz schlug gegen meine Rippen wie ein Vogel in einem Käfig und ich konnte das Lächeln in seinen Worten hören. Er wusste, was er mit mir anstellte. Mir wurde warm und feucht, als sich mein Hintern an ihm rieb. Ich spürte, wie er anschwoll und hart wurde, als seine Finger die weiche Kurve meiner Wirbelsäule nachzeichneten, die durch den Schnitt meines Kleides praktischerweise frei lag.

Ich nippte an meinem Getränk, um das Zittern meiner Hände zu verbergen und meine Kehle, die jetzt trocken war, zu beruhigen, und sprach leise.

„Ich nehme an, es kommt darauf an, welche Karte du ausgetauscht hast und warum, nicht wahr?"

Sein Lachen klang tief und leise an meinem Ohr, bevor ich seine Lippen an meiner nackten Schulter spürte. Dann war die Luft kühl auf meiner Haut, als er sich entfernte und weg war, bevor ich meine Nerven genug beruhigen konnte, um mich umzudrehen und ihn anzusehen. Vor dem Abendessen erblickte ich ihn noch einmal, und er hob den Finger an die Lippen, um mich mit einem verruchten Grinsen zum Schweigen zu bringen. Ich spürte, wie meine Brustwarzen spöttisch und fiebrig wurden, als seine Augen über meine Brüste wanderten, und sein zustimmendes Lächeln wurde langsam und sinnlich, als er mir noch einmal in die Augen sah.

Frau Meier fegte neben mir her und ersparte mir die Peinlichkeit, allein zu gehen. Sie zog mich mit sich zu ihrem Tisch und ich beobachtete mit leisem Amüsement, wie sie die Stirn runzelte, weil sie meinen Namen nicht dort fand, wo er ihrer Meinung nach stehen sollte. Zweifellos saß sie zwischen ihr und dem jungen Anwalt, von dem sie meinte, ich solle „etwas Zeit damit verbringen, ihn kennen zu lernen". Ich blickte zu auf, der geduldig darauf wartete, dass ich mich zu ihm gesellte. Ich entschuldigte mich bei Frau Meier und sagte, dass es sich wohl um eine Verwechslung gehandelt habe, dass ich aber das Abendessen nicht aufhalten wolle. Ich ließ sie leicht verärgert zurück und ging auf das eingebildete Lächeln und das beiläufige Gefühl des Triumphs zu, das von seiner Gestalt abzufärben schien. Er zog meinen Stuhl heraus und stellte mich vor. Als ich zu meinem Platz zurückblickte, sah ich, wie sich eine umwerfende Brünette neben Frau Meier setzte. Offensichtlich war sie über die Veränderungen nicht erfreut und warf mir einen finsteren Blick zu, bevor sie mit dem jungen Mann zu ihrer Linken ins Gespräch kam.

Beeindruckt von seiner cleveren Taktik drehte ich mich um, lächelte und lehnte mich dicht an ihn heran, um unter meinem Atem zu sprechen. „Meine Güte... du steckst ja voller Überraschungen."

Er schenkte mir eines dieser herzzerreißenden Lächeln und flüsterte leise, während er mir den Stuhl hinhielt.

„Ich muss erst noch richtig anfangen."

Ich schluckte ein Lachen hinunter und nippte an meinem Wasser, während alle Smalltalk machten. Ich kam leicht mit einem älteren Paar an unserem Tisch ins Gespräch und versuchte, nicht vor Erregung zu glühen, die unter meiner Haut pulsierte. Gerade als die Suppe abgeräumt wurde, spürte ich die Wärme seiner Hand, die unter den Schlitz meines Kleides glitt. Warme Finger kneteten und streichelten meinen Oberschenkel, arbeiteten sich langsam nach oben, während er lachte und ein lockeres Gespräch führte. Ich griff nach meiner Gabel, die Augen wanderten zu ihm, die Brauen hoben sich, und ich bekam nur eine höfliche Frage nach meinem Essen und ein weiteres verruchtes Lächeln. Seine Augen funkelten vor Vergnügen am Spiel. Ich wusste, dass ich ihn nicht so einfach gewinnen lassen konnte ... und die Herausforderung war ohne ein Wort zu sagen angenommen.

Ich rutschte in meinem Sitz hin und her, schlug die Beine übereinander und nahm seine Hand zwischen meinen Schenkeln. Ich spannte die Muskeln an und drückte seine Hand, woraufhin er eine Augenbraue hochzog und den Kopf überrascht zu mir drehte. Selbstgefällig schenkte ich ihm ein sinnliches Lächeln und nippte an meinem Wein. Er lachte laut auf und nickte; ein Punkt zu meinen Gunsten. Er tat so, als wolle er in aller Ruhe ein interessantes Thema mit mir besprechen, und legte seinen Arm über meine Stuhllehne, wobei seine Finger träge Kreise über meine nackte Schulter zogen. Seine Stimme war tief und gleichmäßig, und er wusste verdammt gut, dass ich kein Wort verstehen konnte, wenn sein warmer Atem an meinem Hals hing und seine Lippen so nah an meiner Schläfe waren. Das Rauschen meines Blutes übertönte seine Worte völlig, als es durch meinen Körper rauschte und die Spitzen meiner Brüste gegen die Seide drückte, wobei der Rhythmus in einem hungrigen Pochen zwischen meinen Beinen wiederhallte. Vage sanken seine

Worte in meinen von Lust erfüllten Geist, so leise geflüstert, dass ich nicht weiß, ob ich ihn hörte oder ob mein Körper einfach automatisch auf seine Worte reagierte.

„Spreize deine Beine für mich. Ich will dich spüren."

Ich spürte, wie meine Beine auseinanderglitten, als seine Hand nach oben wanderte und die feuchte Seide meines Tangas streichelte. Schnell zog ich ihn beiseite und holte scharf Luft, als seine Finger in mich eindrangen. Glitschig und heiß, verkrampfte ich mich instinktiv und hörte sein leises Stöhnen, als er den Kopf senkte und die Augen schloss. Er sah zu mir auf, ein neues Feuer brannte in seinem Blick. Es war keine Herausforderung mehr, sondern ein Bedürfnis, ein Hunger, der mich gleichzeitig erregte und ängstigte. Seine Finger bewegten sich in mir, sein Daumen quälte die pochende Knospe meines Kitzlers, während ich erschauderte und spürte, wie mir das Blut ins Gesicht stieg. Als ich zu den anderen Tischnachbarn blickte, sah ich, dass sie glücklicherweise nichts mitbekamen und in ihre eigenen Gespräche vertieft waren. Ich schloss die Augen und kämpfte gegen das rohe Verlangen an, das durch mein Blut brannte. Jede Bewegung seiner Hand zwang mich dazu, mich ihr hinzugeben, denn ich wusste, dass ich nichts dagegen tun konnte und es mir nicht leisten konnte, die Aufmerksamkeit darauf zu lenken. Mit gespielter Besorgnis beugte sich sein Kopf nahe zu meinem, seine Stimme flüsterte gegen mein Ohr.

„Komm für mich. Ich will dich spüren und wissen, dass ich dich dahin gebracht habe." „Halte dich nicht zurück, tu es einfach, jetzt...komm für mich ab."

Seine Worte brachen meine Zurückhaltung und ich spürte, wie mein Körper sich aufbäumte und bebte, ein leises Keuchen entwich, als mein Kopf nach vorne fiel, die Hände auf die Tischkante gestützt. Unfähig oder unwillig, mich darum zu kümmern, was die anderen dachten, wurde ich mir langsam bewusst, dass sein Arm um meine Schultern lag und dass ich mich an ihn lehnte. Ich hörte, wie eine der Damen sagte, dass es in dem Raum furchtbar warm sei, und jemand reichte mir etwas Wasser. Ich sah auf, und er lächelte mich sanft an und hielt mir das Glas an die Lippen, während ich trank. Ich wusste nicht, ob ich ihn küssen oder töten sollte, und tat weder das eine noch das andere, als meine zitternden Hände ihm den Kristallkelch abnahmen. Ich murmelte ein leises Dankeschön und entschuldigte mich bei den anderen, richtete mich in meinem Stuhl auf und warf einen Blick auf ihn. Er grinste und ich wusste, dass ich mich irgendwie rächen musste.

Ich nahm das Gespräch wieder auf und blieb dicht bei ihm, seinen Arm um mich gelegt, als hätten wir das schon unser ganzes Leben lang getan. Ich wartete, bis er in das Gespräch vertieft war, und fing dann seinen Blick ein. Ich fuhr mir mit der Zunge über die Lippen und lächelte, woraufhin seine Worte verstummten. Da ich wusste, dass ich den gewünschten Effekt erzielte, aß ich absichtlich sehr langsam, die Augen auf seine gerichtet. Bald war sein Gesicht gerötet und er räusperte sich. Als ich sicher war, dass er mir seine Aufmerksamkeit schenkte, zog ich den Rand meines Glases die Kehle hinunter und ließ es leicht über mein Dekolleté gleiten, bevor ich es absetzte. Seine Augen folgten dem Weg des Glases und ich entschuldigte mich bei den anderen. Ich drehte mich zu ihm um und flüsterte ihm leise etwas ins Ohr, bevor ich aufstand.

„Ich will dich in mir spüren...jetzt."

Er setzte sich in seinem Stuhl aufrecht hin, und ich legte ihm sanft lächelnd eine Hand auf die Schulter, als ich aufstand und in Richtung Korridor ging. Ich dachte, er würde warten und mich vielleicht dort treffen, aber bevor ich durch die Tür gehen konnte, spürte ich seine Hand auf meinem Rücken, die mich sanft aus dem Speisesaal führte. Kaum hatte sich die Tür geschlossen, drehte er sich um und drückte mich mit seinem Körper gegen sie. Ich lächelte langsam triumphierend und er wölbte eine Braue. Er ergriff mein Handgelenk, drehte sich um und sah sich fast verzweifelt um. Ich versuchte, das Lachen zu unterdrücken, aber es entwich mir, und er knurrte und zerrte mich den Flur entlang zur ersten Tür, die er sah. Ich fand mich in einer großen Speisekammer wieder und wurde gegen die Wand gedrückt. Sein Oberschenkel zwischen meinen gepresst, hob mich auf die Zehenspitzen, während seine Hände meine Handgelenke packten und sie an die Wand drückten. Ich konnte kaum atmen, und die unkontrollierte Lust in seinen Augen spiegelte sich in meinen wider.

Er nahm meinen Mund grob. Begierde wie eine Forderung, als seine Zunge meine Lippen teilte. Ich erwiderte sein Verlangen mit meinem eigenen, heiß und drängend, während unsere Zungen die Flammen zwischen uns erforschten und anfachten. Meine Hände wanderten zu seinen Haaren und kringelten sich in den dunklen, seidenen Strähnen. Meine Finger griffen leicht zu, als ich spürte, wie er mich vom Boden hob. Seine Hände wanderten über meinen nackten Hintern, zogen meinen Rock um die Taille hoch und machten meine Beine frei. Er nahm sich nicht die Zeit, den Tanga auszuziehen, sondern schob ihn beiseite, als ich spürte, wie sich seine Finger zum zweiten Mal in dieser Nacht tief in mich bohrten.

Keuchend stöhnte ich auf, und mein Kopf fiel nach hinten, als sein Mund sich über meinen Hals nach unten bewegte, um meine Brustwarze durch die Seide hindurch zu ergreifen. Ein Arm legte sich wie Stahl um meinen Rücken, die andere Hand arbeitete zwischen meinen Beinen, bis ich spürte, wie er erschauderte und stöhnte, weil er nicht mehr warten konnte. Ich griff zwischen uns hinunter, löste seine Hose und zog ihn aus ihr heraus, meine Finger umschlossen seinen dicken Schaft, während ich seine andere Hand zu meinem Mund führte und meinen Geschmack von seinen Fingern saugte. Seine Augen trafen meine und für einen Moment hörte ich, wie sein Atem in seiner Kehle stockte. Dann war er in mir, ohne zu zögern, ohne zu schmeicheln, mit einem einzigen Stoß bis zum Anschlag in mir. Ich schrie vor Vergnügen auf, schlang meine Beine um seine Hüften und wölbte meinen Rücken, um ihn tiefer zu zwingen.

Er legte seinen Kopf in meinen Nacken und stieß unerbittlich in mich hinein, stöhnte, als ich mich um ihn herum zusammenzog. Meine Hüften bäumten sich wild gegen seine Stöße auf, meine Hände wanderten hinunter zu seinem Nacken, ich wollte seine Haut berühren, aber wir waren beide zu weit gegangen. Wie ein wütendes Feuer verzehrte es uns und ich spürte, wie er in mir aufstieg. Er umfasste mein Gesicht, brachte meine Augen auf eine Höhe mit seinen und flüsterte unwirsch. „Sieh mich an…" Ich öffnete die Augen und versuchte mich zu konzentrieren, mein ganzes Wesen brannte und war bereit zu entflammen. Er begegnete meinen Augen, hielt meinen Blick fest und ich sah, wie sein Lächeln breiter wurde, als er mich beim Orgasmus beobachtete. Ich erschauderte, spannte mich mit einem leisen Schrei an und spürte, wie er mit einer Kraft in mich eindrang, die mir den Atem nahm. Klammernd und schaudernd hielt er mich so fest, dass ich keine Luft mehr bekam. Der Raum drehte sich, als ich mein Gewicht an ihn abgab, immer noch krampfhaft an ihm festhaltend.

Er setzte mich auf dem Boden ab und stützte mich mit seinem Körper, bis meine Beine mich wieder aufrecht halten konnten. Er beugte sich zu mir hinunter und küsste mich langsam, während seine Hände mein Kleid wieder an seinen Platz glätteten. Als er gegen meine Schläfe flüsterte, holten mich seine Worte aus dem warmen Kribbeln zurück, in dem ich mich befand.

„Die Damentoilette ist zwei Türen weiter, nimm dir einen Moment Zeit, um dich zu beruhigen. Ich warte auf dem Flur und begleite dich dann zurück, ja?"

Ich nickte und versuchte, meinen Herzschlag zu verlangsamen und ging lässig in den Flur hinaus. Ich trat hinaus und sah mich um, da ich wohl befürchtete, dass wir eine Menschenmenge angezogen hatten. Als ich sah, dass der Flur leer war, ging ich nach unten in die Toilette und schloss die Tür. Dort lehnte ich mich einige Minuten lang an und schloss die Augen. Meine Hände hörten nicht auf zu zittern. Ich ging zum Waschbecken, setzte mich hin und schaute in den Spiegel. Ich sah, dass mein Gesicht gerötet und mein Lippenstift verschwunden war, aber meine Augen wirkten so anders. Ich beugte mich vor und schaute tiefer, und ja, sie wirkten lebendiger. Mit einem leisen Kopfschütteln beendete ich meine „Selbstberuhigung", wie er es nannte, und schlich mich in den Flur hinaus, halb in der Erwartung, dass er schon weg war.

Aber er war da. Eine Schulter lehnte an der Wand, als ob er allein das Gewicht trüge. Er lächelte mich an und murmelte „schön", nahm meinen Arm und führte mich zurück zum

Tisch. Wir haben uns nicht entschuldigt... und niemand hat uns danach gefragt. Ich nehme an, in unseren Augen wurde alles erklärt. Wir unterhielten uns während des Abendessens und mussten feststellen, dass es viel zu schnell vorbei war. Die Gäste gingen in die anderen Räume, und er blieb in der Nähe und holte mir einen Cognac, als wir in der Nähe des Klaviers standen. Er strich mit seiner Fingerspitze leicht über meine Kieferpartie und lachte, als er sich dicht an mich heranlehnte und flüsterte.

„Ich weiß nicht, ob du mir glauben wirst, aber ... ich mache so etwas nie. Niemals. Da war etwas mit dir. Ich...ich weiß nicht, wie ich es erklären soll."

Ich lächelte und schüttelte sanft den Kopf. „Ich auch nicht, aber ich werde mich nicht dafür entschuldigen. Ich kann es nicht."

Das schien ihm zu gefallen und er nickte sanft. Ich sah, dass ein paar andere schon gingen, und sah auf die Uhr. Es war kurz vor Mitternacht, und ich lächelte zu ihm hoch und sagte mit ein wenig Bedauern. „Hier verwandle ich mich in einen Kürbis."

„Ich möchte dich wiedersehen."

Ich muss überrascht ausgesehen haben, denn er zog die Brauen hoch und lachte leise. Ich wusste nicht, was ich sagen sollte. Natürlich wollte ich ihn wiedersehen, aber das war alles so viel und so schnell. Mein Verstand konnte nicht alles zusammenfassen, was ich gefühlt und erlebt hatte, um auszudrücken, was ich sagen wollte. Als er mein Zögern sah, verblasste sein Lächeln sanft.

„Hm… vielleicht dränge ich zu sehr. Ich griff nach oben und schüttelte den Kopf, wobei ich meine Fingerspitzen sanft auf seine Lippen legte. „Du wirst mich wiedersehen. Dafür werde ich sorgen."

Lächelnd reichte ich ihm mein Glas und machte mich auf den Weg zur Tür. Dort blieb ich stehen, holte meinen Mantel vom Butler und drehte mich zu ihm um, der nicht weit entfernt stand.

„Wie, wenn Sie nicht einmal meinen Namen kennen?", fragte er.

Ich grinste, wölbte eine Augenbraue und hielt ihm die Tischkarte hin, die ich beim Abendessen so geschickt unterschlagen hatte.

Er lachte kopfschüttelnd und zog meine zurück. Ich zwinkerte ihm zu und sagte: „Sieh es dir noch einmal an", bevor ich mich umdrehte und aus der Tür schlich.

Ich hörte noch immer sein Lachen, als er meine Telefonnummer auf der Innenseite meiner Tischkarte mit der kleinen Beschriftung am unteren Rand bemerkte. „Du bist nicht die Einzige mit schnellen Händen." Ich fuhr wie benommen nach Hause. Ich ging in meine Wohnung und goss meine Pflanzen. Dann ging ich ins Bad, um mir die Belohnung zu holen, die ich mir versprochen hatte, weil ich brav war und zur Party ging. Ich zog mich aus, sank mit dem Kinn in das dampfende Wasser und schloss die Augen. Ein langsames Lächeln umspielte meine Lippen, als ich mich an sein Lächeln erinnerte. Oh, ja … er würde mich wiedersehen. Und wenn ich Himmel und Erde in Bewegung setzen müsste, um das zu erreichen.

Schnell und Anonym

Meine Freundin war es, die mich auf die Idee gebracht hat, wie ich genau das bekomme, was ich suche. Sie war es auch, die überhaupt erst entdeckt hat, dass mir etwas fehlt. Sex nämlich. Fast zehn Jahre bin ich jetzt mit meinem Mann verheiratet und da läuft natürlich nicht mehr viel. Ich hätte nie gedacht, dass mir das so viel ausmachen würde. Eigentlich hätte ich mich nicht so eingeschätzt, dass ich eine dieser sexgeilen Weiber bin, die ohne Erotik nicht leben können. Ich habe es zuerst auch gar nicht den Zusammenhang gesehen, merkte nur, wie ich immer depressiver wurde. Hätte ein Mann mir dann gesagt, wie meine Freundin es schließlich tat, ich müsse nur mal wieder ordentlich durchgefickt werden, damit es mir besser geht. Ich wäre ihm bestimmt ziemlich empört über den Mund gefahren.

Auch bei Lina habe ich nicht sehr freundlich reagiert, aber bei ihr konnte ich den Spruch wenigstens akzeptieren und ein wenig darüber nachdenken. Am Ende musste ich es mir und ihr eingestehen, dass sie recht hatte – mir fehlte der Sex. Typisch Lina, immer eine Quelle guter Ratschläge, wusste sie auch gleich, wie ich mir den ganz ohne Komplikationen beschaffen konnte. Denn auf eine anstrengende Affäre mit ihrer ganzen Heimlichtuerei hatte ich nun nicht die geringste Lust. Ich wollte den Sex ohne Konsequenzen, den puren Spaß, ohne nachher mit noch mehr Problemen dazusitzen, als ich sie jetzt ohnehin schon hatte. Parkplatzsex sei genau das, was ich in meiner Situation brauche, beschloss Lina deshalb. Und weil sie immer praktisch denkt, stöberte sie auch gleich auf den entsprechenden Internetseiten für einen Parkplatztreff herum und konnte mir so nachher etliche Adressen und Tipps geben. Zuerst wollte ich ja gar nicht. Mir kam das alles zu unsicher vor – Sex mit Fremden, anonymer Sex, die schnelle

Nummer auf einem Parkplatz; sollte das mir tatsächlich helfen, meine Depression zu überwinden? Das konnte ich mir nun gar nicht vorstellen!

Aber dann saß ich irgendwann da, an einem Abend, mein Mann war mal wieder geschäftlich unterwegs und mich juckte die Muschi, aber auf Masturbieren hatte ich keine Lust. Das bringt es einfach nicht, es sich selbst besorgen. Dann kann ich genauso gut auf Sex verzichten – denn zu gutem Sex gehören nun einmal zwei. Mindestens zwei … Langeweile und frustrierte Erregung gemeinsam waren es dann, die mich schließlich an den Computer trieben, auf die Internetseite, die Lina mir für den Parkplatzsex empfohlen hatte. Zuerst fand ich das dort ja alles etwas vulgär. Da wurde so gar nichts beschönigt, es wurde alles so beschrieben, wie es war, ohne jede Scheu und ohne Hemmungen. Okay, moderne Frauen verwenden natürlich auch mal das Wort „ficken", aber allzu grafische Beschreibungen dieser Tätigkeit schrecken uns noch immer eher ab, als dass sie uns geil machen. Trotzdem fühlte ich mich wider Willen gefesselt von den Berichten über andere Parkplatztreffen und das, was da stattgefunden hatte. Hätte es nicht Geld gekostet – und wie sollte ich meinem Mann eine solche Abbuchung erklären? -, ich hätte mich sogar im Memberbereich angemeldet und mir die versprochenen Sexfilme über Parkplatzsex angeschaut.

So allerdings musste ich mich mit Sexgeschichten begnügen. Aber die heizten mir auch schon ganz schön ein; nach einer Weile ertappte ich mich dabei, dass ich mir die Muschi am Reiben war. Lina hatte vollkommen recht – es war wirklich höchste Zeit, dass ich endlich mal wieder ein richtiges Sexabenteuer erlebte. Und warum nicht anonym und schnell, per Sofortkontakt beim Parkplatzsex? Eigentlich war das doch genau das Richtige, denn dabei war es so gut wie ausgeschlossen, dass mein Mann etwas mitbekommen würde. Außerdem hatte ich ja auch schließlich keine Lust, mich mit jemandem zu unterhalten oder eine Beziehung anzufangen, die irgendwann genau wie die zu meinem Mann in totaler Sexlosigkeit enden würde, sondern ich wollte wirklich einfach nur Sex.

Neugierig sah ich mich bei den Kontaktanzeigen um. Unglaublich, wie viele Männer und Frauen hier auf der Suche nach dem Parkplatzsex Abenteuer waren! Ob da wohl auch etwas in meiner Nähe dabei war? Lina hatte mich ja darüber aufgeklärt, dass gar nicht so weit von uns ein Rastplatz war, wo sich im hinteren Teil, der von der Raststätte aus nicht einsehbar war, öfter mal die Paare trafen, um es ziemlich wild zu treiben. Sie hatte sogar gemeint, ich sollte einfach mal hinfahren und es mir entweder beim Zuschauen selbst besorgen, oder aber dort versuchen, einen Kerl aufzureißen. Also nichts gegen Spontansex; aber so spontan bin ich ja nun auch wieder nicht! Ich wollte wenigstens vorher ein bisschen was wissen über den Typen, von dem ich mich dann auf dem Parkplatz vögeln lassen würde.

Gleich drei Kontaktanzeigen fand ich sogar, die in Frage kamen. Das eine, das war jemand, der ein paar Tage auf Geschäftsreise hier in der Gegend unterwegs war und auf der Rückfahrt auf eben jenem Parkplatz noch schnell einen Quickie mitnehmen wollte, bevor er zu seiner Frau zurückfuhr, der zweite war jemand hier aus der Gegend, der einfach nur mal was richtig Aufregendes machen wollte beim Sex, und das Dritte war jemand, der als Fernfahrer öfter mal auf dem Parkplatz war, dort schon öfter das eine oder andere Parkplatztreffen beobachtet und nun endlich selbst auch mal eines haben wollte. Das gewisse Prickeln packte mich bei allen drei Sexinseraten. Und wie sollte ich mich da jetzt zwischen diesen drei Männern entscheiden? Immerhin hatten alle drei auch Fotos in ihrem Profil und die sprachen mich schon an. Besonders gefiel mir der wirklich riesige Schwanz des Lastwagenfahrers mit seinem Vorhautpiercing … Aber die anderen beiden waren auch nicht schlecht. Wen sollte ich jetzt nehmen? Oder sollte ich es einfach mit allen dreien treiben? Nein, ich wollte erst einmal eine Verabredung zu einmal Parkplatzsex. Wenn das so toll war, wie ich das erhoffte, konnte ich ja immer noch weitere Blind Dates haben. Aber übertreiben musste ich es ja nicht gleich.

Ich schaute noch einmal hin und stellte dabei fest, dass zwei der drei Männer gerade online waren: der Lastwagenfahrer und der Geschäftsreisende. Es gab da einen Sexchat, in den man nach einer kostenlosen Anmeldung sofort hineinkam. Na, da musste ich mich doch gleich anmelden! Ich überhörte das allgemeine Geschnatter im Chatroom und schaute nach, ob auch die beiden am Chatten waren. Der eine war es, der andere nicht. Und so entschied sich dann der Zufall für mich und es war der LKW-Fahrer, dem ich als Erstes zumindest einmal virtuell begegnete. Ich beschloss, mir erst einmal den zu greifen, weil er ohnehin schon im Chat war. Falls es mit dem nichts werden sollte, konnte ich den anderen ja nachher immer noch auffordern, mal in den Sex Chat zu kommen. Falls er dann noch online war. Ich sprach also diesen Typen an und sofort überredete er mich dazu, in einen privaten Chatroom zu gehen. Es wunderte mich noch, wieso er chatten konnte, wenn er doch Fernfahrer war – aber dank Smartphone und/oder Notebook ist das ja heutzutage alles kein Problem mehr. Und Pausen muss auch ein LKW-Fahrer schließlich mal machen.

Was soll ich sagen – das mit dem Muschireiben, dass ich vorher alleine angefangen hatte, setzte ich dann mit einer

Hand fort, während ich mit der anderen mühsam am Tippen war und er besorgte es sich ebenfalls, während wir am Chatten waren. Es war kein Wunder, dass wir gleich zum Sex Talk übergingen, denn ich hatte ihn ganz offen damit begrüßt, dass mir sein Schwanz und sein Intimpiercing unheimlich gut gefallen würden. Damit hatte ich gleich gezeigt, dass ich gegen Dirty Talking nicht viel einzuwenden hatte und entsprechend nahm er auch kein Blatt vor den Mund. Deshalb trieben wir es gleich heftig beim Cybersex miteinander. Außerdem sprang auch noch die erhoffte Verabredung zum Parkplatzsex dabei heraus. Am Schluss kostete es mich überhaupt keine Überwindung. Ich saß da, meine Finger noch an meiner nassen Muschi, fühlte mich wohlig und befriedigt und als er mich dann fragte, ob ich nicht irgendwann mal Zeit hätte, ihn privat kennenzulernen, ganz real bei einem Date statt nur im Chat, da sagte ich, ohne nachzudenken, ja.

Anschließend hatte ich dann natürlich doch wieder Skrupel, aber da war es schon zu spät. Jemanden beim Blind Date sitzen lassen, das tut man einfach nicht. Nun musste ich auch hinfahren, auf diesen Parkplatz, drei Tage später, zum verabredeten Treffen. Ich machte mich auch ziemlich schick und als ich auf den Parkplatz kam, erkannte ich seinen Laster sofort, denn er hatte mir den genau beschrieben. Mit einem flauen Gefühl in der Magengegend parkte ich meinen eigenen Wagen, stieg aus und stakste auf meinen hochhackigen Schuhen zum LKW, klopfte, wie besprochen, an die Beifahrertür. Er öffnete sie mir sofort, beugte sich herüber und half mir einzusteigen, was mit den hohen Absätzen gar nicht so einfach war. Das ging nämlich erstaunlich weit nach oben. Wie praktisch, wenn man es in der Fahrerkabine miteinander treiben wollte ... Davon bekam auf dem Parkplatz garantiert niemand etwas mit. Höchstens ein anderer LKW-Fahrer könnten nebenan halten und vielleicht ein bisschen was entdecken, aber das wäre mir egal gewesen. Er merkte aber sofort, dass mit mir etwas nicht stimmte. Statt gleich über mich herzufallen, bot er mir erst einmal Kaffee aus einer Thermoskanne an, den ich dankbar nahm und schlürfte, denn er war sehr heiß. „Du hast Bedenken bekommen, stimmt's?", fragte er mich dann. Ich nickte. Ganz sanft strich er mir mit der Hand über die Wange. „Das macht gar nichts", sagte er verständnisvoll. „Wir müssen keinen Sex haben, auch wenn ich mich schon sehr darauf gefreut habe. Und du siehst noch viel verführerischer aus, als ich es mir ausgemalt habe. Aber wenn du willst, dann können wir auch einfach nur eine Runde quatschen und fahren dann wieder nach Hause."

Oh, wenn Männer wüssten, wie ungeheuer erotisch das auf uns Frauen wirkt, wenn sie zeigen, sie sind bereit, Rücksicht auf uns zu nehmen und nicht auf dem Sex zu bestehen! Es gibt nichts, was so schnell und effektiv die Hemmungen einer Frau zerstreut! So war es auch bei mir. Die Tatsache, dass er nicht auf dem Parkplatzsex bestand, zu dem wir uns verabredeten hatten, machte mich gleich wieder feucht. Außerdem wollte ich ja nun wirklich endlich seinen Schwanz mit dem Piercing real sehen! Ich stellte den Becher von der Kanne vorne aufs Armaturenbrett, drehte mich zu ihm um und umarmte ihn. Er blieb merkwürdig unbeteiligt. Erst als ich ihm direkt an den Schwanz ging und schon durch die Jeans spüren konnte, wie groß er war, stöhnte er und meinte heiser: „Du, wenn du so weitermachst, kann ich aber nicht dafür garantieren, dass ich dich unbehelligt lasse!" Mit einem glucksenden Lachen reagierte ich auf dieses Kompliment. Der Typ war echt klasse! Er dachte, ich wolle nun doch keinen Sex, und versuchte sich zusammenzureißen, obwohl er sichtlich schon reichlich geil war! Das gefiel mir. „Das musst du auch gar nicht", meinte ich und streichelte seinen harten Schwanz durch die Hose. Das war für ihn wohl der Startschuss; er ging mir an die Titten, noch bevor ich richtig fertig war mit meinem Satz. Junge, der Typ hatte echt Feuer! Verdammt schnell hatte er dafür gesorgt, dass mein Top nicht nur hochgeschoben, sondern ganz ausgezogen war, und er hatte eine Art, meine Nippel so halb zärtlich, halb grausam anzuknabbern, dass die schnell ebenso hart wurden, wie sein Schwanz es war. Den ich dann langsam nun auch endlich mal sehen wollte.

Kaum hatte ich jedoch angefangen, an seinem Reißverschluss das Metallteil zum Ziehen zu suchen, hielt er meine Hand fest. „Warte", keuchte er, schon ziemlich atemlos. „Nicht hier." Ich sah ihn verständnislos an. „Wieso nicht? Hier oben kann uns doch niemand sehen." „Aber hier ist es bequemer", lachte er und schob einen kleinen Vorhang hinter der Sitzbank zurück. Dahinter war eine kleine Koje, ein richtiges kleines Bett. Von so etwas hatte ich schon gehört, denn Fernfahrer müssen ja offensichtlich ab und zu mal im LKW übernachten, aber gesehen hatte ich so etwas noch nie. Er half mir dabei, über die Lehne in die Koje zu klettern. Richtig gemütlich war das hier! Als er sich zu mir gesellt hatte – da wurde es nun doch ein bisschen eng, aber das war einfach nur angenehm eng –, zog er sogar den Vorhang wieder zu, und es wurde richtig romantisch und kuschelig. Platz genug, dass man sich bequem ausziehen konnte, war in der kleinen Koje natürlich nicht, aber das musste ja auch nicht sein. Die plötzliche Nähe des warmen, männlichen Körpers war so überwältigend und aufregend, dass ich mir einfach nur irgendwie die Kleider vom Leib riss und ganz ungeduldig an den seinen zerrte. Bald waren wir beide nackt. Ich bekam kaum noch Luft vor Erregung.

So lange schon hatte ich keinen Mann mehr so leidenschaftlich und heiß mich umarmen gefühlt! Und der Piercing-Ring, den ich zu spüren bekam, wenn ich seinen

Schwanz streichelte, machte mich erst recht wahnsinnig. Ja, Lina hatte es genau getroffen – genau das war es, was mir gefehlt hatte! Ich konnte gar nicht genug bekommen von seiner nackten Haut, von seinen süßen, kleinen Nippeln und von seinem riesigen Schwanz mit dem Ring. Mit seiner Hand brachte er mich schon nach kürzester Zeit das erste Mal dazu zu kommen. Normalerweise reicht mir ja ein Orgasmus erst einmal, aber ich war so ausgehungert, dass ich nun erst recht und noch mehr darauf brannte, ihn endlich in mir zu spüren; inklusive Piercing. Den Gefallen tat er mir auch bald. Nachher war ich total erhitzt und total glücklich. Und hatte mich schon für die nächste Woche wieder mit ihm zum Parkplatztreff verabredet. Wer weiß, vielleicht wird das doch kein schneller, anonymer Sex, sondern eine richtige Affäre. Auf einmal habe ich gar nichts mehr dagegen.

Plötzlich hellwach

Alle beteiligten Personen sind bereits volljährig!

Gerade bin ich in diesem angenehmen Zustand direkt vor dem
Einschlafen, in dem man zu schweben scheint, weg driftet von
der wachen Welt. Warm eingekuschelt unter meiner Decke,
den Körper bequem in Seitenlage zusammengekrümmt, die
langen Haare über das Gesicht gezogen. Das ist meine
Lieblingseinschlafstellung. Ich fühle mich wohlig entspannt
und müde.

Ein unbekanntes Geräusch. Dumpf. Undeutlich. Eine Stimme.

Nichts mehr. Wegdämmern...

Ein Stöhnen.

Ich treibe zurück an die Oberfläche meines Bewusstseins. Ein
Stein, der vom Grund eines Tümpels hochgezogen wird.
Wieder das Stöhnen. Diesmal erkenne ich den Unterton.

Mit einem Mal bin ich hellwach. Oh Gott! Das ist doch...

Erneute Geräusche, jetzt rhythmisch gegliedert. Ein
langsamer Takt.

Mit angehaltenem Atem und in der Fast-Finsternis
aufgerissenen Augen liege ich starr auf meiner Matratze. Eine
Armlänge vor mir schimmert die weiße Rauputztapete, die
eine Wand meines Zimmers darstellt. Meine Hand liegt davor,
ein kaum auszumachender Umriß auf dem dunklen Leintuch.
Die Finger haben sich zu einer Faust zusammengeklammert.

Die Wand hinter der Tapete besteht aus einer simplen Rigips-Konstruktion. Ein paar dünne Alu-Profile und zwei Platten. Dazwischen nur Luft. Eigentlich nicht viel mehr als ein stabiler Vorhang. Ich kenne das, mein Vater hat die Dinger mit Begeisterung verbaut. Er ist kein schlechter Bastler, aber beileibe kein Handwerker. Doch diese einfachen Trockenbauwände, die hat sogar er gut hingekriegt.

Hinter der Wand steht das Bett von Zoe. Meine Mitbewohnerin. Vermieterin, wenn man es genau nimmt. Sie hat unsere Zwei-Zimmer-Wohnung mit Küche und Bad von Oma Prechtl gemietet, dem Vernehmen nach uralt und stocktaub. Ich habe sie selbst noch nicht kennengelernt. Das ist kein Wunder, denn ich wohne erst seit zwei Wochen hier, als Untermieterin von Zoe.

Meine Wangen kribbelten vor Aufregung, als ich ´Amelie Fanghuber´ unter das eng bedruckte Papier schrieb. Der erste selbst unterzeichnete Vertrag meines Lebens! Papier ist irgendwie viel beeindruckender als ein Klick auf einer Website, obwohl die Wirkung dieselbe ist. Ich war so aufgeregt, dass ich nur so tat, als würde ich den Text ganz sorgfältig und kritisch durchlesen. Mitbekommen habe ich nicht viel.

Im Bett hinter der Wand liegt außer Zoe noch Max, ihr Freund. Er arbeitet in München und besucht sie nur ab und zu. Ich habe ihn heute zum ersten Mal gesehen, als ich von der Vorlesung kam und die beiden in der einen Topf Spaghetti verdrückten.

„Hi Amelie", begrüßte Thea mich. „Kennst Du eigentlich Max schon? Mein Freund! Amelie -- Max, Max -- Amelie." Ihr rundes

Gesicht leuchtete dabei stolz und sie hatte besitzergreifend eine Hand auf seinen Arm gelegt.

„Hi!", sagte ich schüchtern und lächelte Max kurz an. Er lächelte zurück und gleich schoss Wärme in meine Wangen. Warum muss ich nur so schüchtern sein!

„Hallo!" Max grinste freundlich. Er sah gut aus mit seinem strubbeligen hellbraunen Lockenkopf und den lustigen Augen. Anscheinend war er einige Jahre älter als Thea mit ihren 22. Und noch viel älter als ich. Ich bin erst vor drei Monaten volljährig geworden.

„Willst Du mitessen? Wir haben eh zu viele Spaghetti gekocht", fragte sie mich.

„Nein, nein", wehrte ich schnell ab. Der Gedanke, neben den beiden offensichtlich Verliebten auf der Bank zu sitzen, hatte etwas entschieden Unangenehmes. „Ich habe schon gegessen", flunkerte ich. „Jetzt muss ich noch was Lesen, für VWL morgen."

Damit verdrückte ich mich auf mein Zimmer und blieb den Rest des Abends für mich.

„Oooooh!"

Das ist Theas Stimme, ich kann sie ziemlich gut hören. Leise und gedämpft von dem dünnen Material, aber unverkennbar. Sie liegt höchstens einen Meter von mir entfernt. Ohne die Trennwand würden meine Matratze und ihre praktisch ein Doppelbett bilden. Allerdings ruht ihre sauber auf einem Lattenrost in einem Ikea-Bett, während meine provisorisch auf dem blanken Boden rutscht. In den zwei Wochen seit meinem Umzug nach Heidelberg gab es Wichtigeres zu tun, als sich um ein Bettgestell zu kümmern. Wahrscheinlich wird das noch eine Weile so bleiben.

An Schlaf ist jetzt natürlich nicht mehr zu denken. Ich wage immer noch nicht, zu atmen oder mich zu bewegen. Schon der Gedanke, dass sie mein Lauschen bemerken könnten, ist mir so was von peinlich. Mein Gesicht fühlt sich heiß an. Vermutlich bin ich über und über knallrot.

Gut, dass niemand außer mir hier ist.

Gut, dass es dunkel ist.

Gut, dass nur meine Nase unter der schützenden Decke hervorragt.

Dreifacher Schutz, das ist beruhigend. Ich spitze die Ohren.

Jetzt murmelt Max was. Die Worte kann ich nicht verstehen, aber es klingt atemlos, gedrängt.

„Ok, wenn du willst…", höre ich Theas Antwort. Andere Geräusche. Etwas Hartes stößt gegen die Wand und ich fahre zusammen. Offenbar eine Art von Umgruppierung. Die Bewegungen der beiden Körper lassen das Bett wackeln und an die Rigipswand prallen. Gleich darauf setzen die rhythmischen Töne wieder ein, lauter jetzt. Schnelle Atemzüge, das Schlagen von Fleisch auf Fleisch.

Bilder wabern durch meinen Kopf wie eine dieser Videoinstallationen in der Ausstellung neulich. Ich wage kaum, mir die Szene nebenan richtig vorzustellen. Ob Thea jetzt auf allen vieren kniet? Ob das Schlaggeräusch seine Hüfte ist, die auf ihren üppigen Po...

Vor Verlegenheit beiße ich in den Saum meiner Decke und ziehe daran, spüre das Zerren des Stoffes an meinen Zähnen. Das beruhigt mich ein wenig. Mein Herz schlägt heftig und die ganze Haut an meinem Körper ist viel zu empfindlich. Mich so unversehens so nahe an einem derartigen Akt wieder zu finden, dass zieht mir den Boden unter den Füßen weg. So etwas habe ich noch nie erlebt.

Komm schon!, vernünftelt mein Kopf. Das sind nur zwei Leute, die Sex haben. Das tun die meisten Erwachsenen. Du auch. Irgendwann mal. Du bist schließlich auch erwachsen. Da ist doch nichts dabei!

Natürlich hat mein Gehirn Recht. Ich weiß das. Es hat fast immer Recht. Aber mein Pulsschlag und meine Gänsehaut hören ihm nicht zu.

„Das ist zu anstrengend. Lass mich mal...“, höre ich Zoe.

„So ok?“ Diesmal kann ich Max verstehen.

„Ja. Gut so. Mach weiter. Hm,...“

Zoe ist überhaupt nicht gehemmt. Das wundert mich nicht. Sie sieht auch so aus, eine richtige üppige, blonde Sexbombe. Sie trägt ausschließlich knallenge Sachen, und sogar jetzt im November noch bauchfrei. Dabei sollte sie das meiner Meinung nach bleiben lassen. Sie ist nicht schlank genug, damit das wirklich gut kommt. Ich wäre das schon, aber ich würde nie mit nacktem Bauch herumlaufen!

Ich stelle mir vor, dass sie Kopf und Brust auf das Bett gelegt hat und das ausladende Hinterteil hochstellt. Ihrem Freund entgegen reckt. Und er kniet hinter ihr und...

Was zum Teufel denke ich da? Ich ertappe mich tatsächlich bei der Frage, wie Max wohl aussieht. Wie er gebaut ist. Wie sein Penis aussieht. Meine Matratze scheint nicht mehr auf einem Holzboden zu liegen, sondern auf einer schiefen Ebene. Die Ebene neigt sich immer mehr, ich rutsche bereits. Es ist nicht abzusehen, wo und ob ich mich festhalten kann, oder ob ich unabänderlich in den Abgrund gleite.

„Uuh!"

Theas Stöhnen klingt nun heller. Genießerischer. Wollüstiger. Der Laut fährt mir richtiggehend durch den Körper, und der räkelt sich, ganz von selbst.

Ein halber Gedanke, eine unausgesprochene Frage. Fahrig schiebe ich eine Hand in die Pyjamahose und hebe einen Schenkel an, mache den Zugang frei. Ich treffe auf warme, schlüpfrige Feuchtigkeit. Meine Schamlippen fühlen sich ein wenig geschwollen an und empfindlich. Oh Gott!

Stell Dich nicht so an!, verlangt mein Kopf. Ist doch klar, dass man da nicht unbeteiligt bleibt, oder? Du reagierst halt, na und? Besser, als wenn du ein Eisklotz wärst.

Ich lasse die Hand, wo sie ist, und reibe die glitschigen Fingerspitzen aneinander. Das mag ich. Ein kleiner Tick vielleicht. Ich weiß nicht, ob andere Leute das machen, ob sie es auch mögen. Oder ob ich der einzige Mensch auf der ganzen Welt bin, der auf so etwas abfährt.

Meine sexuellen Erfahrungen sind beschränkt. Genauer: praktisch nicht vorhanden. Ich hatte zwar schon zwei Freunde. Aber beim ersten war ich noch zu jung -- oder fühlte mich noch zu jung, ich war fünfzehn. Und den zweiten quälten ein paar psychische Probleme, er wollte vom Thema Sex nichts wissen. Die Beziehung war ganz nett und hundertprozentig platonisch. Was ich immer mit großer Erleichterung und leisem Bedauern akzeptierte.

Martin, mein erster Freund, der wollte schon. Doch damals war ich so ängstlich und aufgeregt und zickig, dass ich es kaum aushielt, wenn er seine Hände unter meine Kleider schob. Ein einziges Mal hatte ich ihm erlaubt, zwischen meine Beine vorzudringen und mich zu einem Höhepunkt zu streicheln. Der war schon heftig, irgendwie, aber ich habe mich nicht gut dabei gefühlt. Wie eingezwängt. Gehetzt.

Ich weiß noch, dass ich trotzdem total feucht war und mich hinterher durcheinander gefühlt habe. Danach hat er mich sitzen lassen und ist mit Daniela aus der Parallelklasse gegangen. Sie hat sich wohl nicht so angestellt wie ich. Das kommt halt davon, wenn man in der tiefsten Provinz aufwächst. Wenn man Eltern hat, die zwar liebevoll sind, aber sprachlos, sobald es um Dinge wie Sex geht.

Vorsichtig führe ich meine Fingerspitzen über meine Spalte. Spüre der weichen Haut und den Härchen dort nach. Nebenan keuchen beide vernehmlich und schnell, bei jedem Stoß knackt die Wand.

Ich könnte mich selbst befriedigen. Das mache ich manchmal. Alle vier oder fünf Wochen vielleicht. Meistens jedoch streichle ich mich nur ein wenig, so wie jetzt, und genieße die Reaktion meines Körpers. Die wohlige

Sinnlichkeit, die sich in meinem Becken ausbreitet, das Kribbeln im Bauch wie von tausend wuselnden Ameisen mit Söckchen an den Füßen. Das finde ich schöner als den eigentlichen Höhepunkt.

Mit leichtem Bedauern entscheide mich dagegen. Ich möchte mich nicht einklinken in den Takt des Pärchens im Nachbarzimmer. Ich brauche immer viel Zeit, viel Ruhe. Ich brauche mein eigenes Tempo.

Stattdessen will ich etwas Unerhörtes wagen! Lautlos schlage ich die Decke zurück, fröstle einmal, als kalte Luft über meine Waden streicht, und richte mich in Zeitlupe in eine kniende Position auf. Mit äußerster Vorsicht drücke ich ein Ohr gegen die Wand.

Jetzt klingt es wirklich, als säße ich auf der Bettkante. Ich höre jedes Stöhnen, jedes Luftholen, jedes Klatschen, jedes knackende Gelenk.

Ich erschauere und presse die Schenkel zusammen. Meine Hand steckt immer noch dazwischen und wühlt in der schwülen Fuge, ganz von selbst. Es ist ziemlich finster, doch wenn ich an mir heruntersehe, dann sind meiner Brüste zwei graue Apfelkurven unter dem Nachthemd. Die Nippel sind fantastisch angeschwollen und groß, das sehe ich und spüre ich, sie jucken im Takt meines Pulsschlags.

„Ich komme gleich!" Maxs gepreßte Stimme.
„Nein! Warte. Bitte...", keucht Zoe.

„Dann muss ich kurz Pause machen. Warte mal, ich lecke Dich ein bisschen..."

„Och nee. Kannst Du nicht... Oh? Ah ja, das ist gut... Ah ja... Ah ja..."

Bei der Idee, dass mir jemand die Zunge unten reinschiebt, kichere ich um ein Haar laut auf vor Verlegenheit. Ich weiß natürlich, dass viele Leute das machen und es schön finden. Aber ich vermag mir das beim besten Willen nicht vorzustellen. Dennoch hat der Gedanke etwas Reizvolles, etwas Frivoles. Meine Beckenmuskeln spannen sich von alleine an.

„Jetzt bin ich fast so weit", ächzt Zoe.

„Mmmm!", seine Antwort.

„Fast! Fast!" Sie schluchzt richtig. Dazu laute Schleckgeräusche. „Gleich. Gleich..."

Ihre Stimme kippt. Der zittrige Schrei hallt durch die nächtliche Wohnung. Man hätte ihn gut noch im Erdgeschoss hören können, aber das Optikergeschäft unter uns ist nur von neun bis sechs Uhr geöffnet. Und über uns wohnt der alte Herr Klenk, der hört selbst mit Hörgerät sehr schlecht.

Mein Gehör dagegen funktioniert ausgezeichnet. Meine Brustwarzen sind so hart geschwollen, dass die sachte Reibung des Pyjamastoffes sich unangenehm anfühlt. Meine Kehle ist trocken, ich kann kaum schlucken.
Weitere lang gezogene Klagelaute von Zoe. Seltsam, dass die Laute von Lust und Schmerz sich so ähnlich sind. Nun setzt das Klatschen erneut ein. Bei dem Gedanken, dass er mitten in ihrem Orgasmus wieder sein Ding in sie bohrt, da krampft sich meine Scheide innerlich zusammen. Ich weiß nicht genau, ob vor Angst oder vor Verlangen.

Gleich darauf stößt Max ebenfalls ein lautes, erlöstes Stöhnen aus. Ich weiß, dass jetzt sein Sperma herausspritzt, aber ich kann mir nicht vorstellen, wie sich das für Thea anfühlen muss.

Plötzlich fühle ich Wut. Wut auf mich, weil ich so ein blödes unerfahrenes Ding bin. Wut auf meine Mutter, die mich nicht einmal vernünftig aufklären konnte. Wut auf die beiden nebenan, weil sie die Umwelt mit ihren Lustgeräuschen verschmutzen.

Die Töne werden leichter, leiser. Sehnsüchtiges Nachglühen statt Feuersbrunst. Immer noch wütend verlasse ich meinen Horchposten und vergrabe mich in meine Decke, will nichts mehr hören. Aber natürlich lausche ich aufmerksam auf jedes Geräusch.

„Das war voll gut!", seufzt Zoe müde und gähnt. Max antwortet, ich kann ihn nicht verstehen. Innerhalb weniger Minuten ist es drüben ganz still.

Das facht meine Wut weiter an. So ein Mist! Die beiden Turteltäubchen schlafen umgehend ein vor Erschöpfung und ich bin hellwach!?

Eine Viertelstunde später ist es nicht anders. Schäfchen zählen funktioniert nicht. Ich reiße den armen Viechern gedanklich den Kopf herunter, anstatt sie über den Zaun springen zu lassen. Schließlich stehe ich auf und tappe in die Küche, um mir etwas zum Trinken zu holen. Zumindest die Trockenheit in meinem Hals muss ich nicht wehrlos ertragen, oder?

Ich bin ausgesprochen vorsichtig und knipse weder das Licht an, noch verursache ich ein Geräusch. Nur das Ploppen, als der Magnetverschluss des Kühlschranks aufschnappt, und das Sprudeln des Mineralwassers beim Einschenken ist zu hören. Ich setze mich in die Ecke unserer Küchenbank und drücke das kühle Glas gegen die Stirn.

Zoe hatte erzählt, dass Max jedes zweite, dritte Wochenende zu Besuch kommt. Immer abwechselnd zu ihren Trips nach München. Bei der Aussicht, ihre Nachtaktivitäten regelmäßig als Hörspiel zu verfolgen, wird mir flau im Magen. Nicht unbedingt, weil es mir so unangenehm ist. Im Gegenteil, wenn ich ehrlich zu mir bin, dann interessiert es mich sogar. Doch die Heftigkeit, die Intensität darin berührt und packt mich so, dass ich nicht weiß, ob ich mich darauf freuen oder weglaufen will.

Die leisen Geräusche aus Zoes Zimmer hatte ich kaum mitbekommen. Aber nun öffnet sich die weiße Tür. Max kommt heraus und kratzt sich am Bauch. Er ist nackt.

Schreckensstarr umklammere ich mein Glas. Mein Herz wummert irgendwo in Höhe meines Kehlkopfes. Was jetzt?

Er sieht mich nicht in der dunklen Ecke, sondern schlurft am Tisch vorbei ins Bad. Er schließt die Tür nicht richtig. Ein schmaler Streifen grelles Halogenlicht taucht die Küche in einen verhaltenen Schimmer. Plätschern, ewig lange. Irgendwann fällt mir auf, dass ein Atemzug dann und wann von Vorteil wäre.

Soll ich schnell aufspringen und in meinem Zimmer verschwinden? Doch der Gedanke, dass ich ihm praktisch genau in die Arme laufen werde, wenn er im falschen

Augenblick herauskommt, hält mich wie paralysiert auf der Eckbank.

Da rauscht schon die Klospülung. Der Wasserhahn, als er sich die Hände wäscht. Das Licht erlischt und Maxs dunkle Gestalt erscheint wieder. Er kommt exakt auf mich zu. Ich starre ihm entgegen und fühle mich wie ein Tier auf dem Mittelstreifen, das die Scheinwerfer heranrasen sieht.

Doch er bemerkt mich immer noch nicht. Er öffnet den Kühlschrank. Als dessen bleiches Innenlicht auf sein Gesicht fällt, da sehe ich, dass seine Lider fast geschlossen sind. Hoffentlich geht er gleich zurück in Zoes Bett, wo er hingehört!

Er trinkt mit großen Schlucken direkt aus der Wasserflasche. Ich versuche, den Trick herauszufinden, wie man auf der Stelle unsichtbar wird. Trotz meiner Panik kneife ich die Augen zusammen und schaue mir Zoes Freund genau an.

Max ist gut mittelgroß. Knapp eins achtzig, schätze ich. Er ist schlank, aber sehnig und kräftig, mit muskulösen Armen und Beinen. Seine Brust ist mit einem dichten Gewirr von dunklen Haaren überwuchert, das sich auch als schmaler Streifen über den strammen Bauch hinab zieht. Darunter baumelt ein überraschend großer Pimmel. Ob männliche Schwänze immer so aussehen? Oder nach dem Geschlechtsverkehr? Oder ausschließlich seiner? Im Internet sieht man ja alles mögliche, aber das gibt einem keinen Maßstab für die Realität.

Er schraubt die Flasche wieder zu -- nur halb, sehe ich, morgen wird die Kohlensäure komplett raus sein, na toll! -- und gibt der Kühlschranktür einen leichten Stoß. Beim

Umdrehen streift sein Blick über mich. Er zuckt zusammen, nach einer winzigen Verzögerung, und blinzelt.

„Amelie?"

„Ich, äh, trinke hier nur kurz was", flüstere ich eilig und hebe mein Glas vor das Gesicht.

Er starrt mich an. „Sitzt Du schon die ganze Zeit da?"

„J-ja", gebe ich zu und hoffe, dass meine Gesichtsfarbe in der Dunkelheit nicht zu erkennen ist. Das Holz der Bank drückt sich kühl an meinem Hintern. Ich unterdrücke ein Frösteln.

Seine Hand fährt an den Hinterkopf, kratzt dort. Ein verwundertes Schnauben. Dann sieht er an sich hinab.

„Oh! Tut mir leid, ich hätte mir was anziehen sollen!"

„Ach, kein Problem!" Ich zucke gelangweilt mit der Schulter, als würde ich jede Nacht fremden nackten Männern begegnen.

Er grinst. Das nimmt er mir wohl nicht ab. Lässig lehnt er sich mit dem Hintern an die Spüle und verschränkt die Arme vor der Brust. Ich sehe ihm ins Gesicht und achte sorgfältig darauf, dass mein Blick nicht an ihm herab rutscht. Ob es mir gelingt, meine Furcht zu verbergen?

„Haben wir Dich etwa vom Schlafen abgehalten? Oder geweckt?"

„Nein", behaupte ich. „Ich, äh, habe die ganze Zeit gelesen."
Blöd! Jetzt weiß er, dass ich wach war und alles mitgehört habe.

Wieder sein freches Grinsen. Am liebsten hätte ich ihm eine runtergehauen.

„Und?", fragt er anzüglich.

„Was und?"

„Hat es dir gefallen?"

„Phh!"

Mein wegwerfendes Schnauben überzeugt nicht einmal mich selbst. Ich spüre die köchelnde Wut in meinem Magen. Was bildet sich dieser Kerl nur ein?

Max lacht leise und sieht mich einige Sekunden nur an. „Wie alt bist Du, Amelie?"

„Ich bin volljährig! Warum?"

„Ach, nur so!"

So ein Idiot! Nochmal ein Lachen und er schlendert endlich in Richtung von Zoes Zimmertür.

„Ich glaube, ich muss noch eine Runde drehen!", meint er leichthin und zwinkert mir über die Schulter hinweg zu. Was zum Teufel soll das nun bedeuten?

Er geht hinein. Die Tür quietscht leise. Er hat ihr einen Stoß gegeben, aber nicht stark genug, damit sie zufällt. Aus dem Zimmer fällt ein wenig Licht. Zoe hat eine Straßenlaterne direkt vor dem Fenster. Das stört sie nicht, sagt sie, sie sei an einer Durchgangsstraße groß geworden.

Ein lauter Schmatzer dringt an mein Ohr. Ein zweiter, gefolgt von einem müden weiblichen „Hmm?"

„Dein Hintern sieht so appetitlich aus, ich muss ihn einfach küssen!" In Maxs Stimme schwingt unterdrücktes Lachen mit.

Ich reiße Augen und Mund auf. Will er etwa...?

„Ich habe um acht in der Früh Vorlesung!", murmelt Zoe in einem bittenden Ton.

„Schlaf weiter, Baby!" Neuer Schmatz.

„Biest!"

Die Sache ist so eindeutig, das erkenne sogar ich Landei! Er hat die Tür extra für mich offengelassen. Und jetzt macht er sich ein zweites Mal über seine Liebste her.
Warum?

Will er sich über mich lustig machen? Hält er mich für ein so unerfahrenes junges Küken, dass ich dringend etwas von ihm lernen musste? Womit er Recht hätte, aber darum geht es nicht.

Oder törnt es ihn an, wenn er weiß, dass ich zuhöre?

Da erst fällt der Groschen endgültig und ich schlage instinktiv eine Hand vor den Mund.

Er will, dass ich zusehe!?!

Also das halte ich nicht aus! Morgen suche ich mir eine neue Wohnung, hübsch und klein und ruhig, und nur für mich alleine! Möglichst abgelegen. Sibirien oder so.

Die Kuss Geräusche verändern sich, sind nun leiser, gedämpfter. Irgendwie unanständiger. Ab und zu ein Seufzen aus dem Halbschlaf. Das reicht jetzt! Ich komme ruckartig hoch und marschiere auf steifen Beinen los. Am besten knalle ich meine Zimmertür so richtig laut zu, damit er merkt, was ich von ihm und seinen abstrusen Ideen halte!

Aber auf der Schwelle stoppe ich ein und lausche.

„Oh".

Theas Stöhnen klingt so selbstvergessen, so vielsagend, so betörend sinnlich, dass ich wie angewurzelt stehen bleibe. Und dann, während ich auf mich selbst schimpfe wie ein Rohrspatz, schleiche ich doch tatsächlich die vier Schritte bis zu der leicht geöffneten Tür. Mein Herz schlägt hart gegen die Rippen, und der Boden fühlt sich an wie eine Eisscholle unter den nackten Füßen.

Ein erster Blick.

Zoe liegt seitlich in ihrem Bett, den Rücken mir zugewandt. Sie trägt nur ein schwarzes Hemdchen, darunter nichts. Der blanke Po reckt sich mir entgegen. Max kniet neben dem Bett, hat die Hände um die Hinterbacken gelegt, und leckt sie dort voller Hingabe. Die pure, ungezügelte Erotik der Szene zieht mich augenblicklich in ihren Bann. Ich friere ein, die Finger um den Türrahmen gekrallt.

Das Licht reicht nicht aus, um alle Details auszuleuchten. Ich erkenne nur, dass Max die drallen Schenkel seiner Geliebten auseinandergeschoben hat. Sein Gesicht arbeitet tief in der Spalte zwischen Beinen und Hintern. Zoe rollt sacht mit dem Becken und seufzt im selben Takt.

Außerdem reibt Max seinen nun steif aufgerichteten Penis. Ich muss schlucken, als mir klar wird, dass er sich extra so schräg hingekniet hat, damit ich das von meiner Warte aus auch gut sehen kann. Ich bin gefangen in einem Spiel, das ich nicht ganz durchschaue. Es fühlt sich an wie lauter kleine Wollfäden. Jeder einzelne davon schwach und leicht zu zerreißen, aber alle zusammen verweben mich in ein Netz, aus dem es kein Entrinnen gibt. So ähnlich hat sich Gulliver wohl gefühlt.

Max rappelt sich hoch, sein Mund verläßt seinen bisherigen Aufenthaltsort mit einem nassen Geräusch.

„Ich muss Dich einfach noch Mal haben!" raunt er seiner Freundin zu und schiebt sich auf sie. Dabei erkenne ich nun das Volumen seiner Erektion im Verhältnis zu seinem Körper. Sieht schön groß aus, aber nicht zu groß.

„Du bist unersättlich!" Ihre Stimme klingt zärtlich. Sie legt sich für ihn auf den Bauch und nimmt die Beine auseinander. Er kniet sich dazwischen und führt mit der Hand sein Glied in die schattige Fuge. Sie drückt den Po hoch, und gleich darauf verkündet ein doppelter Seufzer, dass er eingedrungen ist. Vorsichtig läßt er sein Gewicht auf sie sinken. Dann beginnen seine Stöße. Ich sehe nur noch die Umrisse der beiden Körper und ihre Bewegungen. Das Bett knarrt wieder los.

„Das ist toll, Dich so zu ficken!", keucht er gegen ihren Hinterkopf. Sie kichert lasziv. Ich lausche verblüfft. Bisher dachte ich immer, dass Sex so wortlos abläuft wie in den Filmen. Höchstens untermalt von romantischer Musik.

„Beim zweiten Mal ist es intensiver. Da komme ich mir dünnhäutiger vor."

Von Zoe kommt nur ein kurzes zustimmendes Brummen.

„Ich liebe es, wenn ich bei jedem Stoß deinen Arsch an meinem Bauch spüre."

Dazu sagt sie nichts. Stöhnt nur.

„Das fühlt sich so geil an!"

Endlich kapiere ich. Dieser Verbalsex gilt mir! Ein weiterer Wollfaden, der sich um meine Schenkel schlängelt. Auf eine subtile Weise sind wir nun zu dritt in diesem Spiel gefangen.

„Ich will deine Brüste streicheln!", verlangt er drängend. Sie dreht sich etwas, so dass er eine Hand unter sie schieben kann.

„Mmm, Dein Busen ist der Wahnsinn! So groß und voll! Das erregt mich total, wenn ich meine Finger so darum lege..."

Bei diesen Worten werden seine Bewegungen plötzlich langsamer, tiefer. Dringender.

„Warte...", flüstert sie.

„Nein!", keucht er und dehnt seine Stöße noch länger. „Ich will jetzt! Mir ist egal, ob Du kommst oder nicht..."

Beim letzten Wort stöhnt er laut auf und verharrt mit weit zurückgebogenem Oberkörper. Dann schüttelt der Orgasmus ihn durch wie ein Kätzchen, das im Genick gehalten wird. Er bricht ächzend auf ihr zusammen, fest im Griff seiner Lustentladungen. Ich sehe, wie sie die Beine anwinkelt, ihn von hinten an sich zieht und mitgeht. Zum Höhepunkt kommt sie nicht, aber ich habe den Eindruck, dass ihr dies nicht so wichtig ist. Sie genießt es jedenfalls, im Halbschlaf von ihm durchgevögelt zu werden.

„Wow!" Maxs Stimme ist nur ein erschöpftes Murmeln. „Das machen wir jetzt immer so."

Zoe kichert schläfrig. Um ein Haar hätte ich auch losgelacht. Hysterisch losgelacht. Ich weiß vermutlich besser als sie, was ihr Lover damit meint.

Lautlos schleiche ich in mein Zimmer und schließe die Tür hinter mir. Den Griff drücke ich in Zeitlupe, um nur ja kein verräterisches Geräusch zu verursachen.

Mindestens zwei oder drei Stunden liege ich noch wach auf der Matratze, die Augen weit geöffnet, die Finger spielerisch auf meine feuchte Scham gelegt. Die Eindrücke dieser aberwitzigen Nacht flirren durch meinen Kopf. Bilder, Laute, Worte, Bewegungen. Mein Körper ist so quicklebendig und präsent, als hätte ich gerade ein Volleyballspiel mit anschließender Dusche und Sauna hinter mir.

Irgendwann geht das in einen unruhigen Schlaf über. Ich träume von Martin. Was genau, das weiß ich später nicht mehr, aber es hatte etwas mit seiner Hand in meinem Slip zu tun.

***

Punkt acht Uhr rattert mein billiger Wecker. Schlaftrunken fahre ich auf, sehe mich verständnislos um.

Ach so, richtig. Ich bin in Heidelberg. In meiner neuen Studentenbude. Ich studiere Volkswirtschaft im ersten Semester. Frisch importiert aus der tiefsten Provinz. Knapp 2200 Einwohner. Es ist Freitag, der 16. November, verkünden die roten Digitallettern der Nachttischuhr.

Aus der Küche wehen Musikfetzen zu mir herüber. Zoe hat ein prähistorisches Radio aus Nußbaumholz auf dem Kühlschrank stehen, sie liebt es wie ein altes Haustier. „NThear can say goodbye, ahaha, ahaha...", trällert sie laut und falsch mit den Pet Shop Boys.

Langsam dringen wieder die Geschehnisse der Nacht zu mir vor. Der doppelte Liebesakt, dessen Zeuge ich wurde. Max, direkt vor mir, nackt.

Oh Gott! Zoe würde gleich in die Vorlesung gehen, er war noch in der Wohnung. Ich kann ihm unmöglich unter die Augen treten. Aufstöhnend ziehe ich die Decke über den Kopf.

„Tschühüüüs! Bis heute nachmittag!"

Die Wohnungstür kracht hinter Zoe ins Schloß. Relative Ruhe bleibt zurück. Auch das Radio hat sie ausgeschaltet. Ich reiße mich zusammen und versuche, einen Schlachtplan aufzustellen.

Also: Max schläft noch. Am besten dusche ich schnell, kleide mich an und gehe ebenfalls zur Uni. Ich habe zwar keine Vorlesungen, aber ich könnte mich ja mal ausgiebig in der Bibliothek umsehen. Das war uns auf der Einführungs- veranstaltung wärmstens ans Herz gelegt worden, Online- Zugriff hin oder her. Mit ein wenig Glück unternehmen die beiden nach Zoes Rückkehr etwas, so dass ich nicht auf Max treffen werde. Wenn ich mir zwei Brote und Wurst mit aufs Zimmer nehme, kann ich den ganzen Abend darin verbarrikadiert bleiben. Perfekt!

Aus reiner Gewohnheit greife ich nur nach der Unterwäsche und stehle mich ins Bad. Erst unter der Dusche fällt mir ein, dass ich damit halb angezogen zurück in mein Zimmer muss. Na ja, vermutlich schläft Max dann noch.

Die heißen Strahlen fühlen sich heute fast zu hart an, meine Haut scheint überempfindlich zu sein. Sind das Nach- wirkungen? Ich stelle das Wasser schwächer und wasche mich schnell. Kurz stiehlt sich das Bild in meinen Kopf, wie mich Max von oben bis unten einseift. Ich unterdrücke das, als sich meine Brustwarzen sofort aufrichten und mein ganzer Busen sacht pocht. Ich spüle den Schaum ab und reibe auch jeden Rest von Schlüpfrigkeit aus meiner Scheide. Dabei fühlte ich leises Bedauern.

Abtrocknen. Zähneputzen. Föhnen. Leider dröhnt der Föhn wie ein altersschwaches Düsentriebwerk. Das kann er unmöglich überhören.

Rudimentäres Schminken. Ein Haarreif in die Haare. Ich trage sie schulterlang, in meiner natürlichen Farbe, dunkelbraun. Mit dem Reif sehe ich erst recht wie ein kleines Mädchen aus, aber das ist mir jetzt egal.

Ein abschließender Blick in den Spiegel. Ich starre in mein Gesicht, ernst und schmal und blaß. Die Augen verraten mich, ihr unruhiges Spiel gibt meine Ängstlichkeit preis. Ich runzle die Stirn und strecke mir die Zunge heraus, dann schlüpfe ich in die Unterwäsche.

Als ich mich vorbeuge, um meinen Busen ordentlich in den Körbchen zu verstauen, da bin ich froh, dass ich nur 70B brauche. Ich würde wahnsinnig werden mit einer Oberweite, wie beispielsweise Zoe sie hat.

Doch, mit meinem Oberkörper bin ich ganz zufrieden. Auch die Beine sind in Ordnung. Schlank und gerade und lang genug, um bei meiner Körpergröße von 1,63 m nicht „kurz" auszusehen. Nur meine Hüften finde ich deutlich zu ausladend, und meinen Hintern zu fett. Na ja, fett ist vielleicht übertrieben. Normal halt. Aber ich liebe die Ästhetik diese spindeldürren, lang aufgeschossenen Models mit den schmalen Ärschen. Zu schade, dass ich nie so aussehen werde.

So. Fertig für den Tag. Bereit für die Welt.

Hm. Wirklich?

Ja, bestimmt! Ich setze ein zuversichtliches Lächeln auf die Lippen und öffne die Tür.

Max sitzt in der Küche, genau auf meinem Platz von letzter Nacht. Er hat nur eine Unterhose an. Als ich erscheine, lächelt er einladend.

„Guten Morgen", verkündet er fröhlich.

„Morgen." Meine Stimme klingt deutlich verhaltener. Mir ist überdeutlich bewusst, dass ich halbnackt in der Tür stehe, nur mit Slip und BH, den zusammen geknüllten Schlafanzug vor die Brust gedrückt. Warum zum Teufel habe ich den bloß nicht wieder angezogen?

„Na? Hast Du die Show genossen?", fragt er lauernd.
„Show?" Ich markiere verzweifelt Ahnungslosigkeit.

Er lacht nur. „Weißt Du, von da drin kann man ziemlich genau sehen, ob jemand in einem hellen Pyjama vor der Tür steht oder nicht."

Oh nein!

Ich starre sein breit grinsendes Gesicht an und warte darauf, dass der Küchenboden sich unter mir öffnet und mich verschlingt. Aber den Gefallen tut er mir nicht. Max sieht aus, als müsse er an sich halten, um sich nicht vor Lachen auf dem Boden zu wälzen.

„Ertappt!", kräht er vergnügt und rührt in seiner Kaffeetasse. „Die Kleine hat die Show sehr wohl genossen."

Auch mein schrecklicher Laserblick funktioniert heute morgen leider nicht richtig. Sonst würden jetzt die rauchenden Reste seines Schädels hinter ihm an der Wand kleben.

„Ach, schau doch nicht so böse drein", kichert der blöde Kerl. „Mir hat´s ja genauso gefallen. War nur Spaß, ehrlich!"

„Pfff!"

Mit majestätisch hochgeworfenem Kopf will ich mich abwenden und in mein Zimmer entschweben. Die Schlafanzughose fällt mir allerdings aus den nervösen Fingern, und bis ich mich danach gebückt habe, hat das den beabsichtigten Effekt ruiniert. Ich starre auf den weichen Stoff in meinen Händen und muss schlucken. Das Brennen in den Augenwinkeln fühlt sich verdächtig heiß an.

Zumindest diese Schmach möchte ich mir nicht auch noch antun! Nicht vor seinen Augen in Tränen ausbrechen wie ein kleines Mädchen. He, ich bin erwachsen! Ich bin an einer echten Universität eingeschrieben. Ich kann verdammt hart im Nehmen sein, ganz ehrlich.

„Ich glaube, du hast noch nie jemand beim Vögeln zugesehen, richtig?" Max reckt sich genüslich auf seinem Platz. „Wahrscheinlich bist du sogar noch Jungfrau!"

„Quatsch!", stottere ich überrumpelt und könnte mich ohrfeigen, so schwach kommt das heraus.

Max reißt die Augen auf, seine Kinnlade verliert den Halt.

Oh nein! Das war nur eine kleine Bosheit, er hatte das gar nicht ernst gemeint! Und ich falle so darauf herein! Mein Gesicht brennt bis hoch zur Stirn. Blindlings fahre ich herum und stürze in mein Zimmer, haue die Tür ins Schloß. Stelle mich ans Fenster, keuchend, ohne die Straße unten auch nur wahrzunehmen.

„Amelie?"

Es klopft. Das Knacken der sich öffnenden Tür. Ich erstarre. Will er etwa in meinen Raum kommen?

„Amelie, es tut mir leid. Ehrlich!"

Schritte hinter mir. Zwei warme Hände auf meinen hochgezogenen Oberarmen. Ich habe ihn nicht eingeladen, aber ich schaffe es auch nicht, ihn einfach rauszuwerfen. Mein Inneres ist ein einziges Chaos. „Tut mir wirklich leid!", wiederholt er leise. Seine Nähe produziert umgehend eine Gänsehaut auf meinen Schultern. „Ich wollte dich nicht verspotten. Ich wusste nicht... Ich meine, klar, du bist jung. Aber so toll, wie du aussiehst, da hätte ich nie gedacht, dass du, äh, also, dass du noch gar keine Erfahrungen hast."

Verblüfft drehe ich den Kopf, sehe ihn an. Für einen Moment vergesse ich die Unerträglichkeit der Situation.

„Ich sehe toll aus?", frage ich nach.

„Aber -- klar!," meint er im Ton, als hätte ich gefragt, ob es im Winter kalt sei. „Einfach super siehst du aus." Er schnaubt amüsiert. „Als ich dich gestern abend beim Essen zum ersten Mal gesehen habe, da hat Zoe gleich gesagt, ich solle dir nicht so nachstarren. Sie weiß es ganz genau. Du stellst nur dein Licht unter den Scheffel, scheint mir."

Mein Kopf dröhnt wie eine Glocke, als ich mit diesem Gedanken ringe. Mir ist klar, dass ich nicht so übel aussehe. Aber ich habe mich nie als besondere Schönheit empfunden. In meiner Klasse gab es immer Mädchen, die strahlender schienen als ich. Attraktiver. Irgendwie großartiger. Die nicht so formlose Klamotten trugen.

Im Sommer fühle ich mit Jeans und einer Bluse gut bedient, und ab Oktober habe ich fast durchgehend einen weiten Pullover übergestreift. Der Grund dafür liegt vielleicht nicht ausschließlich im Bedürfnis nach Wärme. Es ist noch nicht so lange her, dass mein Busen von zarten Hügelchen plötzlich zu deutlichen Halbkugeln schwoll. Jeder fremde Blick darauf bringt mich aus dem Konzept, egal ob er aus männlichen oder aus weiblichen Augen stammt.

„Ist alles ok mit dir?", fragt Max besorgt. Ich weiß nicht, ob ich nicken oder den Kopf schütteln soll. Also probiere ich es mit einem unsicheren Lachen.

„Paß auf! Ich verliere kein Wort mehr darüber, dass du Jungfrau bist, und du sagst Zoe nicht, dass ich mich wie ein kompletter Idiot aufgeführt habe, ok?", schlägt er vor und drückt meine Arme.

Ich zucke mit den Schultern. „Naja, es stimmt schon. Ich bin halt noch unberührt. Und ich habe wirklich noch nie gesehen, wie zwei andere Leute, äh, miteinander schlafen. Real, meine ich."

Erstaunt höre ich mir selbst zu. Warum bei allen Heiligen erzähle ich ihm das? Er gibt einen verstehenden Laut von sich und berührt mich erneut. Dabei steigt ein Hauch seines Körpergeruchs in meine Nase, irgendwo zwischen frisch gemähter Wiese, geröstetem Kaffee und etwas Dunklem, Leckeren. Moschus? Mir läuft förmlich das Wasser im Mund zusammen und fast hätte ich mich umgedreht, um an ihm zu schnuppern. Dann wird mir klar, dass der Liebesduft der

Nacht noch an ihm kleben muss. Wieder eines dieser Wollfädchen, diesmal durch die Geruchsnerven geschossen.

„Ich wollte dich nicht verärgern oder schockieren." Seine Stimme ist eine sonore Vibration nahe an meinem Ohr. „Für mich war das ein Spiel. Ich dachte, für dich auch. Das war anscheinend falsch."

„Schon ok. Ich bin nicht böse", sage ich und atme tief durch. Drehe mich herum.

Er löst seinen Griff, läßt die Arme hängen. Sieht mich unsicher an, keinen Schritt von mir entfernt. Sein Blick rutscht tiefer und mir fällt wieder ein, dass ich nur Unterwäsche anhabe. Na ja, wenn ich wirklich so gut aussehe, dann ist es wohl nicht allzu schlimm, dass er ein paar Quadratzentimeter Haut von mir sieht, oder? Schließlich habe ich ihn auch schon nackt gesehen. Ganz nackt sogar. Sogar seinen...

Er blinzelt ungläubig. Sein Mundwinkel zuckt. Er blickt mir hastig in die Augen, sein Grinsen kann er jedoch nicht völlig unterdrücken.

Was zum...?

„Oh!"

Als ich an mir herunter sehe, da verstehe ich. Offenbar hatte ich mich nicht sorgfältig genug abgetrocknet. Der weiße BH ist mit dunkleren Feuchtigkeitsflecken überzogen, der dünne Stoff wirkt halb durchsichtig. Viel schlimmer allerdings: Meine Brustwarzen sind geschwollen und sehen riesig aus. Sie stechen durch die feine Textur der Körbchen wie reife Himbeeren.

Ich blicke ihn wieder an. Mein Kopf ist leer wie eine ausgeraubte Schatzkammer. Erneut erhasche ich eine Nase von seinem rassigen Duft, schwerer diesmal, intensiver. Der Augenblick dehnt sich wie flüssiges Glas.

„Amelie...", flüstert er und greift zögernd nach meinen Oberarmen. Die Berührung läßt mich zusammenzucken, und ich hole unwillkürlich tief Atem. Dadurch hebt sich mein Busen unübersehbar, und wir beide schauen neu hin. Meine Titten prickeln überall und mein rascher Herzschlag klopft darin. Die Spitzen ragen steif heraus und erzittern unmerklich im Takt des Pulses.

Mir fällt ein, dass mein Biologiebuch aus der Mittelstufe behauptete, bei starker Erregung würden weibliche Brüste um bis zu einem Drittel ihres Volumens anschwellen. Das hatte ich nie geglaubt. Jetzt kann ich förmlich spüren, wie das Blut hineinströmt, wie die weiche Form sich dehnt.

Max ist völlig gebannt, er starrt meine Brust an, als hätte er noch nie eine gesehen. Dann, bevor ich einen klaren Gedanken fassen kann, hebt er eine Hand und streicht hauchzart über den linken Hügel.

Die Berührung löst so etwas wie einen elektrischen Schlag aus. Ich zucke zusammen, meine Brust prickelt nach der Entladung. Aber so richtig erschüttert bin ich erst, als ich merke, dass mein Körper sich am liebsten nach vorne werfen würde, meinen Busen fest gegen seinen Griff drücken. Die pochende Knospe schreit förmlich danach, vollflächig umfangen und gestreichelt zu werden.

Mit einem Wimmern fahre ich zurück, klammere mich an das Fensterbrett. Maxs Hand hängt noch eine Sekunde in der Luft.

Dann wacht er aus der Trance auf und nimmt sie verlegen herunter. Seine Unterhose hat sich hart ausgebeult. Ich erkenne sogar die Umrisse seines Schwanzes unter dem gedehnten Stoff. Wir tauschen einen ratlosen Blick. Offenbar fühlt Max sich ebenso verheddert wie ich.

„Ich... gehe jetzt besser", erklärt er mit flacher Stimme. Ich nicke. Doch er rührt sich nicht. Er steht nur da, keinen Meter vor mir, atmet genauso schnell wie ich, und starrt mich so hungrig an wie ein Wolf das angepflockte Ziegenkitz.

„Ich will dich nicht bedrängen oder so." Sein Tonfall klingt nun beruhigend, als ob er mit einem verschreckten Tier spricht. Idiotischerweise funktioniert das sogar. Ich schaffe es, ein paar meiner angespannten Muskeln loszulassen. Max sucht nach Worten und fährt fort: „Es ist nur so, dass für mich die letzte Nacht ein unglaubliches Highlight war. Ich meine, mit Zoe ist es immer toll im Bett. Aber noch dazu mit dir als Zuschauerin, das war einfach..." Er grinst hilflos und zuckt die Schultern.

„Schon okay", bringe ich heraus. „Es ist ja nichts passiert. Ich bin dir nicht böse. Du kannst nichts dafür, dass ich so verklemmt bin."

„Das stimmt nicht." Er schüttelt den Kopf, ernst. „Ich hätte bemerken müssen, dass du keine Erfahrung mit so was hast. Es ist meine Schuld, wenn dich das überfordert und du blöde Erinnerungen mitnimmst."

„Das überfordert mich überhaupt nicht!", behaupte ich und strecke das Kinn vor. Die Wut ist wieder da, herrlich heiß, mitten im Bauch. Was bildet sich dieser Blödmann nur ein?

„Im Gegenteil. Ich fand es sehr lehrreich. Wenn ich schon selbst keine Ahnung habe, dann muss ich ja wohl dankbar für den Anschauungsunterricht sein, oder?"

„Soso." Er hat schon wieder dieses überhebliche Grinsen aufgesetzt. Ich könnte ihn hauen!

„Richtig." Ich verschränke die Arme vor der Brust. Diese Geste mag ich, denn das sieht immer so kraftvoll aus. Dummerweise muss ich sie gleich wieder runternehmen. Den Druck auf die Nippel halte ich jetzt einfach nicht aus, so gereizt sind die. Das zieht seinen Blick erneut auf meinen BH.

„Du sagst also, es hat dir gefallen?", will er wissen, ein Lauern im Tonfall. „Es macht dir nichts aus, wenn andere Leute heiß sind und Sex haben?"

„Ü -- ber -- haupt -- nicht!" Ich stemme die Fäuste in die Hüften. Das ist noch besser, weil energisch, und ohne Nippelkontakt.

„Dann wäre es ja auch kein Problem für dich, wenn ich meinen Lümmel heraushole und ihn ein wenig streichle, ja?" Er klingt wie ein fliegender Händler in der Fußgängerzone, der einem nutzloses Zeug andrehen will. Eine Hand liegt schon um den Hügel in seiner Unterhose.

Diese Unterhaltung mit Max ist wie eine nasse Seife. Ich versuche, nach etwas zu greifen, und er flutscht weg. Ich stehe umso dämlicher dar. In was habe ich mich da nur rein manövriert? Und wie komme ich wieder raus? Mein Kopf ist blockiert. Mir fällt nicht das Geringste ein, ganz zu schweigen von einer coolen, schlagfertigen Retourkutsche.

„Mir ist das doch egal", beharre ich also. „Du kannst machen, was immer du willst."

„Bestens", grinst er. „Die Erinnerung an die Nacht hat mich nämlich so scharf gemacht, dass ich mich einfach abreagieren muss."

Damit zieht er in aller Seelenruhe die Unterhose runter, mitten in meinem Zimmer. Sein Glied federt empor, ich kenne es bereits. Es sieht genauso voll aus wie zuvor, bei Zoe. Er legt eine Hand darum und schiebt die Haut zurück. Die Eichel kommt heraus und guckt mich an, ein violettes Ei.

Immer noch klammere ich mich verzweifelt an die Fassade der abgebrühten Großstadtgöre. Was macht es mir schon aus, wenn ein praktisch fremder Mann sich vor meinen Augen einen runterholt? Doch mein Puls jagt so schnell, als müsse er Anlauf für einen Salto nehmen und ich kann mich nicht vom Fleck rühren.

„Das ist sogar heißer so", flüstert Max, während er seinen Schwengel langsam bearbeitet. „Gestern nacht, da war es nur ein Extra-Kick, dass du mir zugesehen hast. Jetzt geht es um dich. Um deinen süßen Busen. Ich stelle mir gerade vor, wie er nackt aussieht."

Da muss er sich nicht viel vorstellen. Der BH gehört zu den knapperen Exemplaren seiner Gattung, und meine geschwollenen Formen füllen ihn bis zum Anschlag. Die harten Nippel zeichnen sich deutlich durch den Stoff ab, was bedeutet...

Mit Verzögerung wird mir die ganze Abseitigkeit der Situation bewusst. Mir ist klar, dass ich eigentlich böse sein müßte.

Dass ich ihn anschreien sollte, und hochkant hinauswerfen. Das ist doch sexueller Belästigung, was er hier abzieht, oder? Ich sollte das Fenster aufreißen und nach der Polizei brüllen.

Ich tue nichts dergleichen. Ich bin immer noch gelähmt, und die unwirkliche Sinnlichkeit, die zwischen uns vibriert, hält mich fest wie ein Fliegenfänger ein Insekt. Siedend heiß schießt es in meine Wangen, als ich bemerke, dass ich sein Gaffen auf meinen Körper genieße. Erschreckt hole ich tief Luft.

„Ah. Das geilt dich also auch auf", kommt es postwendend von Max. Seine Hand, jetzt schneller am Rohr auf und ab gleitend, produziert leise Geräusche. „Kannst du dich mal für mich umdrehen? Dein Po sieht so göttlich aus, den muss ich jetzt unbedingt nackt haben. Na los!"

Wie im Traum wende ich mich um und sehe aus dem Fenster. Ein älterer Mann schreitet mit raschen Schritten über die Straße. Er hält genau Kurs auf mich, will vermutlich zum Optiker unten im Erdgeschoss. Er blickt zu mir hoch und zuckt zusammen. Er wendet den Blick nicht von mir, bis er unter dem Fensterbrett aus dem Blickwinkel gerät. Fast hätte ich gekichert. Vielleicht flucht er nun, weil er noch keine Brille auf hatte und mich nur verschwommen sah.

„Supersüß", murmelt Max hinter mir. Mein Hinterteil prickelt, als würden hunderte von winzigen Nadeln darin stecken. Ob er sich wieder vorstellt, wie ich nackt aussehe?

Völlig automatisch greife ich nach dem Saum des Slips und ziehe ihn höher. Zu spät fällt mir ein, dass dies genau den gegenteiligen Effekt hat. Anstatt meine Garderobe zu ordnen, habe ich das Höschen straffer über die Backen gezogen.

„He, das ist gut so", lacht er auf. „Du scheinst ja wirklich Spaß daran zu haben."

Die Anerkennung, die in seinen Worten mitschwingt, trifft mich unerwartet und reißt meine Stimmung hoch wie ein Sonnenstrahl im Januar.

„Du könntest dich etwas breitbeiniger hinstellen", dringt seine Stimme an mein Ohr. „Und dich vielleicht ein wenig vorbeugen."

Ich mache es. Sofort, ohne nachzudenken. Bin ich süchtig nach dem bewundernden Brummen, das er ausstößt? Nach seinem Blick auf meine Muschi, nur knapp vom Zwickel des Höschens bedeckt? Ich spüre, wie sich die Scheidenröhre innen zusammenzieht. Vor Schreck? Nein, eher vor Erwartung. Verdammt! Ich bin heiß wie ein Ofen.

Ich stütze mich auf die Fensterbank und lehne mich gegen die Scheibe, schmiege Brust und Wange daran. Die Straße ist leer, gnädigerweise. Den Po drücke ich nach hinten und stelle mich in eine breite Grätsche.

„Wow." Echte Bewunderung schwingt in diesem Hauch. Ich lasse mein Becken langsam kreisen und genieße das Gefühl, wie sich die Hüftgelenke in den Pfannen drehen und sich darin reiben.

Ich kenne Max überhaupt nicht. Max ist der Freund von Zoe. Zoe ist meine Vermieterin, und hoffentlich so etwas wie eine Freundin. Vielleicht noch nicht richtig, aber sicher in Zukunft. Ich sollte in eine Vorlesung sitzen und lernen. Was würden meine Freundinnen sagen, wenn sie mich jetzt so sehen könnten, wie ich schamlos mit dem Arsch hin und her wackle?

Alles gute Gründe. Alles richtige Argumente, um das hier sofort abzubrechen. Alles völlig unwichtig. Der Rest der Welt spielt keine Rolle, ist ausgeblendet. Nur mein Zimmer bleibt, Max, und die zähfließende Lust, die mich erfüllt. Die mich hinab zieht wie ein Strudel, ein Mahlstrom dunkler Begierde, direkt ins Herz der Finsternis.

Meine Hände legen sich auf den Po. Ich kann sie zittern spüren, flattern, wie kleine Vögelchen. Die Flattertiere streifen das Höschen hinab, bis es unter den Backen hängt. Max stöhnt. Mein Hinterteil hat sich noch nie so gut, so lebendig angefühlt wie jetzt, bei seinem starrenden Blick.

Genauso selbständig fummeln meine Finger den Verschluß des BHs auf. Als der Zug nachläßt, da drehe ich mich wieder um. Max steht auf demselben Fleck wie zuvor. Sein Gesicht glänzt hochrot. Er reibt sich mit beiden Händen über den Unterbauch und schnauft. Sein hochgereckter Schwanz hüpft bei jedem Pulsschlag ein wenig. Das sieht witzig aus. Und erregend.

Ich lasse mir die BH-Träger über die Schultern rutschen und komme mir vor wie eine Stripperin in einer verruchten Bar. Ich sehe an mir herunter. Meine Brüste hängen frei, wegen der unnatürlichen Schwellung so prall und rund wie nie. Die Nippel ragen auf wie kleine, dicke Kegelchen.

„Ja, zeig mir alles!", fordert Max und schluckt. Anscheinend wagt er nicht mehr, seinen Pimmel zu berühren.

Alles? Ah. Der Slip, hinten schon runtergezogen, hängt vorne auf halbmast. Das Dreieck meiner Schamhaare quillt über den Saum, ein schockierend erotischer Anblick. In dem Traum, in dem ich dahinschwebe, kann ich sein, was immer ich möchte. Nicht das gehemmte junge Ding vom Dorf, sondern die scharfe Braut. Das Luder, geheimnisvoll und unwiderstehlich. Eine Nymphe der Fleischeslust, eine vor Geilheit kochende Hexe.

„Ich will, dass du deine Titten streichelst."

Max läßt selbst die Handflächen über seinen Brustwarzen kreisen. Es fühlt sich völlig natürlich an, dem Beispiel zu folgen. Ich lege meine Hände auf die Brüste, streife den BH nach unten und liebkose mich sanft. Max sieht fasziniert zu. Sein Becken ruckt immer wieder nach vorne, unwillkürliche Luftstöße. Die Eichel trieft vor transparenter Flüssigkeit.

„Mhh..."

Wahnsinn, wie das prickelt, wenn ich die Nippel mit den Fingerspitzen antippe. Ich spüre mein Fleisch, meine runden Formen, meine herrlich pochenden Möpschen in den Handflächen. Ein wenig verliebe mich in mich selbst, so schön und so sexy komme ich mir vor.

Ich brauche keine Regieanweisungen mehr, keine Ermunterungen. Der Slip fällt ebenfalls, das Ding ist klamm vor Feuchtigkeit. Ich lehne nackt am Fenster und habe die Kante des Fensterbretts quer über die Hinterbacken. So streichle ich mich, überall. Über den Hals, über die Titten, den Bauch. Außen an den Schenkeln entlang. Innen. Dazwischen.

Selbstbefriedigung, das kenne ich. Doch mich hier unter den Augen eines Mannes zu stimulieren, das ist etwas völlig anderes. Maxs Augen hängen an meiner Scham. Das fühlt sich so direkt an wie ein Griff mit der Hand. Seiner Hand, meiner

Hand, egal. Ich stöhne nun ebenfalls leise und reize die Klitoris. Mein Becken bewegt sich von selbst.

„Setz dich auf die Fensterbank", krächzt Max. Er zittert am ganzen Körper. „Nimm ein Bein hoch."

Natürlich folge ich sofort. Die Glasscheibe preßt sich an meinen Rücken, aber der Kältereiz peitscht mich nur zusätzlich auf. Ich lasse einen Fuß auf dem Boden und ziehe das andere Knie hoch, stelle die Ferse neben mir auf das Brett. Meine Scham klafft regelrecht in dieser Position. Ein pinkfarbenes Pfläumchen, nass und hungrig. Ich rieche wie eine Frucht, die fast zu süß ist zum Essen.

Max tritt näher heran. Ich habe keine Angst. Er wird mich nicht berühren, das weiß ich. Das würde nicht in diesen gemeinsamen Traum passen, sondern ihn zum Kippen bringen. Dicht vor mir baut er sich auf, beide Hände um sein Gemächt geschlungen.

„Mach´s dir", fordert er tonlos. „Ich will sehen, wie es dir kommt."

Ich folge seinem Wunsch. Für mich. Für ihn auch, aber nur zum kleineren Teil. Ich mache es, weil ich im Traum ein geiles Stück sein kann. Eine nuttige Schnitte, die nur ihren brodelnden Hormonen gehorcht. Die Freiheit, die sich mit dieser Vision von mir verbindet, ist kaum zu ertragen.

Ganz gezielt stimuliere ich mich, so wie ich es mag. Ich fasse die Schamlippen zwischen zwei Finger und reibe sie, drücke, ziehe. Ich berühre mich unten, am tiefen Ende der Spalte, am Damm. Ich nehme den Schamhügel in die Hand und schiebe den Knochen darunter ein paar Millimeter rauf und runter. Das drückt so hübsch auf die Organe im Inneren. Und immer wieder widme ich mich den Nippeln, inzwischen nass verschmiert, und dem Lustknopf, den ich klein und prall oben an den Falten meiner Muschi spüre.

Das bringt mich hoch, treibt mich voran. Doch erst Maxs glühender Blick und die Melkbewegungen um seinen Schwanz lösen dieses tiefe Vibrieren aus, diese Atemlosigkeit, diese Brunst, die mich erfüllt wie Lava. Ich keuche und japse vor mich hin, zeige meine Lust, bade in seiner Anbetung.

Der Orgasmus kommt, in Zeitlupe. Ich kann genau verfolgen, wie er sich in meinem Schoss aufbaut, sich zusammenbraut. Stecknadelkopfgroß und so konzentriert wie das Universum vor dem Urknall. Mein Mund gibt einen langgezogenen Stöhnlaut von sich, mein Blick findet den von Max.

Wir sehen uns tief in die Augen, als ich komme wie ein Erdbeben. Der Stecknadelkopf meiner Lust eruptiert, weitete sich aus wie eine Blase und erfaßt meinen Körper, meine Seele, meinen Geist, mein ganzes Selbst. Ich hechle und zucke und erschauere und werde nur noch von Maxs Blick im Hier und Jetzt gehalten. Mit übermenschlicher Anstrengung reiße ich die Augen auf und lasse ihn ein, lasse ihn teilhaben, mitfühlen, mitleiden.

Er ächzt und schüttelt sich und kommt ebenfalls. Seine Augen flackern, doch er schafft es wie ich, den Blickkontakt zu halten. Für einige Sekunden wabern wir zu zweit in den unhörbaren Sphärenklängen unserer geteilten Lust. Wir befinden uns in derselben Umlaufbahn um einen Mond, der aus reiner, überirdischer Ekstase besteht.

Etwas fährt aus seinem Knüppel und klatscht mir warm auf die Schenkel. Ein weiterer Reiz, eine zusätzliche Stimulation. Als der nächste Spritzer mich verfehlt bin ich fast enttäuscht. Ich verschmiere den Saft über meine Haut und das schlüpfrige Gefühl addiert eine Note enthemmter Geilheit zu dem Wirbelsturm meiner Wahrnehmung.

Ich bin noch Jungfrau. Ich habe noch nie mit einem Mann geschlafen. Aber jetzt fühlte ich mich so reif, so erweckt, so unsagbar weiblich, als sei ich eine Tempelpriesterin aus uralter Zeit. Ich verstehe mich, Max, die Welt, auf eine wortlose, intuitive Weise, die alles einschließt.

Wer bin ich eigentlich?

***

Später bin ich abgerutscht und kaure unter dem Fenster. Die Rippen des Heizkörpers schneiden in meinen Rücken. Max liegt vor mir schlaff auf dem Boden. Wir berühren uns nicht. Wir sehen uns auch nicht an.

Der Nachhall der jenseitigen Erfahrung schwingt noch in mir, und zwischen uns. Wir haben etwas Einzigartiges geteilt, das uns für immer verbinden wird. Doch der Traum ist zu Ende, wir erwachen. Der Morgen hält die Komplikationen der Realität für uns bereit.

Max seufzt kellertief und setzt sich auf.

„Sollte ich mich bei dir entschuldigen?", fragt er mit besorgten Augen.

„Nein." Ich lächle zur Beruhigung. „Dazu war es zu schön."

Er nickt.

„Willst du, dass... wir es Zoe sagen?"

„Nein." Das kommt von selbst, von ganz innen. „Ich will, dass alles so ist wie vorher", erkläre ich. „Wir werden nichts mehr miteinander machen. Keine Spielchen. Du bist der Freund von Zoe, und ich bin die Mitbewohnerin ihrer WG. Ende der Durchsage."

Max läßt sich das durch den Kopf gehen. Schließlich nickt er und grinst schmerzlich.

„Du hast Recht. Das ist das Beste so. Danke, Amelie. Für... alles."

„Auch danke."

Wir sehen uns an. Wenn einer von uns sich jetzt vorbeugt und den anderen küßt, dann ist es zu Ende. Dann fliegen wir endgültig aus der Kurve.

Der Moment geht vorbei. Wir atmen beide auf und tarnen unsere Erleichterung mit einem Lächeln. Schließlich rappelt er sich hoch, greift seine Unterhose, und schlurft hinaus. Er will etwas sagen, doch er nickt nur und schließt die Tür hinter sich.

Ich hocke noch lange an der Heizung und denke nach. Die unbekannte Seite von mir, die ich heute kennen lernte, wird früher oder später erneut an die Oberfläche kommen. Irgendwann werde ich auf die Suche gehen nach einer Gelegenheit, die Hemmungen und Zwänge meiner Herkunft abzulegen. Vermutlich ist es das, was man unter Erwachsenwerden versteht.

Darauf freue ich mich bereits. Aber ich spüre auch, dass ich erst einmal eine Auszeit brauche. Ruhe. Alleinsein. Ich muss die wahnwitzigen Eindrücke der letzten zwölf Stunden verarbeiten, einsortieren, verstehen. Ein notwendiger Schutz, eine unumgängliche Phase vor jedem weiteren Experimentieren.

Also werde ich vorläufig die schüchterne, kleine Amelie sein. Das Mädchen, das sich schon erschreckt, wenn ein Professor es nur ansieht oder die Küchenhilfe in der Mensa das Kartoffelpüree mit zu viel Schwung in das Schälchen klatscht. Doch innen drin, wo es niemand sieht, da werde ich dranbleiben am Thema.

Ein Lächeln tritt auf meine Lippen. Ich kann es nicht abschalten. Max wird sich hüten, mir noch einmal zu nahe zu kommen, da bin ich mir absolut sicher. Wir werden höflich und freundlich und distanziert miteinander umgehen und nie mehr ein Wort über diese Begegnung verlieren.

Doch jedes Mal, wenn er mit Zoe im Bett ist, werde ich dabei sein. Hinter der Rigips-Wand, das Ohr an der Tapete, die Hand auf meiner Muschi. Er wird es wissen. Er wird auch wissen, dass ich weiß, dass er es weiß. Wir werden Sex haben, ohne uns zu sehen.

Klar, kein echter Sex. Dafür bin ich noch nicht bereit. Irgendwann, später einmal, da werde ich es sein.

Ich kichere. Das Semester, das vor mir liegt, verspricht interessant zu werden.

Nackte Fremde treffen sich an einem Pool

Als Fabian aus seinem Auto stieg, hüllte ihn die Nacht in Florida ein, heiß, klebrig, dick. Er griff nach seiner Aktentasche und spürte, wie sein Hemd, das noch vor kurzem durch die Klimaanlage kühl gewesen war, sich langsam von seinem Körper löste, während ein Schweißtropfen an der Innenseite seines Arms hinunterrollte. Es war ein langer Abend gewesen, um den Bericht fertigzustellen, aber jetzt dachte er nur noch an das kalte Bier in seinem Kühlschrank.

Als er über den Parkplatz der Wohnung ging, hörte er das Geräusch eines Ghettoblasters, das aus dem Pool kam. Er ging über das gemähte Gras in Richtung des Geräusches und sah die kleine Gruppe, die mit einem Bier in der Hand am Pool saß und sich in die Nacht hinein unterhielt. Er lächelte, fragte sich, wie lange sie wohl bleiben würden, ging um die Ecke und betrat seine Wohnung.

Innerhalb weniger Augenblicke war er bis auf seine seidenen Boxershorts und Socken ausgezogen und griff in den kalten Kühlschrank, um das Bier zu holen. Er setzte sich hin und schaltete den Fernseher ein, um die Nachrichten zu sehen, als die Klimaanlage anging; er lehnte sich in die Kissen zurück und konzentrierte sich auf die kühle Luft, die über seinen Körper strömte. Nach den Nachrichten schob er die Glastür auf und lauschte mit geneigtem Kopf auf Gespräche und Musik am Pool. Alles, was er hörte, war der Verkehr hinter der vorderen Häuserreihe und das gleichmäßige Zirpen der Grillen in der Anlage. Er lächelte und dachte sich, dass es ein guter Zeitpunkt war, ein kurzes Bad zu nehmen, bevor er ins Bett ging.

Ohne sich die Mühe zu machen, einen Badeanzug anzuziehen, wickelte er ein Handtuch um seinen schlanken Körper und zog das Hemd, das er getragen hatte, wieder an. Er wusste aus den vergangenen Nächten, dass er den Pool für sich allein haben würde und die seidige Bewegung des Wassers auf seinem nackten Körper genießen konnte. Er ging zügig, aber leise über die kurze Grasfläche, und das einzige Geräusch, das er beim Betreten des Pools hörte, war das leise Quietschen der Türscharniere. Er ging im Schatten, vermied das grelle Licht des einsamen Flutlichts und vergewisserte sich, dass er allein war. Einmal war es ihm peinlich gewesen, ein Pärchen im Schatten zu entdecken, nachdem er sein Hemd und sein Handtuch ausgezogen hatte und in den Pool getreten war. Jetzt überprüfte er den Pool und alle Stühle, bevor er mit dem Schwimmen begann.

Nachdem er sich vergewissert hatte, dass er allein war, ließ er sein Hemd und sein Handtuch auf einem Haufen neben der Treppe liegen und stieg in den Pool, wobei er die Oberfläche kaum berührte. Das Wasser fühlte sich auf seiner heißen Haut kühl an, aber er wusste, dass es sich bald warm anfühlen würde, da es von der intensiven Sonne des Tages erwärmt worden war. Er glitt vorwärts, verfiel in einen gleichmäßigen Brustschwimmstil und bewegte sich in der heißen, stillen Nacht leise über die gesamte Länge des Beckens. Er schwamm hin und her, darauf bedacht, nicht zu spritzen, und drehte abwechselnd Runden mit Brust- und Seitenschwimmen. Als er sich dem Ende der zehnten Runde näherte, spürte er, wie sein Atem knapp wurde und die Enge in seiner Brust zu brennen begann. „Pausenzeit", dachte er bei sich.

Er breitete die Arme auf der Unterkante des Beckenrandes aus und wölbte den Rücken, um seine langen Beine an die

Wasseroberfläche zu bringen. Er lehnte seinen Kopf gegen den Beton und spreizte seine Beine, dann zog er sie zusammen, wieder und wieder, und spürte, wie das Wasser über seine Oberschenkel strömte, sich unter seinem Hodensack kräuselte und seine Eier sanft im Wasser hin und her bewegte.

Er hatte dafür gesorgt, dass er sich im Schatten einer Gruppe von Palmen und Magnolienbüschen ausruhte, damit er nicht in das grelle Scheinwerferlicht blicken musste. Er schaute zu den Sternen hinauf, während sich seine Beine immer noch unter dem Wasser hin und her bewegten, und konzentrierte sich auf das köstliche Gefühl des Wassers auf seiner Haut, die Strömung, die über seine Beine, seinen Bauch und seinen Hintern strömte, seine Haut streichelte und seine Nerven aufweckte, obwohl sie ihn entspannte. Wenn er tagsüber schwamm, verfluchte er die Notwendigkeit, einen Badeanzug tragen zu müssen; er hatte alle Modelle ausprobiert, vom lockersten bis zum knappsten, aber er kannte kein besseres Gefühl als nackt zu schwimmen, das Gefühl, wenn das Wasser über die nackte Haut strich.

Als er das Knarren der Scharniere des Tores hörte, blieb er stehen und ließ seine Beine langsam tiefer ins Wasser sinken. Er hörte die Schritte hinter den Magnolien und wartete leise, drehte langsam den Kopf, um zu sehen, wer da war. Die Frau schaute weder nach rechts noch nach links, sondern ging an den Beckenrand, ließ ihr Handtuch fallen und begann, ihr Hemd auszuziehen. Fabian beobachtete, wie sie es sich von den Armen schälte, wobei ihr kurzer Bikini kaum ihre schlanken Hüften bedeckte. Ihr langes Haar reichte bis zu der Schnur, die ihr Oberteil auf dem Rücken hielt. Sie drehte sich um, und sein Blick fiel zuerst auf ihre vollen Brüste, dann wanderte er an ihrem Bauch hinunter zu dem Dreieck aus

Stoff, das sich spielerisch zwischen ihren Schenkeln verbarg. Als sie nach hinten griff, um das Oberteil loszubinden, bemerkte sie sein Handtuch und sein Hemd am anderen Ende des Pools und schaute sich schnell nervös um. Er räusperte sich, um sie wissen zu lassen, wo er war.

„Oh", sagte sie, als sie ihn im Schatten entdeckte, „ich dachte, ich wäre ganz allein! Macht es dir etwas aus, wenn ich eine Weile schwimme?"

„Nein, ganz und gar nicht", sagte Fabian. „Aber damit du keine weiteren Überraschungen erlebst, sage ich dir besser, dass ich dachte, ich wäre allein und deshalb keinen Anzug anhabe." Er versuchte, es leicht und beiläufig zu sagen, aber er hatte das Gefühl, dass er unbeholfen in die stille Nacht schrie.

Sie hielt einen Moment lang inne und starrte ihn über den Pool hinweg an. Er fragte sich, ob sie sich vergewissern wollte, dass er nackt war, glaubte aber nicht, dass sie es erkennen konnte, da er im Schatten stand und sie in Richtung des Flutlichts blickte. „Wenn ich die Wahl habe, ziehe ich das Nacktbaden vor", fuhr er fort. „Falls es dich stört, ich wollte sowieso gerade wieder reingehen."

„Nein, das ist schon in Ordnung", sagte sie, ihre lachende Stimme weich und kehlig. „Ich kenne das Gefühl, deshalb komme ich ja auch so spät zum Schwimmen. Ich glaube, ich habe dich hier schon mal gesehen, aber normalerweise warte ich, bis du weg bist, bevor ich den Poolbereich betrete. Ich wusste nur nicht, dass du es bist, so erschrocken war ich, als du gehustet hast. Letzte Woche habe ich im Schatten gewartet und dir beim Schwimmen zugesehen, bin aber erst hereingekommen, als du ausgestiegen warst, dich abgetrocknet hattest und gegangen warst. Ich hoffe, es macht dir nichts aus, dass ich dich beobachtet habe." Sie hielt inne und fügte dann leise hinzu: „Ich habe es genossen."

Fabian spürte, wie sein Schwanz zu wachsen begann, als sie erwähnte, dass sie ihn beobachtet hatte. Er war sich nicht sicher, was er sagen sollte, und sein Verstand konzentrierte sich mehr auf das Wasser, das sich über seinen wachsenden Schwanz bewegte, als darauf, eine Antwort zu formulieren. „Nein, ich glaube nicht", sagte er schließlich. „Möchtest du lieber allein schwimmen?"

Sie drehte sich um und ging auf ihn zu, ihre langen Beine streiften sich bei jedem Schritt, dann stand sie am Beckenrand und schaute ins Wasser hinunter. Er drehte sich zu ihr um und sah auf, als sie lächelte, dann griff er langsam nach hinten und öffnete das Oberteil. „Nicht wirklich", sagte sie, „ich habe nichts gegen Gesellschaft, wenn du nichts dagegen hast." Sie ließ das Oberteil auf den Zement fallen, schob dann den Slip ihres Anzugs an den Beinen hinunter und zog ihn aus. Schnell setzte sie sich auf den Beckenrand und ließ sich neben ihm ins Wasser gleiten. Er hatte eine kurze, wundersame Vision ihres nackten Körpers, die Brustwarzen voll und dunkel im Nachtlicht, das Schamhaar dunkel und fein, das zwischen den langen, glatten Schenkeln verschwand. Als sie nur etwa einen Meter von ihm entfernt ins Wasser glitt, schlängelte sich die Wasserströmung sanft um seinen inzwischen steifen Schwanz, und er sehnte sich danach, einfach die Hand auszustrecken und das Gewicht ihrer Brust in seiner Hand zu spüren.

Sie tauchte ihren Kopf unter das Wasser, dann kam sie hoch und sagte: „Mein Gott, dieses Wasser fühlt sich wunderbar an! In Nächten wie diesen kann ich mir nicht einmal vorstellen, etwas zum Schwimmen zu tragen. Ich bin froh, dass es dir auch so geht." Mit diesen Worten hob sie ihre Arme über den Kopf und ließ sich ins Wasser fallen, bis ihre Füße den Boden berührten. Er sah ihr durch die Wellen hindurch nach, konnte sich aber wegen der tanzenden Wellen auf nichts konzentrieren, bis er sah, wie sie sich wieder aufrichtete. Als sie sich das Wasser aus dem Gesicht gewaschen und ihr Haar zurückgestrichen hatte, drehte sie sich zu ihm um und sagte: „Aus der Nähe, unter Wasser, siehst du noch schöner aus. Und du freust dich offensichtlich auch, mich zu sehen." Dann kicherte sie, zwinkerte ihm zu und sagte: „Bleib mal kurz hier."

Fabian rührte sich nicht, während er darüber nachdachte, was sie gerade gesagt hatte, und sich fragte, was es zu bedeuten hatte, als sie wieder ins Wasser sank, sich von der Wand abstieß und von ihm weg unter die Oberfläche glitt. Er beobachtete ihren Rücken, ihren Hintern und ihre Beine, während sie schwamm, und spürte, wie sich sein Schwanz unter Wasser immer noch anspannte. Als sie etwa fünfzehn Meter entfernt war, tauchte sie auf und drehte sich zu ihm um. „Guter Junge", sagte sie spielerisch. „Jetzt beweg dich nicht mehr. Es gibt etwas, das ich schon immer tun wollte, und jetzt habe ich das Gefühl, dass die Zeit dafür genau richtig ist. Bleib ruhig, okay?"

Als Fabian mit den Schultern zuckte, lächelte sie und zwinkerte ihm zu, dann verschwand sie mit einem leisen Plätschern unter dem Wasser. Er fragte sich gerade, wo sie als Nächstes auftauchen würde, als er spürte, wie sich das Wasser über seine Beine bewegte, und sah nach unten, um zu sehen, wo sie war. Er spürte, wie ihre Hände sanft seine Schenkel öffneten, und sah mit einer Mischung aus Freude und Schrecken zu, wie sie zu ihm hinaufglitt und ihr Gesicht an seinem Oberschenkel entlanggleiten ließ, bis er ihre Lippen an der Rückseite seiner Eier spürte. Plötzlich atmete sie leise aus und ließ einen Strom von Luftblasen um seine Eier und zwischen seinen Arschbacken tanzen, der unter seinem steifen Schwanz, über seinen Anus und seinen Rücken hinauf tanzte, ihn kitzelte und streichelte und sich so anfühlte, wie er es noch nie zuvor erlebt hatte. Sie blies erneut, drückte ihr Gesicht fest zwischen seine Beine und hielt seine Schenkel auseinander, während sie ihre Lungen entleerte und seine Eier gegen ihre Wange und Nase prallten, während die Blasen um sie herum sprangen und glitten.

Sie brach an die Oberfläche, schnappte nach Luft und hielt sich am Beckenrand fest, ihr Arm lag warm an seinem. Er begann zu lachen und platzte heraus: „Wo zum Teufel kam das denn her?"

Sie lachte auch, ein fast heiseres, kehliges Lachen, in dem sich Anklänge an Bacall und Hepburn mischten. „Ich war nur neugierig, wie es sich anfühlen würde, das zu tun", lachte sie. „Also sagen Sie mir, wie hat es sich für Sie angefühlt?"

„Ich weiß nicht, ob ich es beschreiben kann", sagte er, „irgendwie kitzelig, aber gleichzeitig wirklich ... wirklich seltsam. Wie auch immer es war, es fühlte sich verdammt gut an!"

Er spürte, wie ihre Finger schnell und leicht über seinen Bauch und die Länge seines Schwanzes glitten, so sanft, dass er sich fragte, ob es wirklich ihre Finger waren oder nur das Wasser, das über ihn strich. „Mmmm, das sehe ich", sagte sie. Ihre Hand wanderte an ihm auf und ab, streichelte ihn sanft und erkundete seine Länge. „Als ich dich neulich beobachtet habe, war ich wirklich versucht, mich zu dir zu gesellen, aber du bist aus dem Pool gestiegen und ich habe die Nerven verloren. Du fühlst dich so schön an, wie du aussahst, als du dort im Mondlicht schwammst. Seitdem habe ich viel über dich nachgedacht und darüber, wie du aus der Nähe aussehen würdest, so hart, so wie jetzt. Ich hoffe, es macht dir nichts aus. Du fühlst dich besser an, als ich es mir vorgestellt habe." Mit diesen Worten spürte er, wie ihre Hand sanft über seinen Bauch und seine Brust strich, dann wich sie von ihm zurück und lehnte ihren Kopf zurück an die Betonwand des Beckens.

Er spürte noch immer die sanften Berührungen ihrer Fingerspitzen auf seiner Haut. Sein Schwanz, der sich im Wasser bewegte, während er von innen heraus pochte, schien sich an jede zarte Berührung und jedes Streicheln zu erinnern und es wiederzugeben. „Ich, äh, weiß nicht, was ich sagen soll. Danke, denke ich", stammelte er. „Ich stehe ein wenig unter Schock, wie Sie sich vorstellen können."

Als sie ihren Kopf langsam zu ihm drehte, hoben sich ihre Brüste leicht an, ihre dunklen Brustwarzen durchbrachen kaum die Wasseroberfläche. Sie lächelte, als sie ihn ansah, und sagte: „Ich hatte schon befürchtet, du würdest mit etwas ekelhaft Hippem und Machoartigem herauskommen. Danke, dass du einfach ehrlich bist und nicht so ein dummes Macho-Spielchen spielst. Ich wäre wirklich schockiert und peinlich berührt gewesen von dem, was ich gerade getan und gesagt habe, wenn du etwas anderes gesagt hättest." Sie ließ ihre Finger ausstrecken und streichelte müßig seine Schulter, ihre Beine schwammen frei im Wasser, ihre Brüste hoben und senkten sich sanft knapp unter der Oberfläche. „Also sag mir, wie hat es sich für dich angefühlt? Für mich hat es sich sehr schön angefühlt, aber ich hatte die ganze Zeit Angst, du würdest springen und mir ins Gesicht treten!"

„Ich kann nicht wirklich beschreiben, wie es sich angefühlt hat. Zum Teil, weil ich so überrascht war, und zum Teil, weil ich noch nie in meinem Leben etwas so intensiv Lustvolles empfunden habe! Ich kann wirklich keine Worte finden, um es zu beschreiben. Aber", sagte er und hielt einen Moment inne, „ich kann es dir zeigen".

Bevor sie den Kopf drehen konnte, tauchte Fabian unter die Oberfläche und brachte sein Gesicht zwischen ihren Beinen nach oben. Er drückte seine Nase gegen ihr Schamhaar und tastete mit seinen Lippen nach der weichen Öffnung zwischen ihren Schenkeln. Er bewegte sein Gesicht langsam hin und her, bis er spürte, wie sich ihre Lippen gegen seine öffneten, und erkundete sie mit seiner Zunge, bis er seinen Mund genau über der glatten Haut zwischen ihrer Fotze und ihrem Anus zentrieren konnte. Er öffnete langsam seine Lippen, presste seinen Mund gegen sie, verankerte die Spitze seiner Zunge zwischen ihren Lippen und bließ sanft und gleichmäßig gegen sie, bis er spürte, dass seine Lungen fast leer waren. Als seine Lungen zu brennen begannen, schob er seine Zunge weiter in sie hinein, dann zog er seinen Mund langsam zu und spürte ihre Lippen und Schamhaare auf seiner empfindlichen Haut. Mit einer sanften Bewegung, um sie nicht zu erschrecken, stieß er sie zurück und erhob sich über die Wasseroberfläche, um tief die Nachtluft einzuatmen.

„Oh Gott, was für ein unglaubliches Gefühl", dachte Connie, als sie spürte, wie die Luftblasen zwischen ihren Beinen hin und her flossen, über ihre Fotze rasten und über ihr Arschloch und die Spalte zwischen ihren Wangen hin und her rollten. Sie bemühte sich, ihre Beine weiter zu spreizen, während er immer wieder gegen sie bließ und sie spürte, wie das Wasser über ihren Arsch bis zu ihrem Rücken floss, angetrieben von den Blasen. Weitere Blasen liefen über und zwischen die

Lippen ihrer Muschi, kitzelten und neckten sie, als sie gegen ihren Kitzler stießen, tanzten dann über ihr Schamhaar und liefen ihren Bauch hinauf. Es fühlte sich an, als würde ihm nie die Luft ausgehen, und sie spürte, wie sich ihre Finger in den Zement des Schwimmbeckens gruben, während ihr ganzer Körper sich auf das Gefühl seiner Lippen und seiner Zunge konzentrieren wollte - und die Blasen, immer die Blasen, die sich zwischen ihren Beinen und über das weiche, glatte Fleisch zwischen ihren Wangen bewegten und drängelten.

Plötzlich hörten die Bläschen auf, und als sie hörte, wie er nach Luft schnappte, spürte sie auch, wie sich ihre Fotze öffnete, als ob sie nach mehr von diesen zarten und spielerisch intensiven Eindringlingen suchte. Ihr Magen spannte sich an, als sie ihre Hüften nach vorne drückte, in der Hoffnung, vielleicht eine verirrte Blase zu erwischen, die auf wundersame Weise immer noch in der Nähe war, sie zu greifen und zwischen den fleischigen Lippen ihrer Vulva zu halten, sie zwischen ihnen hin und her zu rollen, bevor sie sie schließlich auf ihrem silbrigen Aufstieg zur Oberfläche über ihre Klitoris gleiten lassen musste. Sie spürte ein leichtes Kitzeln, das sich auf ihrem Bauch nach unten, nicht nach oben bewegte, und es dauerte einen Moment, bis sie merkte, dass es seine Finger waren, die über ihre Haut fuhren und dann sanft ihre Schamhaare durchschnitten, als er die Ränder ihrer Fotze nachzeichnete. Er berührte sie kaum, als er sich auf beiden Seiten ihrer geschwollenen Lippen hin und her bewegte und sanft über den Rand ihres schmollenden Fleisches strich. Seine Finger trafen sich dort, wo ihre Lippen zusammenkamen, dann, als sie sich wieder vorwärts bewegten, trennten sie sich, nur um sich erneut dort zu treffen, wo ihre Klitoris sich gegen ihre sanfte Raueit zu stemmen versuchte.

Seine Finger wanderten hin und her, berührten sie kaum, spürten die Bewegung ihrer Haut, als ihre Lippen sich ausbreiteten, um ihn in sich hineinzusaugen. Er hielt kurz inne, seine Finger wieder tief zwischen ihren Schenkeln, und ihr blieb der Atem im Hals stecken, als sie darauf wartete, dass sich die warme Andeutung einer Berührung wieder in Bewegung setzte. Ihr ganzes Sein konzentrierte sich zwischen ihren Beinen, sie konnte fast sehen, wie seine Finger leicht auf den Falten ihrer Haut ruhten. Sie erschrak, als ein sanfter Kälteschwall gegen ihren Anus drückte, nur um kurz darauf von einem dritten Finger abgelöst zu werden, der sie dort sanft in engen Kreisen streichelte. Ihre Wangen verkrampften sich unwillkürlich für eine Sekunde, dann entspannte sie sich, als sie spürte, wie der Finger sich vorwärts bewegte und glitschig zwischen ihre Lippen glitt, während die Finger erneut ihren Weg zu ihrer Klitoris suchten.

Sie zog ihren Bauch ein und versuchte, seinen Finger tiefer zu ziehen, während er sich langsam vorwärts bewegte, aber ohne Erfolg. Unerbittlich bewegte er sich mit den anderen beiden, die außerhalb ihres Fleisches lagen, aber so unglaublich von ihr aufgenommen wurden. Er berührte kaum ihre inneren Lippen, während er sich bewegte, und sie konnte spüren, wie sie sich öffneten und nach ihm griffen, so empfindlich, dass sie sogar die Wirbel seines Fingerabdrucks auf ihrem Fleisch spürte. Als er leicht über die Unterseite ihrer Klitoris strich, immer noch ohne Pause nach oben, spürte sie die Wellen, die direkt unter ihrer Haut verliefen und sich plötzlich von den Innenseiten ihrer Oberschenkel nach oben bewegten, über ihren Bauch und dann über die Fülle ihrer Brüste. Sie schaute auf ihre steifen Brustwarzen hinunter, die nun aus dem Wasser ragten, und erwartete halb, einen Funken zu sehen, als das Gefühl sie erfasste und in den Nachthimmel zu schießen schien. Gleich hinter dieser plötzlichen Welle glitten seine Finger über ihren Bauch, über ihre linke Brust und waren mit einem letzten Kreisen um ihre steife Brustwarze wieder verschwunden.

Schnell griff sie mit einer Hand in seinen Nacken und drehte sich zu ihm um. „Nein", flüsterte sie schnell, und der Atem stockte ihr in der Brust, während sie zu sprechen versuchte. „Nein, hör nicht auf, ärgere mich nicht. Ich habe dich vorhin nicht gereizt, zumindest wollte ich das nicht." Sie hielt sich immer noch an seinem Hals fest, legte ihre andere Hand auf die Zementlippe des Pools und stieg aus dem Wasser, um sich auf den Rand zu setzen. Sie hob ihre Beine über seine Schultern und zog ihn zwischen ihre Schenkel, ihre Hand in seinem Nacken führte ihn näher heran, während sie die Wärme seines Rückens an ihren Waden spürte. Der Zement war rau an ihren Pobacken, aber sie drängte sich vorwärts zu seinen Lippen, wobei das plötzlich kalte Wasser des Pools ängstlich gegen ihre heiße Fotze plätscherte. Sie grub ihre Fersen in seinen Rücken und ließ ihre Knie weit ausschlagen, bis die Wärme seiner Lippen das Wasser von ihrem schmerzenden Geschlecht wegdrückte.

Einen Moment lang zögerte Connies Körper, wartete auf den Moment, in dem die Lippen aufhören würden, in dem er plötzlich durch den Mund einatmen würde, um die Reife ihres Geschlechts nicht zu riechen. Sie hatte sich so sehr an diesen Moment gewöhnt, an die kurze Pause, in der ihr Mann von der Leidenschaft zur Routine überging, weil es immer dazu führte, dass ihre Säfte hervortraten und er seinen prallen Schwanz ohne Widerstand in sie gleiten lassen konnte. Sie wartete, aber der Moment kam nicht. Dieser fremde Mann, der allein und nackt in der Nacht schwamm, atmete tief ihren Duft ein, stöhnte leise vor sich hin mit tierischem Vergnügen und griff nach ihren Beinen, um sich noch näher heranzuziehen.

Als seine Hände ihre Schenkel umklammerten, spürte sie, wie er sich an ihr verschlang und immer größere Teile ihres Geschlechts in seinen Mund nahm. Sie spürte, wie sich seine Zähne in ihren Schamhügel drückten, während seine Unterlippe mit jedem Stoß weiter nach hinten wanderte und ihre Lippen weiter öffnete. Als sein Kinn gegen sie drückte, spürte sie, wie das kühle Wasser zwischen ihre frisch geöffneten Backen floss, ihr Arschloch badete und ihre Spalte hinauflief. Plötzlich bewegte sich seine Zunge in ihr, und der sanfte Druck seiner Zähne schob ihren Kitzler hin und her, der leicht gegen die kleinen Hügel seiner Zähne hüpfte, sich anspannte und pochte und noch mehr wollte.

Es dauerte einen Moment, bis er begriff, was geschah, als er spürte, wie ihre Beine ihn nach vorne drückten, wie ihre Hände die seinen an seinen Kopf zogen und ihn an sie pressten. Bis zu diesem Moment war die Nacht ein Traum gewesen, eine Fantasie, ein Moment, der aus der Realität herausgeschnitten und auf Armeslänge gehalten wurde, um sich daran zu erfreuen, aber irgendwie aus der Ferne betrachtet. Als sich seine Lippen auf das Schamhaar drückten, atmete er tief ein und füllte seine Lungen mit dem reichen Meeresduft von ihr. Es war sechs lange Jahre her, dass seine Sinne in diesem einzigartigen Likör gebadet worden waren, dieser berauschenden Mischung aus Meer und Moos und Regen und Sonne, sechs lange Jahre, in denen er sich gefragt hatte, wie und wann und wo.

Ohne nachzudenken öffnete er seinen Mund, die Zunge flach gegen die unteren Zähne gepresst, und verschlang sie, hob sie mit dem Kinn an, um mehr von ihr in sich aufzunehmen, sein Kinn drückte gegen sie, hob sie an, öffnete sie für seine Zunge und Lippen und Zähne. Seine Hände griffen nach ihren Schenkeln, um sein Gesicht über dem Wasser zu halten, während seine Zunge in sie eindrang, ihre Lippen auseinander drängte, suchte, erforschte, sich irgendwie an jedes Nervenende erinnerte. Er öffnete seinen Mund noch weiter, griff mit seiner Unterlippe tiefer und tiefer, schob seine Zunge noch tiefer in sie hinein und drückte mit seinen Zähnen noch fester gegen den mit Fell bedeckten Fleischknoten. Sie zuckte zusammen, als seine Zähne über die glitschige Perle ihrer Klitoris strichen und sie hin und her schoben, und er versuchte, sich zurückzuziehen, gegen die Finger ankämpfend, die sich um seinen Hinterkopf ballten. In diesem Moment verschwanden die sechs Jahre, die Jahre des Zweifels und der Angst und der Verwunderung, und alles, was es gab, war die sanfte Wärme, die an seiner Zunge saugte, die Lippen, die seine ergriffen, als er sich langsam vor und zurück bewegte, sie aufdrückte, hungrig nach dem Geschmack und dem Duft, der so überraschend neu für ihn war und doch so vertraut.

Er schob seine Hände nach vorne, um gegen die Weichheit ihres Unterleibs zu drücken, seine Daumen drückten gegen jede Seite des festen Fleischhügels unter seiner Lippe. Er zog sich langsam zurück, bewegte sich sanft von links nach rechts und ließ seine Zunge mal hierhin, mal dorthin gleiten, um langsam über den glatten Knopf zu fahren, der sich nach seiner Berührung sehnte. Er spürte ihre Schenkel an seiner Wange und fuhr mit der Zungenspitze an ihr auf und ab, streichelte beide Seiten der Öffnung und flirtete mit ihrem Kitzler, als er ihn zweimal streichelte, ganz sanft. Er wusste durch den Druck ihrer Finger an seinem Hinterkopf, dass sie wollte, dass er weitermachte, aber er wollte sie ansehen, er wollte seine Augen mit den weichen, sich kräuselnden Hautfalten verwöhnen, die seine Lippen und seine Zunge nur vage ertasteten. Als seine Zunge ihr Fleisch verließ, drückte er seine Daumen sanft in sie, rollte ihren Kitzler durch das Kissen ihrer Haut hin und her und beobachtete, wie sich die Falten ihrer Lippen als Reaktion auf seine Berührung bewegten.

Sie musste sein Bedürfnis gespürt haben, denn er hörte, wie sie tief einatmete und der Druck an seinem Hinterkopf nachließ. Als sie sich zurücklehnte, verlagerte sich ihr Gewicht, und die volle Form ihrer Möse schien über die Wasseroberfläche zu ragen. Wie eine Muschel, die sich sanft um sich selbst schließt, waren ihre Lippen aufeinandergeklappt, gebettet in ein weiches Nest aus dunklem Haar. Er drückte seine Nase an sie und atmete erneut ein, wobei er bewusst den beißenden chemischen Geruch des Schwimmbeckens ausblendete und seine Lungen mit der reichen Wärme von ihr füllte. Langsam streckte er seine Lippen nach vorne, nicht um sie zu küssen, sondern um sie mit der empfindlichen Zinnoberhaut zu spüren, seine Lippen sanft über sie hin und her zu ziehen, zu fühlen, wie sich ihr Fleisch gegen seins wölbte, ihre reiche Feuchtigkeit zu fühlen, zu schmecken und zu riechen. Seine Daumen griffen langsam nach unten, um sie offen zu halten, um sie auseinander zu spreizen, und selbst in der Halbdunkelheit bewunderte er das satte Rosa-Orange-Rot ihres Fleisches, glänzend und glitschig und feucht. Mit der Zungenspitze liebkoste er sie, fuhr nacheinander über jede Lippe, von einem Ende zum anderen, damit er den warmen und fruchtbaren Geruch von ihr noch tiefer einatmen konnte.

Als er sie offen hielt, konnte er die schockierende Rötung ihrer kleineren, engeren inneren Lippen sehen, und er ließ seine Zungenspitze über sie spielen. Oben. Runter. Noch einmal hoch. Als er seine Zunge langsam nach unten brachte, streckte er sie immer weiter aus, um über die glatte, gespannte Haut zwischen ihren Wangen zu gleiten. Er drückte seine Nase in sie hinein, während seine Zunge nach unten griff, und spürte das leichte Stoßen, als er sich gegen ihre Klitoris hin und her bewegte. Ihre Schenkel zuckten bei jedem Stoß seiner Nase und ihre Fersen gruben sich in seinen Rücken. Langsam drückte er sich in sie hinein, spürte jedes Haar, das über sein Augenlid strich, und freute sich über jedes kleine Zucken an seiner Wange.

Sie stützte sich auf die Ellbogen und versuchte, ihre Schenkel noch weiter zu spreizen, als er seine Zunge in ihr kreisen ließ, ihre inneren Lippen zurückschob und dann in irrsinnigen Kreisen um ihre Klitoris fuhr. Die Fülle seiner Zunge bewegte sich wie verrückt in ihr, in einem Moment drückte sie gegen ihren Kitzler, im nächsten fegte sie ihre inneren Lippen auf, durchbohrte, erforschte, füllte sie aus, bewegte sich wie verrückt in die eine oder andere Richtung, aber immer in Bewegung, streichelte, trieb sie höher und höher in den Nachthimmel. Ihr Magen krampfte sich zusammen, immer und immer wieder, und seine Lippen schlossen sich um ihren Kitzler; sie spürte den Sog, der sie in seinen Mund zog, und die Raueit seiner Zunge.

Sie hatte ihren Kitzler noch nie so groß empfunden, er schien sich in seinem Mund auszudehnen wie eine reife Frucht, bereit, in der Hitze der Sommersonne zu platzen. Er strich mit seiner Zunge nur einmal über die Spitze, und plötzlich drückten ihr Bauch und ihre Schenkel ihn an sich, pochten wie verrückt, und sie hörte, wie der Atem in einem leisen, wimmernden Seufzer aus ihren Lungen strömte, der über das Wasser hüpfte, bevor er in die warme Nachtluft aufstieg. „Oh ja, oh ja, oh ja", seufzte sie und zwang sich irgendwie, nicht zu schreien. Connie sah auf diesen Kopf zwischen ihren Schenkeln hinunter, während sie ihre Finger in sein Haar legte. „Oh Gott", hauchte sie zu niemandem im Besonderen, und dann zu ihm, „Oh Gott, ja, warte, beweg dich noch nicht, oh ja oh oh oh."

Langsam entspannte sie ihre Beine und merkte, dass sich ihre Fersen in seinen Rücken bohrten und dass ihre Zehen und Füße schmerzten, weil sie so fest umklammert waren. Die plötzliche Kühle des Wassers an ihrer Fotze ließ sie leicht zusammenzucken, und sie hielt seinen Kopf sanft in beiden Händen, strich ihm leicht durch das lange Haar über und hinter den Ohren und neigte seinen Kopf leicht nach oben, so dass sie die schimmernde Nässe auf seinen Lippen und seinem Kinn sehen konnte. Seine Augen waren offen, und sie beobachtete, wie er auf die tiefroten Lippen starrte, die sich in ihr Schamhaar schmiegten. Seine Zunge schlängelte sich vor, um ihre brennende Fotze zu streicheln, und dann leckte er ihren Saft von seinen Lippen, ließ ihn über seine Zunge rollen, bevor er ihn schluckte.

Als sie ihre Schenkel von seinen Schultern löste, wanderte sein Blick ihren Bauch hinauf und blieb bei ihren Brüsten stehen, wo schwache Schweißtropfen das Mondlicht einfingen. Sie drückte ihre Arme an die Seiten, um ihm ihre Brüste entgegen zu drücken, dann zappelte sie sanft und ließ sich langsam ins Wasser gleiten, wobei sie ihren Bauch an sein Gesicht drückte. Als sie seine Haare an der Unterseite ihrer Titten spürte, verlangsamte sie ihren Abstieg noch mehr, rieb ihre Brustwarzen über seine Augen und seine Wangen und bewegte sie sanft hin und her, bis sie spürte, wie seine Lippen an den steifen dunklen Spitzen knabberten. Sie hielt ihn fest, während seine Zunge an ihren Brustwarzen leckte, und genoss diesen letzten ruhigen Moment, während ihr Atem wieder einen gleichmäßigen Rhythmus fand.

Schließlich wurde sie sich der Raueit des Zements an ihren Pobacken bewusst, und Connie, die seine Wärme immer noch an sich drückte, stieß ihn sanft zurück und ließ sich tiefer in das kühle Wasser gleiten. Sie spürte, wie ihre Brüste sanken, als seine Lippen ihre Nippel freigaben, aber das kühle Wasser, das sie umschloss, hielt ihre erregten Nippel steif und hart - fast so hart wie das tastende Fleisch, das an der Innenseite ihres Oberschenkels entlang glitt, als sie langsam an seinem warmen Bauch hinunterglitt. Sanft und behutsam wanderten ihre Lippen über seine Augen, seine Nase und seine Wangen, und als sie die scharfen Säfte ihres Geschlechts roch, die seine Lippen und sein Kinn bedeckten, streckte sie ihre Zunge wie aus einem Instinkt heraus vor, um ihn sauber zu lecken. Sie spürte, wie er sich hartnäckig gegen sie drängte, sie fest an den Zement drückte, seinen steifen Schwanz zwischen ihren Schenkeln hin und her bewegte und über ihre geschwollenen Lippen rieb, die heiß und ungeduldig im kühlen Wasser lagen.

Sie hielt sich an seiner Schulter fest und drückte ihre Hand gegen seinen Bauch, ließ sie über sein verworrenes Haar nach unten gleiten, um seinen Schwanz zu greifen, und drückte ihn dabei leicht zurück. „Nein, nein, ich kann danach nicht mehr." Ihr Mund bedeckte seinen, um seine Proteste zum Schweigen zu bringen, und sie begann, ihn gleichmäßig zu streicheln, um sein Drängen zu unterdrücken. Doch als ihre Hand über seine Haut glitt, spannte sich ihr Bauch erneut an. Es war, als wären ihre Finger plötzlich zu Augen geworden, und sie erkundete seine Länge von einem Ende zum anderen, von dem dichten Haarwirrwarr bis zur samtenen Glätte des knolligen Kopfes. Ihr Körper übernahm die Kontrolle über ihre Hand, und sie griff nach unten, um seine Eier zu fühlen, hart und fest und voll, die unter seinem Schwanz steckten, die Haut seines Hodensacks ein scharfer, faltiger Kontrast zu der glatten Steifheit seines Penis.

„Bitte", murmelte sie und sprach in seinen Mund, während ihre Zunge weiter über seine Lippen und Zähne strich, „bitte lass mich dich sehen, lass mich jetzt deinen Schwanz ansehen!"

Sie drehte ihn um, so dass er sich mit dem Rücken an den Beckenrand lehnte, dann rutschte sie an ihm herunter, nahm seinen Hintern in die Hände und zog sich tiefer, bis ihre Augen auf Höhe seines Schritts waren. Er stand gerade im Wasser und bewegte sich sanft, als die Strömung durch ihre Bewegung ihn hin und her schob. In dem schwachen Licht hatte er keine Farbe, aber selbst unter Wasser konnte sie die Hitze spüren, mit der er pochte und vor ihr wuchs.

Sie hielt sich immer noch an seinem Hintern fest und bewegte ihre Wange dagegen, schob ihn mal in die eine, mal in die andere Richtung und spürte, wie der Kopf über ihre Augen und ihre Nase zog, weil er durch seine eigene Schwellkraft erst in die eine, dann in die andere Richtung gebogen wurde, als Reaktion auf ihr unablässiges Schieben. Sie tauchte ein wenig tiefer und nahm seine Eier in den Mund, ließ ihre Zunge über den engen Sack gleiten und ließ sie dann den pulsierenden Grat bis zur Spitze nachzeichnen. Sie öffnete ihren Mund weit, um die Spitze zu bedecken, aber ihre Lungen verrieten sie gerade, als ihre Lippen über die warme Knolle glitten. Als sie die Wasseroberfläche durchbrach, keuchte sie: „Gott, es ist ... es ist .... Bitte, setz dich auf den Sims. Ich möchte dich so gerne schmecken."

Er richtete sich schnell auf, und ebenso schnell bewegte sie sich zwischen seinen Schenkeln. Sie fuhr mit ihren Fingern sanft an seinem Glied entlang, hielt ihn sanft fest und spürte jede einzelne Ausbuchtung und pochende Ader entlang seiner Länge. Langsam streckte sie ihre Zunge nach vorne, um den winzigen Mund an seiner Spitze zu erforschen, atmete den gemischten Duft von Männerduft und Chlor ein und spürte die Hitze seines Fleisches auf ihrer Zunge. Sie lehnte ihren Kopf zurück und beobachtete, wie ihre Finger ihn umkreisten, wobei ihr Daumen gerade noch ihre Fingerspitzen berühren konnte. Als sie ihn streichelte, beobachtete sie, wie sich die unglaublich dünne Haut mit ihren Bewegungen auf und ab bewegte, wie die Vorhaut mit jeder Streicheleinheit zu wachsen schien, wie der Kopf in ihrer Hand pulsierte und pochte. Sie spürte seine Hitze an ihrer Handfläche, tief unten zwischen ihren Schenkeln. Mit einem tiefen Seufzer drückte sie seinen Schwanz gegen seinen Bauch, dann beugte sie ihren Kopf nach vorne, um seine Eier zwischen ihren Lippen zu saugen.

Mit einer Hand hielt sie seinen Schwanz an ihre Wange, während ihre Zunge den engen, harten Sack in ihrem Mund streichelte. Das kühle Wasser spritzte gegen ihr Kinn, während sie ihren Kopf hin und her bewegte, ohne ihn aus ihrem Mund gleiten zu lassen. Connie dachte an all die Male zurück, als ihr Mann sie von sich wegzog, um sie auf den Rücken zu drehen und sie zu besteigen. Er stöhnte und grunzte von seiner Liebe zu ihr, während sie laut in sein Ohr stöhnte und sich gegen seine Stöße stemmte, schneller und schneller, bis sie spürte, wie er in ihr zuckte und dann herausglitt und über ihren Schenkel glitt, als er sich in den Schlaf rollte. Sie hatte halb erwartet, die Hände dieses fremden Mannes zu spüren, die ihren Kopf wegdrückten, aber stattdessen schlossen sich seine Beine um ihren Rücken, zogen sie fest an den Beton und drückten ihre geschwollenen Brustwarzen auf die raue Oberfläche, während er sich vorwärts schob und sich an ihr rieb, sein Schwanz heiß und hart, als sie ihn über ihr Gesicht rollte.

Ihre Finger spürten das klare, glitschige Sperma, das aus der Spitze seines Schwanzes tropfte, und als sie ihn streichelte, verteilte sie es über die ganze Spitze und rieb seine Glitschigkeit an ihrer Augenbraue und Schläfe. Sie saugte hungrig an ihm. Sie schob ihre Zunge tief hinter seine Eier, fuhr über die glatte Haut zwischen seinen Backen und spürte die Härte seines Schwanzes tief in seiner Leiste. Ihr Stöhnen war leise, wild und unkontrolliert, als es sich tief in ihrer Kehle um seine Eier wand. Als ihre Finger begannen, seinen eigenen Saft über die Länge seines Schafts zu verteilen, ließ sie seine Eier aus ihrem Mund gleiten und fuhr mit ihrer Zunge über ihn, bis sie den ersten Hauch seines salzig-bitteren Schleims schmecken konnte. Sie hielt sich an seinem Oberschenkel fest, um sich aus dem Wasser zu halten, drückte ihren Bauch gegen den rauen Zement und ersetzte ihre Finger durch ihre Lippen, die hungrig an der Unterseite seines Schwanzes saugten, ihn zwischen ihre Zähne zogen und ihn mit ihrem ganzen Mund schmeckten.

Unter dem Wasser spreizte sie ihre Beine weit und spürte, wie das kühle Wasser über ihre Innenschenkel tanzte und ihre Möse reizte. Sie drückte ihren Bauch gegen die harte Oberfläche und drängte sich mit ihrer vollen Muschi dagegen, wobei der Druck ihre Klitoris immer wieder zusammen-drückte. Als sie sich zurücklehnte, gaben ihre Lippen seinen Schwanz mit einem leisen, saugenden Geräusch frei. Direkt vor ihr lag sein glitzernder Schwanz, glänzend und feucht von seinem Sperma und ihrem eigenen Speichel. Sie drückte ihn und sah zu, wie immer mehr von seiner klaren Flüssigkeit aus dem Loch vor ihr floss. Als sie tief einatmete, führte ihre Hand die warme, pulsierende Eichel über ihre Wangen und Augen, hin und her, bis auch sie mit einer Schicht seines Saftes glänzte.

Sie drückte ihn erneut, zog ihre Hand nach vorne und melkte noch mehr Flüssigkeit aus ihm, und das Mondlicht glitzerte auf dem feinen silbernen Faden, der sich von der winzigen Saftlache auf seinem Schwanz über den schmalen Raum bis zu ihrer Wange erstreckte und dann herunterhing. Sie schob ihre Zunge zu ihm und leckte über seine glatte Eichel, wobei sie seine samtige Haut auf der ganzen Länge ihrer Zunge spürte. Dann, ganz langsam, jede Bewegung in ihrem Mund spürend, schluckte sie und drückte den warmen, öligen Saft über ihre Zunge in den hinteren Teil ihrer Kehle. Dann, immer noch langsam, ganz behutsam, schob sie ihre Lippen über das Ende seines Schwanzes, ließ ihn tiefer in ihren Mund gleiten, spürte, wie er breiter wurde, bis ihre Lippen sich über den Kamm und auf die enge, glatte Fläche seiner Vorhaut schlossen.

Ihre Augen wanderten langsam seinen Bauch hinauf, vorbei an dem Dreieck aus verfilzten Haaren, folgten der dünnen Haarlinie zu seinem Nabel. Einen Moment lang beobachtete sie, wie ihre Lippen an ihm auf und ab glitten, wie sich sein Bauch beim Atmen bewegte, sie sah tief in seine Muskeln, die sich anspannten und entspannten und jeder Bewegung ihres Kopfes folgten. Connie hob ihren Blick noch weiter, studierte die winzigen Muttermale und Sommersprossen, die über seinen Bauch verstreut waren, wanderte von einem Haar zum anderen auf seiner Brust, untersuchte seine Brustwarzen und die spärliche Behaarung um sie herum. Die ganze Zeit über genoss sie die heiße, gespannte Haut seines Schwanzes, der sich in ihren Mund hinein- und wieder herausbewegte, spürte, wie der Kopf gegen ihre Zunge drückte und an der Innenseite ihrer Wangen entlang glitt. Mit jedem Zug ihrer Lippen bewegte sie sich tiefer in ihn hinein, fühlte seine Wärme über den Gaumen gleiten und dann tiefer in ihre Kehle eindringen, während ihre Zunge über die Oberfläche tanzte, um ihm aus dem Weg zu gehen, ihn aber immer wieder streichelte.

Als sich ihre Blicke trafen, wusste sie, dass es kein Wegschauen gab. Sein Mund stand offen, als er immer schneller atmete, seine Zunge bewegte sich im Einklang mit der ihren hin und her. Seine Augen verrieten ihr, was ihre Lippen und ihre Zunge bereits wussten: dass die Spasmen tief in seinem Bauch begannen und dass ihr nur noch wenige Augenblicke blieben, um das sanfte, beharrliche Pulsieren seiner Adern an ihren Lippen zu genießen. Sie war so sehr auf die Wärme der Haut zwischen ihren Lippen konzentriert, dass diese Momente vor ihr zu hängen schienen wie ein feiner Seidenschal, der auf einem warmen Luftkissen langsam nach unten schwebte.

Seine Augen waren auf die ihren gerichtet, als sie das Zittern an der Basis seines Schwanzes spürte und ihren Mund öffnete, um die schwellende Eichel auf ihrer flachen Zunge ruhen zu lassen. Sie wollte spüren, wie sein Sperma frei in ihren Mund schoss, heiß gegen ihre Wange spritzte und über ihre Zunge rollte. Als der erste Spasmus ihn schüttelte und sie spürte, wie die heiße, dicke Flüssigkeit gegen ihre Mundhöhle lief, drückte sie sich gegen die Wand und zuckte hin und her, während der Zement an ihren Schamhaaren zog. Als das Sperma aus seinem Schwanz herauskochte und über ihre Zunge lief, vibrierte ihre Fotze vor Freude und sie spürte, wie das Sperma über ihren Bauch zu dem seinen hinüberschoss. Instinktiv begann sie zu schlucken, verschlang den dicken Saft, presste ihn zwischen Zunge und Zähnen die Kehle hinunter. Die Bewegung ihrer Zunge schien seinen Schwanz zu entflammen, und er spritzte immer mehr Sperma in ihren Mund.

Als ihr Mund nichts mehr aufnehmen konnte, hielt sie ihn fest, so dass die letzten Zuckungen ihre Wangen und ihr Kinn mit ihrer klebrigen Kraft überzogen. Sie rieb ihn über ihr ganzes Gesicht, roch seinen Geruch und schmeckte seine bittere Salzigkeit, als er ihren Mund füllte. Schnell küsste und saugte sie an ihm, immer und immer wieder, leckte jeden verirrten Tropfen von seinem Schwanz, streckte ihre Zunge aus, um jeden zu reinigen, der an seinem Schamhaar klebte. Wie ein hungriges Kind, das warmen Pudding verschlingt, aß und aß sie alles, was sie finden konnte, ohne sicher zu sein, dass sie diese süße Wonne jemals wieder schmecken würde.

Fabians Nacken und Schultern schmerzten, weil er so lange stillgehalten wurde, und er wünschte sich verzweifelt, einfach die Augen zu schließen, seinen Nacken zu entspannen und seinen Kopf nach hinten fallen zu lassen, um den dumpfen Schmerz dort zu vergessen und einfach die Wärme ihrer Lippen und Finger zu spüren, wenn sie über seine Haut strichen. Während er in ihre Augen starrte, während er sich in ihnen gefangen fühlte, während sie seinen Blick festhielten, galt seine Aufmerksamkeit den Lippen, die sich über ihn bewegten. Er beobachtete, wie sich seine Vorhaut langsam aus ihrem Mund löste, wie sich ihre Lippen darüber spannten und sie ihm widerwillig nachgab, während ihre Zunge in ihrem Mund über ihn kreiste. Sie blinzelte nicht, als sie ihn ansah, und so sehr er auch seine Augen senken wollte, um ihre Hand zu sehen, wie sie ihn drückte, blieben sie auf ihre großen dunklen Pupillen fixiert, sein peripheres Sehen nahm auf, was sein Schwanz so intensiv fühlte. Das Brennen in seinen Schultern hielt an, aber wie in einem Traum, weit weg, irrelevant, als ihre Lippen erneut über seine Vorhaut glitten und er beobachtete, wie ihre Wange anschwoll, als sein Schwanz gegen ihre glatte Wärme drückte.

Sein Schwanz zuckte leicht, als ihre Zunge über die Spitze strich, und ihre Kehle schloss sich kurz um seine Masse, als sie schluckte, und er spürte, wie die Finger, die seine Eier umschlossen, nach oben glitten, um den harten Grat hinter dem Sack zu fühlen, tief zwischen seinen Beinen. Irgendwo weit in seinem Bauch spürte er, wie das Zittern begann. Sie muss es auch gespürt haben, dachte er, denn sie packte ihn fest und hielt ihn für einen Moment zurück. Sein Schwanz zuckte in ihrer Hand, und ihre Lippen verzogen sich zu einem offenen Lächeln, als sie ihn zurückzog, bis er den tief violetten Kopf auf ihrer abgeflachten Zunge ruhen sehen konnte. Sein Magen zog sich zusammen, als sie ihre Finger entspannte und die aufgestaute Explosion freisetzte. Sie hielt ihn fest, während die zähflüssige weiße Flüssigkeit in ihren Mund floss und die Zuckungen seines Schwanzes einen Stoß nach dem anderen gegen ihren Mundboden, ihre Zähne und die Innenseiten ihrer Wangen schickten. Innerhalb von Sekunden ließ der anfängliche Druck nach, aber er ergoss sich weiter über ihre Zunge und sammelte sich um ihre Zähne. Sie schluckte schnell, und die Bewegung ihrer Zunge und ihrer Lippen über den plötzlich elektrischen Kopf löste neue Zuckungen aus, die bis in seinen Bauch und hinunter zu seinen Eiern reichten.

Die Steifheit in seinen Schultern war vergessen, als sie seinen immer noch sabbernden Kopf über ihre Oberlippe und dann über ihre Wangen bewegte. Ihre Finger rollten seine pochenden Eier hin und her, während ihre andere Hand noch mehr Saft aus ihm herauspresste, der ihre Wangen bedeckte. Immer noch sah sie zu ihm auf, und die Intensität ihres Blicks schien noch mehr Zuckungen hervorzurufen, mehr Sperma, das ihre Haut überzog. Das Bild ihres Hungers nach seinem Sperma brachte noch mehr Anstrengung in seinen Eiern hervor, als ob alle Bremsen, die von jedem Liebhaber, der jemals geknebelt wurde, auf seine Leidenschaft gelegt wurden, plötzlich gelöst wurden.

Er keuchte, als er merkte, dass er den Atem angehalten hatte, als er darauf wartete, dass die Augen sich abwandten, der Mund seinen Saft zurückwies. Stattdessen streckte sich ihre Zunge zaghaft aus, um die Empfindlichkeit der Spitze zu testen, als sie nach mehr griff, leckte die Tropfen, die über die Vorhaut glitten, und sammelte die Lache gegen ihre Finger, während sie ihn weiter melkte. Als sich ihre Augen schließlich von den seinen abwandten, wanderten sie sofort zum Ende seines Schwanzes, um zu beobachten, wie ihre Finger langsam einen letzten Tropfen aus dem winzigen Mund herausdrückten. Vorsichtig, bevor er über den Scheitel zu ihren Fingern gleiten konnte, schloss sie ihre Lippen sanft darauf und begann mit einem leisen Sauggeräusch an ihm zu knabbern, um ihn von diesem letzten Tropfen und Fabian anderen, die sie finden konnte, zu reinigen.

Er konnte nur zusehen, wie ihre Lippen und ihre Zunge sich weiter über ihn bewegten, sanft an seinem Schaft entlang saugten, ihre Wange manchmal gegen seinen Oberschenkel drückten, während sie ihr Gesicht in sein Schamhaar drückte, an ihm leckte und jeden Tropfen seines Spermas fand. Als es nichts mehr zu finden gab, lehnte sie ihre Wange gegen seinen Oberschenkel und sah zu, wie sein Schwanz in ihren Fingern zu erschlaffen begann. Sie bewegte ihre Hand, um ihn zu streicheln und zu beobachten, wie er langsam schrumpfte und ab und zu versuchte, einen schwachen Spasmus für sie auszulösen, um irgendwo noch etwas Saft für ihre Lippen zu finden. „Großer Gott", murmelte er, als er schließlich seinen

Hals reckte, ohne seinen Blick von ihrem Gesicht zu nehmen. „Ich glaube nicht, dass ich jemals so tief in meinem Bauch abgespritzt habe." Er strich ihr eine Haarsträhne aus der Stirn, ließ seine Finger auf ihrem Kopf verweilen und wiederholte die Bewegung immer wieder, obwohl das Haar nicht mehr da war. Er zitterte, als sie seinen Schwanz in das kühle Wasser tauchte und ihn sanft hin und her schob, während er an der Oberfläche wippte. Ihre Wange war warm an seinem Oberschenkel, und er streichelte weiter ihr Haar, spürte, wie ihre Finger ihn leicht berührten, während sich sein Schwanz mit jeder Welle im Wasser bewegte. Er seufzte leise, wollte sich nicht bewegen, wollte kaum atmen, um nicht vom Geräusch seines Atems geweckt zu werden, weil er Angst hatte, dass sie verschwinden würde.

Schließlich strich er ihr über die Wange und spürte die ölige Flüssigkeit seines Spermas unter seinen Fingerspitzen. Sie drehte ihren Kopf leicht, nahm einen seiner Finger in ihre weichen Lippen und saugte ihn in ihren Mund. Er spürte, wie ihre Zunge das Salz von seinem Finger leckte und ihn wärmte, während die raue Oberfläche ihn streichelte. Vorsichtig drückte er seine Schenkel auseinander und ließ sich neben ihr ins Wasser gleiten, spürte, wie sich seine Eier und sein Bauch auf ihrer Haut bewegten, wie sie über ihre Brüste und ihren Bauch glitten, bis er einen ihrer Schenkel zwischen seinen eigenen packen konnte. Er zog sie an sich, spürte, wie ihre vollen Brüste gegen seine Brust drückten, und küsste ihre Mundwinkel, knabberte an der Salzigkeit von ihm, die ihre Zunge vermisst hatte.

Einen Moment lang gab sie seinen Armen nach; einen stillen Moment lang, als seine Hand hinunterglitt, um ihren Hintern zu umfassen und sie an seinen Schwanz zu ziehen, der sich nun zwischen ihnen regte, spürte er, wie ihre Haut sanft an ihm vorbeiging. Er lauschte dem Zirpen der Grillen unter den Magnolienbüschen und dem fernen Geräusch der Autos, die durch die Nacht fuhren, während er die Rundung ihres Hinterns streichelte, sein Finger bewegte sich leicht in die Spalte zwischen ihren Wangen hinein und wieder heraus, strich sanft über die glatte, warme Haut, stieß leicht über die engen Falten ihres Arschlochs und fuhr fort. Sie ließ ihren Kopf an seiner Schulter ruhen, während sie ihre Finger leicht über seinen Bauch bewegte. Er passte seinen Atem an den ihren an und spürte, wie sich ihre Brüste und ihr Bauch bewegten, als ihre Atmung langsamer und regelmäßiger wurde, gemeinsam.

Ihre Finger strichen leicht über seinen Schwanz, und ebenso plötzlich begann er wieder anzuschwellen, drückte gegen ihren Schenkel und verlangte nach ihrer Berührung. Fabian lockerte seinen Griff um ihren Oberschenkel, um sich über sie zu bewegen und zu spüren, wie seine Eier unter dem Wasser an ihrer Haut rieben. Als sich sein Bein zwischen ihre Beine drückte, schob sie ihn sanft zurück, nur mit ihren Fingerspitzen. Sie ließ sich im Wasser von ihm weggleiten, stützte sich dann mit einem Fuß an der Wand ab und stieß sich in einem langen, sanften Gleiten ab.

Einen Moment lang beobachtete er, wie das kühle Wasser, das über seinen Bauch und seine Oberschenkel floss, die Wärme ihres Körpers ersetzte, während sie sich umdrehte und die ganze Länge des Beckens schwamm. Ihre Züge waren sanft und träge, fast lautlos in der Nacht. Als sie in das grelle Licht des Flutlichts schwamm, hob sich das fahle Weiß ihres Hinterns von der warmen Bräune ihrer langen Oberschenkel und ihres Rückens ab, selbst unter Wasser. Langsam begann er, auf sie zuzuschwimmen, spürte jede Bewegung seiner Arme und Beine beim Schwimmen, fühlte jeden Strudel des Wassers, das über seinen Schwanz und zwischen seine

Schenkel strömte. Er sah, dass sie sich wieder auf ihn zubewegte, aber in der Mitte des Beckens, als er nach ihr griff, wich sie aus und schwamm anmutig um ihn herum zurück zum tiefen Ende. Bevor er sie einholen konnte, zog sie sich aus dem Wasser, streifte ihren winzigen Badeanzug über die Beine und griff nach ihrem Oberteil, als seine Arme den Rand erreichten. Als sie ihn dort sah, kniete sie sich hin und hielt mit der Hand das Oberteil an ihre vollen Brüste.

„Schhhh", flüsterte sie, „Sag nichts. Ich muss jetzt gehen. Vielleicht eine andere Nacht. Ich kann nicht länger bleiben." Als sie aufstand, schloss sie das Oberteil und verschwand schnell in den Schatten, nahm ihr Handtuch und ihr Hemd und war mit einem Knarren der Türscharniere verschwunden.

Fabian hing schlaff am Beckenrand, den Kopf auf einen Arm gestützt, während die andere Hand seine Eier und seinen Schwanz an die Leiste drückte. Als er die Augen schloss und sanft drückte, konnte er fast die Wärme ihrer Zunge und Lippen spüren, die sich über ihn bewegten, aber genauso schnell war das Gefühl wieder weg. Schließlich gab er sich der Kühle des Wassers hin, drehte sich um und lehnte sich mit dem Kopf an die Wasseroberfläche des Pools, wobei er seine Arme zu beiden Seiten ausstreckte, um sich zu stützen. Er hob die Beine an und betrachtete seinen Schwanz, während er die Beine im Wasser spreizte, und staunte plötzlich, wie geschmeidig er sich in der Strömung, die seine Beine erzeugten, hin und her bewegte.

Dann holte er tief Luft und atmete langsam aus, wobei sein Seufzer leise über das nun ruhige Wasser glitt, und schwamm zum flachen Ende zurück, wobei seine Augen auf sein Hemd und sein Handtuch gerichtet waren, die im grellen Scheinwerferlicht zerknittert lagen. Er trocknete sich ab, während er um das Becken herum zum Tor ging, wickelte sich schließlich das Handtuch um die Taille und zog sich das Hemd über die Arme. Die Nacht war plötzlich kühl, eine leichte Brise wehte den Duft der Magnolien über ihn hinweg.

Raus aus dem Alltag

Nora und ich haben uns im Internet getroffen. Nicht etwa in so einer langweiligen Partnerbörse, nein, wir waren im Hardcorebereich unterwegs. Unsere unbefriedigten Fantasien trieben uns an. Nora wollte aus der Enge der traditionellen Beziehungsvorstellungen ausbrechen, ohne ganz genau zu wissen, was sie suchte. Sie liebte ihren Mann und wusste nicht so recht, wie sie es anstellen sollte, ihre Gier zu stillen, ohne die Beziehung zu gefährden. Bei mir war klar, was ich wollte. Meine Frau und ich hatten schon lange keinen Sex mehr. Sie wusste davon, dass ich meine Befriedigung woanders suchte. Mit Nora war ich von Anfang an sehr vertraut. Wir chatteten offen über alle sexuellen Themen. Im Laufe der Zeit kristallisierte sich bei ihr heraus, dass sie neben ihrem Mann auch Geschlechtsverkehr mit anderen Männern suchte, wobei ihr Mann davon wissen und möglichst auch dabei sein sollte. Zuerst stellte sie sich eine Art Wifesharing vor, später dann entdeckte sie, dass eine Cuckold-Beziehung für sie noch reizvoller wäre. Zunehmend interessierte sie sich auch für entsprechende Pornofilme, in denen die Ehemänner es genossen, ihren Frauen beim Ficken mit fremden Männern zuzuschauen.

Hier nun lag die Übereinstimmung in den sexuellen Fantasien zwischen Nora und mir. Ich bin ein dominanter Liebhaber, der umso geiler wird, je unterwürfiger und williger meine Fickpartnerinnen sich verhalten. Im Beisein der Ehemänner meiner Frauen mit diesen zu verkehren ist für mich eine besondere Stimulanz. Am liebsten ist es mir, wenn die Ehemänner zuerst nur zuschauen und später dann meine Fickpartnerin und mich durch Berührungen anstacheln. Eigentlich habe ich kein Interesse an Herren, aber hier genieße ich es, wenn sie an meinen Eiern spielen und mir den

Sack richtig langziehen, sodass meine Vorhaut zurückgezogen wird und meine Eichel prall hervorsteht. Äußerst erregend ist es auch, wenn die Ehemänner sowohl ihr als auch mir den Anus bearbeiten. Allerdings dürfen sie bei mir nicht eindringen. Ich akzeptiere nur intensives Lecken. Alle Aktivitäten der Ehemänner oder Freunde unterliegen meinen oder ihren Anweisungen. Sie spielt gegenüber ihrem Mann die Rolle der Cuckolddress, je härter, umso lieber. Über einen Zeitraum von mehreren Monaten kamen Nora und ich uns langsam näher. Eines Tages war es soweit. Wir verabredeten ein erstes Treffen, um in der Realität anzukommen. Da Nora möglichst weit entfernt von ihrem Wohnort mit mir zusammentreffen wollte, legten wir Frankfurt als ersten Kontaktpunkt fest. Ich denke, wir waren beide sehr gespannt, was uns erwartete. Für mich ergab sich eine besondere Erregung dadurch, dass Nora locker meine Tochter sein könnte.

Mit so einer jungen attraktiven Frau möglicherweise sexuelle Erlebnisse zu haben, spornte meine Fantasie sehr an. Schon einige Nächte vor dem eigentlichen Zusammenkommen träumte ich davon und hatte jeweils heftige Samenergüsse. Endlich war es soweit. Ich holte Nora an einem schönen warmen Sommertag am Hauptbahnhof ab. Meine Anspannung hatte dazu geführt, dass ich viel zu früh vor Ort war. Als der Zug einlief, hielt ich nervös Ausschau nach ihr. Vor lauter Aufregung bemerkte ich sie gar nicht. Plötzlich stand sie vor mir und lächelte mich an. Wir nahmen uns gegenseitig in den Arm. Nora war zunächst scheu. Unsere Lippen berührten einander zu einem zarten Kuss. Ich versuchte, mit meiner Zunge die ihre zu erreichen, sie wich aber zurück und ließ ihr mir sehr vertrautes „He, he" erklingen. Ich nahm ihr das Gepäck ab, legte meinen Arm um ihre Hüfte und wir gingen zu meinem Wagen. Zunächst sprachen wir wenig und studierten einander. Wir nahmen alle Eindrücke des anderen auf. Gestik, Mimik, Körpergeruch. Nora faszinierte mich immer mehr. Sie taute auch langsam auf. Dass ich so deutlich älter war, wusste sie ja schon vorher. Aber eine kleine Barriere bestand am Anfang doch. Zunehmend stellte sie fest, dass ich eben kein „Opa" bin, sondern ein Mann, der eine starke sexuelle Ausstrahlung hat. Schon während der Autofahrt in die Innenstadt versuchte ich die ersten Annäherungen. Sie war sehr sommerlich gekleidet; hatte einen kurzen Rock an. Ihre Bluse war ein wenig transparent. Sie hatte sie nicht ganz zugeknöpft. Ich konnte von der Seite aus schön in ihren Ausschnitt schauen und ihre festen Brüste bestaunen. Ihre Stimme war angenehm für mich. Sie bewegte sich im Autositz ständig hin und her, sodass ihr kurzes Röckchen immer höher rutschte. Ich konnte der Versuchung nicht widerstehen und legte meine Hand auf ihren Schenkel. Sie ließ es geschehen, drückte aber ihre Beine zusammen. So kamen wir in der Innenstadt an. Ich stellte den Wagen ab. Wir beschlossen, einen Spaziergang durch die Altstadt um den Römer herum zu unternehmen.

Es war wirklich traumhaftes Wetter. Die Sonne schien angenehm warm. Schließlich kamen wir an einem Straßencafé vorbei. Ich lud Nora zu einem Espresso ein. Wir nahmen Platz und gaben unsere Bestellung auf. Nachdem wir eine kurze Zeit zwanglos geplaudert hatten, forderte ich Nora auf, auf die Toilette zu gehen und ihr Höschen auszuziehen. Sie schaute mich überrascht an und zögerte. Ich blickte ihr fest in die Augen und wiederholte meine Aufforderung. Sie saß reglos da und senkte ihren Blick. Mit lauterer Stimme forderte ich sie auf, mich anzuschauen. Schließlich gehorchte sie. Ich lächelte und sagte zu ihr: Vertrau mir, Du wirst sehen, es wird Dir gefallen! Und jetzt geh ´. Langsam stand sie auf. Als sie zu ihrer Handtasche greifen wollte, hielt ich sie fest. Die brauchst

Du nicht, sagte ich leise. Nora drehte sich um und ging. Nach einigen Minuten kehrte sie zurück. In ihrer Hand trug sie ein rotes Etwas, das sie sorgfältig zu verbergen suchte. Am Tisch angekommen wollte sie das Höschen in der Handtasche verschwinden lassen. Ich hinderte sie daran und forderte sie auf, ihren Slip auf den Tisch zu legen. Diesmal sah ich keine Verwunderung mehr in ihrem Gesicht. Stattdessen lächelte sie mich aufreizend an und platzierte den String mitten auf dem Tisch. Dass sie aber doch noch nicht ganz so weit war, wie sie vorgab, zeigte sich, als die Bedienung an unseren Tisch kam. Schnell legte Nora ihre Hand über das Höschen. Als sie meinen strengen Blick sah, zog sie ihre Hand zurück und gab die Ansicht für die Bedienung frei. Es handelte sich um eine Dame im mittleren Alter, die sehr ansehnlich aussah. Sie hatte auch sommerliche Kleidung mit einem großen Ausschnitt. Ihre wirklich prallen Titten waren gut sichtbar. Sie tat auch einiges dafür, dass man sie nicht übersehen konnte. Mit einem deutlichen Blick auf Noras Wäschestück sagte sie grinsend: Na, da wünsche ich doch einen wunderschönen Nachmittag! Wir tranken unseren Espresso und unterhielten uns über Gott und die Welt.

Nora begann immer entspannter zu werden. Sie genoss zusehends meine frivolen Bemerkungen und körperlichen Berührungen. Als ich sie schließlich aufforderte, sich etwas vom Tisch zurückzusetzen und die Schenkel zu spreizen, gehorchte sie sofort. Sie setzte sich sehr aufreizend hin. Ihr sauber rasiertes Fötzchen war nun gut zu sehen. Einige Männer schauten im Vorbeigehen interessiert zu ihr herüber. Es gefiel ihr offensichtlich, so viel Aufmerksamkeit auf sich zu lenken. Nach geraumer Zeit bezahlte ich die Rechnung und wir setzten unseren Spaziergang fort. Nora lief neben mir. Plötzlich merkte ich, wie sie ihre Hand in meine schieben wollte.

Ich drehte mich abrupt zu ihr hin. Nora, Du musst noch sehr viel lernen, sagte ich in ernstem Ton zu ihr. Wenn ich will, dass wir zärtlich zueinander sind, dann werde i c h Dich das spüren lassen. Unsere Sexualkontakte bestimme ich. Du wirst mir gehorchen. Sie wirkte etwas verstört. Wir gingen eine Weile schweigend nebeneinander her. Als wir am Mainufer angekommen waren, blieb ich in den Grünanlagen stehen. Ich nahm Nora in den Arm. Wir küssten uns. Erst zart, dann heftig und feucht. Unsere Zungen berührten sich gierig. Meine Hand glitt zwischen ihre Beine. Ich öffnete ihre Schamlippen und spürte ihre Wärme. Mit einem Finger begann ich sie zu ficken. Ihr Unterleib bewegte sich anfangs zurückhaltend, dann immer heftiger. Sie bockte meinem Finger entgegen. Ihre Fotze wurde nun richtig feucht. Ich zog meine Hand zurück und steckte ihr meinen Finger in den Mund. Sie leckte gierig ihren Mösenschleim ab.

Schließlich legte ich meinen Kopf auf ihre Schulter und liebkoste ihren Hals mit meiner Zunge. Ihre Erregung wuchs zusehends. Plötzlich ließ ich von ihr ab. Nora, sagte ich zu ihr, ich werde Dich in eine faszinierende Welt der Erotik einführen. Die Liebestechniken des Marquis de Sade und des Ritters Sacher-Masoch sind so fesselnd, dass Du nie mehr ohne sie sein kannst. Wir beide erleben einen Liebesrausch, der alle unsere Sinne betört! Voraussetzung dafür ist, dass Du mich als Deinen Dom anerkennst und mir unbedingten Gehorsam bei unseren Fickerlebnissen schwörst. Willst Du das? Die Gefühle fuhren mit Nora Achterbahn. Sie ist eine selbstbewusste, moderne junge Dame. Ihr Rollenverständnis als Frau entsprach der allgemeinen gesellschaftlichen Auffassung, einerseits. Andererseits fühlte sie eine starke Neigung, sich meiner Dominanz zu unterwerfen. Ihre gegenwärtige sexuelle Erregung gab schließlich den Ausschlag. Sie sagte leise zu mir: Ja, Alex, ich will immer gehorsam sein und Deine Befehle befolgen. Ich bin Deine unterwürfige Sub. Daraufhin nahm ich sie in den Arm und flüsterte ihr ins Ohr: Komm mit mir, Du darfst jetzt meinen Schwanz lutschen und mir Befriedigung verschaffen, Wenn Du es mir gut machst, dann lasse ich Dich meinen Samen schlucken.

Wir gingen zusammen in eine etwas abgelegene Ecke der Grünanlagen. Ich setzte mich auf eine Bank und öffnete meine Hose. Mein Kolben war schon voll erblüht. Nora griff sofort nach ihm. Sie zog meine Vorhaut zurück, sodass meine harte Eichel blank vor ihr stand. Die Sonne brachte meine Schwanzspitze zum Glänzen. Nora leckte sich die Lippen und nahm meinen Schwanz in den Mund. Ihre Zungenspitze berührte mein Frenulum. Ich wurde unruhig und bewegte mein Becken zu ihr hin. Sie stand mit leicht gespreizten Beinen vornübergebeugt halb neben mir. Das Männeraroma meiner Samenspritze erhöhte ihre Geilheit. Mit einer Hand griff ich ihr in den Schritt und stimulierte ihre Fraulichkeit. Sie war noch nasser geworden. Der Mösensaft lief ihr am Oberschenkel herunter. Ihre Nippel waren viel härter geworden. Ich nahm einen ihrer Nippel zwischen Daumen und Zeigefinger und zog daran. Wir stöhnten beide in unserer Liebespein. Nur knapp dreißig Meter von uns entfernt liefen Spaziergänger vorbei.

Ich konnte sie gut beobachten. Viele schauten interessiert zu uns herüber. Vor allem waren es natürlich Männer. Einer von ihnen blieb stehen, um uns zuzuschauen. Ich schob Nora, die unverändert intensiv meinen Hammer bearbeitete, so vor mich, dass ihr Hinterteil direkt zu dem Mann zeigte, der sich als Spanner betätigte. Damit er noch besser Noras Heiligtum sehen konnte, bat ich sie, ihre Beine weiter zu spreizen und sich noch tiefer zu bücken. Jetzt konnte der Voyeur schön auf

Ihre Ritze und gleichzeitig auf mein Gehänge schauen, das von Nora weiter wild massiert wurde. Langsam spürte ich, dass ich bald einen Erguss haben würde. Ich stand auf, schob Noras Körper zur Bank hin, sodass sie sich mit den Armen abstützen konnte. Stürmisch drang ich jetzt mit meinem Fickprügel in ihre vor Geilheit geschwollene Pflaume ein. Mit jedem Stoß drückte ich eine Portion ihres Geilsaftes heraus.

Ihre Schenkel waren dadurch ganz nass geworden. Ich drang so tief in sie ein, dass meine Eichel ihren Muttermund berührte. Der leichte Schmerz der damit verbunden war, steigerte ihre Erregung sichtlich. Nachdem ich meine Fickbewegungen nochmals gesteigert hatte, spürte ich, wie ein Kribbeln von meinen Füßen aus die Beine hochstieg. Ein gewaltiger Orgasmus kündigte sich an. Mein Liebesknochen zuckte wild und mein Samen spritzte pulsierend in Noras Geschlechtskanal. Schnell zog ich meinen Klöppel aus ihr heraus, setzte mich zwischen ihre Beine und leckte ihr heftig die Schamlippen und den Kitzler. Dabei lief mir mein eigenes Sperma in den Mund. Meine Zunge konzentrierte sich mehr und mehr auf Noras Liebesperle. Sie wand sich und zuckte mit ihrem Unterleib.

Ihre Lustschreie unterdrückte sie nur mühsam. Als sie ihren Orgasmus hatte, klammerte ich mich mit den Armen um ihre Oberschenkel, bis sie schließlich zur Ruhe kam. Ich stand auf und begann, sie zu küssen. Dabei ließ ich meinen Samen in ihren Mund laufen. Wir spielten beide mit der Mixtur aus meinem und ihrem Liebessaft. Schließlich schluckte sie die ganze Portion herunter. Erschöpft ließen wir voneinander ab. Wir richteten unsere Kleidung und gingen zurück zum Hauptweg. Der Mann, der uns beobachtet hatte, stand noch dort und ließ uns auf sich zukommen. Als wir an ihm vorbeigingen, sagte er: Ich habe ihnen gerne zugeschaut. Es war ein sehr leidenschaftliches Liebesspiel. Da kann man nur neidisch werden, wenn sie als älterer Mann es einer so hübschen jungen Dame besorgen dürfen. Nora lachte ihn an und erwiderte: Der häufige Geschlechtsverkehr hält meinen Liebhaber jung und trägt auch zu meiner Befriedigung bei.

Schließlich kehrten wir zum Auto zurück und fuhren ins Hotel.

Nachdem wir uns frisch gemacht hatten, gingen wir zum Abendessen.

Der Traum einer Frau

Ich liege bäuchlings auf einem Bock, den ich selbst hergestellt
habe. In dem sind zwei Löcher für meine Brüste und unter
dem Bock ist ein Mann, der an mir leckt und saugt.
Gleichzeitig dringen Männer in mich ein, vorn und hinten. Du
siehst also, unser Vorhaben deckt sich zu einem gewissen
Grad mit meinen Träumen. Womöglich bist du in meinen
Fantasien danach der zweite Mann mit einem Gesicht?

Zeitweilig befürchte ich aber, dass ich aus Angst vor dir, der
du ja ein Fremder für mich bist, keine Lust empfinden kann.
Wir werden sehen. Auf jeden Fall ist es gut, wenn du sensibel
und behutsam vorgehst. Außerdem wird auch mein Mann
seinen Teil beitragen: Wenn er durchhält, werde ich
übermorgen eine volle Woche keinen Sex gehabt haben und
entsprechend werde ich danach lechzen! Ich hoffe, dir gefällt
meine Offenherzigkeit! Mich würde interessieren: Als was
denkst du in deinen Fantasien von mir? Als was bezeichnest
du mich bei dir selbst? Sei ruhig ehrlich, auch wenn die
Bezeichnungen nicht gerade schmeichelhaft für mich sein
sollten!

Ich bin mit meinen Gedanken ständig bei unserem
bevorstehenden Treffen und deshalb dauergeil. Gestern stand
ich mit meinem Mann im Bremer Hauptbahnhof auf einem
Bahnsteig. Ich lächelte ihn lüstern an und machte klar, dass
ich auf der Stelle befriedigt werden muss. Also ergriff mein
Mann meine Gürtelschnalle und zog sie fest nach oben,
presste so die Naht meiner engen Jeans in meinem Schritt fest
gegen meine Klitoris. Die Wirkung war überwältigend. Ein in
der Nähe stehender Orientale warf unruhige Blicke zu uns
herüber, was mich nur noch mehr aufputschte. Der Druck
musste lediglich ein paarmal rhythmisch verändert werden

und schon kam es mir, hier in aller Öffentlichkeit vor den Augen eines verdutzt dreinblickenden Zuschauers. Nachdem der Orgasmus abgeklungen war, zitterten mir die Knie. Dies ist meine letzte Mail an dich, schon morgen wirst du mich leibhaftig erleben!

Im Hotelzimmer machte ich mich zurecht: nuttig hohe, weiße Schuhe, ein weißes Höschen unter einem blauen Mini, sowie ein weißer Spitzen-BH unter einer durchsichtigen, blauen Bluse. Als die Zeit gekommen ist, lasse ich mir die Augen verbinden. So läßt mein Mann mich mitten im Zimmer stehen und geht vors Hotel, um meine Freier abzuholen. Es ist schon ein extrem bizarres Gefühl zu wissen, dass schon in Kürze ein Unbekannter seinen Schwanz in mich stecken wird!

Dann öffnet sich die Tür und obwohl kein Wort gesprochen wird, spüre ich, dass mein Mann nicht alleine ist. Zitternd vor Aufregung, aber ohne zwanghaft lustig oder allzu verkrampft zu sein, schließt mich der Fremde in die Arme. Er spricht sanft zu mir, lobt mein Aussehen und meine Geilheit. So wie er mich küsst, möchte er offenbar erfahren, wie ich wohl auf ihn reagiere. Deshalb mache ich deutlich, dass ich wirklich willig bin!

Nachdem er sein Hemd ausgezogen hat, befingere ich neugierig den nackten Oberkörper. Schon lasse ich zu, dass er mir die Bluse abnimmt und achtlos auf den Boden wirft. Nachdem er seine Hose abgestreift hat, nimmt er mich wieder in die Arme und läßt mich seinen Harten spüren. Das bereitet mir großes Vergnügen und ich schmiege mich fest an ihn, woraufhin der sich dadurch ermutigt an meinem Po zu schaffen macht.
Später wird mein Mann mir berichten, wie es auf ihn wirkte, als wir beide nackt vor ihm waren. Beim Anblick des stolz

aufragenden Ständers sei beinahe Neid bei ihm aufgekommen. Als er mit ansehen durfte, wie sein Nebenbuhler Hand an mich legt und ich aufgrund meiner enormen Anspannung überaus entgegenkommend darauf reagiere, wird er schon auf eine harte Probe gestellt.

Derweil habe ich die Anwesenheit meines Mannes schon vergessen und meinem Freier gegenüber mache ich aus meiner Geilheit nicht den geringsten Hehl. Soll der doch ruhig wissen, was für ein Weib er vor sich hat. Immerhin erinnert sich mein Gegenüber an den Wunsch meines Mannes. Also dreht er mich um und dringt mit seinem Phallus von hinten zwischen meine Beine. Jetzt also kann mein Mann die prall-glänzende Eichel in meinem Schritt erblicken. Diese Vorstellung veranlasst mich, die Sache dadurch zu steigern, dass ich mich wie eine rollige Katze an dem Stecken zwischen meinen Beinen reibe, bis sich ganz allmählich ein Orgasmus anbahnt.

Da Höhepunkte doch schon sehr anstrengend für mich sind, werde ich rücksichtsvoll aufs Bett gelegt und nach einer weiteren halben Stunde gibt es an meinem ganzen Körper keinen einzigen Fleck mehr, der von meinem Neuen ausgelassen wurde. Als er meinen Schlitz berührt, mache ich auf dieses Zeichen hin ohne jedes Zögern die Beine breit. Der Mann richtet sich auf, wohl um sich ein Kondom überzuziehen und beugt sich in eindeutiger Absicht über mich. Es versteht sich von selbst, dass die von meinem Mann arrangierte Ehe auch ohne förmliches Jawort formvollendet vollzogen wird. Konnte ich bislang gewissermaßen noch als einigermaßen anständig gelten, so hat mich dieser wundervolle Zauberstab in einem Moment für immer verwandelt! Selten hatte ich gleich in der ersten Nacht mit einem Mann geschlafen und noch nie einem völlig Unbekannten. Jetzt aber dringt dieser herrlich steife Phallus in mich ein. Fasziniert genieße ich die anonyme Vereinigung. Mir ist bewusst, dass ich niemals wieder eine solche Metamorphose erleben werde: In einem einzigen Augenblick hatte mich gewissermaßen zu Einer gemacht, die es ohne Ansehen der Person mit einem völlig Fremden treibt und mir ist klar, dass diese erste inszenierte Penetration der Auftakt für viele weitere ist! Doch ich schäme mich meiner nicht, lasse mich einfach nur vögeln. Voller Elan strecke ich meinem Freier den Unterleib entgegen, um dessen Phallus so tief wie nur möglich in mich aufzunehmen. Als ich lautstark zum Orgasmus komme, ist damit endgültig bewiesen, dass ich mich nicht erst verlieben muss, um meine Lust hemmungslos ausleben zu können. Mein Freier scheint meine Gefühlsaufwallung zu genießen und ohne sich zu bewegen, kostet er das geile Gefühl meiner zuckenden Fotze aus. Erst als er es genügend ausgekostet hat, ergießt er sich irgendwann in das schützende Gummi.

Als meine Gefühle sich allmählich wieder beruhigen, frage ich mich endlich, was für ein Mann den ersten anonymen Verkehr mit mir vollzogen hat. Würde er mir wirklich sympathisch sein? Wird er noch länger auf mir liegen bleiben oder hat er das Interesse an mir bereits verloren? Als man mir die Augenbinde abnimmt, steckt das fremde Glied immer noch in mir. Jetzt, da ich meinem Freier endlich in die Augen sehen kann, bin ich recht zufrieden. Formvollendet stellt mir mein Mann den jugendlich Wirkenden vor und ich lächele den freundlich an. Tatsächlich kann ich von Glück sagen, dass der Erste ein so voller Erfolg ist! Für mich als Frau ist es immer wieder rührend, den Blick eines Verliebten zu sehen und natürlich habe ich nicht das Geringste dagegen einzuwenden, dass er seine aufkeimenden Gefühle noch vollständig ausleben kann.

Als ich mich anschicke, mich unaufgefordert über meinen neuen Geliebten herzumachen, wird der widernatürliche Rollentausch von ihm ohne jedes Zögern akzeptiert, denn er legt sich mädchenhaft auf den Rücken und macht willig die Beine breit. Ich bin eine Brustwarzenfetischistin, das heißt, ich liebe das Saugen an männlichen Nippeln fast ebenso sehr, als wenn man es bei mir macht. Meinem jetzt etwas weichlich wirkenden Bettgenossen scheint meine Behandlung durch Mark und Bein zu gehen, denn er stöhnt und windet sich wie besessen. Diese Reaktion steigert meine Lust nur umso mehr. Untertänig umklammert mich der Softie seine Fickerin und während der scheinbaren Kopulation ragt sein jetzt eigentlich überflüssiger Stachel bizarr zwischen unseren aneinander gepressten Leibern heraus.

Dann wieder bin ich es, die entspannt auf dem Rücken lag. Mein Kerl kniet über mir und streichelt zärtlich mein Gesicht. Mehr aber noch schmeichelt mir der wieder steil aufragende Phallus meines Geliebten, der so überzeugend seine aufrechten Gefühle zum Ausdruck bringt! Meine Hände liegen vertraulich auf seinen Schenkeln. Nach dem sanften Zwischenspiel wird das Glied mit einem neuen Gummi versehen und ich sehe mich veranlasst, mich auf alle viere zu hocken. Erwartungsvoll strecke ich meinen Po hin, um den harten Stachel erneut zu empfangen. Zwar langsam, aber unaufhaltsam – Zentimeter für Zentimeter – dringt der endlich so tief wie nur möglich in meine feuchte Weiblichkeit. Als ich meine glückliche Verzückung darüber zum Ausdruck bringe, kann mein Mann es nicht lassen, mir einen Kuss zu geben! Doch mein eifersüchtiger Freier duldet diese Zärtlichkeit nicht, sondern rammt seinen Phallus mit solcher Wucht in meine empfindsame Scheide, dass ich hart gegen meinen Mann gestoßen werde. Schmerzhaft berührt zieht der sich schmollend zurück. So wurde ihm also gedankt, dass er sein williges Weib zur Verfügung stellte! Nun bleibt ihm nichts anders übrig, als die aggressive Attacke fotografisch zu dokumentieren und er muss mit ansehen, wie ich vor seinen Augen von einem Orgasmus zum nächsten getrieben werde. Allmählich habe ich dem aggressiven Ansturm nichts mehr entgegenzusetzen. Kurz bevor mir die Sinne schwinden, schlägt der Schmarotzer endlich triumphierend seinen Samen ab. Völlig entkräftet sinke ich nieder.

Zur Erholung gehen wir zu Dritt in den nächtlichen Kellerpool. Auch im Wasser kann mein Neuer es nicht lassen, mich leidenschaftlich zu umarmen und zu küssen. Mein Mann duldet das Techtelmechtel, ohne einzugreifen und so kann ich nach Herzenslust weiter flirten einfach.

Später liegen wir gemeinsam im Bett. Der Andere legt sich auf den Rücken und zieht mich auf seinen Bauch. Auf seinen Wunsch hin gießt mein Mann reichlich Öl auf meinen brünstigen Leib und sorgt so dafür, dass wir uns besser aneinander reiben können. Lüstern begeben wir uns in 69er-Stellung. Ich bin oben und verschlinge gierig den geilen Spargel, während ich gleichzeitig eine vibrierende Zunge an meiner klaffenden Spalte genieße. Während meine Scham tief in einen hungrigen Schlund gesogen wird, veranlasst mein Mann mich mit seiner Hand zu nicken – beinahe so, als solle ich so meine Zustimmung zum Ausdruck bringen. In diesem Moment geht mir nicht nur der Phallus, sondern auch der erleichterte Gedanke durch den Kopf, wie gut es doch gewesen war, mich für den heutigen Abend so sorgfältig zu rasieren.

Immer unverschämter reißt der Kerl meine saftige Weiblichkeit auf, weidet sich an dem Anblick meiner orgiastischen Zuckungen. Womöglich schmeichelt es ihm, dass er derart intensive Gefühle bei seiner Braut auslösen kann. Später hat er jedenfalls begeistert berichtet, dass ihm nie zuvor eine Frau ihren Saft direkt ins Gesicht gespritzt hätte.

Mein Mann streicht mir derweil fürsorglich die schweißnassen Haare aus dem Gesicht. So hat er ganz nebenbei die Möglichkeit zu porträtieren, wie ich voller Gier eine fremde Männlichkeit verschlinge! Künftig werde ich meine nuttigen Ambitionen kaum noch leugnen können, ist mir anhand dieser Bilder doch einfach zu beweisen, dass ich das Alles nicht nur meinem Mann zum Gefallen über mich ergehen ließ.

Danach sind wir Akteure zunächst einmal erschöpft. Solle mir etwa nicht mehr geboten werden? Da ergreift mein Mann die Initiative! Er steckt zwei Finger in mich und fordert seinen Nebenbuhler auf, es ihm gleichzutun. So bekommen beide zusammen meine geile Feuchtigkeit zu spüren. Da also feststeht, dass ich noch mehr vertragen kann, will mein Mann den Anderen zu einem weiteren Akt verführen. Nach vorsichtigem Tasten nimmt er den fremden Schwanz in die Hand. Nie zuvor hat er dergleichen getan, doch jetzt muss es anscheinend unbedingt sein! Der Neue scheint nicht zu merken, dass er mein Mann es ist, der ihn anmacht, jedenfalls läßt er die Manipulation widerspruchslos über sich ergehen und recht bald ist das stolze Glied noch ein letztes Mal in Form. Während ein Gummi übergezogen wird, legt mich mein Mann auf den Bauch und zieht mir das dem Anderen zugewandte Bein bis zur Brust herauf. Dann erklärt er, so könne man mich in seiner Lieblingsstellung nehmen. Dazu müsse man jetzt das ausgestreckte Bein zwischen die Schenkel nehmen, dann sei mein Mannloch völlig ungehindert zugänglich. Er führt das fremde Glied in mich ein und leitet den Mann an, zunächst nicht zu tief einzudringen. Nach einem

Moment fordert er ihn auf, sich wieder etwas zurückzuziehen. Nach ein paar Wiederholungen bin ich ziemlich nervös. Blümchensex ist eben nicht so sehr mein Ding! Als mein Freier dann aufgefordert wird – ein paar Mal mit aller Macht zuzustoßen, fand der diese Anweisung zunächst „gemein". Zögernd folgt er dann aber doch dem Begehren. Ich reagiere auf das härtere Vorgehen, wie es nicht anders zu erwarten war. Der mich noch nicht so gut kennt, ist jedoch sichtlich überrascht und ich kann spüren, wie seine Neugier erwacht!

Zunächst einmal darf er sich wieder nur sehr langsam bewegen und während dieser quälenden Phase verfalle ich in unbefriedigtes Jammern. Erst als ich mich einigermaßen beruhigt habe, kommandiert mein Gatte den Penetrator, seinen Bolzen wieder mit aller Wucht in mein unersättliches Loch zu stoßen. Überwältigt schreie ich auf. Mit einigen solchen Wechseln treibt man mich zur Ekstase. An mehr werde ich mich später leider nicht erinnern können, denn nachdem die Kämpfe über mehrere Stunden getobt hatten, werde ich wohl in einen erschöpften Schlaf gefallen sein.

Am Morgen ist alles anders! Wir hatten miteinander geschlafen und wissen, wie unsere Körper aufeinander reagieren. Somit ist es natürlich völlig in Ordnung, dass der gestern noch fremde Mann sich auf mich legte, als ich noch schlief. Erwachend öffne ich mich instinktiv und das steife Glied kann zur Hälfte in mich eindringen. So kann ich es zwar spüren, aber nicht wirklich umklammern und festhalten. Zunächst hat es den Anschein, als wolle sich mein Beischläfer eine Ewigkeit mit der einen Hälfte begnügen. Der andauernde, unbefriedigte Reiz macht mich allmählich unruhig. Mein Schoss lechzt danach, durchbohrt zu werden. Die fleischigen Wände sind wie Seeanemonen: Fleischfressend wollen sie den harten Stängel in sich saugen, ihn vollständig verschlingen. Womöglich erscheint mein lüsterner Mund meinem Liebhaber wie das Abbild einer klaffenden Möse. Irgendwann kann und will ich es nicht mehr länger aushalten! Als ich schließlich Morgen königlich auf dem Zepter throne, bäumt mein Leib sich auf. Ich will mein Glück vollständig genießen und als es mir wenige Minuten später kommt, provoziert meine orgiastisch pulsierende Fotze den berstend harten Schwanz, sich zuckend zu ergießen.

Auf einem Foto wird später zu erkennen sein, wie vertraulich die eigentlich doch rein sexuelle Beziehung über Nacht geworden ist und fast scheint es mir, dass mein Mann ein wenig eifersüchtig ist. Nach dem Frühstück verabschieden wir uns mit bislang ungekannten Gefühlen als „Komplizen der Lust". Ich kann nur hoffen, meinen charmanten ersten Freier irgendwann einmal wiederzusehen.

Noch unschuldig vor der Kamera

Mit prüfendem Blick mustert Frau M. die junge, hoch gewachsene Praktikantin Annika, die mit etwas ängstlichen Blicken vor ihrem Schreibtisch steht.

Eine bildhübsche junge Frau ist das ja, stellt sie mit fachfraulichem Blick fest. Das junge Weib steht mit einem engen Jeansrock vor ihr, der hauteng den reizvollen Po umschließt. Die weiße Baumwollbluse wird fast von den hohen, festen Brüsten gesprengt, die sich gegen das dünne Tuch wölben. Die beiden oberen Knöpfe sind geöffnet und geben den Blick auf ein herrliches, von der Sonne gebräuntes Dekolleté frei.

Annika trägt hochhackige leichte Sommersandalen, die sie zwingen, eine betont, aufrechte, beinahe provozierende Körperhaltung einzunehmen. Mit ihren goldblonden langen Haaren, die zu einem Pferdeschwanz zusammen gebunden sind, der bis auf ihre Rücken herab fällt, sieht sie äußerst reizend und verführerisch aus. Zum Anbeißen hübsch!

Aber das hat Frau M. eigentlich nicht zu interessieren.

Aber, ...es gehört ja unter anderem zu ihren Aufgaben für die große Textilfirma immer wieder Models für die verschiedenen Wäsche- und Dessous Kataloge zu finden.

Aber sie hat Xenia aus einem anderen Grund zu sich zitiert.

„Mir ist zu Ohren gekommen", herrscht sie die gertenschlanke junge Frau an, deren herrlich blauen Augen sie nun weit aufgerissen erschrocken anblicken, „dass Sie versucht haben, Wäsche zu stehlen, was sagen Sie dazu?"

„Nein, ...", stammelt Annika, „das Ganze ist ein fürchterlicher Irrtum, ich habe lediglich vergessen den BH wieder hoch aufs Regal zu legen, nie wollte ich das Teil mitnehmen.

„Ja, ja, das behaupten alle..., wenn sie erwischt werden!" Mit diesen Worten steht Frau M. auf und baut sich vor der ängstlichen Annika aus. Frau M. hält in ihrer Hand das dünne Wäscheteil, das ihr von einer dienstbeflissenen Verkäuferin gebracht worden war, die auch den vermeintlichen Diebstahl gemeldet hatte. Xenia M. kann sich durchaus vorstellen, dass das Ganze ein Versehen war, aber sie beabsichtigte diese Situation für ihre Zwecke auszunützen.

„Natürlich ist das ein hübsches Wäscheteil, würde es Ihnen denn passen? Eigentlich müsste ich den Vorfall der Geschäftsführung melden, aber ich bin selber etwas unsicher über den tatsächlichen Hergang,... und... ich habe einen gewissen Spielraum bei meinen Entscheidungen,", und nach einer sich beinahe endlos hinziehenden Pause... „und wenn Sie ernsthaft Interesse und..." Nun blickt sie erneut beinahe verschwörerisch die junge Frau an, dabei erfreut registrierend, dass Annika ängstlich zurückweicht „und auch Interesse daran haben Ihr Praktikum bei uns zu beenden...?"

Beinahe flehend blicke die hübsche Annika nun Xenia M. an, die in ihrem schicken dunkelblauen Kostüm mit der seidenen Bluse, trotz ihrer schon vierzig Jahren äußerst attraktiv aussieht. „Ich, ich weiß nicht...was soll ich denn ...tun...bitte?"

„Eigentlich müsste ich Dich rausschmeißen, oder bestrafen, aber das ist heute ja nicht mehr üblich, obwohl ich der Meinung bin, dass zum richtigen Zeitpunkt ein Klaps auf den Po mitunter hilfreich sein kann." Dabei fährt Frau M.

unbewusst mit ihrer kleinen feuchten Zungenspitze über Ihre Lippen und blickt genießerisch auf den kecken Po von Annika. Frau M. hat bewusst das persönliche „Du" benützt, um Annika noch mehr zu verwirren. Sie stellt sich hinter Annika, gibt dieser einen leichten Klaps auf den süßen Po und mit einem „den Po hast Du ja dafür, ich glaube es würde Dir gut tun, aber das kann ja später noch mal kommen, wenn es nötig ist!"

Doch dann streichelt sie wie aus Versehen die keck abstehenden Pobacken.

Erschrocken hält Annika still, ja weicht keinen Schritt zu Seite, sie ist völlig verwirrt.

Sie hat lange gebraucht, unendlich viele Bewerbungen geschrieben, bis sie diesen Praktikumsplatz in dieser großen Firma mit dem sehr guten Ruf erhalten hat, und nun passierte ihr dieses Missgeschick mit dem BH. Natürlich war es ein Versehen, nie wollte sie das Wäscheteil stehlen, aber nun ist es einmal passiert, wie soll sie sich verhalten, obwohl Annika ahnt, dass Frau M. nicht ganz ohne ist. Der leichte Klaps auf ihren Po war mehr als deutlich, aber...wie soll sie sich verhalte? Mitspielen, Augen zu und durch? Erstmal sehen was passiert.

Unbewusst spielt bei Annika sicher auch die Überlegung eine Rolle, dass die selbstbewusste Frau M. eine sehr attraktive Frau ist und man ihr keine böse Absicht unterstellen kann, obwohl die direkten Blicke und die Berührung ihres Pos nicht ohne waren. Aber wenn Annika ehrlich zu sich selber ist, es ist ihr nicht unangenehm, dass sie anscheinen auf Frau M. einen reizvollen Eindruck macht.

„Tja, je nach dem wie entgegenkommend Du bist. Wie Du weißt, stelle ich die Wäschekataloge zusammen und mit Deinem Aussehen und deiner Figur…", und dabei gleiten ihre Blicke nun erneut ungeniert über die junge Frau vor ihr, genießerisch registriert sie die langen Beine, die schlanke Taille, verweilen schamlos auf dem schönen Busen um zum Schluss Xenia tief in die Augen zu blicken, dass dieser die Schamesröte ins Gesicht steigt.

„Ich gehe davon aus, dass alles echt bei Dir ist, ja?"

Unter den aufdringlichen Blicken wird der jungen Annika ganz anders! So haben sie in den letzten Jahren nur Männer angesehen, die scharf auf sie waren.

„Ich kann mir vorstellen, dass Du gut in mein Team passen würdest. Wollen wir es mal versuchen? Überlege nicht zu lange, die Figur dafür hast Du anscheinend. Hier, probiere das bewusste Teil doch gleich mal an!"

Unsicher greift Xenia nach dem dünnen BH. Sie ringt mit sich. Angst vor der Anzeige, Angst vor Frau M., die sich so herrisch und dominierend vor ihr gibt. Und trotzdem bewundert Xenia diese attraktive vierzigjährige Frau, die so selbstbewusst vor ihr steht.

„Komm mach schon, zier Dich nicht so" Mit fester Hand schiebt Frau M. die unsichere jüngere Frau vor einen großen Wandspiegel und stellt sich dicht hinter Annika, legt ihre Hände sanft auf die festen Hüften, so dass diese nicht entweichen kann und beide hübschen Frauen sich gut im Spiegel sehen können.

Aber auch das kleine Auge eines hochauflösenden Camcorders, der das beginnende Schauspiel aufzeichnet, sieht nun das Lustspiel.

„Nur Mut, nur ich bin hier", flüstert Xenia M. dem unsicheren Mädchen ins Ohr.

„Wir wollen doch sehen, ob der BH passt und ob Du auch für solche Fotos taugst, ich mache gleich mal ein paar Probeaufnahmen von Dir."

Frau M. nimmt Annika das zarte Gespinst aus der Hand.

Unsicher knöpft Annika erst einen, dann den nächsten Knopf auf und schon gleiten die Blusenhälften auseinander und beide Frauen betrachten das reizvolle Spiegelbild der sich anbietenden wunderhübschen Brüste, die in einem einfachen Sport BH festgehalten werden. Der letzte Knopf der Bluse öffnet sich und schon zieht Xenia M. von hinten die Bluse über die Schultern und Arme nach unten.

Sie legt die Bluse zur Seite und öffnet nun den BH-Verschluß an dem braun gebrannten Rücken und mit Kennerblick geht ihr Blick nun zum Spiegelbild des hübschen Oberkörpers, der sich ihr darbietet. Ein schlanker Hals, weich geschwungen Schultern und zarte Schlüsselbeine, eine makellose, sanft gebräunte Haut.

Zwei wunderschöne, apfelgroße feste Brüste, die von kirschroten, hart aufgerichteten Wärzchen gekrönt werden, bieten sich ihren erfreuten Blicken dar.

„Das sieht ja prächtig aus, so wie ich es geahnt habe", flüstert Frau M. und streichelt Annika zärtlich über die braungebrannten Schultern. Zu gerne würde sie die süßen Brüste streicheln und liebkosen, um das junge Mädchen zum Stöhnen bringen. Aber sie beherrscht sich mit eiserner Disziplin!

Nun aber hält sie Annika den neuen BH vor und diese schlüpft flink hinein und Xenia M. verschließt den Verschluss.

Ein reizender Anblick für beide Frauen. Der durchsichtige Spitzen BH formt die kleinen festen Brüste herrlich und bietet sie gleichzeitig wie in kleinen Präsentkörbchen dar. Das dünne Gewebe läßt die rosigen Spitzen durchschimmern.

Auch Annika ist von ihrem eigenen Anblick überwältigt und registriert kaum, dass Xenia M. ihren Pferdeschwanz öffnet und die von der Sonne gebleichten blonden Haare über ihre Schultern verteilt, so dass sie teilweise wieder den BH bedecken.

„Nein, das wird zu viel...", flüstert Xenia, streicht einige Haarsträhnen wieder zurück um dann doch von süßer Lust übermannt, von hinten zärtlich die beiden Brüste in ihren Spitzenkörbchen zu umfassen und sanft zu streicheln und zu drücken.

„Passt doch wunderbar und sieht reizend aus", flüstert sie Annika ins Ohr, um dann das bebende Mädchen zu sich umzudrehen. „Findest Du nicht auch, Du hübsches Ding?", und dann zieht sie das junge Weib eng gegen sich und drückt der bebenden jungen Frau einen zärtlichen Kuss auf die Stirn. Nur zu gerne würde sie Annika leidenschaftlich auf den weichen Mund küssen, aber noch kann Xenia M. sich beherrschen.

„Komm, nun doch das passende Höschen", und schon bietet sie der völlig überraschten Annika

ein noch verschlossenes Päckchen dar.

„Wo soll ich mich denn..." „Aber natürlich hier, komm mach weiter, ich will doch sehen, was Du noch zu bieten hast, ich mach schon mal dabei ein paar Probefotos". Sie schiebt die junge Frau wieder vor den Spiegel und weicht etwas zurück, der versteckte Camcorder soll die beginnende Verführung in aller Pracht aufnehmen können.

Die völlig verwirrte und inzwischen auch unbewusst erregte Annika öffnet nun ihren Rockverschluss, schiebt ihn über ihre Hüften nach unten und zeigt sich Xenia M. und dem versteckten Camcorder, der alles aufzeichnet, in ihrer langbeinigen Schönheit.

„Hier ... meine Kamera ist nun klar, mach weiter zieh dich aus..." Mit glühenden Wangen streift Annika sich schnell das schlichte Frottehöschen von den Hüften, entblößt ihre blonden Schamhaare und zeigt, dass sie eine echte Blonde ist.

„Komm bleib einen Moment so...", und schön klickt die moderne Digitalkamera und hält die fast nackte Annika mit ihren langen Beinen im Bild fest, in einer Hand das Höschen, mit dem hübschen Schoss mit blonden Haaren und den spitzenverhüllten Brüsten.

„Komm, lehn Dich mal gegen den Schreibtisch, blick zum Spiegel..."klick, klick...und dann „lehne Dich etwas zurück, öffne etwas die Schenkel...trau Dich doch, du bist du so hübsch, ... ja..."klick, klick „ja prima, Du bist ein Schatz, das sieht ja prima aus, herrlich!"

Annika ist von der Situation völlig überfordert, gehorcht beinahe willenlos und ist durch die Tatsache, dass sie sich einer schönen, älteren Frau fast nackt zeigt und von dieser in diesen Posen fotografiert wird, sexuell erregt. Die kurzen, zärtlichen Berührungen durch diese haben sie zusätzlich stimuliert. Nun läßt sie das Höschen fallen, fühlt sich noch entblößter.

Sie lehnt sich mit leicht geöffneten Schenkeln gegen den Schreibtisch zurück, dem Spiegel zugewendet, das Auge der versteckten Kamera zeichnet die langbeinige, halbnackte Schönheit auf, der blonde Schoss und mehr ist herrlich zu sehen, die kleinen Brüste zittern vor Aufregung.

„Komm, ich zeige Dir die Bilder." Ganz nah stellt sich Xenia M. neben Annika und zeigt dieser ein paar Aufnahmen auf dem kleinen Display auf der Rückseite der modernen Digitalkamera. Glühendrot wird ihr Antlitz, als sie sich selber in diesen freizügigen, ja nahezu erotischen Posen sieht.

Xenia M. legt ihren Arm um die weichen Schultern von Annika und zieht diese eng gegen sich. Sie spürt und sieht die Verlegenheit, ahnt aber auch die Erregung der jungen Frau und will sie weiter schüren. Sanft streichelt sie die weiche Schulter und den schlanken Nacken, während Annika leise stöhnend die kleinen Bilder betrachtet.

„Warte nur, wenn Du Dich erst groß auf dem Bildschirm siehst, Du bist ja ein Naturtalent... erregt Dich der hübsche Anblick auch, ...so, ... wie mich?"

Xenia M. umfasst mit sanfter Hand das schmale Kinn und dreht den glühenden Kopf zu sich. Ein reizvoller Anblick, den die schamgerötete Annika ihr bietet und auch die selbstdisziplinierte Xenia fühlt, wie sie in den letzten Minuten heiß geworden ist und am liebsten die junge Frau auf der Stelle lieben würde. Aber sie zügelt ihre Begierde auf das junge Weib, das kommt später.

„Ja, ...mir gefallen die Bilder auch, ...obwohl ich fast nackt bin, ...Muss ich mich schämen?"

„Nein Du Süße, Du bist so hübsch, dessen musst Du Dich wirklich nicht schämen, und wenn Du wenig anhast, dann bist Du eben noch hübscher, aber auch...verführerischer...und auch reizvoller...auch... für mich!"

Erstmal muss dieses junge Weib weiter vorbereitet werden. Die Blicke der beiden Frauen versinken ineinander und als Annika ergeben ihre Augen schließt, beugt sich Xenia, ihren Vorsatz fast vergessend weiter vor und küsst sanft und zärtlich die bebenden weichen Lippen des erregten jungen Mädchens. Stöhnend hält diese stille, ja öffnet ganz etwas ihre Lippen und genießt den scheinbar schüchternen Kuss der älteren Frau. Für wenige Sekunden genießen beiden erregten Frauen den zärtlichen Kuss.

„Genug Du verführerisches Biest, sonst muss ich Dir doch noch ein paar Klapse geben, zieh Dein neues Höschen an!"

Gehorsam öffnet Annika das Päckchen, betrachtet bewundernd das süße Spitzenhöschen in Form von French Knickers -- klick--klick-, die Digitalkamera arbeitet, Annika bückt sich, ...herrlich der straffe Po, die beiden Bäckchen mit der verlockenden Spalte dazwischen... und steigt in das

Höschen -- klick-klick - zieht das Höschen stramm über den süßen Po nach oben -- klick-klick -- bewundert sich vor dem Spiegel (und dem Auge der Kamera) -- klick-klick-.

Sie dreht sich zur fotografierenden Xenia und wirft die langen blonden Haare nach hinten und verschränkt die Hände hinter ihrem Kopf. Eine nordische, blonde Göttin in hübscher Wäsche bietet sich der Kamera von Xenia und dem hochauflösenden versteckten Camcorder dar. Die harten, rosigen Spitzen der kleinen, hohen, festen Brüste und das blonde Schamhaar schimmern durch das dünne Material. Annika sieht hinreißend in der hübschen Wäsche aus.

Die Aufzeichnungen mit der versteckten Kamera werden eines Tages von Xenia M. für andere Zwecke missbraucht, auf Partys vorgeführt werden, an diesen Aufzeichnungen werden sich noch viele frivole Menschen erfreuen und angeregt werden.

„Das sind hübsche Bilder geworden, Du wirst demnächst von einem Berufsfotografen fotografiert werden, wenn Du willst."

Mit diesen Worten legt Xenia ihre Kamera zur Seite und umfasst Annika zärtlich und zieht diese zärtlich eng gegen sich, so dass auch Annika den warmen Körper genießen kann, der sich gegen sie schmiegt. Annika ist völlig durcheinander, von der Situation erregt, genießt ihren eigenen Anblick im Spiegel und merkt natürlich die begehrlichen Blicke der älteren Frau, die ihre Reize bewundern.

Sanft hält Frau M. nun das hübsche Wesen an den Hüften fest, zieht sie eng gegen sich und dann gleiten ihre Hände tiefer, streicheln die festen Pobäckchen unter dem dünnen Gewebe, so dass die junge Annika die Liebkosungen registriert und sich stöhnend gegen die reife Frau schmiegt.

Xenia M. ist überwältigt von den erotischen natürlichen Reizen des jungen

Weibes, die sie so schnell dazu bringt, dass sie sich von ihr in der hübschen Wäsche fotografieren läßt. Und dazu die Willigkeit, sich von ihr auch zärtlich berühren zu lassen.

Was weiß jedoch Xenia, welche verborgenen und verbotenen Gefühle und Erinnerungen sie in der leidenschaftlichen Annika wieder zum Leben erweckt hat.

Es ist schon ewig her, bestimmt schon ein Dutzend Jahre, dass Annika mit ihrer damaligen Jugend- und Busenfreundin heimlich Zärtlichkeiten als junges und unschuldiges Mädchen ausgetauscht haben.

Die beiden Mädchen gehen damals zu einem Faschingsfest ihres Turnvereins verkleidet als Handwerksbursche und Dienstmädchen und flanieren den ganzen Abend Arm in Arm durch die Turnhalle und tanzen miteinander völlig harmlos. Bis, ja bis sie sich in einer Pause in dem Geräteraum verstecken um eine Cola zu trinken und dabei passiert es.

„Wir gehen ja als echtes Pärchen durch", stellt ihre Freundin Rita fest, die den Handwerksburschen spielte und nimmt Annika spielerisch in den Arm. „Ja, die meisten denken du bist ein Junge", flüstert diese und will Rita auf die Wange küssen. Die wendet sich aber in diesem Moment Annika zu und die warmen weichen Mädchenlippen finden sich versehentlich zu einem Kuss. Erschrocken weichen sie voneinander, lachen verlegen, doch dann umarmen sie sich noch einmal und üben das Küssen. Einfach herrlich, diese unschuldigen, zärtlich verlegenen Küsse, die die beiden hübschen Mädchen einander schenken. Obwohl, schon nach ein paar Minuten sind die Küsse nicht mehr so unschuldig!

„Hast Du schon mal jemand auf den Mund geküsst?" „Nein Du, nein ich auch nicht!"

Fast zwanzig Minuten dauert es, bis die beiden ihre Cola getrunken haben und sich immer wieder in den Arm nehmen und liebevoll küssen.

„Da kann man Gefallen dran finden, nicht wahr, flüstert Annika und gibt Rita noch einmal einen längeren Kuss, liebkost mutig mit ihrer kleinen feuchten Zungenspitze die fest geschlossenen Lippen ihrer Freundin. „Hmm", stöhnt diese, öffnet ihre Lippen vorsichtig und saugt ganz sanft an der Zungenspitze. Beide Mädchen fühlen, wie sie erregt werden und ihre Gesichter glühen.

Endlich lassen sie voneinander, stehlen sich unauffällig zurück zu den anderen Kindern und Jugendlichen, doch bei den nächsten Tänzen sind sie doch verlegen und wissen nicht, als ein langsamer Tanz zum Abschluss gespielt wird, wie sie sich anfassen sollen.

Doch dann nimmt Rita sich ein Herz, umfasst Annika. Eng umschlangen tanzen die beiden, genießen das Gefühl des jeweils anderen erhitzen Körper, und schmiegen sich aneinander. Dann wird zur großen Freude aller das Licht von einem freundlichen Menschen noch gedämmt, Beifall brandet nun auf. Überall kann man bei dem schwachen Licht nun Pärchen sehen, die eng umschlungen tanzen und auch die beiden jungen Mädchen umarmen einander zärtlich, spielen Liebespaar und sanfte Küsse werden gewechselt, die leidenschaftlicher werden. „Ist da herrlich, das könnte immer so weiter gehen…", flüstert Annika in Ritas Ohr, haucht ihr einen zarten Kuss hinters Ohr und im Schutz der Dunkelheit, wagt sie es, ihre Freundin leicht über den Busen zu streicheln. Sie fühlt dabei erregt die kleinen harten Warzen unter dem Stoff.

Stöhnend genießt diese es, um sie dann umso wilder zu küssen.

Leider ist dann der Abend zu Ende.

Nein, noch nicht ganz, denn als Annika von ihrer Stiefmutter abgeholt wird, wird Rita natürlich mit nach Hause genommen, denn sie wohnt ja in der direkten Nachbarschaft. Annika und Rita sitzen auf der Rückbank und im Schutz der Dunkelheit finden sich ihre Hände und sie streicheln einander zärtlich die warmen Hände, schmiegen die Schultern aneinander, lächeln sich glücklich an. Die Stiefmutter sieht allerdings im Rückspiegel, dass die beiden Mädchen verdächtig ruhig sind, sieht auch die verschränkten Hände und ahnt als wissende Mutter und erfahrene Frau, dass sich hier vielleicht eine Teenagerliebe anbahnt. „Augen auf", denkt sie, doch dann sind sie schon zu Hause.
Aber es kommt wie es kommen muss. Die beiden erwachenden Mädchen finden schnell Gelegenheit, häufiger alleine zusammen zu sein. Hausaufgaben werden jetzt gerne zusammen gemacht und für die Schule geübt. „Wir gehen nach oben, noch ein bisschen üben…", hört man jetzt häufiger.

Natürlich werden Hausaufgaben gemacht und geübt, aber auch das Küssen wird geübt. In kurzer Zeit sind die beiden schon fast Meisterinnen in dieser Art, und sie dürsten danach, einander leidenschaftlich zu küssen, mit weit geöffneten

Mündern und gierigen Zungen, die miteinander verstrickt, sich gegenseitig aufs höchste erregen. Es bleibt nicht aus, dass auch die Hände nun auf Wanderschaft gehen und die beiden Süßen sich zärtlich streicheln, den Hals, das Gesicht und bald auch die kleinen knospenden Brüste. Nur natürlich, dass in dieser Zeit der Reife diese beiden hübschen Mädchen erst einmal aneinander Gefallen finden und Liebe zueinander empfinden, ehe sie weiter auf Entdeckung gehen und sich dem männlichen Geschlecht zuwenden. Das kommt sicher noch!

Aber erst einmal entdecken sie sich gegenseitig, die Lust und die Leidenschaft bis, ja bis zum Höhepunkt.

Annika ist die erste, die eines Abends mutig, die Eltern sind ausgegangen, mit ihren Händen mutig auf Wanderschaft geht, die Hose von Rita öffnet, als diese stöhnend vor Lust nach leidenschaftlichen Küssen neben ihr liegt. Sanft schiebt sie ihre Hände in die geöffnete Jeans von Rita, blickt ihr zärtlich in die Augen, küsst sie erneut innig und schiebt dann ihr warme Hand mutig unter Ritas Höschen und berührt deren weichen, warmen Schamhügel. Rita wimmert nur noch leise, öffnet unbewusst ihre weichen Schenkel und ermutigt so Annika weiter auf Entdeckungsreise zu gehen. Diese genießt erregt das Gefühl, wie sich ihre Freundin sich ihr öffnet, ja hingibt. Sanft wandert sie mit ihrer Hand tiefer, fühlt das weiche Schamhaar und dann streicheln ihre Finger sanft über die warmen Schamlippen um dann sanft dazwischen einzudringen. Emsig streichelt sie nun erregt das feuchte Loch, läßt ihre Finger tiefer dazwischen gleiten. „Tut das gut ja, ...soll ich weiter machen...?", flüstert Annika leise und stöhnend nickt Rita und gibt sich den zärtlichen Fingern hin.

Ganz geschickt liebkost Annika nun ihre Freundin, hat sie doch vor ein paar Wochen entdeckt, wie es ist, wenn man sich selber heftig streichelt. Wunderschöne Gefühle durchziehen einen dann. Und hinter her kann man wunderschön träumen und schlafen.

Zärtlich küsst sie ihre hübsche Freundin, während sie mit emsigen Fingern liebevoll die feuchte Fotze streichelt.

Doch dann verharrt sie, will den beginnenden Höhepunkt hinauszögern, soviel hat sie schon an sich selber erfahren, wie schön es sein kann, den Genuss hinaus zu zögern. Annika drückt nur noch sanft mit feuchten Fingern die kleine, feste Lustperle.

Rita wölbt sich den liebkosenden Fingern entgegen, zitternd vor Lust: „Bitte, bitte mach weiter...!" Sie umfasst mit beiden Händen den schlanken Hals von Annika, zieht deren Gesicht ganz fest gegen das ihrige und gierig küsst sie ihre Freundin, schiebt ihr weit die Zunge lüstern in den Mund.

Annika erbarmt sich ihrer leidenschaftlichen jungen Freundin, streichelt diese wieder zärtlich, schiebt ihren Fingern sanft in die Scheide und hitzig und erregt wie Rita ist, genießt sie seinen herrlichen Höhepunkt nach wenigen Minuten der direkten Zärtlichkeit.

„Jaaaa... ahh, jaaa", wimmert sie abgehackt, hebt ihren Schoss an, um in möglichst innigen Kontakt mit den sie verwöhnenden Fingern zu bleiben.

Liebevoll küssen sich nun die beiden leidenschaftlichen Mädchen, flüstern zärtliche Worte der Liebe.

Ach, ist das eine schöne Zeit für die beiden leidenschaftlichen jungen Mädchen.

Doch das ist lange, lange her, fast vergessen. Nur durch die Zärtlichkeiten von Frau M. kommen die Erinnerungen an jene glückliche Zeit urplötzlich wieder in die Erinnerung.

Annika blickt Xenia M. mit fragenden Augen an -- wie geht es nun weiter?

„Du bist ein hübsches Ding, verführerisch hübsch, weißt Du das", flüstert Xenia M. und zieht Annika wieder eng gegen ihren Leib. Glühend rot vor Scham ist das Gesicht von Annika nun, beinahe flehend blickt sie der älteren Frau in die strengen Augen, die jetzt jedoch zärtlich blicken.

Mit beiden Händen liebkost sie die festen Pobacken untern dem dünnen Höschen und dann gleitet eine Hand nach oben, drückt zärtlich eine kleine feste Apfelbrust im Spitzen-BH, streichelt die Wange, den Hals, den Nacken und zieht der Kopf des hübschen Mädchens gegen ihr Gesicht. „Du süßes Biest, Wäsche stibitzen und nun mich antörnen..., die Strafe wird noch kommen". Dann legt sie lächelnd ihre hübsch geschminkten Lippen auf die zitternden, weichen Lippen von Annika und küsst diese zärtlich.

Mit einem Seufzer umschlingt Annika glücklich den Oberkörper von Frau M., zieht sich eng gegen deren Leib und genießt den Kuss der reifen Frau. Weit öffnet sie sofort ihren Mund saut gierig an der sich in ihren Mund schlängelnden Zunge.

Liebevoll umschlingt Xenia M. das süße Wesen, das sich eng an ihren Leib schmiegt.

Xenia M. hat Erfahrung mit der Verführung der jungen Aspirantinnen, die durch ihre Hände gehen. Sie werden geliebt, willig gemacht, ja sie werden ihr hörig und dann, dann werden sie weiter gereicht. An Erfahrung in der Liebe reicher.

Fest hält sie mit einer Hand Annika eng gegen sich gedrückt, genießt das Gefühl des jungen, halb nackten Leibes, der sich willig gegen ihren schmiegt. Mit der anderen streichelt und liebkost sie den frechen Po, schiebt ihre Hand unter das Höschen und liebkost die feste, warme und samtene Haut. Vorsichtig schiebt sie ihre heißen Finger zu Pospalte, liebkost diese von hinten. Laut stöhnt Annika auf, schluchzt leise und birgt ihr Gesicht an den Hals der älteren Frau. „Das ist schön…"flüstert sie „ich schäme mich so", und dann küsst sie den schlanken Hals von Xenia M., genießt den gepflegten Duft der älteren Frau. Sie blickt in die oben offene Bluse und kann sich nicht satt sehen an dem hübschen Dekolleté, weiche Brüste in einem seidenen BH, der die schönen Brüste von Frau M. formt und verhüllt.

Xenia Schmid ergreift das Kinn von Annika, „Du sollst mich nicht verführen, ich muss Dich erstmal etwas für Deine Unartigkeiten bestrafen, jetzt und gleich. Du bist zu stürmisch, ich bestimme hier das Tempo."

Mit diesen Worten heißt sie Annika sich mit den Ellenbogen auf den Schreibtisch stützen, das hübsche Gesäß zu der Kamera gedreht, mit ihrem Fuß öffnet sie die Beine von dem jungen Mädchen, so dass diese nun in einer sehr erotischen Pose vornüber gebeugt, auf den Schreibtisch gelehnt, den Po nach hinten gewölbt ihre Bestrafung erwartet.

Xenia M. stellt sich neben ihr Opfer, streichelt sanft mit einem biegsamen Plastiklineal über den Po, ja liebkosend, zärtlich.

„Halt, wir müssen das Höschen ausziehen, sonst leidet es", und mit flinken Fingern streift sie das dünne Gespinst über die Hüften nach unten, streichelt dabei wieder zärtlich über die Pfirsichhaut.

Xenia steigt mit einem Fuß aus dem Höschen. Sie sieht verboten aus!

„Die Strafe ist für den versuchten Diebstahl und die Tatsache, dass Du mich verführst", sagt sie mit lächelndem Gesicht. Und dann schlägt sie mit dem Lineal, klatsch, klatsch, fest auf die zitternden Pobacken. Wimmernd hält Annika still, vergräbt ihr Gesicht in ihren Unterarmen auf der Schreibtischplatte. Mit einer Hand öffnet Frau M. den BH --Verschluss, zieht ihn von den Schultern nach unten, so dass nun die reizenden Apfelbrüste entblößt nach unten hängen.

„Damit es nicht so weh tut...meine Süße", flüstert sie Annika aufreizend ins Ohr und während sie weiter den süßen Po bestraft, streichelt sie mit der anderen Hand die kleinen Brüste, deren Wärzchen sich wieder aufgerichtet haben und von Xenia nun zärtlich verwöhnt werden.

Wimmernd und schluchzend läßt Annika die Bestrafung über sich ergehen, wölbt artig ihren Hintern den Schlägen entgegen. Abwechselnd links, rechts und dann gleichzeitig über beide festen Bäckchen.

Endlich ist es genug. Xenia hält mit einer Hand Annika im Nacken nach vorne gebeugt fest und mit der anderen liebkost sie die glühend roten Pfirsichbäckchen. „Hast Dich tapfer gehalten meine Süße, hat es gut getan?", und mit diesen Worten streichelt sie den Po und gleitet mit ihrem Fingern neugierig zwischen die Backen und ertastet den Schoss.

Feuchte geschwollene Lippen drängen sich ihr entgegen. „Hab' ich es mir fast gedacht, es hat Dir wirklich gut getan, scharfes Stück", und sanft bohren sich zwei feste Finger in Annika' Scheide von hinten. Die feuchte Höhle empfängt die Finger bereitwillig, öffnet sich wie von selbst.

Stöhnend hält Annika still, sinkt weiter vornüber, öffnet sich dadurch noch mehr und zärtlich liebkost Frau M. das leidenschaftliche Mädchen von hinten, die inzwischen völlig überreizt ist. Mit geschickten fickenden Fingerbewegungen führt sie die junge Frau zum Höhepunkt. Mit der anderen Hand liebkost sie nun wieder die süßen Brüste der völlig willenlosen Annika, zieht und dreht liebevoll an den Brustwarzen, bohrt mit den Fingern der anderen Hand gekonnt in der Scheide, spreizt und krümmt die Finger und mit einem lauten Aufschrei kommt es dem armen Mädchen. Schluchzend und wimmernd vor Lust läßt sie die Fingerfertigkeiten von Xenia M. über sich ergehen. Gerne hätte sie sich ihr wieder an den Hals geworfen und bedankt, aber noch ist sie in dieser demütigenden Pose über den Schreibtisch gebeugt,

Von der Kamera in aller Deutlichkeit in ihrer Hingabe und Leidenschaft gefilmt.

Liebevoll wird das wimmernde Wesen nun befingert und herrlich befriedigt, Xenia ist eine Meisterin in dieser Art der Bestrafung und Lustgewinnung. Zitternd hält Annika still, stöhnt und wimmert laut in ihrer befreiten Lust.

Endlich hat die Qual ein Ende und Annika darf sich wieder aufrichten. Mit glühendem ‚Gesicht blickt sie ihre Peinigerin an. Diese schlägt nun noch zweimal mit dem Lineal gegen die zitternden Brüste, achtet darauf nicht die überreizten Warzen zu berühren.

Dann umarmt sie das glühende Wesen und mit einem „Prüfung Bestanden-Bestrafung ausgehalten", nimmt sie das süße Wesen in ihre Arme und küsst sie leidenschaftlich, dabei mit ihrer rechten Hand zum Schoss zu tasten und diesen sanft und beruhigend von vorne zu streicheln. Noch einmal bohrt sie liebevoll in die feuchte Pussy. Stöhnend hält Annika still. Schließt genießend die Augen mit geöffneten Schenkeln.

Herrlich, wie Xenia M. sie verwöhnt hat. Es hat unendlich gut getan und sie sehr befriedigt.

Die feuchten Finger streicheln dann sanft über den leicht geöffneten Mund des Mädchens, deren Nasenflügel beben, ihre rote Zungenspitze huscht heraus und leckt an den Fingern. Dann schiebt Xenia ihr die feuchten Finger zwischen die Lippen und gehorsam saugt sie den Saft von den Fingern.

Dann saugt auch Xenia M. an den feuchten Fingern, genießt den Geschmack von Annika um sie dann wieder leidenschaftlich zu küssen.

Nun will sie doch noch die junge Frau zur eigenen Befriedigung benützen.

Mit sanftem Druck zwingt sie dann das Mädchen vor sich auf die Knie. „Bedank Dich für die großzügige Behandlung", fordert sie die völlig Überraschte auf. Breitbeinig stellt sie sich vor Annika hin, zwingt diese, auf den Knien zu ihr zu rutschen, das kleine Auge des Camcorders sieht, wie das nackte Mädchen sich vor Xenia M. hinkniet.

Mit bebenden Händen schieb Annika nun ungefragt den schicken Kostümrock nach oben, entblößt die schlanken Beine vor Xenia, die in halterlosen Strümpfen einen sehr erotischen Anblick bieten. Ein kleines schmales, fast durchsichtiges Höschen bedeckt den Schoss, den Xenia nun auffordernd nach vorne wölbt.

Stöhnend schmiegt sich Annika an den weichen Unterleib, nimmt mit bebenden Nasenflügeln den Duft des erregten Weibes war.

Sie liebkost mit ihren Händen das glatte Gewebe der Strümpfe, liebkost die bloße Haut de weichen Oberschenkel, umklammert den Po und zieht ihr gegen sehnsüchtig eng gegen den Schoss. Nun streichelt sie mutig über das Höschen, berührt das Höschen vorne zwischen den gespreizten Beinen und fühlt, dass es feucht ist.

Aufstöhnend ertastet sie mit ihrem Mund den Schoss und mit in den Nacken gelegtem Kopf küsst sie die Scheide, die nur von dem dünnen Seidenstoff bedeckt ist.

Energisch zieht Xenia sich jedoch schnell das Höschen aus und fordert: „Komm küss mich nun richtig, mach's mir schön..."

Demütig kniet sich Xenia zwischen die nun wieder weit gespreizten Beine, umklammert die Oberschenkel und küsst die feuchte, geschwollene Scheide, deren süßer Geschmack sie wieder an ihre Jugendsünden erinnert. Mit ihrer Zunge gleitet sie zwischen die Schamlippen, ertastet die kleine Klitoris, die sich schon aus ihrer Hautfalte aufgerichtet hat und sanft und doch schnell leckt sie über die kleine, Lust spendende Kirsche. Nun bohrt sie wieder die Zunge tief in die schäumende Fotze wühlt ihren Mund tief in die Scheide. Vor vielen Jahren geübt, nie verlernt, schießt es ihr durch den Kopf.

„Ja, kleine Schlampe, Du machst es nun richtig…", flüstert Xenia und reibt ihren Schoss lüstern gegen den fleißigen Mund. Mit einer Hand streichelt sie zärtlich über das blonde Haar, das sich an ihren Schoss schmiegt und mit der anderen reizt sie ihre eigene kleine Brust, fährt mit der Handfläche grob über die harte Warze um dann daran zu ziehen. Sie ahnt, dass sie eine süße junge Geliebte gefunden hat, mit der sie schöne Stunden verleben wird, auch zusammen mit anderen heißblütigen Frauen -- und Männern. Ja auch das gibt es in Xenia M.s Leben. Männer in der Firma, die in der Hierarchie über ihr stehen und den ihnen zustehenden Tribut von ihr und ihren Models fordern.

Aber vorerst gehört die süße Annika ihr, ihr ganz alleine und sie wird sie sich zu ihrer jungen Geliebten erziehen, die an allem Spaß finden wird.

Sie stellt sich vor, wie es erst sein wird, wenn sie sich umdreht und ihre Scheide der kleinen geilen Leckerin von hinten anbieten wird und diese auch dazu bringen wird, ihr kleines Arschloch zu küssen und zu lecken.

Der Gedanke bringt sie fast um vor Erregung und mit einem kleinen Aufschrei genießt sie.

Ächzend vor Lust reibt sie wollüstig ihre Scheide über das süße Gesicht der jungen Geliebten, läßt sie ihren süßen Saft schlecken, der üppig aus ihrer Scheide quillt. Herrliche Gefühle durchziehen sie, während die liebe Annika weiter zärtlich die empfindliche Haut küsst und leckt.

Zum einen erfreut sie der Gedanke, zum anderen ist es jedoch auch immer ein besonderer Reiz, wenn man eine Novizin in die lesbische Liebe einführen kann. Sie wird herausbekommen, wie es mit der Erfahrung von der diebisschen Elster in dieser Hinsicht ist.

Endlich entläßt sie Annika von ihrem süßen Minnedienst, hilft der schlanken Blonden auf die Beine, zieht sie eng an sich und küsst sie leidenschaftlich auf den von ihrem Saft feuchten Mund und die benässten Wangen.

„Meine Süße, das hast Du herrlich gemacht, wie eine erfahrene Liebesdienerin, woher kannst Du das denn, hast Du schon Erfahrung in dieser Hinsicht?"

Schamrot gesteht Annika nun, während sie sich eng an die ältere Frau schmiegt, dass sie als ganz junges Mädchen eine Liebesbeziehung zu ihrer Jugendfreundin hatte. Nach Wochen wurde sie von der Freundin des Vaters, dabei überrascht, die Eltern waren geschieden „Sie hat uns den Po versohlt, dann uns beide gezwungen, es vor ihren Augen zu machen, wir mussten uns küssen und streicheln und dann hat sie uns beigebracht, uns gegenseitig zu lecken.

Beim nächsten Mal hat sie wieder dabei zugesehen, uns zur „Strafe" wieder den Po versohlt.

Anfangs war es uns unangenehm, weil sie dabei zusah wen wir uns liebten und sich selber streichelte, aber dann gewöhnten wir uns daran und dann hat sie mitgemacht und uns beigebracht auch sie zu lieben.

Das war dann doch sehr schön aufregend. Zuletzt machten wir es zu dritt und meine Jugendfreundin wurde immer unersättlicher und hat sich dann noch in die Freundin meines Vaters richtig verliebt!

Bis der Vater diesem zügellosen Treiben ein Ende setzte. Das Ganze dauerte höchstens ein Jahr und ich war gerade volljährig Jahre alt, aber es hat anscheinend genügt, danach habe ich nie mehr mit einem weiblichen Wesen..., bis heute...zumindest hat es Dir aber gefallen...nicht wahr?"

Glücklich nimmt Xenia M. die bebende, sich schämende Annika wieder in die Arme und küsste sie erneut zärtlich.

„Danke, dass Du mir die Wahrheit erzählt hast, nun weiß ich Bescheid und ich werde Dir aber noch viele schöne Dinge in der Liebe zeigen". Frau M. findet es schön, dass die junge Frau schon Erfahrungen zu dritt hat, denn bei den Feiern, die Xenia M. mit wichtigen Kunden und Herstellern von Wäsche ausrichtet, ist immer Bedarf an hübschen weiblichen und freizügigen Wesen. Da passt Annika bestens ins Konzept!

Die junge, unverbrauchte Xenia ahnt allerdings nicht, was noch alles auf sie zukommen wird. Da ist eine „Menage a Trios" noch das harmloseste Abenteuer.

Einen kleinen Geschmack hat sie allerdings heute schon durch die „Bestrafung" bekommen, aber das hat sie sogar sexuell stimuliert und willig gemacht. Sie hat vorhin bei ihrer Beichte ja auch berichtet, dass die Freundin ihres Vaters damals vor Jahren die beiden Mädchen anfangs für ihre scheinbare Verdorbenheit auch gezüchtigt hat und sie mit bloßen Händen auf die süßen Popos bestraft hat, aber dies auch so geschickt, dass bei der Bestrafung die Mädchen durch unsittliche Berührungen gleichzeitig wieder erregt wurden und dadurch sich gerne bestrafen ließen, denn die Bestrafung war immer mit sexuellem Genuss verbunden.

Frau M. läßt nun das junge Mädchen sich wieder anziehen und gibt ihr die neue Wäsche gleich mit.

„Morgen Abend kommst Du zu mir nach Hause. Ich bestelle unseren Cheffotograf und der wird die ersten richtigen Probeaufnahmen von Dir machen. Es kommen noch zwei Models zum Foto Shooting und dann wirst Du auch sehen, wie wir mit anderen Mädchen in der Gruppe arbeiten. Unsere guten Wäschekataloge, die nicht auf dem normalen Tresen liegen, beinhalten immer eine Art Geschichte, meistens etwas erotischer Natur, aber ich glaube, das liegt Dir schon.

Hier, guck Dir mal den kleinen Katalog an, der geht nur an wohlhabend Kunden."

Begierig betrachtet Xenia die Hochglanzseiten und wird glühend rot, als sie erkennt um was für eine Bildergeschichte es sich hier handelt.

Eine Kundin betritt einen Wäscheladen und läßt sich von der Verkäuferin aus den oberen Regalen Wäsche zeigen. Das hübsche, farbige Mädchen besteigt immer wieder eine steile Leiter und die Kundin hat ungehinderte Einblicke unter den kurzen Rock des reizenden, dunkelhäutigen Mädchens. Immer wieder wird die Farbige in erotischen Posen gezeigt, mit Blick auf ihr reizendes Höschen, das den knackigen Po umspannt. Oder sie beugt sich vornüber um Kartons zu öffnen und der Fotograf hat dem Moment eingefangen, wo sich die Bluse der Verkäuferin nach vorne öffnet und die hübschen, kleinen, süß verpackten Brüste zu sehen sind und die Kundin wird immer aufgeregter und liebkost sich unauffällig selber.

Die Geschichte endet, indem die Kundin die Wäsche in einer großen Umkleidekabine anprobiert und sich dabei von dem farbigen Mädchen helfen läßt und dann lieben sich die beiden leidenschaftlich auf dem Boden der Kabine. Und immer sind natürlich hübsche Wäschestücke im Vordergrund oder im Spiel!

Herrliche Aufnahmen der attraktiven hellhäutigen Frau eng umschlungen im Kontrast mit der dunklen Haut des farbigen Models. An den Gesichtszügen ist nicht zu erkennen, dass es sich um gestellte Aufnahmen handelt, sondern die Gesichtszüge sind so entzückt, dass man glauben muss, die beiden sind mit Leidenschaft und Lust bei der Sache.

Diese Bildgeschichte erregt Annika ungemein und ihre Wangen werden rot und die Augen glühen. „Ob ich so was könnte, das weiß ich nicht!", flüstert sie mit erstickter Stimme, so sehr ist sie von dem Anblick der Bilder aufgewühlt.

„Du wirst sicher erstmal alleine arbeiten", sagt Xenia und schließt das junge Mädchen in ihre Arme, küsst sie noch einmal zärtlich und geleitet sie dann zur Tür. „Bis morgen Abend meine Süße...!"

„Mach Dich hübsch, zieh die neue Wäsche an, die Adresse hast Du ja!"

Sie weiß, dass sie durch das Zeigen des Wäschekataloges die junge Frau in einen Tumult der Gefühle gestürzt hat, aber sie soll ruhig schon etwas ahnen, was auf sie zukommt.

„Mal sehen, wie die Süße die Probeaufnahmen übersteht?"

Leise, ohne anzuhalten, fährt der Lift mit Annika vom Erdgeschoss bis in den sechsten Stock. Ihr Herz klopft, ihre Wangen sind gerötet, obwohl sie immer wieder versucht hat, sich selbst zu beruhigen. Es sollen doch nur Fotos gemacht werden. Es ist ja noch gar nicht sicher, dass sie als Model angenommen wird. Sie freut sich natürlich auf diese Chance, aber gleichzeitig, das Abenteuer gestern mit ihrer Chefin, Frau M., die das angedeutete Versprechen, das war auch nicht ohne.

Sie hatte in der letzten Nacht immer wieder daran gedacht, wie schnell sie sich von der älteren Frau hatte verführen lassen. Aber -- geschehen ist geschehen. Schön war es gewesen und hatte auch die Erinnerungen an ihre „Jugendsünden" mit ihrer damaligen Jugendfreundin und der Freundin ihres Vaters wieder in Erinnerung gebracht. Doch das ist lange her.

Nun aber zum Fototermin. Annika steigt im sechsten und letzten Stock aus und erkennt, dass sie von hier oben aus über die Dächer der Stadt blicken kann. Die Tür nach draußen zum umlaufenden Balkon ist verschlossen. Sie betrachtet ihr Spiegelbild in der reflektierenden Lift Tür und ist zufrieden. Sie hat das blonde üppige Haar hochgesteckt, der schlanke anmutige Hals wird herrlich betont und das Cocktailkleid schmeichelt ihrer gertenschlanken, großen Figur ungemein. Der runde Ausschnitt, nicht zu gewagt, aber immerhin, ihre Brüste, von dem neuen BH herrlich leicht angehoben bieten sich dezent an. Über die weichen Schultern hat sie eine dünne Stola gelegt, falls es zu kühl sein sollte, aber es ist ja ein herrlicher lauer Sommerabend. Die langen Beine, ohne Strümpfe, stecken in hübschen Sommersandalen, der Hacken nicht zu hoch, Annika ist 1,80 m und bedarf keiner künstlichen Vergrößerung. Sie weiß, dass sie unter dem dünnen Kleid auch das süße neue Höschen anhat, das ihr Frau M. gestern mit nach Hause gegeben hat. Das Wissen, dass dieses Kleidungsstück ihr so herrlich steht, wenn sie an die Bilder von gestern denkt, da wird ihr wieder ganz anders...

Die Messingklingel, daneben das schlichte Schild „M.", und schon wird die Tür geöffnet. „Hallo, hereinspaziert ...schöne Frau", dröhnt ein herrlicher Bariton und der dazugehörige Mann, mit üppiger Mähne, die im Nacken zu einem Pferdeschwanz gebändigt ist, winkt sie in die Wohnung. „Sicher der Fotograf", denkt Annika ganz richtig, sein künstlerisches Aussehen verrät ihn. Offenes sportliches Hemd, dunkle Haare auf der Brust und eine geschmackvolle Goldkette um den kräftigen Hals. „Entzückend, entzückend...", stößt er aus und umfasst mit fester Hand die schmalen Hüften von Annika und dreht sie um ihre eigene Achse. „Xenia hat mal wieder Geschmack bewiesen", sagt er und mit einem „komm gleich auf die Dachterrasse, noch ist das Licht herrlich", will er sie nach draußen lotsen.

„Halt mein lieber Karl, nicht so schnell!", und schon ist Frau M. zur Stelle und begrüßt Annika mit einem flüchtigen Wangenkuss, so dass diese etwas enttäuscht guckt. „Ich muss Dich doch erst den anderen vorstellen meine Liebe...", und schon führt die Hausherrin Annika in ein großes Wohnzimmer und sie wird mit zwei bildhübschen jungen Frauen, Anja und Giselle und einer etwas ältere Modistin, Bettina bekanntgemacht. „Sie ist bei der Kleider- und Wäschefrage und dem Umziehen behilflich", erläutert Xenia M. „Meine beste Hilfe und Fachfrau", sagt sie lächelnd und umarmt Bettina herzlich und gibt ihr einen Klaps auf die Schulter.

Diese ist etwa 40 Jahre alt und macht mit ihrem kurzem, dunklen Haar und energischen Gesichtszügen einen sehr qualifizierten Eindruck. Sie hat einen hellen Hosenanzug an und ihre schlanke Gestalt sieht darin sehr modisch aus. Trotz ihres Alters, wie Annika denkt, hat sie das Jackett und die sich darunter befindliche Bluse ziemlich weit aufgeknöpft, so dass man ziemlich ungehindert in ihren Ausschnitt gucken kann und der Ansatz ihrer hübschen Brüste deutlich sichtbar ist. Sie scheint keinen BH zu tragen und Annika ertappt sich dabei, wie sie den Busen und die ungehinderten Bewegungen der Brüste unter der Bluse beobachtet. Sie errötet heftig, als sie merkt, dass Bettina sie lächelnd mustert als sie das Interesse von Annika bemerkt.

Doch dann kommt schon wieder Karl und geleitet Annika hinaus auf die Dachterrasse zu einer Sitzbank, die umrahmt von Oleanderbüschen die herrlich blühen, noch von der untergehenden Sonne beleuchtet wird. „Nimm Platz, schöne Frau", und Karl hilft Annika ihre langen Beine längs auf der Bank zu drapieren. „Den Kopf etwas nach hinten neigen, die Stola nach hinten bitte, ja...herrlich!", und schon schießt er in rasender Geschwindigkeit etliche Aufnahmen. „Nun bitte den Rock etwas höher, keine Angst, hier ist kein Jungenpensionat...", und schon legt er selbst Hand an und gegen den schwachen Widerstand von Annika entblößt er ihre langen Beine, streichelt zärtlich die weiche Haut. „Du siehst bezaubernd aus, meine Süße", flüstert er ihr ins Ohr, „hat Xenia Dich schon vernascht?" Als er die Röte sieht, die ihr ins Gesicht schießt, lächelt er wissend, schnalzt mit der Zunge, streichelt den weichen Oberschenkel zärtlich und mit einem „Geschmack hat sie eben", kniet er sich dicht vor die Bank und fotografiert Annika von unten, so dass garantiert das Höschen zu sehen ist. „Meine Liebe, das sind eben Wäschebilder", flüstert er „so etwas gehört zu unserer Arbeit, das ist bei uns normal...!", und stellt eins ihrer Beine auf den Boden: „So wie wir sie für besondere Kataloge machen".

Nun hat er sie so positioniert, dass sie mit geöffneten Schenkeln, mit weit hoch geschobenem Rock von ihm fotografiert wird. Klack, klack ertönt es leise aus der Digitalkamera in rasender Geschwindigkeit und Annika steigt die Schamröte ins Gesicht, gleichzeitig spürt sie, zu ihrer eigenen Überraschung, nicht unangenehm, dass sie durch die Nähe des Mannes und die Art, wie sie sich zur Schau stellen soll, erregt wird. „Um Himmels willen, was ist mir los, denkt sie. „Nun beug Dich etwas nach vorne...!", und er kommt wieder hoch „nicht genug, komm", und schon schiebt er einen Träger ihres Kleides über die Schulter, so dass der schicke BH mit den herrlichen Brüsten etwas zu sehen ist.

Klack, klack, „noch etwas nach vorne, komm, mach schon, nimm die Schultern vor, man muss etwas mehr Busen und Wäsche sehen...", und mit sanfter aber bestimmender Hand drückt er ihren Nacken weiter nach vorne, so dass nun der Ausschnitt des Kleides nach vorne fällt und er ungehindert von oben den BH mit den Brüsten fotografieren kann. „Das sieht sehr gut aus, meine Süße", und mit einem prüfenden Blick in die Runde, die anderen sind alle beschäftigt, fährt er mit einer Hand sanft in den losen Ausschnitt, streichelt das dünne Gewebe des BHs, streichelt eine runde, pralle Brust, fühlt freudig das harte Wärzchen.

„Die Wäsche sitzt prächtig, sieht blenden an Dir aus, ...ach es hat Dich erregt...Du süßes Naturtalent?" Annika ist wie gelähmt, atmet nur heftig aufgeregt sodass ihr Busen bebt und nickt bejahend. „Du bist ein herrliches Geschöpf, mit Dir kann man gut arbeiten...und ...wir werden viel Freude mit Dir haben", setzt er doppeldeutig hinzu.

Und noch einmal ein prüfender Blick zu den anderen, die noch beschäftigt sind. Und dann liebkost Karl noch einmal sanft die weiche Schulter und fährt frech noch einmal tiefer in den Ausschnitt um die süße Brust erneut zu liebkosen. Stöhnend läßt Annika es geschehen, ja beugt die Schultern noch etwas vor um seiner frechen Hand ungehindert Zugang zu gewähren. „Ja, das gefällt Dir Süße, reizende, feste Titten hast Du, ... und hübsche Beine...!" Karl legt die teure Kamera zur Seite und schon streichelt er mit der anderen Hand über den weichen, warmen Oberschenkel nach oben zum kleinen Höschen, berührt die junge Frau zwischen den Oberschenken, die stöhnend diese weiter öffnet Sie schließt die Augen, die Nasenflügel beben, das ganze Gesicht glüht vor Erregung, der Kopf sinkt ergeben in den Nacken. Annika weiß selber nicht was mit ihr los ist. Sie fühlt sich nur ungeheuer erregt, ja sie fiebert nach den Liebkosungen.

Zärtlich reibt der wollüstige Fotograf über den warmen Schoss, fühlt bereits die Feuchte. < Ist das ein scharfes Ding und leicht zu verführen> denkt er bei sich. Sanft drückt er gegen den dünnen Stoff des schon feuchten Höschens, erahnt die Konturen der Scheide, liebkost und erregt die willenlose Annika immer weiter. Stöhnend läßt sie ihn gewähren, öffnet die langen Beine noch weiter, um der liebkosenden Hand Zugang zu bieten. „Soll ich aufhören...", fragt er die nun fast Hilflose und stöhnend schüttelt sie den hübschen Kopf und öffnet noch weiter ihre weichen Schenkel. legt sich weiter zurück. Sanft liebkost er den weichen, feuchten Schoss unter dem dünnen Stoff des Höschens, fühlt, dass das Gewebe feuchter wird. Ächzend vor Lust stützt sich das junge Weib auf ihre Ellenbogen und Unterarme, bietet sich der zärtlichen Hand willig an.

Zu gerne würde Karl seine Finger nun in das hilflose Weib schieben und Annika zum Genießen bringen. Es kann nicht lange dauern, bis er sie zum Orgasmus streicheln würde.

Doch das muss ein andermal geschehen. Nun er hört er lautes Reden durch die offene Terrassentür und er beschließt aufzuhören, es wird ihm hier zu gefährlich.

Erst wenn er sie einmal alleine zu Hause in seinem Studio hat, dann will er sie verführen, nimmt er sich vor. „Komm, wir gehen an den Rechner und sehen uns gemeinsam die ersten Bilder an und dann machen wir weiter." Vorher läßt er Annika sich etwas erholen und zeigt ihr von der Dachterrasse ein paar Sehenswürdigkeiten der Stadt, damit sich ihr erhitztes Gesicht beruhigen kann. Dann lotst er sie an den anderen vorbei und Annika kann gerade noch sehen, dass die jungen Models, langbeinig und halbnackt, mit Kleidern und Wäsche, unterstützt von der Modistin und Xenia hantieren und kaum Augen für die beiden haben. Schon führt Karl Annika in einen studioähnlichen Raum und der Chip ist im Notebook und ein Beamer strahlt die Bilder auf eine Leinwand.

Der Raum ist abgedunkelt und Karl bietet ihr einen Drink an, den Xenia M. nicht ohne Hintergedanken vorbereitet hat. Dieser Drink schmeckt sehr gut und enthält gleichzeitig ein enthemmendes Mittel, das Xenia M. gerne einsetzt, wenn sie Sorge hat, dass ihre neuen Modelle Hemmungen vor der Kamera haben. Enthemmend natürlich in jeder Hinsicht -- und mit Annika hat sie heute noch allerlei vor. Die in so schneller Reihenfolge geschossenen Bilder erstrahlen nun in herrlichen Farben auf der Leinwand. Karl setzt sich neben die noch immer erregte Annika auf die breite Couch und beide genießen die aufregend schönen Fotos.

Herrlich professionelle, aber auch erotische Fotos sind es geworden, die die hübsche langbeinige Annika hervorragend ins Bild setzen. Auch Annika genießt die aufreizenden Bilder, die sie teilweise in sehr freizügigen Posen zeigen. Sie möchte sich schämen und gleichzeitig kann sie die Augen nicht von der Leinwand abwenden, und hingerissen sieht sie, wie das Auge der Kamera sie in ihrer natürlichen Schönheit festgehalten hat. Die Bilder, die Karl von oben von ihrem Busen in den Ausschnitt hinein gemacht hat, sind äußerst gelungen und Annika fühlt, wie sie beim Betrachten erneut erregt wird. Und auch die Höschen Bilder, …

Verboten, die langen schlanken Beine im Licht der untergehenden Sonne, leicht gespreizt und die Sonnenstrahlen bescheinen das dünne Höschen, lassen das blonde Schamhaar schimmern. Stöhnend betrachtet Annika sich, Karl umarmt das erregte Model, dreht ihren Kopf zu sich und: „Habe ich Dich gut getroffen fürs erste Mal?" Sie lehnt ihren glühenden Kopf gegen seine Wange und flüstert: „Danke, das sind herrliche Bilder, ich sehe ja so hübsch aus, allerdings auch sehr frivol, finde ich, was meinst Du?"

Karl blickt ihr in die Augen: „Den Foto -Test hast Du meiner Meinung nach bestanden", und dann hält er ihr Kinn fest, legt seinen Mund auf die weichen Lippen der jungen Frau und küsst sie leidenschaftlich. Tief schiebt er seine Zunge zwischen die bebenden Lippen und liebkost die herrlichen Zähne, erforscht die weiche Mundhöhle und führt Scheingefechte mit der lebendigen Zunge von Annika aus. Dann saugt er ihre Zunge in seinen Mund, während er gleichzeitig wieder die süßen Brüste streichelt und entzückt fühlt, dass sich die kleinen Warzen unter dem dünnen Gewebe wieder zur vollen Größe aufgerichtet haben. „Feiert ihr schon den bestanden Foto- Test?", fragt plötzlich Frau M. mit strenger Stimme und widerstrebend lösen sich die beiden. Der Fotograf lächelt nur und zeigt auf die Leinwand, während Annika verschämt zu Boden blickt, ihr glühendes Gesicht und ihr wogender Busen spricht jedoch Bände.

Doch dann ändert sich die Xenia M.s Tonlage: „Ja doch, die Bilder sind ja herrlich meine Liebe, komm her, lass Dir gratulieren und gehorsam steht Annika auf und Xenia M. schüttelt Annika die Hand und dann umfasst sie mit beiden Händen das hübsche, verschämt blickende Gesicht und küsst zärtlich die junge Frau. Genießend schmiegt sich Annika an Xenia M., doch diese flüstert ihr ins Ohr: „Die anderen wollen Dir auch gratulieren, hier in dieser Runde teilen wir immer...", und schon küssen auch die beiden hübschen Models Annika nicht zu kurz auf den Mund und jeder der beiden jungen reizenden Damen schiebt kurz eine vorwitzige Zungenspitze zwischen die sich nur widerstrebend öffnenden Lippen von Annika. Diese ist völlig durcheinander, aber noch immer sehr erregt.

Und nun nimmt auch noch die reizvolle ältere Modistin Bettina sie in die Arme, zieht sie eng an sich und gratuliert ihr zum bestandenen Foto -Test. „Nun gehörst Du auch zu uns, willkommen im Team, wir teilen hier immer...", und dann küsst sie die willenlose Hübsche zärtlich. Völlig verwirrt hält Annika still, genießt den zärtlichen Kuss der Älteren, öffnet ihren Mund weit um die Zunge tief in ihren Mund zu saugen. Nun spürt Annika, wie auch Xenia M. sie von hinten zusätzlich umarmt, mit ihren festen Händen ihre kleinen Brüste streichelt und liebkost, während sie selber den leidenschaftlichen Kuss von Bettina genießt. Beide älteren Frauen liebkosen die immer heißer werdende Annika und in der Zwischenzeit zieht Karl, der Fotograf die beiden Models Anja und Giselle nach nebenan ins Wohnzimmer um sich dort mit den beiden Hübschen zu beschäftigen. Das Leben in der Welt der Modebranche ist für die attraktiven Models nicht leicht und viele Karrieren begannen auf dem Sofa der Manager und Fotografen.

Aber hier, vor den sich immer wieder abwechselnden Bilder einer Dias-Show, die die entzückende Annika in ihren stimulierenden Reizen zeigt, herrlich dargestellt auf der großen Leinwand, beginnt die Verführung der völlig erregten jungen Frau, die von Karl schon so herrlich vorbereitet worden ist.

Gierig saugt Annika an Bettinas Zunge, genießt das erfahrene Zungenspiel der älteren Frau, während Xenia M. nun von hinten den Reißverschluss ihres leichten Kleides nach unten zu zieht und das dünne Cocktailkleid von den weichen Schultern gleitet, dass es sich an den Hüften bauscht. Xenia öffnet der inzwischen völlig willenlosen und stimulierten Annika auch den süßen BH und zieht ihn aus. Zärtlich liebkost sie von hinten die kleinen Brüste, dreht und zupft an den harten Warzen.

Mit leiser Stimme flüstert sie ihr Zärtlichkeiten ins Ohr, liebkost die empfindliche Ohrmuschel mit ihrer Zungenspitze, während Annika unter den leidenschaftlichen Küssen von Bettina fast schmilzt: „Was bist Du für ein süßes Ding, die Bilder sind ha herrlich, wir werden sicher noch viele schöne Aufnahmen von Dir machen!" Zwischen den Küssen, beim Atemholen, blicken die drei Frauen immer wieder zur Leinwand, erfreuen sich an den mehr als erotischen Bildern.

Xenia M. küsst nun zärtlich von der Seite den schlanken Hals, drückt und formt die festen Brüste, um dabei immer wieder geschickt die harten aufgerichteten Warzen sanft zu drehen und zu reizen. Die ältere Frau weiß nur zu genau, wie scharf sie damit die junge Frau macht. Steif und hart haben sich die kleinen Brustwarzen aufgerichtet. Während dessen genießt Bettina den jungen weichen Mund, der sich unter ihren Küssen so bereitwillig öffnet.

Dann löst sie ihren Mund: „Komm, Du willst mich doch fühlen, das habe ich Dir vorhin angesehen...", und mit diesen Worten führt sie die Hände von Annika zu ihren weichen Brüsten, die unter der dünnen Seidenbluse herrlich anzufühlen sind. Beglückt liebkost Annika die herrlichen weichen Hügel und ertastet ebenfalls die harten Brustwarzen. Dann schiebt sie mutig eine Hand unter die weit geöffnete Bluse und ertastet die weiche Haut des Busens. „Das gefällt Dir wohl, du heißes Stück", flüstert Bettina ihr ins Gesicht und läßt Kostümjacke und Bluse von den Schultern gleiten und dann führt sie den Mund von Annika zu ihren hübschen Brüsten und beglückt leckt diese über die sich aufrichtenden Brustwarzen und saugt dann lüstern an einer Brust, sich dabei fest an Bettina klammernd. Sie ist wie von Sinnen.

Xenia lächelt ihre Freundin Bettina verschwörerisch zu und flüstert nur für deren Ohren: „Die haben wir so weit, die können wir jetzt beide gemeinsam vernaschen!" Dabei streichelt sie weiter zärtlich die jungen schönen Brüste von Annika. Dann schiebt sie deren Kleid über die Hüften nach unten und gehorsam steigt Annika aus dem Kleid. Beide reifen Frauen führen Annika, die nur noch ihr süßes Höschen an hat, zur breiten Couch.

Bettina nimmt das erregte junge Weib wieder in die Arme und streichelt sie und macht ihr Komplimente, wie hübsch sie ist, während Xenia M. für Annika noch einmal einen kühlen Spezialdrink holt und diese ihn in wenigen Zügen trinkt.

Dann setzen Xenia und Annika sich nebeneinander auf die Couch und küssen sich zärtlich. Xenia streichelt verführerisch die hübschen Brüste der jungen Frau, ab und zu gleitet eine Hand über den weichen Bauch nach unten zum Schoss und Annika öffnet willig ihre Schenkel, damit die Hand der erfahrenen Frau sie dort streicheln kann. Doch vorläufig reizt Xenia das junge Weib nur, macht diese immer hitziger. Stöhnend und seufzend schmiegt Annika sich gegen Xenia M. Sie denkt an gestern, wie schön es mit Xenia war. Inzwischen zieht sich Bettina vollständig aus, steht nun vollständig entblößt vor den beiden, die auf der Couch Zärtlichkeiten austauschen.

Nun umfasst Bettina mit beiden Händen den glühenden Kopf von Annika, zieht ihn gegen ihren warmen Leib. Laut aufstöhnend vor Lust umklammert Annika die weichen Hüften der vor ihr stehenden Bettina und schmiegt ihr Gesicht eng gegen die weiche Haut, die ihr angeboten wird. „Komm Süße, Du darfst…", stößt Bettina seufzend aus, stellt einen Fuß neben Annika auf die Couch und führt nun deren Gesicht zu ihrem Schoss. Annika ist wie von Sinnen, sie will nur weiche Haut fühlen, liebkosen und liebkost werden.

Bettina wölbt ihren Unterleib vor und mit bebenden Lippen und geschlossenen Augen sucht und findet Annika die ihr angebotenen Scham und lustvoll küsst sie die feuchte Möse der vor ihr stehenden reifen Frau, schiebt sofort gierig ihre Zunge zwischen die Schamlippen, züngelt gierig in die Scheide. Sie genießt den verbotenen süßen Geschmack, nimmt mit bebenden Nasenflügeln den Geruch der erregten Frau auf. Laut ächzend verrichtet sie diesen Minnedienst an der geilen Bettina.

Annika ist in einer anderen Welt. Das anregende und enthemmende Getränk, die Fotosession und die Liebkosungen von Bettina und Xenia haben sie wahnsinnig erregt und hitzig gemacht.

Xenia M. beobachtet lüstern, wie gehorsam ihre neue Geliebte ist und sofort sich dem Liebesspiel zu dritt fügt, ja mit Lust bei der Sache ist. „Komm Süße, leck sie ordentlich, quäl ihr Fötzchen schön, lecke sie so, dass sie überläuft", flüstert sie der völlig erregten jungen Frau ins Ohr, streichelt dabei deren Rücken und mit der anderen Hand liebkost sie die Pobacken von Bettina.

Nun gleitet Annika von der Couch herab auf ihre Knie ohne den Kontakt zu dem ihr angebotenen Schoss zu verlieren und gierig leckt und küsst sie die saftigen, feuchten Schamlippen. Beglückt beobachten beide reifen Frauen, wie gehorsam sich die Jüngere benimmt. „Du bist eine süße Leckerin, Du gehörst wirklich zu uns, heute wirst Du noch genießen, wie noch nie, aber...gleich bin ich soweit...", stöhnt Bettina. Nun steht Xenia auf, umarmt ihre langjährige Geliebte, küsst sie leidenschaftlich und streichelt deren Po, schiebt einen vorwitzigen Finger in die Pospalte und neckt die kleine Rosette und schiebt ihn dann sanft drehend vorsichtig hinein. „Na tut Dir das gut...? Warte, wenn erst Annika Dich dort leckt, das wird Dich fertig machen.

Diese Ankündigung und der Gedanke daran, dass sie das junge hübsche Weib dazu verführen werden, dass die süße junge Annika mit feuchter Zunge nicht nur ihre saftige Muschi, sondern auch ihr Poloch verwöhnen wird, das ist zu viel für Bettina. Diese unzüchtige Vorstellung ist die letzte Reizung, die Bettina zum ersehnten Höhepunkt bringt. „Aaah... jaaa...!", bricht es aus Bettina hervor und sie genießt zuckend ihren Höhepunkt, schiebt dabei gierig ihren Schoss gegen den Kopf von Annika, zieht mit beiden Händen den fleißigen Mund eng in ihre überquellende Fotze. Liebevoll leckt und küsst die inzwischen völlig erregte und willige Annika die saftige Möse, genießt das Gefühl der zuckenden Scheide, wühlt ihren Mund

und Zunge zwischen die weichen Schamlippen, leckt gierig den hervor quellenden Saft mit fleißiger Zunge auf. Lustvoll stöhnt sie erregt in den angebotenen Schoss. Dankbar streichelt die sich im Orgasmus windende Bettina das Blondhaar der vor ihr knienden, Frau, stöhnt dabei auch unter den Küssen ihrer langjährigen Geliebten Xenia, die sie fest umarmt hält.

Dankbar genießt sie auch deren verbotene, erregende Liebkosung. Langsam kommt sie mit zitternden Beinen zu Ruhe. Sie klammert sich an Xenia, um nicht erschöpft zu Boden zu sinken. Die beiden Frauen verbindet schon seit Jahren eine innige Liebesbeziehung, jedoch immer wieder gewürzt durch neue Abenteuer mit hübschen jungen Frauen.

Ab und zu allerdings vergnügen sie sich auch mit einem potenten Liebhaber. Zu zweit, aber auch hin und wieder zu dritt. Auch nach dem Motto < ein bisschen bi schadet nie>

Heute aber ist die hübsche junge Annika dran. Sie scheint für die Liebe zwischen Frauen wie geschaffen zu sein. Nun helfen beide reifen Frauen der jüngeren wieder auf die Beine und Bettina umarmt die glühende Annika und küsst sie zärtlich und dankbar, genießt dabei den Geschmack ihres eigen Liebessaftes auf den ihr angebotenen feuchten Lippen. Nun dreht auch Xenia Annika zu sich und küsst sie leidenschaftlich, leckt ihr über die Lippen und wie eine Mutterkatze schleckt sie den feucht glänzenden Liebessaft von ihrem Gesicht. Dann flüstert sie ihr ins Ohr: „Danke Du Süße, das hat Du herrlich gemacht, Bettina wird sich bei Dir sicher bedanken, komm leg Dich auf die Couch, jetzt wirst Du verwöhnt", und mit diesen Worten drapierten die beiden Frauen das willenlose junge Ding auf die breite Couch. Das dünne Höschen wird von dem glühenden Leib gezogen und in herrlicher Nacktheit liegt sie vor den beiden reifen Frauen.

Links und rechts von ihr liegen die beiden lüsternen Frauen, halb aufgerichtet und liebkosen mit kundigen und erfahrenen Fingen das süße junge Ding!

Nun wollen sie Annika zum Sprudeln bringen und das hübsche Weib sich hörig machen, aber auch vorbereiten auf die kommenden Liebesdienste in dieser großen Firma.

Ein Essen mit Folgen

„Mir steht der Schwanz, das ist nicht mehr feierlich", fluchte Jan, als er von der Toilette zurückkam. „Ich konnte kaum pissen!"

„Dann musst du dir halt eine Freundin anschaffen", lästerte Simon. „Aber beruhige dich, mir auch."

„Dir auch? Mir geht es auch nicht besser. Verdammt, was ist denn hier bloß los?", wollte Karl wissen.

„Hey, Tamara, hast du uns etwas ins Essen getan?", rief Simon hinüber, wo drei der Mädels zusammenstanden.

Es war die Geburtstagsparty von Tamaras Stiefbruder Ian, der gerade seinen 22. Geburtstag feierte. Die übliche Clique war zusammengekommen, vier Mädels und sechs Jungs, alle im Alter von zweiundzwanzig bis sechsundzwanzig. Ian war das Nesthäkchen, sah man einmal von seinen jüngeren Geschwistern ab. Die Zwillinge waren gerade erst sieben geworden und hatte hier in der ausgebauten Kellerbar nichts zu suchen. An der Theke hatten sich Jan, Simon und Karl versammelt, den Stehtisch hatten Simons Freundin Marie, Annika und Tamara in Beschlag und auf der Bierbank saßen Victoria, Olaf, Ian und Karl. Alle drei Jungs bemühten sich um die Gunst von Victoria, die die Aufmerksamkeit zwar genoss, aber ohne jede Absicht, mit irgendeinem von den dreien ins Bett zu gehen, auf der Fete erschienen war. Man war befreundet, mehr nicht. So weit bekannt, krochen nur Simon und Marie zusammen unter eine Bettdecke.

„Was ist los?", wollte Tamara wissen. „Ist dir schlecht?"
„So kann man das nicht sagen", erwiderte Simon säuerlich.

„Schmeckt es dir nicht?"

„Ganz im Gegenteil. Uns dreien hier steht was. Einfach so."

Erwartungsgemäß schaute Tamara ziemlich schockiert. Was sollte das denn jetzt? Sie blickte Marie an, aber die schaute auch nur ratlos aus der Wäsche.

„Hast du sie noch alle?" „Wir meinen das wirklich. Ernsthaft. Kein blöder Witz." „Schön für euch", kicherte Annika. „Dann könnt ihr euch ja gegenseitig einen runterholen." „Nur wenn du zusehen kommst", mischte sich Karl ein. „Mach' ich", versprach Annika, meinte das aber alles andere als ernst.

Niemand nahm Simons Bemerkung für bare Münze, bis sich Ian gleichlautend äußerte.

„Ich dachte schon, ihr habt mir etwas ins Essen getan", begann er. „Um mir einen Streich zu spielen. Zum Geburtstag oder so." „Wieso? Du etwa auch?", wollte Victoria wissen, die neben ihm saß und spontan in seinen Schoss blickte.

Na ja, eine Beule war ja zu sehen, aber das konnte auch die Packung Taschentücher sein.

„Nicht nur er. Wir alle, befürchte ich", erklärte Olaf allerdings gerade.

Hatten sich die Jungs etwa abgesprochen? Sollte Ian heute seine Unschuld verlieren und das Ganze war ein fieser Plan, um eines der Mädels an ihn zu verkuppeln? Tamara grübelte die Möglichkeiten durch. Plötzlich hellte sich ihr Gesicht auf.

„Du meine Güte", kam ihr ein Verdacht und sie stürmte los.

„Hat die Pfeffer im Höschen?", kicherte Marie.

Ein paar Minuten später kam Tamara völlig außer Puste mit einer Pillenschachtel zurück.

„Leer!", schimpfte sie. „Die ganze Packung Viagra. Leer! Mein Vater reißt mir den Kopf ab!" „Na und?", stand Olaf auf dem Schlauch, während die anderen langsam begriffen.

„Soll das heißen, du hast uns Viagra ins Essen getan?", wollte Marie wissen. „Quatsch. Ich doch nicht. Die Zwillinge, vermute ich. Die waren den ganzen Tag schon so komisch. Jetzt ahne ich auch warum."

Tamara hatte vor Wut einen hochroten Kopf, während Victoria langsam blass wurde. „Na toll. Und jetzt?", wollte sie besorgt wissen. „Die Kerle haben alle einen Ständer gekriegt, aber wie wirkt das Zeug bei uns Frauen? Wir haben das schließlich auch gegessen."

„Oder getrunken", murmelte Ian, der gewissenhaft die Alternativen überdacht hatte. „Viagra läßt bei Frauen die Titten stehen", behauptete Olaf grinsend.

„Arschloch", meinte Marie. „Glaubst du etwa, wir hätten das nötig?" „Woher soll ich das wissen?", lachte Olaf.

Drei Leute holten ihre Smartphones heraus und kamen prompt zu drei verschiedenen Ergebnissen.

„Gar nicht", hieß es einmal, „das Mittel hat bei Frauen keine Wirkung."

„Mädels werden geil davon", behauptete eine andere Webseite.

„Nebenwirkungen sind Kopfschmerzen, Hitzewallungen und Verdauungsbeschwerden", war die dritte Meinung. „Jetzt weiß ich wenigstens, warum mir so warm ist", erklärte Annika. „Scheiße. Der Punkt stimmt schon mal."

Sie hatte als einzige den Schweiß auf der Stirn stehen.

„Und sonst?", wollte Karl wissen. „Was, und sonst?" „Karl will wissen, ob du schon geil bist", erläuterte Marie hellsichtig. „Wen geht das nichts an? Als ob ich das ausgerechnet dir auf die Nase binden würde."

„Also ja", grinste Karl. „Sonst noch jemand Bedarf? Hier stehen gerade jede Menge stramme Latten." „Die du nicht mehr am Zaun hast", parierte Annika. „Ich glaube euch eh kein Wort. Das ist doch alles ein abgekartetes Spiel."

Sie dachte in die gleiche Richtung wie Tamara, obwohl ihr Hitzewallungen bislang fremd gewesen waren.

„Ich befürchte, so ist es nicht", gab Tamara zu. „Zumindest die Pillenschachtel ist leer."

Einen Augenblick war es mucksmäuschenstill. Dann meldete sich Simon zu Wort: „Und jetzt? Ich will ja nicht jammern, aber mein Schwanz droht gerade zu platzen."

„Dann verschaff dir doch Erleichterung", hatte Marie kein Erbarmen mit ihrem Freund. „Dafür bist du ja eigentlich zuständig", schaute er sie leidend an.

„Lass den Hundeblick", antwortete sie. „Ich werde dir doch hier vor allen Leuten keinen runterholen."

In ihrem Höschen brodelte es allerdings ebenfalls verdächtig und so ein Spontanfick wäre genau in ihrem Sinne gewesen. Aber vor allen Leuten herumzuvögeln kam ja wohl nicht infrage und einfach abzuhauen war genauso lächerlich, wie zu fragen, ob irgendwo ein Bett zur Verfügung stände.

„Das mit der Erleichterung, gilt das eigentlich nur für Simon?", wollte Jan wissen. „Uns anderen geht es nämlich gerade auch nicht besser", sah er hoffnungsvoll in die Runde.

„Also ich weiß nicht", blickte Victoria ihn abschätzend an. „Ihr Jungs habt euch doch abgesprochen. Ihr wollt uns verarschen."

Sie spürte jedenfalls nichts. Auf sie schien Viagra keine Wirkung zu haben und so schaute sie ziemlich verständnislos auf die Wandlung der anderen.

„Also ich will niemanden verarschen", schaute Ian sie an, als hätte sie ihm die Gemeinheit unterstellt. „Ich dachte eher, ihr wolltet mich veräppeln. Ich gehe dann mal für ein paar Minuten auf mein Zimmer."

Was er da plante zu tun, war auch ohne nähere Erläuterung allen klar.

„Warte! Hier hat sich niemand abgesprochen", erklärte Simon, der sich zum Wortführer aufschwang. „Großes Ehrenwort. Und wenn ihr uns nicht glaubt, bleibt nur eins."

„Und das wäre?", wollte Victoria wissen.

„Wir treten den Gegenbeweis an." „Ach ja? Und wie willst du das machen?", provozierte Annika. „Ganz einfach, alle Jungs kommen hier herüber zu mir und dann: Präsentiert das Gewehr!"

Karl, der bisher noch gar nichts gesagt hatte, gesellte sich als Erster zu den dreien. Olaf und Ian blickten sich an, zuckten die Schultern und stellten sich in einer Reihe daneben.

„Ihr werdet doch nicht …", murmelte Tamara ungläubig.

Die Geburtstagsfeier schien sich in eine Richtung zu entwickeln, die niemand geahnt hatte. Aber okay, beruhigte sie sich, wenn die Jungs ihre MMarieszierde rausholten, hieß das ja noch lange nicht, dass der Abend in einer Orgie enden würde.

„Ach Quark, lass die doch", erklärte Marie gerade abfällig. „Jeder blamiert sich, so gut er kann." „Auf drei", befahl Simon unbeirrt. „Eins - zwei - drei."

Sechs Jungs fummelten unter mehr oder minder großen Mühen ihre Steifen ans Licht.

„Prima. Eine Schwanzparade", jubelte Annika unerwartet. „So etwas wollte ich schon immer mal sehen. Darf ich mir einen aussuchen?"

Alle blickten sie verblüfft an. Wie ernst meinte die das denn jetzt? Das konnte naturgemäß niemand ahnen, aber Annika schaute unbeirrt von einem zum anderen und schien im Geiste Punkte zu vergeben. Natürlich unterschieden sich die Glieder, aber extreme Unter- oder Übergrößen gab es keine.

Mal war die Vorhaut etwas ausgeprägter, mal der Beutel etwas länger.

„Warum nicht?", gab sich Tamara lächelnd großzügig.

Sie war neugierig, was Annika jetzt machen würde. Der Anblick sechs steifer MMarieszierden hatte auch Tamara ein leichtes Kribbeln im Höschen verpasst. Plötzlich fand sie eine Orgie gar nicht mehr so unwahrscheinlich. Sie blickte sich um, versuchte die Situation mit kritischem Blick einzuordnen. Sechs Männer mit steifen Schwänzen auf der einen Seite. Das die Bumsen wollten war klar. Doch schließlich hatten die Mädels ja Mitspracherecht. Da war Annika, die heiß zu sein schien. Allerdings war davon bis vor ein paar Minuten nichts zu spüren gewesen. Auf der anderen Seiten Victoria, die ewig unterkühlte. Die eine Hälfte der Clique behauptete sie sei noch Jungfrau, die anderen Hälfte bezweifelte es. Victorias Blick auf die Tatsachen war unergründlich. Unbeteiligtes Interesse drückte es wohl am ehesten aus. Dann Marie, die Einzige, die mit festem Freund hier war. Marie war geil, das wusste jeder, aber war sie auch treu? Tamara traute ihr zu, dass sie den Männerüberschuss gnadenlos ausnutzen würde. Und sie selbst? Einen Kerl könnte ich schon mal wieder brauchen, gestand sie sich ein, aber hier? Vor allen Leuten? Und vor allen Dingen, wer? Die Jungs waren ihre Freunde, keine potenziellen Sexpartner. Bisher jedenfalls. Sie bevorzugte da niemanden.

„Simon ist aber tabu", unterbrach Marie ihre Gedanken. „Der ist reserviert."

„Och, schade. Du gönnst mir aber auch gar nichts", schmollte Annika zum Spaß. „Dann nehme ich (kurze Überlegung) Karl."

Dieser war echt überrascht von ihrer Wahl, hatte sie doch bisher nie zu erkennen gegeben, dass sie Interesse an ihm hatte. Aber gut, an den anderen auch nicht, sagte er sich und ließ sich zum Biertisch führen. Von dort beobachteten sie den weiteren Vorgang. Zunächst nahm Marie wie angekündigt ihren Freund Simon aus dem Rennen und gesellte sich mit ihm zusammen zu Annika und Karl. Für einen Außenstehenden sah die Situation nach einem albernen Partyspiel aus. Zwei Pärchen am Biertisch, die beiden Männer mit offener Hose und einem Steifen. Die vier schauten erwartungsvoll zu den anderen, machten aber selbst nichts.

Die Aufmerksamkeit wandte sich Tamara zu, deren Entscheidung den Fortgang des Abends bestimmen würde. Wenn sie sagen würde, ihr seid doch alle verrückt, dann wäre es das. Man würde sich fügen. Unter Protest zwar, aber Tamara war hier eindeutig die Chefin.

Sie betrachtete sich kurz den Mast ihres Stiefbruders, den sie zum ersten Mal aufgerichtet sah, trat dann entschlossen vor und packte nach und nach Olaf, Jan und Karl an die Nudel. Damit hatte nun erst recht niemand gerechnet. Prompt ärgerte sich Annika ein wenig, dass sie nicht selbst auf die Idee gekommen war.

„Mmh, schwer", murmelte Tamara abschätzend. „Karl, wie wäre es mit uns beiden?"
Karl nickte nur, reden war nicht seine Kernkompetenz. Tamara war ein nettes Mädel, aber er hatte nicht damit gerechnet, dass sie ihn wählen würde. Ein wenig stolz stellte er sich zu ihr.

Blieb noch Victoria, die nicht wusste, ob sie noch im richtigen Film war. Schließlich war sie nicht zum Vögeln hergekommen und dies Viagra schien auch keine Wirkung auf sie zu haben. Sie hatte sogar kurz überlegt die Flucht zu ergreifen, aber dabei wäre sie sich albern vorgekommen. Was sollten die anderen von so einer Spielverderberin bloß denken? Gut, es bestand noch die Möglichkeit, dass die anderen Mädels gar nicht bumsen, sondern ihren Auserwählten nur die Pfeife polieren wollten, aber daran glaubte sie nicht. Zumindest Marie und, so wie es aussah, auch Tamara wollten mehr. Und bei Annika wusste man eh nie.

„Hey, was soll ich denn mit dreien?", rief sie also gequält. „Habt ihr sie noch alle?" „Such dir doch einfach einen aus", erklärte Annika lapidar. „Die anderen beiden müssen halt schauen, wie sie klarkommen. Wir sind schließlich nicht die Heilsarmee."

„Na gut, dann nehme ich Ian. Schließlich hat er Geburtstag."

Sie schnappte sich Ian und sah sich um. Erstaunlich, wie schnell sich eine ganz normale Party in eine wüste Orgie verwandeln konnte. Marie ging gerade runter, kniete vor ihrem Freund und begann an seinem Hammer zu lutschen. Annika und Karl küssten sich zögerlich, er allerdings mit einer Hand in ihrer Bluse, sie mit den Fingern seinen Steifen abtastend. An Tamaras hübschen Titten nuckelte Karl herum, sie war die Einzige, die schon die Bluse offen hatte. Olaf und Jan standen noch unschlüssig herum und spielten sich verlegen selbst am Mast. Schön anzusehen, aber nicht mein Problem, dachte Victoria. Das hieß Ian und sie wusste nicht so recht, wie sie beginnen sollte.

„Hast du schon einmal?", fragte sie den sichtlich nervösen Ian.

Der schüttelte nicht nur seinen Kopf, sondern sein steifes Glied gleich mit: „Nein."

„Möchtest du denn überhaupt mit mir?" „Klar."

So richtige Lust hatte sie ja keine, aber wie heißt es so schön: Der Appetit kommt beim Essen. Es sprach alles dafür, einfach mitzumachen und sich Ian reinzuziehen. Mal so ganz nebenbei: Sie war zwar nicht zum Vögeln hergekommen, aber warum sollte sie auf ein oder zwei ordentlich Ficks verzichten? Und eine männliche Jungfrau bekommt man auch nicht alle Tage serviert.

„Zieh dich aus", erklärte sie entschlossen und begann schon mal sich selbst aller Kleidung zu entledigen.

Normalerweise hätte sie ihre Aufmerksamkeit natürlich auf ihren Partner gerichtet, aber der Zufall wollte es, dass sie Marie und Simon im Blick hatte. Die war gerade dabei dessen Nüsse zu walken, wobei ihr Mund sich über seine Eichel gestülpt hatte. Sie hielt ihren Kopf fast still dabei, schien aber mit ihrer Zunge Wundertaten zu vollbringen. Gerade in dem Moment, als Victoria ihren Slip verlor, hörte sie sein Aufstöhnen. Simon war dabei, seinen Saft in Maries Mund zu pumpen, deren Wangen sich an dessen Mast festgesaugt hatten.

„Die Sau schluckt tatsächlich", murmelte Victoria erstaunt.

Nicht sehr laut, aber laut genug, dass Ian es mitbekam.

„Du nicht?", fragte er neugierig. War ja nicht ganz unwichtig, die Information.

„Niemals! Das kannst du dir gleich abschminken. Wenn du vergessen solltest, mich zu warnen, beiße ich dir den Schwanz ab."

„Oh."

„Keine Panik", musste sie beim Anblick seines entsetzten Gesichtes lachen. „Komm schon her. Ich tu dir schon nichts."

Victoria nahm Ian bei der Hand und küsste ihn. Sie hatte nicht vor, sich ebenso schnell dem Liebesspiel hinzugeben, wie die anderen. Zunächst wollte sie schmusen, sich mit Körper und Geruch ihres Partners vertraut machen. Sie streichelte Ians Rücken, presste seinen Hintern an sich, fühlte seinen Steifen an ihrem Bauch. Ian schien das Spiel ebenso zu genießen, küsste sie unerwartet leidenschaftlich, ließ seine Hände ebenso ihren Rücken rauf und runter gleiten.

Um weiter richtig in Fahrt zu kommen, sah sie sich um, was die anderen so trieben. Annika war inzwischen von der Hüfte abwärts ebenfalls unbekleidet. Sie hatte sich an die Theke gelehnt und ließ sich im Stehen von hinten von Karl vögeln. Simon hatte offensichtlich trotz seines Höhepunktes noch nicht genug. Er legte sich gerade auf dem Fußboden zurecht und wartete darauf, dass Marie endlich ihr Höschen runter hatte, um sich auf ihn zu setzen. Tamara lag nicht weit entfernt von den beiden schon auf dem Boden und ließ sich heftig von Karl nageln. Mit weit gespreizten Schenkeln lag sie da, die Knie fast oben an ihren Brüsten.

Victoria löste sich von Ian, drehte sich und schmiegte ihren Po an seinen Schwanz. Ian griff um sie herum, ganz so, wie sie es vorhergesehen hatte und streichelte ihre Brüste. Sie hielt dabei Ausschau nach einem geeigneten Platz, an dem sie Ian entjungfern konnte.

Die Kellerbar war jedoch zum Saufen gedacht und nicht auf bequemen Geschlechtsverkehr eingerichtet. Um es sich dennoch einigermaßen gemütlich zu machen, setzte sich Victoria auf den Biertisch und Ian stellte sich vor sie. Die Hoffnung, endlich zum Mann zu werden, schien sich noch nicht zu erfüllen.

„Leck meine Pussy", forderte sie nicht unerwartet.

Etwas enttäuscht hockte er sich auf die Bank davor. Victoria blickte zwischen ihre eigenen Beine, wo Ian sich über ihre Spalte hermachte. Er hatte ihre Schamlippen geteilt und seine Zunge im Honigtopf. 'Woher weiß das Aas, dass ich da am empfindlichsten bin?' dachte sie. Ihre Wahl schien keine schlechte gewesen zu sein. Jedenfalls spürte sie, dass sie langsam erregt wurde.

Sie schaute sich erneut um. Dem Gestöhne nach füllte Karl gerade Tamara ab, die mit hochroter Birne ihre Titten knetete. Sie schien richtig in Fahrt zu sein, denn als Karl seinen Schwanz aus ihr zog, winkte sie tatsächlich Olaf zu sich, der kein Problem damit hatte, seine Möhre in ihre sperma-verschmierte Pussy zu stopfen. Inzwischen hockte Marie auf ihrem Freund und ritt ihn, Viagra sei Dank. Doch dann bekam Victoria große Augen und dass nicht nur, weil Ian gerade ein paar Finger in sie steckte. Jan hatte sich frech dazugesellt und hielt Marie seinen Prachtkerl hin. Und die griff zu! So als wäre es selbstverständlich hatte sie plötzlich dessen Schwanz im Mund. Und Simon schaute von unten zu und sagte nichts!

Aber damit nicht genug. Karl hatte sich seine Nudel abgewischt und da er ebenfalls nichts an Härte verloren hatte, sich nach einem weiteren Opfer umgeschaut. Seine Wahl war auf Annika gefallen, die sich zwar immer noch von Karl vögeln ließ, aber das bedeutete ja nur, dass ihr Mund noch frei war. Er stellte sich vor sie, sie hielt sich an ihm fest und bließ dessen Möhre. Da hatten Marie und Annika doch jede zwei Kerle gleichzeitig!

„Ich bin bereit", entfuhr es Victoria, gab damit Ian die ersehnte freie Fahrt.

Sie kletterte vom Tisch, machte es sich auf dem Fußboden so bequem wie möglich. Ian ließ sich das nicht zweimal sagen und suchte mit seinen Lolli zwischen ihren Beinen die Einfahrt. Victoria griff zu, wollte sich unbedingt seinen jungfräulichen Schwanz selbst einführen. Wann hat Frau schon einmal die Gelegenheit dazu? Ian stieß zu, hielt sich nicht mit Formalitäten auf. Dieses komische Viagra hatte ihm die komplette Romantik aus dem Schädel verbannt. Wie schön hatte er sich sein erstes Mal immer vorgestellt? Doch jetzt? Das Küssen, seine Hände an ihren Brüsten, ihre Finger um seinen Schwanz, der Geschmack ihrer Möse - pfeif drauf, endlich rein der Hammer!

Etwas zu schnell für ihren Bedarf fickte er sie durch und Victoria begann sich vorsichtshalber selbst die Muschi zu kraulen. Wild auf den Fußboden genagelt hörte sie Tamara ihren Höhepunkt herausbrüllen. Victoria schaute sich um, neugierig darauf, wen Olaf jetzt ficken würde, wo seine Dame doch ausfiel, doch zu ihrem Erstaunen ließ Tamara ihn einfach weitermachen. Das Luder schien ja einiges abzukönnen, jedenfalls tobte sich Olaf ordentlich in ihr aus.

Zwischen ihren eigenen Beinen ging es inzwischen auch ziemlich heftig zu. Ian rammelte plötzlich ohne Rücksicht auf Verluste los. Er war ja schon bisher nicht besonders zärtlich vorgegangen, aber das hier konnte eigentlich nur eine Ursache haben.

„Nicht reinspritzen!", forderte sie und wie befürchtet zog Ian Sekunden später seinen Knüppel raus und wichste ihr sein Sperma auf die Schamhaare.

Es war reiner Zufall, dass sich just in diesem Moment die Blicke von Victoria und Jan trafen. Es brauchte keiner Aufforderung und Jan verließ Maries Mund, um seinen Docht in Victorias Muschi zu stecken. Sein Daumen machte auch an ihrem Kitzler weiter, sodass sich Victorias Hände den eigenen Brüsten widmen konnten. Wichsend stand Ian daneben und schaute zu, wie Jan seine Arbeit übernahm. Viel fehlte bei beiden nicht mehr, nach wenigen Minuten kamen die zwei fast gleichzeitig.

Nachdem Victorias Höhepunkt abgeklungen war, schaute sie sich erneut um. Marie stieg gerade von Simon ab, sein Sperma tropfte aus ihrer Möse auf seinen Bauch. Offensichtlich hatte er ein zweites Mal abgespritzt. Ob Marie gekommen war, wusste sie nicht, gehört hatte sie jedenfalls nichts. Olaf hatte offensichtlich zwischendurch bei Tamara das Loch gewechselt, er zog gerade seinen Harten aus ihrem Hintern, aus dem die weiße Soße quoll. Und auch Annika hatte die Stellung gewechselt. Sie saß auf Karl und ritt ihn, wischte sich dabei Karls Sperma aus den Mundwinkeln. Somit waren Karl und Annika im Augenblick die einzigen, die noch fickten. Mal abgesehen von Ian, der sich immer noch selbst den Mast rieb.

„Ian?"

Es war Marie, die ihn anrief.

„Ja?" „Hast du noch Lust?" „Keine Frage", grinste er.

Damit war für Victoria eine Frage beantwortet. Entweder hatte Simon es nicht geschafft seine Freundin zu befriedigen oder die war ebenso unersättlich wie Tamara. Letzteres war für Victoria allerdings unvorstellbar. Leicht erstaunt, dass Marie sich schon mit dem dritten Typen abgab, schaute sie zu, wie Ian sich auf Simons Freundin legte und sie Missionar vögelte. Noch erstaunter war sie, als Simon sich zu ihr gesellte und ihr seinen Lolli in den Mund stopfen wollte.

„Nicht", wehrte Victoria ihn jedoch ab. Dazu hatte sie nun wirklich keine Lust mehr. Ein wenig Handarbeit musste reichen. Simon schien nichts dagegen zu haben, von ihr den Mast poliert zu bekommen. Er sah dabei abwechselnd seiner Freundin und Ian sowie Karl und Annika zu, die auch gerade ihren Orgasmus heraus schnaufte. Kaum hatte sie sich einigermaßen wieder gefangen, drehte sie sich um und hobelte Karl einen, das dem Hören und Sehen verging. Sein Sperma spritzt schließlich wie eine Fontäne hoch in die Luft.

Und dann passierte noch etwas, womit niemand gerechnet hatte. Tamara kniete sich neben ihrem Stiefbruder und knetete dessen Nüsse, während der weiter Marie vögelte.

„Gib es ihr", flüsterte sie dabei, „gut machst du das, gib es ihr ordentlich. Die braucht das."

„Oh Mann, ist das geil", stöhnte Simon und spritzte ein drittes Mal ab.

Wenig später hörte man Marie stöhnen und kurz darauf wichste die sich Ians Samen auf den Bauch. Mit gekonntem Griff und zwischendurch mit einigen Schmatzern auf seine Eichel. Schließlich schauten sich alle mehr oder weniger verlegen an. Was war da bloß über sie gekommen?

„Da haben die Zwillinge aber so richtig etwas angerichtet", resümierte Victoria.

„Stimmt, das war eine tolle Party", erklärte Annika.

„Wieso war?", wunderte sich Karl. „Ich dachte, wir machen nur eine Pause." Im Geiste überlegte er, wie es weitergehen könnte.

„Bist du wahnsinnig? Ich kann nicht mehr", stöhnte Victoria. „Also mir reicht es auch", meldete sich Marie. „Karl, der Angeber", begann Tamara zu lästern. „Wenn ich mir seinen Dicken so ansehe, dann ist da mehr Schein als sein."

„Der wird schon wieder", war sich Karl aber ziemlich sicher. „Abwarten", fuhr Tamara jedoch skeptisch fort. „Bei den anderen sieht es jedenfalls auch nicht besser aus."

Es stimmte, die Wirkung des Viagra schien weitgehend verflogen zu sein. Zwar hing keiner schlapp in der Gegend herum, aber von einem schmerzhaften Dauerständer konnte auch keine Rede mehr sein.

„Na Gott sei Dank", fasste Victoria ihre Meinung drastisch zusammen. „Was haltet ihr davon, ganz normal weiterzufeiern?"

Zwar gab ihr niemand eine Antwort, doch als Annika begann, sich eine Slipeinlage ins Höschen zu fummeln und dies anzuziehen, wurde dies als allgemeine Zustimmung angesehen. Wie zu Beginn wurde gequatscht, getrunken und sogar ein wenig getanzt. Victoria war ziemlich erstaunt, als ausgerechnet Karl sie aufforderte. In seinem Armen über das Parkett geführt zu werden, fühlte sich gut an. Es erinnerte sie daran, dass sie ihn mehrfach während der Orgie beobachtet hatte. So still und zurückhaltend er sich sonst gab, um seine Mädels hatte er sich gut gekümmert. Zwar nicht gerade liebevoll, eher so, wie es der Situation angemessen war. Karl konnte also auch anders, stellte sie für sich fest.

Sie hatte keine Ahnung, dass Karl sie ebenso beobachtet hatte. Ihm war besonders aufgefallen, dass sie ihren eigenen Kopf hatte, nicht immer das tat, was man erwartete. Sie war am Anfang skeptisch gewesen, hatte dann dennoch mitgemacht. Als jeder dachte, sie würde sich zwischen den erfahrenen Olaf oder Jan entscheiden, hatte sie sich Ian gegriffen. Sie hatte sogar Simon seine Grenzen aufgezeigt, als der ihr seinen Schwanz in den Mund stecken wollte. Wenn er sich recht erinnerte, dann hatte sie überhaupt niemandem den Mast geblasen. Zumindest hatte er es nicht mitbekommen. Ihre strikte und gleichzeitig zurückhaltende Art imponierte ihm und so küsste er sie plötzlich.

Victoria wusste zunächst nicht, wie ihr geschah. Damit hatte sie nun gar nicht gerechnet. Es dauerte einen Augenblick, bis sie auf den überfallartigen Kuss reagierte und ihren Mund öffnete. Ihre Zungen spielten zärtlich miteinander und sie spürte, dass Karl erneut hart wurde.

Bis auf ein Schmunzeln ließ sie sich nichts anmerken. Sie blieben den Abend zusammen, unterhielten sich und tanzten noch mehrmals. Als Karl sie schließlich nach Hause brachte, versuchte er nicht, sie zu einem Kaffee oder mehr zu überreden. Sie verabredeten sich für das folgende Wochenende, an dem Victoria erfuhr, dass Simon vermutlich mal etwas mit Tamara gehabt hatte. Ian behauptete, die beiden zusammen mit Marie beim Strippoker erwischt zu haben. 'Ja und?', hatte Victoria ratlos gefragt. Strippoker und Bett schlossen sich zwar gegenseitig nicht aus, waren aber dennoch zwei völlig verschiedene Dinge. 'Er hatte ihr wohl den BH ausziehen dürfen', hätte Ian wichtigtuerisch erklärt. Victoria empfand die Indiskretion nicht lustig, da konnte alles oder nichts dahinter stecken. Sie war ein wenig angepisst und machte ihm klar, dass sie von Gerüchten so gar nichts hielt und erst recht nicht, dass welche über sie erzählt würden.

Sie kannte Karl jetzt schon ein paar Jahre und hatte ihn immer als guten Freund betrachtet. Ihm beim Geschlechtsverkehr zuzuschauen hatte daran nicht viel geändert. Im Gegenteil, ihr war es eher peinlich, dass er ihr ebenso zugeschaut hatte. Dass er plötzlich mehr wollte, war ihr schnell klar, dennoch dauerte es geschlagene fünf Wochen, bis sie mit ihm ins Bett ging.

Dann endlich zeigte sie ihm, dass sie auch Schwänze bließ, recht gut sogar. Sie waren nach dem Clubbesuch zu ihr gegangen. So verschwitzt, wie sie war, wollte sie auf keinen Fall berührt werden und so hatte sie erst duschen wollen. Karl hatte ihr ein paar Minuten Vorsprung gegeben, war dann ungefragt einfach zu ihr gekommen. Sie war gerade fertig gewesen, wollte die Dusche eigentlich gerade verlassen, doch Karl hatte sie nicht vorbeigelassen. Frech hatte er Wegezoll verlangt, am besten in Form einer einfachen Handreichung. Victoria hatte gelacht, mitgemacht und ihm unter der Dusche mit der Hand den Druck aus der Pfeife geholt. Dann hatten sie im Bett zusammen geschmust. Sie hatte ihm Zeit gegeben, sich wieder zu erholen und dann ihren Mund über seine Latte gestülpt. Abwechselnd hatte sie ihn und er sie geleckt, immer wieder nur so weit, dass es nicht zum Höhepunkt kam. Mit einer Menge Spaß hatten sie jeden Zentimeter ihrer Körper kennengelernt. Sie hatte seinen Sack geleckt, er ihre heute mal blank rasierte Scham. Ihre Brüste hatten sich als wenig empfindlich herausgestellt, man konnte mit ihnen spielen, ohne gleich zurückgepfiffen zu werden.

Victoria war ziemlich erfinderisch darin, wenn es darum ging, sich seiner Vorhaut zu widmen. Sie musste gar nicht unbedingt vor- und zurückgeschoben werden, einen Finger oder gar ihre Zunge darunter erzeugten auch schöne Gefühle. Genauso, wie sie es durchaus geil fand, nur von seinem kleinen Finger oder seiner spitzen Zunge penetriert zu werden. Sie brauchten fast eine Dreiviertelstunde, bis sie sich gemeinsam den Höhepunkt gönnten.

Diesmal schliefen sie ein wenig danach, Arm in Arm, sich gegenseitig wärmend. Bei Sonnenaufgang vögelten sie dann endlich. Victoria war aufs Klo gegangen, hatte bei ihrer Rückkehr unbeabsichtigt Karl geweckt. Der hatte dann ebenso sein Wasser abschlagen müssen und als er zurückkam, hatte er sich frech auf sie gelegt. Sie hatte die Beine geschlossen und so getan, als würde das auch so bleiben. Er hatte sie geküsst, ihr die Brüste gestreichelt. Ihre Ohren und den Hals liebkost, dabei mit der Hand den Bauch hinunter das Paradies besucht.

Sie hatte schließlich doch ihre Schenkel gespreizt und er war in sie eingedrungen. Weder schnell noch langsam, aber bis zum Anschlag, bis ihre Schambereiche sich berührten.

„Oh mein Gott", hatte Karl sie verblüfft angeschaut. „Was?",
hatte Victoria erschreckt gerufen. „Es ist so anders. Irgendwie
elektrisch. Als würden wir unter Spannung stehen." „Spürst
du das auch?"

Sie hatte ihn angelächelt, die Arme um seinen Nacken und die
Beine um seinen Hintern geschlungen und er hatte den Takt
aufgenommen. Nach ein paar Minuten hatten sie sich
herumgewälzt und sie hatte gezeigt, was der Reitlehrer ihr
beigebracht hatte. Eine Weile waren sie in dieser Stellung
geblieben, dann hatten sie sich wieder Missionar geliebt. Zum
Schluss hatte er ihr Doggystyle die Sporen gegeben und
seinen Samen eingepflanzt.

Lang gehegter Wunsch

Wie lange kennen wir uns nun schon? Es ist mittlerweile wohl drei Jahre her, als wir uns durch Zufall über eine Dating-App kennenlernten. Du warst dort nur ganz kurz aktiv und ich hatte Glück, dich genau in diesem Zeitfenster kontaktiert zu haben. Dabei waren die Voraussetzungen eher ungünstig, wenn man den Altersunterschied zwischen uns bedenkt. Obwohl du keine explizite Vorliebe für jüngere Männer hast (was ich so über Frauen, die älter als ich sind, nicht behaupten kann – diese Schwäche habe ich zweifellos), konnte ich dich für mich gewinnen.

Was folgte, waren viele außergewöhnliche Konversationen über WhatsApp. Wir öffneten uns dem anderen komplett - unsere Vorlieben, unsere Leidenschaften, unsere Erfahrungen, unsere Fantasien, unsere Neugier. Ich fühlte mich selten mit jemandem sexuell derart auf einer Wellenlänge. Aus verschiedenen Gründen blieb es bislang bei diesen Konversationen, ein Treffen kam leider nie zustande. Doch das änderte sich. Nach drei Jahren schafften wir es tatsächlich, ein persönliches Treffen zu vereinbaren.

Ich war nervös, als ich an einem kalten Wintertag das vereinbarte Hotel in der Bodenseeregion ansteuerte. Was würde mich erwarten? Alleine der Gedanke an unsere Chats erregt mich bis aufs Äußerste, aber wie sieht die Realität aus? Werden wir unseren eigenen Erwartungen gerecht oder holt die nicht immer perfekte Realität die idealisierte Fantasie ein? Dieser Gedanke hatte mich lange beschäftigt, aber es war nun an der Zeit, ihn beiseite zu legen.

Ich betrat das Hotel, erledigte die Formalien an der Rezeption und begab mich auf mein Zimmer. Mein Zimmer? Besser unser Zimmer, sagte ich mir, gespannt ob dessen, was darin heute wohl passieren würde. Wir waren für 20:00 Uhr verabredet und ich nutzte die verbliebene Zeit, die optisch beste Version meiner selbst herzustellen.

Punkt 20:00 Uhr nahm ich in der Hotelbar Platz und wartete gespannt. Ich erkannte dich gleich, als du den Raum betreten hast. Genau so wunderschön und sympathisch, wie ich dich von deinen Bildern kannte. Wir umarmten uns zur Begrüßung herzlich. Irgendwie fühlte es sich an, als hätte man einen sehr guten Freund wieder getroffen, den man viel zu lange nicht gesehen hatte. Die nicht etwa übliche Konstellation unserer „Beziehung" und die (zu) lange Wartezeit gingen an uns nicht spurlos vorüber, wir waren beide sichtlich nervös und brauchten etwas, um aufzutauen. Einige Zeit und ein paar Gin Tonic später hatte sich die Aufregung dann gelegt und die Barrieren begannen zu fallen. Wie in unseren Chats hatten wir genügend Gesprächsthemen, bei denen wir ähnlich ticken, nur, dass wir uns diesmal dabei in die Augen sehen konnten.

Ich fühlte mich bestärkt in dem Gefühl, dass ich mit dir alles erleben wollte, was wir jemals thematisiert hatten, vielleicht auch noch mehr. Als Gentleman wusste ich aber, dass die finale Entscheidung der Dame obliegt. Ich legte meine zweite Zimmerkarte auf den Tisch und eröffnete dir zwei Optionen. Ich werde nun nach oben auf mein Zimmer gehen und lasse dir ein paar Minuten Zeit, nachzudenken.

Option 1: Falls du dir unsicher bist, oder die Chemie von deiner Seite nicht gestimmt hat, gibst du die Karte an der Rezeption ab und verläßt das Hotel. Dafür habe ich selbstverständlich Verständnis.

Option 2: Du folgst mir, benutzt die Karte und wir gehen den entscheidenden Schritt weiter.

Auf dem Zimmer angekommen, dimmte ich das Licht und nahm in einem Sessel Platz. Ich war mir nicht sicher, wie du dich entscheiden würdest, hoffte aber inständig, gleich das leise Klacken des Türmechanismus zu hören. Nach quälenden Minuten passierte tatsächlich, worauf ich gehofft hatte und du kamst in das Zimmer. Ich stand auf, ging auf dich zu und tat das, worauf wir viel zu lange gewartet haben, ich legte meine Arme um dich und küsste dich innig. Es verging gefühlt eine wunderbare Ewigkeit, in der wir nichts taten, außer uns zu streicheln und leidenschaftlich zu küssen. Ich schaute dir tief in die Augen, als ich anfing dir dein Kleid abzustreifen.

Der Anblick war berauschend. Du wusstest um meine ausgeprägte Leidenschaft für schöne Unterwäsche und hast alle Register gezogen. Schwarze Spitzenunterwäsche, an den richtigen Stellen transparent und vielsagend, schwarze halterlose Nylon-Strümpfe, die deine wunderbaren Beine umschmiegen. Ich konnte gar nicht anders, als dich an jeder Stelle deines Körpers zu küssen.

Welche Wirkung du auf mich hattest, konntest du spätestens dann spüren, als du mich nach und nach meiner Kleidung entledigt hast. Beim Öffnen meiner Hose sprang dir meine Erektion deutlich spürbar entgegen. Das Gefühl dich zu küssen, während du meinen Penis in der Hand hältst und sanft massierst, war unbeschreiblich. Da ich um die Empfindlichkeit deiner Brustwarzen wusste, streifte ich dir langsam deinen Spitzen-BH ab und fing an deine wunderbaren Brüste zu liebkosen. Ich fühlte sie, groß und weich, mit meinen Händen. Deine Brustwarzen wurden unter meinen

Fingern ganz langsam hart und indem ich sie mit meiner Zunge umspielte und vorsichtig daran saugte, entlockte ich dir ein leises Stöhnen.

Ich zog dich aufs Bett und begann damit, unsere Fantasien umzusetzen, über die wir so oft geredet haben. Wir lagen nebeneinander und ich fing an, mich vor dir selbst zu befriedigen. Ganz langsam fuhr ich mit meiner Hand an meinem Penis auf und ab und schaute dir dabei in die Augen. Du sahst mir genüsslich bei meinem Treiben zu und dein Blick auf mir erregte mich bis aufs Äußerste. Die gemeinsame Intimität steigerte sich noch weiter, als du einen deiner Finger abgeleckt hast und begonnen hast, dich langsam zu streicheln. Erst deine Brüste, dann immer tiefer, bis du in deinem Paradies angekommen bist. So lagen wir nun erregt und stöhnend nebeneinander, jeder der Voyeur des jeweils anderen.

Ich wusste, dass ich das so nicht mehr lange aushalten würde. Zu erregend war es einerseits dich zu beobachten, wie deine nass glänzenden Finger, die du mehrmals langsam und genüsslich abgeleckt hast, ihr Wirken bald vollendeten. Zu erregend war es andererseits ungeniert vor deinen Augen zu wichsen. Unsere Fantasie würde hier aber nicht ihr Ende finden und daher unterbrach ich uns. Es war an der Zeit, dass wir uns berühren und vereinigen. Ich spreizte deine Beine und konnte nicht anders, als kurz von deinem Nektar zu probieren. Die Wirkung war berauschend und meine Geduld langsam aufgebraucht. Ich beugte mich über dich, spielte langsam mit meinem Penis an deinen Schamlippen, teilte sie, immer wieder, betrachtete deine und meine Feuchte auf meiner Eichelspitze.

Nach einer gefühlten Ewigkeit drang ich in dich ein, ganz langsam. Meine Stöße waren zunächst vorsichtig, aber ich spürte, dass du mehr willst, als du meinen Hintern mit deinen Händen umklammert hast. Ich steigerte Härte und Tempo immer weiter, war mir aber auch bewusst, dass ich das kaum mehr länger aushalten würde und wies dich daher an, die Stellung zu wechseln. Ich genoss den Anblick, als du dich auf mich gesetzt hast und mein feucht glänzender Penis langsam in dir verschwunden ist. Ich genoss den Anblick, deine wundervollen Brüste auf und ab hüpfen zu sehen, als du mich immer schneller geritten hast. Ich spürte meinen Samen langsam in mir aufsteigen und zog dich zu mir. Meine Hände waren fest in deinen Hintern gekrallt und ich begann dich wild zu küssen, als ich in mehreren Schüben in dir abspritzte. Erschöpft umarmten wir uns und verharrten in einem kurzen Augenblick der Ruhe.

Wir beide wären aber nicht wir beide, wenn wir an dieser Stelle aufgehört hätten. Eine Fantasie wurde noch nicht erfüllt.

Du hast dich langsam von mir erhoben. Als mein Penis aus dir gleitet, hältst du sofort die Hand in deinen Schritt, um keinen Tropfen zu vergeuden. Du hast dich umgedreht und dich in der 69-Stellung über mich gebeugt. Während du mit dem Mund auf unvergleichliche Weise meinen Penis liebkost, warte ich. Ich betrachte deine Vulva, ziehe deine Schamlippen sanft auseinander und warte, bis du meinen Samen wieder freigibst. Ganz langsam fließt er heraus, hell weiß und dickflüssig. Ich positioniere mich direkt unter dir, öffne meinen Mund und fange jeden Tropfen davon begierig auf. Ich behalte unsere Mischung der Leidenschaft im Mund, und beginne sie mit dir zu teilen. Unser Kuss ist zärtlich, sehr feucht und schmeckt total exotisch.

Wir genießen einander eine Ewigkeit...

Die Ewigkeit verbringen wir eng umschlungen, Körper an Körper. Die erste Ekstase ist vorbei und wir kommen gemeinsam zur Ruhe. Ich liege hinter dir, Körper dicht an Körper, habe meinen Arm um dich gelegt. Wir schweigen eine ganze Weile und genießen den Augenblick, den Nachgeschmack unserer Exotik. Wie lange hatten wir auf diesen Moment gewartet? Nach diesem Erlebnis scheint die (zu) lange Zeit völlig unwichtig.

Nach einer Weile drehst du dich langsam um, wir liegen nun direkt voreinander. Unsere Nasenspitzen können sich fast berühren und wir schauen uns tief in die Augen. Aus deinem Blick spricht die pure Leidenschaft und wären wir wirklich wir, wenn die Geschichte nach einem Mal Sex haben geendet hätte?

Ich bin kaum überrascht, als ich deine Hände auf meinem Körper spüre und tue es dir sofort gleich. Ich lege meine Hand auf deine Hüfte, genieße es deine weiche Haut zu spüren und bewege mich langsam zu deinem Oberschenkel, später zu deinem Po. Ich kann nicht genau sagen, wem es mehr Lustgewinn bringt, dich zu berühren. Bevor ich darüber nachdenken kann, spüre ich deine Hand an meinem Penis. Dein Griff ist genau so fordernd wie dein Blick und so wächst er in deiner Hand rasch wieder zu voller Größe heran. Ein leidenschaftlicher Kuss sorgt endgültig dafür, dass ich mich dir bereitwillig ergebe. Meinen Penis immer noch in der Hand und mir verführerisch in die Augen sehend, führst du ihn langsam zu deinem Paradies. Ich gleite weich und beinahe ohne Widerstand in dich hinein, es ist deutlich, dass du noch die Feuchtigkeit unserer ersten Runde in dir trägst. Was für ein Gefühl, in dich einzudringen, und das eigene Sperma nochmal zu spüren. Irgendwie verrucht, aber es macht mich in diesem Moment genau so sehr an, wie dich.

Ich bewege mich ganz langsam und sanft in dir. Wir schauen uns weiter tief in die Augen, beobachten die Lust im Blick des anderen, achten auf jede noch so kleine Reaktion, die die Lust in uns auslöst. Ein leichtes Verdrehen der Augen, ein Biss auf die Lippen, das leichte Öffnen des Mundes, jedes leise Stöhnen, dass uns überkommt, steigert unsere Lust. Wir nutzen beide unsere eng umschlungene Position, um den anderen zu berühren, intim zu streicheln und leidenschaftlich zu küssen. Eine gefühlte Ewigkeit genießen wir diesen „Slow-Sex", solange, bis ich dir signalisiere, dass mein neuerlicher Orgasmus bald bevorstehen würde. Du hast diesmal aber andere Pläne für mich und so gleite ich langsam aus dir.

Nach einer kurzen Abkühlphase weist du mich an, mich auf den Rücken zu drehen. Es fällt mir nicht schwer, mich dir zu fügen und bald spüre ich warmes Öl auf meinen Rücken fließen. Mit deinen begnadeten Händen beginnst du mit der wohl besten Massage, die mir je zuteil wurde. Mit geschlossenen Augen quittiere ich deine Berührungen mit einem leichten Stöhnen. Meine Lust steigert sich, als ich spüre, wie du neben deinen Händen langsam deinen ganzen Körper einsetzt. Deine wunderschönen Brüste berühren meinen Rücken, meinen Po. Ich halte es kaum aus, bis ich mich endlich umdrehen darf.

Der Anblick ist faszinierend. Du kniest im Bett, dein Körper, vor allem deine großen Brüste glänzen ölverschmiert im schwachen Licht, deine Brustwarzen sind gut erkennbar erregt. Du erkennst mein Bedürfnis leicht und beugst dich so über mich, dass ich deine Brüste liebkosen kann. Ich berühre sie mit meinen Händen, knete sie sanft. Ich küsse deine

Brustwarzen, sauge und lecke an Ihnen, beiße ganz leicht hinein. Ich kann nicht anders, als mich währenddessen selbst zu befriedigen. Diesmal bitte ich dich, dich auf den Rücken zu drehen. Ich knie über dir, setze mich leicht auf deinen Bauch und wichse meinen Schwanz – so, dass du mich sehr gut dabei beobachten kannst. Ich gebe mir keine Mühe mehr, es zurückzuhalten und verteile mein Sperma schließlich in mehreren Schüben auf deinen Brüsten. Dort verreibe ich es langsam, erst mit meinem Schwanz, dann mit meinen Händen. Du unterstützt mich dabei und wir probieren gemeinsam davon.

Nach dem Ausreizen unserer körperlichen und geistigen Ressourcen schlafen wir eng umschlungen ein.

Am nächsten Morgen wache ich vor dir auf. Obwohl der Tag davor, insbesondere der Abend, überaus fordernd war, bin ich hellwach. Die Erinnerung an gestern, gepaart mit den ersten Sonnenstrahlen im Raum, zaubern mir ein Lächeln auf mein Gesicht. Ich stehe ganz vorsichtig auf, vermeide es dich zu wecken und suche die Dusche auf. Ich genieße das heiße Wasser und lasse mir Zeit, bis ich schließlich aus der Dusche steige und mich abtrockne. Als ich fertig bin, höre ich ein Geräusch. Ist das ein Stöhnen, das durch die angelehnte Tür zu hören ist? Ich lege das Handtuch weg und gehe zurück ins Zimmer.

Ich hatte tatsächlich Recht. Du liegst im Bett, der Decke und jeglicher Scham entledigt, mit weit gespreizten Beinen und befriedigst dich selbst. Deine Hand bewegt sich ungeniert in deinem feucht glänzenden Schritt. Du siehst mich an mit einem Blick, der mit „provokativ" noch konservativ beschrieben ist. Ich setze mich zunächst in einen Sessel unweit des Bettes und schaue dir einfach nur zu. Ich genieße es, wie du dir ohne Hemmung und vor meinen Augen Lust verschaffst, bis du mit lautem Stöhnen zum Orgasmus kommst. Deinem Hinweis, dass dieses Zusammenkommen nicht ohne einen Quickie enden sollte, komme ich auf der Stelle nach...

Der Duft einer Unbekannten

Es war Freitag 06:50 Uhr und ich wieder in der U3. Alle starrten gebannt auf ihren Handybildschirm wie jeden Morgen und ich tat es auch. Was gab es wohl Besonderes? Die Schlagzeilen des Tages waren genauso langweilig wie die von gestern. Trotzdem starrte jeder auf seinen kleinen Bildschirm, vermutlich, um sich nicht mit jemandem unterhalten zu müssen.

Endlich Wochenende, würde mir Kevin nachher wieder sagen. Und er würde fragen, was ich am Wochenende machen würde. Und ich würde mir wieder irgendetwas ausdenken, was ich eh nicht machen würde und würde ihm damit etwas vorgaukeln.

Was mache ich hier eigentlich? Meine Mutter hatte gesagt: „Junge, lerne was Vernünftiges." Und ich hatte eine Ausbildung bei der Gemeindeverwaltung angefangen, wie vernünftig von mir. Zwischenzeitlich war ich von zu Hause in die Stadt in meine eigene Bude gezogen, hatte ich mich zur Stadtverwaltung beworben und saß jetzt dort und langweilte mich mit den belanglosen Vorgängen.

Die U3 hielt an und die Türen gingen auf. Boah, noch mehr Menschen in diesem Wagen, wo wir doch jetzt schon eng standen. Der Geruch in solchen Wagen war immer der Gleiche. Es roch irgendwie nach Plastik, Metall und, wenn es gut kam, nach Reinigungsmittel. Heute kam noch eine gehörige Portion Mensch dazu, denn es war Mai und die warme Luft ließ die Menschen transpirieren.

Durch die hereinströmenden Menschen mussten alle noch enger zusammenrücken. Zum Glück konnte ich bald aussteigen. Die Haltestelle für die Stadtverwaltung war als übernächstes dran und dann würden sich meine Geruchsnerven wieder erholen können.

Was war das? Mir stieg ein Geruch in die Nase, der ganz anders war. Ein lieblicher, eindeutig femininer Duft, sehr angenehm, geradezu anregend. Sofort blickte ich von meinem Bildschirm hoch und versuchte den Urheber dieses überaus geilen Duftes auszumachen.

Durch die Verschiebung der Massen waren zwei Frauen weiter in meine Nähe gedrängt worden. Vermutlich war eine der beiden die Quelle. Ich versuchte, näher an die beiden heranzurücken, da hielt die Bahn schon wieder und beide stiegen aus und der Duft verflüchtigte sich so schnell, wie er gekommen war.

Auf meinen Geruchssinn konnte ich mich bisher immer sehr gut verlassen. Sehen war eher mein Problem. Im Kindergarten war ich eines der Kinder mit dem Pflaster auf einem Auge gewesen. Bei mir war es das Rechte. Das Linke hätte man mir wohl auch zukleben können, weil ich auch damit nicht gut sehen konnte. Das hätte dann aber ziemlich dämlich ausgesehen. Durch mein schlechtes Sehen hatte sich mein Geruchssinn und mein Gehör wohl geschärft. Mittlerweile konnte man die Sehschwäche durch Kontaktlinsen ausgleichen, der ausgeprägte Geruchssinn war aber geblieben.

Der Duft, der vermutlich von einer der beiden Frauen, die gerade ausgestiegen waren, ausgegangen war, erinnerte nicht an ein Parfum. Wenn überhaupt, war es eine besondere Mischung, die mir bisher nie unter die Nase gekommen war. Er hatte etwas eindeutig Menschliches. Ich versuchte ihn für mich zu analysieren und zu beschreiben, fand aber nicht die richtigen Worte. Er war nicht direkt blumig, obwohl er so etwas an sich hatte. Gleichzeitig war er etwas süßlich, aber nur unterschwellig. Jedenfalls ließ er mich nicht mehr los. Der Duft hatte mich eindeutig erregt und ich wollte ... nein, ich musste herausfinden, wer Herrin dieses Duftes war.

Kevin war wieder unausstehlich. Er war 20 wie ich, und er war ein absolutes Feierbiest. Jedes Wochenende eine Party, auf der er sich mit irgendwelchem alkoholischen Kram volllaufen ließ, um am Montag zu erzählen, wie geil sein Wochenende gewesen sei. Ich konnte so etwas nicht leiden. Eingeladen wurde ich aber auch nicht, weil ich, außer den Leuten aus der Verwaltung und meinen Nachbarn eigentlich gar keinen in der Stadt kannte.

Mein Freundeskreis war nicht existent. In der Schule war ich immer der, der beim Fußballspielen als letzter übrigblieb und meine Eigeninitiative in Punkto -Leute kennenlernen- war sehr bescheiden. Als ich hierhin gezogen war, hatte ich gehofft, neu damit anzufangen, mein Leben aufzupeppen. Ohne, dass ich dafür aber etwas tat, tat sich nichts.

Als an diesem Morgen unser Abteilungsleiter zu uns kam und fragte, wer für den Bürgerservice am Samstagvormittag einspringen konnte, sah er natürlich sofort in meine Richtung. Damit war die Entscheidung gefallen. Kevin hätte morgen früh nur mit Alkoholfahne dort sitzen können und das wollte keiner, auch ich nicht. Was soll's, ich hatte ja eh nichts vor.

Auf dem Weg nach Hause versuchte ich herauszufinden, wo die beiden Frauen heute Morgen hingegangen sein könnten. Sie könnten auf dem Weg zur Arbeit gewesen sein, genau wie ich. Es gab vermutlich tausend Möglichkeiten, wo man arbeiten konnte, in der Nähe der Haltestelle, wo sie ausgestiegen waren. Ich hielt meinen Kopf aus der Türe in der Hoffnung eine der beiden würde vielleicht hier wieder einsteigen. Aber keine der Beiden war in Sicht.

Der Duft hatte mich gefangen und ließ mich auch in der Nacht nicht los. Gut riechende weibliche Wesen tanzten in meinem Traum um mich herum und lächelten mich an. Sie forderten mich zum Mittanzen auf. Es roch nach ... ichkonnte es nicht beschreiben. Jedenfalls roch es betäubend und sexy. Sie zogen an meinen Armen und bewegten damit meinen Körper so, als ob ich tanzen würde. Langsam ließ ich mich auf ihren Rhythmus ein. Es war herrlich. Alle wollten mich berühren und ließen sich von meiner Nase beschnuppern. Ich wachte plötzlich auf, schlug die Decke zurück und besah den dunklen Fleck auf meiner Hose.

Nach dem Duschen machte ich mich auf zur Arbeit. Beim Bürgerservice war nicht viel los. Ein paar Leute wollten einen Personalausweis beantragen. Zwei wollten ihr Auto zulassen, was aber natürlich jetzt nicht ging. Blödmänner, kann man sich doch denken, dass das an einem Samstag nicht funktioniert.

Da war er wieder, der Duft. Ich schaute in die braunen Augen einer Frau, die vor mir stand. „Guten Morgen, ich habe meinen Ausweis verloren und brauche einen Neuen."

Mein Mund stand offen und ich sog den Duft so tief ein wie ich konnte. „Bitte, ich habe sie nicht verstanden. Wie kann ich Ihnen helfen?" Die braunen Augen schauten mich verständnislos an. „Was haben Sie daran nicht verstanden?" Ich merkte, dass mein Mund noch immer offenstand. Mir wurde warm im Gesicht, wahrscheinlich lief ich gerade rot an.

„Würden Sie bitte hier die Angaben zu Ihrer Person eintragen. Darunter schreiben Sie einfach, wie das alles passiert ist und dann geht das seinen normalen Weg." Ich reichte ihr irgendein Formblatt und einen Stift.

Sie schaute mich fragend an, dann lächelte sie, nahm das Blatt und den Stift und trat zur Seite, um Platz zu machen, für den Fall, dass ein weiterer Bürger den Service, also mich, in Anspruch nehmen wollte. Da zurzeit niemand in Sicht war, stand ich auf und trat, hilfsbereit wie ich eben bin, von meiner Seite des Tresens zu der Frau. Ihr Duft war umwerfend und ultimativ erregend.

„Wann kann ich dann mit meinem neuen Ausweis rechnen?", riss sie mich aus meinem Schnupperzustand. „Ehhm, wenn Sie ihre Telefonnummer angeben, bekommen Sie in ein paar Wochen einen Anruf und dann können Sie ... ehm ... Ihren neuen Ausweis abholen." Sie lächelte mich wieder an und ich war zweimal geflasht. Grazil verließ sie den Raum, ohne mich nochmal anzusehen. Sie roch nicht nur so einzigartig gut, sie sah auch noch verdammt gut aus. Ein freundliches Gesicht mit wachen bestechenden Augen, die braunen Haare zu einem französischen Zopf geflochten und, als sie wegging, sah ich, wie sich ihr schöner runder Po in einer engen Jeanshose bewegte.

‚Mensch, bist du peinlich.' schoss es mir durch den Kopf. ‚Das muss sie doch gemerkt haben, wie du sie beschnuppert hast.' Ich nahm den Bogen und las -Lena Schmid-. Sie wohnte gar nicht weit von meiner Wohnung entfernt, nur zwei Straßen weiter. Den Namen und die Adresse konnte ich mir merken, sollte ich mir ihre Telefonnummer aufschreiben? Das geht nicht. Wenn das rauskäme, gäbe es sicher mächtig Probleme.

Wie von Sinnen sog ich die Luft ein, um den schwindenden Duft in meinen Lungen zu konservieren. Wie kann man nur so gut riechen und keiner nimmt das wahr außer mir? Ich spürte, wie mich ihr Wesen und ihr Duft dermaßen in seinen Bann gezogen hatte, dass ich tatsächlich eine sexuelle Erregung verspürte. Der Duft schien bis in mein Geschlecht gedrungen zu sein. Zumindest spürte ich ein Spannen zwischen meinen Beinen.

Die ganze Nacht durch beschäftigte mich meine Obsession. Mehrmals musste ich onanieren, um die sexuelle Erregung abzubauen, die diese Frau in mir verursacht hatte. Ich malte mir aus, wie ich ihr zufällig über den Weg laufen konnte, um mehr von ihr zu erfahren. Sie war schon 30, das hatte ich noch auf dem Bogen lesen können. Hatte sie einen Freund oder war sie vielleicht verheiratet? Hatte sie vielleicht eine Familie mit Kindern? Es war mir egal, ich hatte mir in den Kopf gesetzt, sie näher kennen zu lernen. Schließlich, so hatte ich einmal gelesen, ist der Geruch eines Menschen bei der Paarbildung immens wichtig. Und sie hatte mich angelächelt. Wollte sie nur freundlich sein, oder war ich ihr vielleicht sogar sympathisch?

Am Sonntagmorgen stand ich früh auf und machte mich nach einem schnellen Frühstück und einer Dusche auf dem Weg zu ihrer Adresse. Ich wollte wissen, wie sie wohnt, was sie macht und wer vielleicht noch da wohnt. Einfach alles von ihr wollte ich wissen. Ich war mir bewusst, das grenzte an Stalking, aber mein innerstes „Ich" drängte mich dazu.

Sie wohnte auf jeden Fall in einem Mehrfamilienhaus und auf dem Klingelschild stand nur ihr Name. Also wenn es einen Freund geben sollte, wohnten sie nicht zusammen, das war klar. So gerade konnte ich durch die milchige Glasscheibe in der Eingangstüre noch erkennen, wie jemand kam und verschwand um die Hausecke. Die Türe ging auf und da stand sie in einer dunklen Trainingshose und einem hellblauen T-Shirt. Zum Glück hatte sie sich für die andere Richtung entschieden, als sie losjoggte. Mir brach der Schweiß aus. Was, wenn sie mich hier entdeckt hätte? Ich wäre sofort aufgeflogen und hatte noch nicht mal eine Ausrede parat, warum ich mich hier hinter der Hausecke versteckte. Das war ein toller Plan, den ich da hatte.

Sie sah super aus, wie sie so die Straße entlanglief. Ihr Po bewegte sich unter der engen Trainingshose und ihre Arme schwangen sehr leicht mit, als sie links abbog. Ich vermutete, dass sie in den Park wollte, also hatte ich mein nächstes Ziel im Blick.

Betont lässig setzte ich mich auf die Parkbank und beobachtete die Natur. So früh am Sonntag waren schon einige Jogger unterwegs und eine Frau stand auf dem gemähten Gras, machte langsame Bewegungen, als würde sie einen unsichtbaren Gegner in Zeitlupe abwehren. Ich beobachtete sie und mir fielen ihre sehr durchdachten fließenden Bewegungen auf. Das wäre wahrscheinlich ein Sport, der mir auch gefallen könnte. Mich, dagegen, nahm niemand so richtig wahr, obwohl ich der Einzige war, der nur herumsaß, wie mir jetzt auffiel. Offensichtlich hatte mein Plan noch eine Lücke.

Zwischen den Bäumen erkannte ich das helle T-Shirt, das meine Zielperson trug, bevor es wieder hinter den Büschen verschwand. Ich lag also richtig, sie war hier. Ich stand auf und ging ein Stück in die Richtung, in der ich sie vermutete. Die Sonne hatte die Kälte des Morgens schon verdrängt und verströmte eine wohlige Wärme und hier passte mein Plan, denn ich hatte eine Sonnenbrille eingesteckt. Ich zog die Jacke aus, setzte die Sonnenbrille auf und scannte die Gegend ab.

Meine Zielperson Lena saß auf einer Bank und ließ sich offensichtlich von der Sonne wärmen. Als ich von hinten an die Bank herantrat, hatte ich schon wieder diesen betörenden Duft in der Nase, der mich so erregte. Wenn ich diese Gelegenheit verstreichen ließe, hätte ich es nicht verdient, diese Frau kennen zu lernen, das war mir klar. Ich setzte mich mit einigem Abstand neben sie auf die Bank, aber nur so weit entfernt, dass ich ihren Duft noch aufnehmen konnte.

Sie hatte ihre Augen geschlossen und ihre Hände auf der Bank abgelegt und auf ihrem T-Shirt hatte ihr Schweiß einige Stellen von einem Hellblau in ein Dunkelblau verwandelt. Jetzt nahm ich auch die Kontur ihres Oberkörpers wahr. Schöne Rundungen zeichneten sich unter dem T-Shirt ab.

Genießerisch sog ich ihren Duft ein, der mich so aphrodisierte und reckte, so gut es ging ohne aufzufallen, meinen Kopf in ihre Richtung. Es war ein wunderbarer Morgen und ich saß auf einer Parkbank neben der Frau, die ich glaubte, für mein Leben gefunden zu haben. Sie war zwar zehn Jahre älter, aber sie roch so gut, dass sie mir damit die Sinne zu rauben schien.

„Schnupperst du an mir? Spinnst du?", blaffte sie mich plötzlich an. Sie schaute mich fragend an und erwartete eine Reaktion. Ich nahm die Sonnenbrille ab und sah sie schuldbewusst an und brachte kein Wort hervor. Am liebsten wäre ich sofort losgerannt und hätte mich unter einem Gullydeckel versteckt. „Du bist doch der nette Kerl aus dem Bürgerservice.", lächelte sie mich jetzt an. Schlagartig beruhigte sich mein Puls und brachte ein leises „Hallo" raus.

Ihr Gesichtsausdruck war freundlicher geworden, zeigte aber weiterhin eindeutig, dass sie eine Reaktion meinerseits für geboten hielt. „Entschuldige bitte, aber die Luft ist so rein und im Büro ist es immer so stickig. Darum genieße ich das hier. Ich wollte dich nicht belästigen.", log ich.

Mit der Antwort schien sie nicht ausreichend besänftigt. „Du hast deinen Kopf zu mir gedreht und mich beschnuppert, oder?" Wenn ich jetzt keine zufriedenstellende Antwort liefern würde, war ich mir sicher, dass ihre Freundlichkeit umschlagen würde. Es nutzte nichts, jetzt oder nie. „Es tut mir leid, aber du riechst so gut." So, jetzt war es raus. Sie konnte jetzt weglaufen, mir eine reinhauen, mich bei der Polizei verpetzen.

Sie blieb sitzen und schaute mich fragend an. Sie lächelte und schaute mir in die Augen. Ich hielt ihrem Blick stand. Mein Visier war hochgeklappt, ich konnte nur noch nicht sagen, ob Freund oder Feind vor mir saß. „Ich gestehe. Ich bin deinem Duft total erlegen." Weiterhin sah sie mich an. „Du hast dich gestern schon so nah zu mir gestellt. Es war mir nicht direkt unangenehm, aber üblich ist das auch nicht, schon gar nicht bei der Verwaltung. Und wie kommst du jetzt hierher? Hast du mir aufgelauert?"

Am liebsten wäre ich sofort in ein Loch gestürzt, das sich unter mir öffnet, aber es passierte nichts. „Sorry, du musst jetzt denken, ist wäre krank oder irrsinnig. Ich werde sofort gehen, wenn du das verlangst und du wirst mich nie wiedersehen müssen, wenn du das nicht möchtest. Es tut mir leid, es war ein großer Fehler. Ich bitte nur darum, dass du mich nicht verpetzt." Langsam war ich ans Ende der Bank gerutscht und drohte schon herunterzufallen.

Sie lächelte mich weiter an und ich verstand überhaupt nichts. Dann reichte sie mir die Hand entgegen. Ich schaute sie fragend an. „Du fällst gleich von der Bank, wenn du noch weiter rutschst." Ich nahm ihre Hand und schob mich wieder ein Stückchen zu ihr hin. Sie lächelte mich an. „Und das ist dein Fetisch, Leute an zu schnuppern, oder wie muss ich das verstehen?" Ich hasste diese Fragerei.

„Kann ich dich zur Entschädigung zu einem Kaffee einladen?" In dieser Situation rechnete ich fest damit, eine Abfuhr von ihr zu bekommen. Was redete ich denn da? Ich wäre schon froh, wenn ich glimpflig aus der Sache rauskäme. Leider hatte nicht alles, was meinen Mund verließ, vorher auch den Umweg durch mein Venunftzentrum genommen. Sie schaute mir tief in die Augen, eine halbe Ewigkeit. Dann sagte sie: „Ok, ich muss zuerst nach Hause und duschen, du wartest natürlich vor der Tür und wenn ich fertig bin, lädst du mich zum Kaffee ein." Das war keine Frage, das war eher eine Anweisung. Was fehlte, war das „ansonsten" als Einleitung des von ihr und von mir gedachten folgenden Halbsatzes. Ich nickte und konnte es kaum fassen.

Sie stand auf und ging und ließ mich fragend zurück. „Wahrscheinlich weist du ja, wo ich wohne.", sagte sie, als sie sich in einigen Metern Entfernung zu mir umdrehte. Dabei lächelte sie wieder. Ich wartete, bis sie aus meinem Blickfeld verschwunden war und folgte dann zu ihrer Wohnung. Sie hatte gelächelt, schien also nicht so richtig böse zu sein. Oder wollte sie mich nur aufziehen? Im Moment war mir alles egal.

Wie aus heiterem Himmel kam ein massiver Regenschauer über uns und ich begann zu rennen. Als ich an ihrer Haustüre angekommen war, stand diese noch einen Spalt breit offen. Scheinbar hatte sie die Sonntagszeitung zwischen Tür und

Rahmen gesteckt, damit sie nicht zufiel. ‚Gott sei Dank', sprach ich zu mir, so wurde ich zumindest nicht noch mehr durchnässt. Langsam stieg ich die Treppe hoch und sah, dass eine Wohnungstüre nur angelehnt war. Es war ihre, wie ich auf dem Klingelschild lesen konnte. Sollte das eine Einladung sein? Zögernd betrat ich die Wohnung und hörte, wie das Wasser in der Dusche angestellt wurde.

Die Türe zum Wohnzimmer stand offen und, als ich hineinging, fand ich ein Handtuch auf der Lehne eines Sessels liegen. Könnte sein, dass sie das für mich hierhin gelegt hatte. Ich traute mich nicht, es zu nehmen. Von meinem Kopf tropfte das Wasser auf den Fußboden. Die Wohnung war erfüllt von ihrem Duft und zumindest das gab mir ein wohliges Gefühl. Ich sah mich um und erschrak im gleichen Augenblick, als ich die Badezimmertüre einen Spalt weit offenstehen sah. Möglicherweise war sie nicht komplett verschlossen gewesen und durch den Luftzug aufgegangen, als ich zur Wohnung herreingekommen war.

Die Dusche konnte ich nur hören, sehen konnte ich nur eine Wand, an der ein Schrank stand. Nicht, dass Lena mir nachher noch vorwerfen würde, ich hätte die Tür geöffnet, um sie beim Duschen zu beobachten. Sie war offensichtlich so freundlich gewesen, mich in ihre Wohnung zu lassen, weil es draußen so stark regnete, und da wollte ich mich auf keinen Fall undankbar zeigen.

Das Wasser wurde abgestellt und sofort drehte ich mich zum Fenster um bloß nicht in irgendeinen Verdacht zu geraten. Der Regen hatte schon wieder aufgehört, wie ich durchs Fenster sehen konnte. „Ah, da bist du ja. Das Handtuch habe ich rausgelegt, damit du dich etwas abtrocknen kannst. Der Boden ist nicht für Schwimmbäder geeignet." Ich hatte mich umgedreht und sie stand mit einem Handtuch umgebunden vor der Badezimmertür. Sofort senkte ich meinen Blick zu Boden und sah die Pfütze, die ich bereits hinterlassen hatte. „Eh, ja, entschuldige, ich wusste nicht, dass das für mich gedacht war." Schnell nahm ich das Handtuch und trocknete damit meine Haare.

„Willst du dir auch noch etwas Trockenes anziehen?", fragte sie freundlich. Ich sah an mir herunter. Meine Hose war nass, mein T-Shirt auch. Nur die Jacke sah noch einigermaßen trocken aus. „Nein, alles gut. Das trocknet schnell wieder.", gab ich, bescheiden, wie ich nun mal war, zurück. Mit dem Handtuch strich ich über T-Shirt und Hose. Das brachte so gut wie nichts. Lena war zurzeit nicht zu sehen, nur zu hören. Wahrscheinlich zog sie sich gerade an. „Du musst das selber wissen. Ich könnte die Sachen auch schnell in den Trockner werfen, wenn du auch duschen möchtest."

Ich sollte in der Wohnung der Frau, die ich gar nicht näher kannte und die auch mich nicht näher kannte, meine Kleider abgeben und dann unter die Dusche gehen? Nein, das ging jetzt wirklich zu weit. Irgendwie irritierte mich die Situation und ich fühlte mich, trotz des berauschenden Duftes sehr unwohl.

Wir setzten uns an einen Tisch im hinteren Bereich. Sie sah mich an, sie musterte mich, sagte aber nichts, bis die Bedienung kam. „Hallo Tom, ich hätte gerne einen großen Cappuccino." Fragend sah Tom mich an. „Ich nehme auch einen großen Cappuccino.", stammelte ich. „Und jetzt zu dir. Wer bist du?" Sie sah mich fragend an. „Eh. ..." fing ich an. „Ich heiße Patrick." Sie sah mich an, als reiche ihr das nicht als Antwort. „Wie du weißt, arbeite ich bei der Stadt-verwaltung und ..." Sie unterbrach mich mit einer

Handbewegung. „Ich möchte die Geschichte von Anfang an hören. Wir säßen nicht hier, wenn ich dich nicht ein bisschen sympathisch finden würde. Also, was ist los mit dir?"

Es wäre wohl am besten, wenn ich ehrlich mit dem Anfang beginnen würde. Ich begann mit meiner Fahrt in der U3 am Freitag und, dass mir ihr Duft so angenehm aufgefallen war, ich aber nicht wusste, wem dieser liebliche Duft zuzuordnen gewesen war. Dann erzählte ich, dass sie zufällig am Samstag vor mir gestanden und ich sie anhand ihres Duftes wiedererkannt hätte, und, dass mir in dem Moment klar gewesen wäre, dass ich sie hätte kennenlernen wollen. „Deine Schüchternheit finde ich ja sehr süß, aber ... Wie alt bist du?" Ich will nicht süß sein. „Zwanzig." Da war wieder dieses Lächeln.

„Muss ich näherkommen, oder riechst du mich jetzt gerade auch?", fragte sie und lächelte weiter. „Ich bin, um ehrlich zu sein, total hin und weg von deinem Duft." „Aha, also nicht näherkommen?" Ich spürte, wie ich rot anlief und mir warm wurde. „Eh. Doch. Gerne.", stammelte ich schon wieder. Da kam Tom, der Erlöser, mit unseren Getränken. Wir bedankten uns und ich hatte gar nicht registriert, dass Lena, so hieß sie ja, auf einem Mal direkt neben mir saß. „Patrick,", flüsterte sie „was stellen wir zwei denn jetzt an diesem schönen Sonntag an, um uns besser kennenzulernen?"

Sie saß direkt neben mir und ihr Duft machte mich verrückt. Gepaart mit der zweideutigen Andeutung schoss mir das Blut nicht nur in den Kopf. Eine gehörige Menge schien auch meinen Unterleib zu fluten. „Sollen wir etwas zusammen unternehmen? Es ist Sonntag, ich habe für heute keine weiteren Pläne. Hast du Lust, zu einem See zu fahren? Wenn es noch etwas wärmer wird, könnten wir schwimmen gehen oder einfach nur in der Sonne sitzen und uns dabei ein wenig unterhalten." Sie schien das ernst zu meinen und mir fiel ein riesiger Stein vom Herzen. „Das würde ich sehr gerne. Egal was, entscheide du."

Dreißig Minuten später stand ich an meiner Wohnungstür und schloss auf, um meine Badesachen zu holen. Wir würden mit ihrem Roller zu einem Badesee fahren. Nachdem ich mir etwas anderes angezogen hatte und in meinem Schrank kramte, fragte ich mich, was ich eigentlich von ihr wusste und was sie von mir wusste. Ich wusste, dass sie Lena Schmid hieß, dreißig Jahre alt war, wo sie wohnte und, dass sie ihren Personalausweis verloren hatte. Außerdem wusste ich, dass sie Sport trieb. Zumindest heute hatte sie das getan. Ihre Figur sah so aus, als sei das nicht das einzige Mal gewesen. Ihre Telefonnummer hatte ich nicht aufgeschrieben, aber ich wusste zur Not, wo ich sie finden würde. Und sie war sehr offen mir gegenüber, sonst hätte sie mich kaum in ihre Wohnung gelassen, während sie unter der Dusche stand.

Sie kannte meinen Namen, mein Alter, jetzt auch meine Adresse, weil sie mich abholen wollte, und sie wusste, dass mich ihr Körpergeruch um den Verstand brachte. Sie war klar im Vorteil.

Auf der Straße hupte es. Eilig packte ich irgendwas zusammen, stopfte es in einen Rucksack und rannte die Treppe hinunter. Als ich auf die Straße trat, reichte sie mir einen Helm, ich setzte mich auf den Sozius und sie brauste los. Der Himmel war wieder wolkenlos und es war ziemlich warm.

Wir fuhren stadtauswärts und bogen nach etwa 20 Minuten in einen Wald ein. Plötzlich ging der Waldweg nicht mehr weiter und sie hielt an. „Wo sind wir?", fragte ich. „Lass dich überraschen.", meinte sie lapidar. „Komm, wir müssen noch ein ganzes Stück zu Fuß gehen." Sie ging vor durchs Unterholz und ich trottete hinterher. Einen Weg konnte ich nicht erkennen, aber Lena schien sich auszukennen.

„Also gut, erzähl doch mal das mit dem Geruch. Was fasziniert dich da so?" unterbrach sie die Stille, die eingetreten war. Ich hatte zu ihr aufgeschlossen. „Das habe ich schon als Kind gehabt. Ich habe als Erster gerochen, wenn irgendwo etwas Stinkendes über die Straße fuhr oder wenn mein Bruder sich wieder nicht gewaschen hatte. Wir hatten einen großen Garten zu Hause und da standen Blumen, die dufteten sehr gut und andere, die rochen gar nicht so gut. Nachher merkte ich, dass der Duft von Frauen sehr stark auf mich wirkte." „Und irgendwann wurdest du älter und hattest dann auch mal eine Freundin, oder?"

„Ja, ich hatte auch schon mal eine Freundin. Wir verstanden uns super und haben auch viel miteinander unternommen." „Und warum hat das dann nicht gehalten? Roch sie nicht gut?" „Doch, sie roch sehr gut, aber ich bin eben kein Partytyp und sie wollte ständig feiern und dann hat sie irgendwann Schluss gemacht. Sie fand mich langweilig, sagte sie, weil ich nicht immer Lust auf so viel Trubel hatte." „Und das war die einzige Freundin, die du hattest?" „Nein, während meiner Ausbildung war ich kurz mit einem Mädchen zusammen. Es ist nicht immer von Vorteil, wenn man auf Gerüche so stark reagiert, wie ich." „Ihr wolltet etwas anderes mit eurer Zeit anfangen als nur Fahrradfahren und Musikhören?"

Ich geriet schon wieder ins Stottern: „Ja, wir wollten auch ..., aber das hat dann nicht so gut geklappt." „Weil sie geruchstechnisch nicht dein Typ war?" „Genau." „Und die

Beule in deiner Hose zeigt jetzt, dass du scharf auf mich bist, weil dich mein Geruch so anmacht?" In Bruchteilen einer Sekunde sah ich wahrscheinlich aus wie ein Streichholzkopf. Sie hielt an, legte mir eine Hand auf die Schulter und sah mich an. „Hey, ich will dich nicht aufziehen. Wir kennen uns noch nicht lange und du erzählst mir offen und ehrlich eine so unglaubliche Geschichte. Und ja, du bist mir irgendwie sehr sympathisch."

Langsam bewegte sie ihren Kopf in meine Richtung. Ich hatte den Eindruck, sie wollte mich küssen, also hielt ich ihr meinen Mund hin. Ihr Lippen trafen meine Wange und sie gab mir ein flüchtiges Küsschen. Es war ein wunderbares Gefühl. So weich, so lieblich, so wohlriechend. Die Beule in meiner Hose spannte. „Willst du auch noch etwas von mir wissen, oder hast du schon alles in deinem Amt recherchiert?", fragte sie, als wir uns wieder getrennt hatten. „Was willst du mir denn erzählen?", erwiderte ich. Meine Schüchternheit schien für den Moment verflogen.

Sie nahm meine Hand in ihre und als wir weitergingen erzählte sie: „In meiner Jugendzeit habe ich nichts ausgelassen, das war eine wilde Zeit. Wir hatten eine unzertrennbare Clique, drei Mädchen, die alles mit nach Hause geschleppt haben, was nicht schnell genug auf dem Baum war." „Hattest du nie eine längere Beziehung?" „Ich war zwei Jahre mit einer Frau zusammen, die ein ganzes Stück älter war als ich. Danach lebte ich mit meinem Freund in der Wohnung, wo ich jetzt noch wohne. Das hatte sich aber dann irgendwann erledigt und danach war mir nicht nach Zweisamkeit. Jetzt bin ich seit ... fast fünf Jahren Single."

„Und was machst du außer alleine leben?" „Ach, ich dachte, dich würde mein Beziehungsstatus interessieren." Wir lachten. „Beruflich ist nicht ganz so einfach. Sagen wir mal so, ich arbeite im Dienstleistungsbereich." Sie sah in meine fragenden Augen. „Zurzeit arbeite ich als Verkäuferin in einer Art Boutique in der Stadt." Ich gab mich zufrieden, obwohl ihre Andeutung, dass die Beschreibung ihres Berufs nicht so einfach sei, weiter in der Luft schwebte.

„Wo führst du mich eigentlich hin?", fragte ich. Wir waren schon lange zu Fuß im Wald unterwegs und von einem Badesee war weit und breit nichts zu sehen. „Siehst du da drüben die Sträucher?" Sie lehnte sich ganz nah an mich und zeigte in die Richtung in die wir gingen. „Hinter diesen Sträuchern ist unser Badesee." Ich sah nichts außer Bäumen und Sträuchern ... und Lena. Und ich roch sie. Sie war verdammt hübsch und ich fragte mich, ob man ihr das einfach so sagen durfte. Ich tat es nicht, zumindest noch nicht.

Wir gingen an den Sträuchern vorbei und da war ein kleiner Pfad durch die Sträucher und im Nu standen wir am Ufer eines, naja, Weihers. Die Sonne schien aufs Wasser und das schien ziemlich sauber zu sein. Am Rand konnte man auf jeden Fall bis auf den Grund sehen. Lena begann sofort, sich auszuziehen. Sie streifte ihr T-Shirt über den Kopf und dann ihren Sport-BH. Mann O Mann, was hatte die denn vor? Dann öffnete sie den Knopf ihrer Hose und schob diese auf die Schuhe. Sie stand mit dem Rücken zu mir, aber ihr Anblick und der Gedanke, dass die Frau halbnackt vor mir stand, machte mich zunehmend nervös. Ich kramte in meinem Rucksack und bemerkte, dass ich zwar eine Sporthose, nicht aber meine Badehose eingepackt hatte.

Sie drehte mir das Gesicht zu und schaute mich fragend an. „Möchtest du nicht?" „Doch, doch, ich habe gerade gemerkt, dass ich statt meiner Badehose nur eine Sporthose eingepackt habe." Beschämt sah ich sie an. So blöd, wie ich mich heute anstellte, kann man eigentlich nicht sein. „Dann zieh doch die Sporthose an. Wo ist das Problem?" Aus ihrer Tasche entnahm sie ein Bikinioberteil und band es sich um. Sie sah so sexy aus, als sie sich die obere Schnur im Nacken zusammenband. Mir schoss das Blut in die Lenden. Das würde die Sporthose sicher nicht bändigen können.

Langsam begann ich, mich oben rum freizumachen und abzuwarten, was da folgen sollte. Lena war gerade dabei, ihre Schuhe auszuziehen und damit flog auch ihre Hose zur Seite. Sie griffe in ihre Unterhose, streifte diese herunter und stieg aus. Aus ihrer Tasche entnahm sie die passende Hose zu dem Bikinioberteil, stieg hinein und drehte sich wieder zu mir, der noch immer in Jeans dastand. „Brauchst du immer so lange oder muss ich dir helfen?" Sie sah mich fordernd an. Ich tat lässig, als ich den Knopf meiner Hose öffnete. „Geh nur schon vor, ich komme sofort." Ich drehte mich von ihr weg, streifte die Jeans herunter und zog sie zusammen mit den Schuhen aus. Über den Bund der Unterhose konnte ich mein Dilemma schon sehen.

Ich konnte hören, dass Lena bereits im Wasser war. Mit einem schnellen Griff zog ich meine Unterhose runter und sofort die bereitgelegte Sporthose wieder hoch. Als ich mich langsam zum Wasser drehte, sah ich Lena bereits in einiger Entfernung schwimmen. Sie hatte mir den Rücken zugedreht, also nutzte ich die Gelegenheit und lief schnell ins Wasser. Tatsächlich lugte die Spitze meines Penis aus dem Hosenbein meiner doch sehr kurzen Sporthose.

Das Ufer fiel unerwartet steil ab, so dass man nach ein paar Meter bereits schwimmen konnte. Die Kühle half mir im Moment, meine sichtbare Erregung etwas zu dämpfen. Als ich in ihre Nähe kam, versuchte ich es mit etwas Smalltalk: „Mensch, das ist aber kühl." Fragend schaute sie mich wieder an, dann ignorierte sie meinen Versuch. „Du möchtest, dass wir uns kennenlernen. Erzählst du etwas von dir, oder was möchtest du von mir wissen?" „Lena, ich weiß nicht, ob ich dir das jetzt so sagen sollte, es könnte klingen wie eine plumpe Anmache, aber du bist so hübsch. Ich kann fast nicht glauben, dass eine Frau wie du fünf Jahre lang alleine leben muss."

Langsam schwammen wir nebeneinander her. Ihr Duft wehte leicht über die Wasseroberfläche, obwohl nur ihr Kopf herausragte, und streife meine Nase. Herrlich. Ich beobachtete ihre grazilen Bewegungen, das einfallende Sonnenlicht wurde im Wasser gebrochen und zeichnete auf ihrer Haut wechselnde Muster.

„Danke für das Kompliment." Sie lächelte mich an. „Schön, dass dir mein Äußeres gefällt. Wenn man mit jemandem zusammenleben möchte, gehört aber einiges mehr dazu, glaube mir. Außerdem wollte ich nach der Beziehung keine Neue beginnen." Ihr Blick nahm etwas Geheimnisvolles an. „Du hast sicher recht, Aussehen ist nicht alles. Trotzdem wollte ich dir das sagen. Ich mag deinen Duft, dein Aussehen. Den Rest möchte ich kennenlernen." Sie kam näher und küsste mich auf die Wange. „Ich mag dich auch."

Des Nachhalls der Zugeständnisse weiter lauschend schwammen wir weiter. Meine Gedanken kreisten. Bis heute Morgen wusste ich noch nicht, wie ich es genau anstellen sollte, diese Frau kennenzulernen und jetzt hatte sie mich schon zweimal geküsst. Ich konnte im Moment mein Glück kaum fassen.

Die Sonne schien, ich ließ mich treiben und genoss die Gesellschaft und den Duft, der schon zu meiner Gewohnheit geworden war. Schade eigentlich, wenn man einen Geruch ständig um sich hat, nimmt man ihn nicht mehr so bewusst wahr. Ich schwor mir, mich immer wieder bewusst an diesen Moment zu erinnern, der der Schönste der letzten Monate war, wenn nicht der letzten Jahre.

Lena drehte sich zu mir und kam näher. Ich stoppte, versuchte mich dabei mit Beinbewegungen über Wasser zu halten. Sie schmiegte sich an mich, schlang ihre Arme um mich. „Ich bin etwas außer Übung. Lass es uns langsam angehen. Okay?" Ich legte auch meine Arme um sie und hatte Mühe, nicht unterzugehen. „Okay." Sie sah mir tief in die Augen, ihre Lippen näherten sich meinen. Sie berührten sich. Leicht. Ganz leicht. Sie öffnete ihren Mund und ich spürte ihre Zunge an meiner Oberlippe. Ich öffnete meinen Mund und meine Zunge fand ihresgleichen. Zögernd betasteten sie sich. Sie schmeckten sich. Sie schmeckte wundervoll.

„Das braucht dir nicht peinlich zu sein. Es ist ein Kompliment, dass du so auf mich reagierst."

Sie hatte wohl meine Erektion gemeint, die sie während des sinnlichen Kusses gespürt hatte, als sie sich an mich gedrückt hatte. Ich wollte sie auf Distanz halten, weil es mir peinlich gewesen war. Das Wasser war sogar so klar, dass ich ihre Konturen ganz genau erkennen konnte, als sie wegschwamm.

Sie schwamm auf dem Rücken und deutete mir, zu ihr zu kommen. Ich schwamm in ihre Richtung, nahm sie wieder in die Arme und wir küssten uns erneut. Diesmal leidenschaftlicher. Unsere Lippen drückten fester aneinander. Unsere Zungen spielten miteinander, als würden sie sich schön länger kennen. Diesmal hielt ich mich nicht zurück, als sie ihre Arme um meinen Nacken legte und sich an mich drückte. Der Kuss dauerte ewig und fühlte sich verdammt gut an.

Als wir uns voneinander lösten schaute sie mich mit leicht verklärtem Blick an. „Alles in Ordnung?", fragte ich. „Ja, alles okay. Mir wird langsam zu kühl, ich möchte rausgehen." Sie schwamm mit langen Zügen zurück zu der Stelle, wo unsere Sachen lagen. Was war los? Ging es ihr zu schnell? Oder war es nur ein Vorwand, einen Schritt weiterzugehen? Ich schwamm hinterher und ging hinter ihr aus dem Wasser.

In meiner Tasche suchte ich nach einem Handtuch. Verdammt, woran hatte ich eigentlich eben gedacht, als ich meine Sachen zusammengepackt hatte. Ich fand keines, ein Sweatshirt war alles, was ich fand. Wie peinlich. Sie trocknete sich die Haare, dann sah sie mich an. „Handtuch vergessen?" Ich nickte. „Warst wohl heute Morgen nicht ganz bei der Sache, oder?" Ich seufzte. „Kannst meins haben, wenn ich fertig bin." Ich wartete.

Sie ließ sich sichtlich Zeit und ich fror schon etwas. Ihren Blick auf meine Sporthose kommentierte sie mit „Schade." Dann lächelte sie mich mit schelmischem Blick an. Die Beule in meiner Sporthose war sichtlich kleiner geworden. Mit ausgebreitetem Handtuch kam sie zu mir und begann mich abzutrocknen. „Komm, ich helfe dir, dann geht es vielleicht schneller." Sie zog mir das Handtuch vom Kopf und küsste mich auf den Mund. Ich erwiderte leidenschaftlich, nahm sie in die Arme und drückte sie fest an mich. Die Frau machte mich verrückt. Ihr Duft, ihr Wesen, ihre Ausstrahlung, alles haute mich total aus der Bahn. Es begann eine wilde Schmuserei, ich streichelte ihren Rücken. Die Haut fühlte sich so zart an, so gut. Sie im Arm zu halten tat so gut. Keine Frau vor ihr hatte mich so gefesselt.

Zärtlich spürte ich ihre Hände auf meinem Rücken. Kleine weiche warme Hände auf nasser Haut. Der Kuss löste sich, ein tiefer Blick, der vieles sagen konnte. Vor allem sagte er - ich mag dich sehr-. Lena faltete eine Decke auseinander, setzte sich darauf und zog mich neben sich. Wieder fanden unsere Lippen zueinander. Wir sanken zu Boden, ohne in der Berührung nachzulassen. Tastende Hände erkundeten weitere Areale. Arme, Nacken, Kopf und Ohren wurden umstreichelt. Ihre Hände krallten sich in meinen Haaren fest, ich streichelte wieder ihren Rücken. Ihre Haut fühlte sich so gut an, so zart, so warm.

Ich spürte in die Delle oberhalb des Pos, fühlte die Konturen der Muskulatur, spürte ihre Hände auf meinem Rücken, wie sie meine Schulterblätter abfuhr. Alles fühlte sich so wunderbar an. Speichel lief mir aus dem Mund, den ich nicht mehr halten konnte, während meine Zunge sich wichtigeren Dingen widmete. Meine Hand wurde mutiger und ertastete den Bund ihrer Hose. Nur ein Test, wozu war sie bereit. Ich spürte ihre Hand auf meinem Po. Test bestanden. Ihr Po fühlte sich wundervoll an. Mit meinen Fingern ertastete ich die Konturen, die Höhen, das Tal, fuhr die Rundungen ab. Zärtlich knetete ihre Hand meine Backen und drückte meinen Unterleib an ihren.

„Du kannst sie ausziehen, wenn sie dich stört." Ihr Mund hatte den meinen verlassen. „Was meinst du?" „Die Hose." „Meinst du deine oder meine?" „Oder beide?", fragte sie. Ich sah, wie sie die Augenbrauen hochzog. Langsam angehen, soso. Ich fand, wir hatten ein gutes Tempo drauf. Mein Finger tastete sich unter den Bund ihrer Hose und schob sie ein wenig herunter. Natürlich kam ich nicht weit und sie bemerkte das. Sie hob das Becken an, jetzt ging es.

Mit ihrer Hilfe streifte ich ihr Höschen bis auf die Knie. Ich löste mich von ihr und rutschte herunter, um sie ganz herunterzuziehen. Dabei streifte mein Gesicht die zarte haut ihres Bauches. Der Duft, der mir jetzt in die Nase stieg, war betörend.

Ganz langsam bewegte ich mein Gesicht an ihrem Paradies vorbei, nicht ohne einen kühnen Blick zu wagen. Ein Flaum zierte ihren Hügel und die oberste Spitze des Eingangs war zu sehen. Fleischige Lippen hatten sich geöffnet und schimmerten vor Feuchtigkeit. Der Duft wurde intensiver und mein Penis schwoll. Ich küsste ihren Oberschenkel, bevor meine Hand die Hose über die Knöchel schob. Beim Blick in ihr Gesicht sah ich, dass sie mich genau beobachtete.

„Du riechst so gut." Wieder küsste ich ihre Haut, diesmal an der Innenseite des Oberschenkels. Sie erzitterte. Ich zog meine Sporthose runter bis auf die Knie und nestelte dann mit den Füßen so lange, bis sie neben mir lag. Als ich meinen Mund zu ihrem Paradies führen wollte, öffnete sie die Beine etwas mehr und die volle Pracht lag vor mir. Mit den Lippen berührte ich ihren Hügel, ihre Spalte, ihre Lippen, ganz sachte. Ihr Stöhnen verriet mir, dass es ihr gefiel, also setzte ich meine Erkundung fort.

Meine Zunge betastete leicht ihre mit Flaum bedeckten Lippen. Ihre innenliegenden Schwestern reckten sich meiner Zunge entgegen und luden sie ein zum Schmusen. Ich legte meine Lippen auf ihre und begann einen Zungenkuss mit ihrer Blüte, wobei meine Zunge sich in sie versenkte. Ich spürte, wie Lenas Hände meinen Hinterkopf berührten. Ihre Finger krallten sich in meinen Haaren. Sie drückte mich stärker auf ihre Muschel und stöhnte auf.

Als ich meinen Kopf leicht anhob, um ihre inneren Lippen einzusaugen, ließ sie das zu. Mit meinen Lippen rieb ich ihre aneinander, sog daran und tastete mich etwas höher zu der Lustperle, die bereits sehnsüchtig zu warten schien. Lena keuchte auf. Leicht sog ich daran und sie verschwand samt ihren schützenden Lippen in meinem Mund. Meine Zunge fuhr über die empfindliche Stelle, nur kurz. Lena zuckte heftig auf und stöhnte laut.

Ich wollte sie nicht überreizen, also ließ ich meine Zunge wieder die Muschel lecken bis zum Eingang. Hier machte sie sich an den Lippen ihrer Muschel zu schaffen. Lena Unterleib bebte. Erneut sog ich ihre Lippen samt Perle ein und züngelte sie. Das Zucken wurde stärker. Die liebliche Nässe verteilte die Muschel über mein Gesicht und ich war im absoluten Rauschzustand.

Mit der Zunge leckte ich abwechselnd ihre Lippen und stimulierte ihre Perle. Die Frequenz versuchte ich dabei der Reaktion meiner Geliebten anzupassen. Deren Unterleib lag gespannt und voller Erwartung unter mir und sehnte sich nach meinen Liebkosungen. Als ich ihre Perle ein weiteres Mal zwischen meine Lippen sog und die Lippen zusammen-presste, wurde mein Gesicht mit festem Griff auf die Blüte gepresst, während Lenas Unterleib heftig zuckte und ihrem Mund ein unverständlicher Laut entwich.

Die Spannung entlud sich in heftigen Wellen, die von Mal zu Mal schwächer wurden, bis sie verebbten. Ich liebte es und hatte es immer geliebt, eine Frau dabei zu beobachten, wie sie zum Höhepunkt getragen wurde. Dieser kam heftig und für mich fast unerwartet und doch herrlich. Ich hielt nur noch mein Gesicht still an dem Ort, an dem der Duft, der mich so verzauberte am stärksten war. Als die Spannung gewichen war, küsste ich leicht die liebliche Perle, was zu einer erneuten Spannung führte, wobei Lena ihre Oberschenkel zusammenpresste und keine weiteren Berührungen mehr zuließ.

Ich genoss nur noch den Duft, bevor ich in ihr Gesicht sah. Sie lächelte mich an und flüsterte mir ein -Danke- zu. Ich suchte ihren Mund und küsste sie.

Wir lagen eng umschlungen und mein Steifer klopfte unweigerlich an ihrer Vulva an, die Lippen legten sich, wie ferngesteuert, nass um die gespannte Haut. Ich spürte ihre Hand an meinem Penis. Sie fuhr darunter und drückte ihn sich an ihre Vulva. Sie war warm und glitschig. Langsam bewegte ich mein Becken und strich so über ihre Lippen. Lena hielt ihr Becken still und genoss die Reibung, die ihre Lippen offensichtlich stimulierte.

Ich drehte mich auf den Rücken und zog sie auf mich. Sie schaute mir tief in die Augen, prüfend, dennoch lustvoll. Dann fanden sich unsere Lippen wieder. Sie drückte ihre Brüste an meine und rieb ihre nasse Vulva an meinem Stab. Ich öffnete den Verschluss ihres Bikinioberteils und zog es ihr über den Kopf. Ich spürte ihre lieblichen Brüste auf meiner Haut.

„Hast du Kondome dabei?", fragte sie unvermittelt. Ich spürte, wie mir die Röte ins Gesicht schoss. Natürlich hatte ich keine Kondome dabei. Ich hatte schließlich nicht damit gerechnet, dass das hier so enden würde. „Tut mir leid, nein.", gestand ich. „Schade.", kam direkt die Antwort von ihr. Dabei unterbrach sie die Bewegung ihres Beckens aber keineswegs.

Mit den Händen auf meiner Brust abgestützt, setzte sie sich auf meinen Bauch, hob kurz ihr Becken an und ließ meinen Steifen auf meinem Bauch zum Liegen kommen. Dann setzte sie sich wieder und schob ihre Vulva über meinen Penis, der immer fest von ihren Lippen umschlossen wurde. Ihre Brüste hatten eine schöne Rundung, die Warzen standen wie Kirschkerne. Mit den Händen strich ich sanft von der Hüfte hinauf bis zum Brustansatz. Meine Daumen tasteten sich weiter in Richtung der Warzen, die darauf warteten, berührt zu werden. Ich tat ihnen und mir den Gefallen.

Ganz langsam bewegte sie ihr Becken und rieb dabei über die Unterseite meines Penis, dessen Spitze verschwand und bei der Gegenbewegung wieder auftauchte. Das Gefühl sollte von mir aus nie enden. Unsere Hände fanden sich und verschlangen sich ineinander. Sie schloss die Augen, ihr Mund stand offen und sie keuchte. Die Stimulation musste für sie auch sehr angenehm sein.

Ihre Bewegung wurde heftiger und ich spürte, dass es für mich bald ein Ende geben würde. Ich versuchte, mich zusammenzureißen. Es gelang mir nicht. Mit Einem Zucken und langen Schüben entlud ich mich auf meinem Bauch.

Lena hatte es rechtzeitig bemerkt und sich etwas zurückgezogen. Jetzt beugte sie sich herunter und umschloss den Erschlaffenden mit ihrem Mund. Sie spürte ganz genau, wie weit ich war, fühlte sich in mich hinein, schob ihre Lippen weniger intensiv über meinen erschlaffenden Penis und ließ vor allem die sensible Eichel aus. Irgendwann stoppte sie, entließ den Schlaffen aus ihrem Mund, rutschte zu mir hoch und legte ihren Kopf auf meine Brust. Ihre Brüste streichelten mich zart und verteilten mein Sperma auf meinem Bauch.

Lena schmiegte sich an mich und ich küsste ihr Haar. Der Duft brachte mich fast um den Verstand. Ich sog ihn ein und war glücklich. Jetzt hauchte ich ihr ein -Danke- zu. Sie sah mich an, sie atmete noch immer schwer. Und sie lächelte. Dann senkte sie ihren Kopf wieder.

Wenn ich Kevin von diesem Wochenende erzählen würde, er würde mich für einen Spinner halten. Ich würde es nicht tun. Ich konnte selbst kaum glauben, wie rasant sich das alles entwickelte. Nie hätte ich am Freitag geglaubt, mit der Frau, die so bezaubernd roch, hier an einem einsamen Weiher Sex zu haben. Ihr Wesen, ihr Duft, ihre Offenheit mir gegenüber, das alles sagte mir, dass das die Frau sei, dich ich besser kennenlernen musste. Vielleicht war genau sie die Frau fürs Leben.

Einige Zeit lagen wir dort und streichelten uns gegenseitig. Die Dinge hatten sich an diesem Sonntag so entwickelt, wie ich es mir in meinen kühnsten Träumen nicht hatte vorstellen können. Ich genoss ihren Duft, während sie auf mir lag und sich an mich drückte und ich war glücklich.

Sie kam ins Wohnzimmer, trug eine Jeans und ein T-Shirt und hatte die noch feuchten Haare hochgesteckt. „Von mir aus können wir." Wieder lächelte sie mich an. „Und du willst wirklich nicht noch duschen oder dir etwas Trockenes anziehen?" „Nein, wir können gehen.", entschied ich und tapste zur Wohnungstür. Als ich an ihr vorbeiging, stieg mir ihr Duft wieder in die Nase. Sie roch zwar nach frisch geduscht, ihren Duft konnte ich dennoch aufnehmen und als sich unsere Blicke trafen, hüpfte mein Herz auf einmal vor Glück. „An der Ecke ist ein Café, wäre das okay für dich?", sprach sie, wartete meine Antwort nicht ab und ging voraus. Ich trottete hinterher bis ich zu ihr aufschließen und ihr schließlich die Tür aufhalten konnte.

Ausschweifungen am Nachmittag

Es war später Nachmittag, als ich den neuen Laden für Künstlerbedarf im Gewerbegebiet am Stadtrand betrat. Regale mit Farben und Papieren füllten den Raum und ich sah zuerst weder andere Kunden noch Verkaufspersonal. Aus dem Lager war ein Rascheln zu hören um irgendwo hinter den Regalen hörte ich zwei Frauen über die Eigenschaften einer gewissen Farbe zu diskutieren.

Ich schlenderte durch die Regalreihen, näherte mich den Stimmen, bis ich im hinteren Teil des Ladens die zwei Frauen sah. Eine war wohl etwa fünfzig und ließ sich von der jungen Verkäuferin beraten. Die Verkäuferin war vielleicht knapp über zwanzig, recht groß und hatte einen blonden Zopf, denn sich etwas schräg zur Seite geflochten hatte. Sie trug eine kurze, rosarote Hose, die gerade ihren süßen Hintern verdeckte, und ein helles Top, durch das sich ihre kleinen, festen Brüste abzeichneten, das auffälligste Merkmal war aber das große, schwarze Muttermal, das sie auf ihrer rechten Wange hatte. Mit einem Blick hatte ich sie erfasst und musste mich zwingen diesen wieder von dieser Frau abzuwenden.

Ich ging weiter, schaute verschiede Sachen an doch als ich das Ende des nächsten Regals erreicht hatte, fiel mein Blick wieder auf die junge Verkäuferin. Ich beobachtete sie eine Weile. Ihre Bewegungen und ihrer Stimmer erregten mich, obwohl sie nur darum bemüht war, der älteren Frau irgend etwas zu verkaufen. Jeder Griff ins Regal, jede Geste mit ihren zarten Händen, jede Hoch- und Tiefbewegung schien sexuell aufgeladen zu sein. Wieder zwang ich mich nach einer Weile meinen Blick von diesem kleinen rosaroten Hintern abzuwenden.

Auf der anderen Seite des Regals waren die Kasse und dahinter das Lager, aus dem immer noch ein Rascheln zu hören war. Nun sah ich auch, was das Geräusch erzeugt hatte. Eine zweite Verkäuferin war damit beschäftigt Kartonschachteln auszupacken. Ich ging ein paar Schritte weiter und sah sie nun besser. Sie war etwas kleiner als die andere nicht ganz so schlank wie diese und hatte größere Brüste, vielleicht war sie auch etwas jünger, hatte lange schwarze Haare und einen kleinen, silbernen Ring in der Nase. Wie die blonde Verkäuferin trug auch sie eine sehr kurze Hose, allerdings eine Jeans. Diese Jeans spannte sich um den saftigsten, schönsten, rundesten Hintern, den ich seit langem gesehen hatte. Während sie sich bückte, um die großen Schachteln auszupacken konnte ich diesen Hintern in seiner ganzen Schönheit beobachten.

Ich schaute ihr zu, bis ich hörte, wie die anderen Frauen sich der Kasse näherten. Mit ein paar Schritten trat ich hinter einem Regal, ließ aber jetzt keine der beiden Verkäuferinnen aus den Augen. Die zierliche Blonde war nun an der Kasse beschäftigt. Wenn sie etwas eintippte, konnte ich sehen, wie ihre zarten Brüste leicht bebten, dabei lächelte sie viel und scherzte mit der Alten. Hinten im Lager hatte die andere ihre Arbeit beendet, also ging sie an der Kassa vorbei in den Verkaufsraum. Um durch den engen Kassenbereich zu kommen, musste sie sich an der anderen vorbeizwängen. Dabei streifte sie unweigerlich mit ihrer verdeckten Scham über den süßen, rosarot verpackten Hintern und mit ihren großen, festen Brüsten über den Rücken ihrer Kollegin. Einen Augenblick danach stand sie vor mir und fragte mich ob sie mir helfen könnte, ich verneinte und als sie weiter ging, heftete ich meinen Blick auf ihren saftigen, festen Po.

Als die Blonde ihr Geschäft abgewickelt hatte kam auch sie auf mich zu und bot mir ihre Hilfe an, diesmal war ich gefaßter als noch kurz zuvor und so bat ich sie um etwas Beratung im Kauf einer Leinwand. Ich hatte zuvor gesehen, dass die Leinwände in Kellergeschoss verkauft wurden und vielleicht hatte sich da schon so etwas wie ein Plan festgesetzt, eine Leinwand zu kaufen beabsichtigte ich jedenfalls nicht. Sie ging vor mir her die Treppe hinunter und mit jedem Schritt wuchs mein Appetit auf diese hellhäutige, zarte Erscheinung. Die Verkäuferin zeigte mir die verschiedenen Leinwände, fertige und solche, die selbst gebaut werden mussten. Alles zog sie heraus und zeigte mir ihren beweglichen Körber in allen möglichen Verrenkungen.

Eine der Leinwände klemmte im Regal und nachdem die junge Frau erfolglos daran zog, fasste ich die Leinwand ebenfalls, um ihr zu helfen. Allerdings nahm ich sie so, dass ich mit einem Arm links und mit einen rechts der Verkäuferin die Leinwand hielt. Erst zog ich leicht, doch nun spürte ich die Hitze, die dieser Frauenkörper ausstrahlte und wurde davon so erregt dass mein Penis langsam steif wurde. Ich zog fester, irgendwie war mir die Situation nun doch nicht so ganz geheuer, obwohl ich sie mit meinem Vorwand hervorgerufen hatte. Mit einem Ruck kam die Leinwand aus dem Regal und dieser Ruck drückte die Frau gegen meinen Körper. Ich war unfähig mich zu bewegen, die junge Verkäuferin war zwischen mir und der Leinwand eingeklemmt. Mein harte Penis drückte gegen ihren süßen Hintern und anstatt zurück zu weichen, und sie aus ihrer Lage zu befreien verharrte ich in dieser Position. Sie bat mich sehr höflich sie auszulassen, doch ich war so erregt, dass ich dazu nicht fähig war. Ich hätte noch immer ablassen, und mich aus dem Geschäft verabschieden können, doch stattdessen drückte ich meinen Körper fest gegen die junge Frau vor mir. Sie bat mich erneut, etwas weniger höflich, doch statt von ihr abzulassen streifte ich mit einer Hand über ihr Top und begann ihre Brüste zu streicheln. Die Verkäuferin versuchte mich abzuhalten, drohte zu schreien, doch ich machte einfach weiter, und sie konnte oder wollte sich nicht wehren jedenfalls wurden ihre Bitten spätestens dann leiser, als ich ihrer harten Nippel massierte. Mit der anderen Hand begann ich nun ihre rosarote Hose zu öffnen und fuhr dann langsam erst über, dann in ihr Höschen. Als ich in ihre Scheide wanderte, seufzte sie leise auf und ich merkte wie nass und erregt sie bereits war. Während ich ihre Klitoris streichelte, ließ ich von ihren Brüsten ab und öffnete meine Hose, um mein hartes Glied herauszuholen. Dann streifte ich ihr das Top ab und schob ihre Hose samt Unterwäsche hinunter, und schob ihr dann meinen steifen Schwanz in ihre nasse, erwartungsvolle Muschi.

Im oberen Stock räumte die andere Verkäuferin gerade die Regale ein, als eine junge, dunkelhäutige, schwarzhaarige Frau, die sehr elegant gekleidet war, den Laden betrat. Die Kundin war auf der Suche nach einem Bilderrahmen und so folgte sie der Verkäuferin in den Keller. Die Bilderrahmen waren gleich neben der Treppe und die beiden nicht sehen, was im hinteren Teil des Kellers vor sich ging.

Hier war ich dabei, die blonde Verkäuferin gegen die Leinwand drücken, sie mit tiefen Stößen fickte zu ficken. Wir versuchten so leise wie möglich zu sein, also bemerkten die beiden anderen nicht, was wenige Meter von ihnen passierte. Von unserem Platz aus hörten wir den beiden zu und ich glaube meiner geilen Verkäuferin war es nicht ganz geheuer, so nahe bei ihrer Kollegin so durchgenommen zu werden. Doch da ich nicht aufhörte, hätte jeder Versuch mich abzuhalten dazu geführt, dass uns die anderen beiden entdeckt hätten.

Die schwarzhaarige Verkäuferin zeigte alle Bilderrahmen und trat dann ein paar Schritte zur Seite, um die Kundin entscheiden zu lassen. Von der Position, auf der sie nun stand, fiel ihr Blick auf ihre nackt, mit gespreizten Beinen dastehende Kollegin, die von einem großen Schwanz befriedigt wurde. Sofort trat sie einen Schritt nach vorn, so dass ihr der Blick wieder versperrt war, doch was sie gesehen hatte war genug um ihre Scheide feucht werden zu lassen. Die Erregung war so stark, dass sie gleich wieder ein paar Schritte zurück ging und das Treiben im hinteren Teil des Raumes unverholt zu beobachtete. Sie fragte die Kundin, ob es recht wäre, wenn sie sich nun einer anderen Arbeit zuwenden würde, sie ja nun eh selbst aussuchen und entscheiden müsse.

Statt aber wieder in den oberen Stock zu gehen, schlich sie leisen in den hinteren Teil des Kellers und versteckte sich so hinter einem Regal, dass sie beobachten konnte, wie ihre Kollegin gefickt wurde. Sie schaute wie gebannt auf den Schwanz, der immer wieder in die nass glänzende Muschi ihrer immer noch an die Leinwand gedrückten Kollegin eindrang. Von der Stelle, an der sie sich nun befand, sah sie nicht nur alles, sondern konnte auch das leise, hohe Stöhnen der Blonden hören. Das Schauspiel, das sich ihr hier bot, nahm ihre ganze Aufmerksamkeit in Anspruch und ließ sie alles um sich vergessen. Fast unterbewusst knüpfte sie ihre Hose auf, schob sich die rechte Hand unter ihr Höschen und tief in ihre hungrige Möse. Dass nur wenige Meter entfernt eine Kundin war hatte sie bei diesem geilen Anblick sofort vergessen.

Die Kundin war inzwischen fündig geworden hätte die Verkäuferin aber noch für eine kleine Entscheidungshilfe gebraucht. Da sie gesehen hat, dass die Verkäuferin nicht wieder in den oberen Stock gegangen war, ging sie durch die Regalreihen, um diese zu suchen. Sie schlenderte also durch den geräumigen Keller und als sie am Ende eines Regals um die Ecke bog, erschrak sie, nicht aus Furcht, sondern aus Überraschung, die sich, als sie realisierte, was sie das sah mit Erregung vermischte. Eine schlanke, blonde Frau wurde von einem etwa dreißigjährigen Mann fest gegen eine Leinwand gedrückt und von hinten gefickt. Beide waren so in ihr treiben vertieft, dass sie die Kundin nicht gleich bemerkten und sich ungestört ihrer Lust hingaben.

Die blonde Verkäuferin entwich ein Stöhnen, das sie selbst erschreckte, sie öffnete die Augen und sah kaum zwei Meter von ihr entfernt eine dunkelhaarige Frau stehen. Erschrocken fuhr sie auf doch der Mann, das sie von hinten festhielt und seinen Schwanz tief in ihr stecken hatte ließ nicht gleich von ihr ab, sondern stieß noch einige Male tief in sie hinein.

Ich bearbeitete die Muschi der zarten Verkäuferin mal mit tiefen, langsamen Stößen, mal mit heftigen schnellen und sie liebte beides, doch plötzlich fuhr sie mit einem Stöhnen auf und versuchte mich dann weg zu drücken. Weil ich den Grund dafür nicht bemerkt hatte, ließ ich nicht von ihr ab, sondern stieß noch einige Male zu, bis ich sie reden hörte. Nun sah ich auch, warum sie mich weg drückte. Neben uns stand eine junge Frau mit dunklem Teint und schwarzen Haaren, die uns erschrocken ansah. „Anna, bist du das?", fragte sie und die blonde Schönheit, in deren feuchten Scheide immer noch mein Schwanz steckte nickte kaum merklich. „Was machst du hier?", fragte nun die Kundin wieder. „Ich Arbeite hier..." und während sie sich von meinem Schwanz befreite, der mit einem lauten Geräusch aus ihrer Fotze spickte und nun steif und glänzend in der Luft stand, fügte sie hinzu „... oh Gott ist das peinlich. Marie, sag das bitte niemandem, Ok?" „Peinlich find ich das nicht", erwiderte die andere und fügte flüsternd hinzu „eher geil." Die Verkäuferin, die ich gerade noch gefickt hatte, war nun dabei ihre Kleider einzusammeln, während die anderen noch immer an derselben Stelle stehen blieb. Nun ging ich einen Schritt auf sie zu und kaum war ich nahe genug bei ihr streckte sie ihre zarte Hand nach meinem feucht glänzenden Schwanz aus und begann diesen zu streicheln.

Anna, wie die Blonde wohl hieß, bemerkte dies gar nicht bis Marie sie fragte, wo ihre Kollegin hin gegangen ist, immerhin sei sie nicht wieder hinauf gegangen. „Wahrscheinlich beobachtet sie alles und macht es sich selbst", fügte sie hinzu und ließ sich dann langsam auf ihre Knie nieder und meinte nur noch „selber schuld" bevor sie meinen Schwanz mit ihrer Lippe umschloß und mit ihrer Zunge bearbeitete.

Um nächsten Moment trat die andere Verkäuferin wirklich hinter einem Regal heraus, und so wie es die andere gesagt hatte, hatte sie sich beim Anblick ihrer Kollegin selbst befriedigt. Ihre Hose war aufgeknöpft und ein wenig nach unten geschoben durch ihr weißes Höschen, auf dem man einen feuchten Fleck erkennen konnte, zeichnete sich ihr geschwollener Venushügel ab. Sie stand nun links von mir und der eleganten, jungen Frau, die meinen Schwanz lutschte, und schaute uns zu. Vielleicht weil sie ertappt worden war, vielleicht wegen dem „selber Schuld", vielleicht aber auch nur weil sie sich nicht mehr zurückhalten konnte, hatte sie ihr Versteck verlassen und begann sich nun wortlos vor unseren Augen ihrer engen Jeans und dem nassen Höschen zu entledigen. Als nächstes setzte sie sich mit weit gespreizten Beinen gegenüber von mir auf einen Tisch und schob sich erneut zwei Finger in ihre Muschi.

Anna war mittlerweile dabei ihr Höschen aus der rosaroten Hose zu befreien, das Top hatte sie bereits wieder, wenn auch verkehrt und verdreht, angezogen. Erst als sie sich hastig ihr Höschen übergestreift hatte, schaute sie wieder zu mir. Das Marie während sie ihre Kleider suchte, begonnen hatte meine Schwanz zu lutschen hatte sie genauso wenig bemerkt, wie dass ihre Arbeitskollegin masturbierend auf dem Tisch saß. „Ihr seid ja verrückt…", sagte sie mit zitternder Stimme „was ist, wenn jetzt jemand kommt?" „Der Laden müsste doch schon zu sein!", erwiderte ich und wendete meinen Blick von der jungen Frau ab, die ihre, von Lippenstift dunkelroten Lippen über meinen Penis wandern ließ. „Oh shit", Anna nahm ihre Hose vom Boden auf und stürmte die Treppe hinauf.

Kaum war sie weg rutschte die andere Verkäuferin von ihrem Tisch herunter, kniete sich neben Marie und begann nun mit ihr gemeinsam meinen Schwanz zu verwöhnen.

Als Anna im oberen Stock ankam schien dieser leer zu sein. Sie atmete auf, denn jetzt wurde ihr auch bewusst, dass es wohl nicht sehr vorteilhaft gewesen wäre einer Kundschaft in ihrer Aufmachung zu begegnen. Zur Sicherheit streifte sie sich aber nun doch ihr kurzes Höschen über ging noch eine kurze Kontrollrunde durch das Geschäft, warf einen Blick auf den Parkplatz, ohne das zweite Auto, das vor dem Geschäft stand zu bemerken und sperrte dann zu. Mit dem Klicken des Schlosses wurde ihr die Situation, in der sie sich befand, wieder bewusst. Sie war gerade im Untergeschoss von einem Fremden gefickt worden, der jetzt mit Marie, der Freundin ihres Bruders und Linda, ihrer Arbeitskollegin alleine war. Ihr wurde auch bewusst, dass sie nun ungestört waren. Sofort war ihre Geilheit wieder da, jetzt könnten sie so lange und so laut Ficken wie sie wollten. In ihr schossen erst Bilder hervor, wie sie noch einmal gefickt werden würde, dann aber auch Bilder von den Beiden andern Frauen und wie sie sich gegenseitig verwöhnen würden. In dieser Erregung ging sie die Treppe hinunter, hätte sie noch einen Blick in die anderen Ecken des Geschäftes geworfen wäre ihr vielleicht aufgefallen, dass sie nicht ganz alleine waren, so aber ging sie so schnell wie möglich zurück zu den anderen.

Im Unteren Stock hatten die beiden meinen Schwanz lange mit ihren Mündern bearbeitet. Irgendwann stand Marie auf und zog sich langsam vor mir aus. Zuerst schob sie ihre lange, enge Jeans langsam hinunter und legte so die Sicht auf ein einfaches schwarzes Höschen frei. Dann knüpfte sie ihre Bluse auf und ihre festen, mittelgroßen Busen, in einem schwarzen BH kamen zum Vorschein. Den BH öffnete sie mit einem geschickten Handgriff und sogleich griff ich nach diesen saftigen Busen und begann ihn zu massieren. Während ich ihre steifen Nippel durch meine Finger gleiten ließ und schob sie nun auch ihr Höschen hinunter.

Nackt trat sie nun noch einen Schritt näher heran, stellte sich etwas breitbeinig hin und dirigierte dann, denn Kopf der schwarzhaarigen von meinem Schwanz weg zu ihrer Fotze. Die Verkäuferin begann nun also Maries feuchte, rasierte Muschi zu lecken. Ich griff nach dem wunderbaren hintern, den sie mir nun entgegen streckte, schob in etwas nach oben und schob dann meinen steifen Schwanz langsam, ganz langsam in die vor Geilheit triefende Fotze der jungen Verkäuferin. In dieser Position begann ich sie langsam zu ficken und mit jedem Stoß grub sich ihr Gesicht tief in die Muschi ihrer Kundin. Anna war plötzlich wieder da und entledigte sich genauso hastig ihrer Kleider, wie sie sie vorher angezogen hatte.

Als Marie die zarte, hellhäutige, nackte Frau vor Geilheit bebend vor sich sah, wich sie von der Zunge der anderen Frau zurück nahm Anna, führte sie zum Tisch, und begann als diese saß, ihre Muschi zu lecken. Anna zitterte bei der ersten Berührung und kam noch wenigen Sekunden zum ersten Orgasmus. Marie hörte nicht auf sie zu lecken, doch irgendwie schaffte Anna es Luft zu holen und „Linda komm doch neben mich!" zu stöhnen. Linda musste also die junge Frau mit dem schönen Hintern heißen die sich laut stöhnend meinem Schwanz hingab.

Ich dirigiert Linda also zum Tisch stellte sie wieder so hin, dass ich während ich sie fickte einen guten Blick auf ihren geile Arsch hatte und versenkte dann meinen Schwanz wieder tief in ihrer Muschi.

Im oberen Stock waren kurz vor Anna nach oben gegangen war zwei Frauen, eine Mitte vierzig, die andere Mitte zwanzig durch die Eingangstür getreten. Sie waren irgendwo im hinteren Teil des Ladens als Anna zusperrte und erst, als sie wieder gehen wollten, stellten sie fest, dass die Türe versperrt war. Sie suchten den ganzen Laden nach den Angestellten ab. „Hier steht ‚Mehr Auswahl im Keller'„, rief die Jüngere der älteren zu als sie den Kellerabgang entdeckte „vielleicht ist dort jemand."

Sie gingen hinunter, sahen aber auch niemand, doch sie hörten das hemmungslose Stöhnen der beiden Verkäuferinnen, die im hinteren Teil des Kellers verwöhnt wurden. Die älter der beiden Frauen, die nun mitten auf der Kellertreppe standen, ahnte bei den Geräuschen, die sie hörte, was los war und bat ihre Freundin wieder nach oben zu gehen und dort zu warten, während sie schauen ging, wo die Verkäuferin wäre. Um vor ihrer Freundin zu verheimlichen, wie erregt sie die Geräusche bereits machten und wie geil sie der Gedanke machte, vielleicht gleich anderen Leuten beim Sex zusehen zu können, fügte sie hinzu, dass vielleicht etwas passiert sein könnte. Auch die jüngere Frau hatte die Geräusche erkannt, weil es aber vor ihrer Freundin unangenehm war tat sie, was diese vorschlug.

Ich pflügte immer noch Lindas Fotze doch Anna und Marie hatten mittlerweile gewechselt, Anna kniete nun vor Marie und leckte gierig deren glattrasierte Muschi. Plötzlich stand eine etwas vierzigjährige, dunkelhaarige Frau mit einer tätowierten Rose auf dem Oberarm und einem leichten, grünen Sommerkleid vor uns. Scheinbar wüten fuhr sie uns an „wer arbeitet hier?" „Ich", stöhnte Linda, doch mehr als dieses Wort brachte sie zwischen den Lustschreien nicht hervor. Marie deutete auf die blonde Anna und drückte diese dabei noch tiefer in ihren Schoss. „Wie kommen sie dazu ihre Kunden einzusperren und sich hier unten zu vergnügen? Sperren sie sofort die Türe auf!" „Anna kann jetzt nicht" gab Marie zur Antwort und hielt diese mit einem festen Handgriff davon ab von ihrer Scheide abzulassen.

„Linda auch nicht", fügte ich hinzu und stieß dabei tief in ihre Fotze. Die Frau antwortete nicht gleich, sondern schaute dem Treiben einige Augenblicke gespannt zu, dann sagte sie „und wo sind die Schlüssel?" Ich deutete auf die beiden kurzen Höschen der Verkäuferinnen. Die enge Jeans und das rosarote Höschen lagen nun nebeneinander unter dem Tisch, auf dem ihre Besitzerinnen gefickt wurden. Die Frau verdrehte die Augen, doch das Lächeln, das über ihr Gesicht huschte verriet, dass ihr die Vorstellung gefiel, zwischen den fickenden jungen Leuten die engen Höschen der beiden herauszufischen. Sie kam zum Tisch und bückte sich zwischen uns vieren durch. Mit einer Hand hielt sie sich am

Tisch und mit der anderen Streckte sie sich nach Lindas Jeans. In diesem Augenblick zog ich meinen Schwanz auf Lindas Fotze, stellte mich hinter die ältere Frau und hielt ihren Hintern mit beiden Händen fest. Marie zog das grüne Sommerkleid nach oben, so dass das weiße Höschen im dem der schöne Hintern der Frau steckte zum Vorschein kam. Die Frau protestierte, wollte sich aufrichten, doch Lise hielt sie mit einer Hand in dieser Position und fuhr mit der anderen unter ihr Höschen und in ihre Fotze hinein. „So nass wie die ist möchte sie sicher gefickt werden", sagte sie dann und schob das Höschen der Frau zur Seite, damit ich meinen Schwanz, der von Lindas Saft glänzte in ihrer Muschi versenken konnte.

„Das geht nicht, warte oben auf mich!", stöhnte die Frau, ich ignorierte ihre Bitte und hörte nicht auf ihre gierige Fotze zu bearbeiten. Sie versuchte es noch einmal, doch diesmal flüsterte sie fast, dann verstummte sie einige Augenblicke. Und dann begann sie ganz leise im Rhythmus meiner tiefen Stöße zu stöhnen. Mit jedem Stoß wurde ihr Stöhnen lauter.

Linda hatte sich nun zu den anderen gesellt. Anna lag jetzt neben mir am Boden, über ihrem Gesicht war Lindas nasse Muschi, die sie gierig leckte, währen Marie ihre Muschi mit Zunge und Finger befriedigte.

Die Frau, die als letztes dazu gestoßen war schrie nun regelrecht vor Geilheit, jeder Stoß entlockte ihr einen Schrei. Sie feuerte mich an schneller zu machen und zu kommen, schrie es hinaus in den hallenden Keller.

Die Freundin, die im oberen Stock geduldig auf ihre beste Freundin wartete, hörte plötzlich Schrei, vernahm die Stimme der Freundin und vergaß sofort, dass sie sich gedacht hatte die Geräusche aus dem Keller wären Sexgeräusche gewesen.

Voller Sorge eilte sie hinunter und stand plötzlich in einer Orgie, in deren Mitte ihre Freundin von einem fremden Schwanz gefickt wurde.

Die Frau im grünen Sommerkleid kam laut aufstöhnend zu einem heftigen Orgasmus und genau in diesem Moment spritzte ich meine ganze Ladung in ihre Muschi. Im selben Moment stand plötzlich eine weitere junge Frau neben uns. Ich zog meinen Schwanz aus der Muschi heraus, in die ich gerade eine große Ladung Sperma gespritzt hatte und wollte ihn abputzen, doch schon schlang sich Annas Mund um ihn. Die anderen beiden halfen der völlig fertigen Frau, sich auf den Tisch zu setzten. Dann zogen sie ihr, von meinem Sperma triefendes Höschen hinunter und begannen abwechslungsweise ihre Fotze sauber zu lecken. Die Frau, die gerade hinzu kam, schien niemand wahrzunehmen.

„Was machst du da?", fragte sie plötzlich. Ihre Freundin antwortete nicht, sondern drückte Lindas Kopf in ihre Muschi. „Das siehst du doch", sagte dann Marie.

Im nächsten Moment hatte Anna meinen Schwanz wieder hart gelutscht und setzte sich nun neben der älteren Frau auf den Tisch. Sofort ging ich zu ihr und begann sie zu ficken. Nach einer Weile zog ich Marie auf die andere Seite von uns. Ich zog nun meine Schwanz aus Annas Muschi flüsterte ihr zu, dass sie schon noch dran kommen werde und schob ihn dann in Maries Scheide. Linda nahm von selbst neben Marie Platz und so war sie die nächste, in die ich meinen Schwanz schob. Dann ging ich zurück zu der älteren Frau und fickte auch die noch einmal. Als Nächstes war wieder Anna dran. Ich nahm sie lange, länger als die anderen und härter und sie stöhnte, laut auf als sie heftig kam, und dann erschöpft auf den Tisch sank. Statt in der Reihe weiterzumachen, drehte ich mich um und zog die junge Frau, die immer bewegungslos hinter mir stand, mit sanftem Druck zwischen mich und die auf dem Tisch liegende Anna. Ohne widerstand ließ sie mich ihren weinroten Rock nach oben und ihr weißes Höschen nach unten schieben. Genauso widerstandslos konnte ich meinen harten Schwanz in ihre nass Fotze schiebe und sie zu einem heftigen Orgasmus ficken. Im selben Moment wie sie kam auch ich erneut und spritzte meinen Samen nun in die Scheide der Freundin.

Ich hatte meine Schwanz kam aus der Fotze der jungen Frau gezogen, da spürte ich wie die Zuge ihrer Freundin das Sperma und den Fotzensaft abzulecken begann. Wie zuvor leckten Marie und Linda das Sperma auf, das als kleiner weißer Bach aus der Muschi der jungen Frau rann.

Die Situation hat alles so geil gemacht, das es noch eine Weile so weiter ging. Wie oft ich diese Frauen an diesem Tag noch gefickt oder ihre Fotzen geleckte habe, wie oft sie meinen Schwanz gelutscht und wie oft sie sich gegenseitig geleckt haben, all das weiß ich nicht mehr, ich weiß nur noch das es ziemlich spät in der Nacht war, als wir den Laden verließen. Ich weiß auch noch, dass wir alle ziemlich fertig waren.

Nacktmalerei führt zu heißem Sex

Ich kam einfach nicht voran mit meinen Körperstudien zur Aktmalerei. Speziell die detailgetreue Darstellung der männlichen Anatomie bereitete mir erhebliche Probleme. Kurz entschlossen schaltete ich eine Onlineanzeige:

-Suche für seriöse Studienzwecke männliches Aktmodell. Alter sollte zwischen 20-25 Jahren liegen. Bezahlung vor Ort: 10€ pro Stunde.-

Meine Anzeige stieß gerade bei vielen Studenten auf unerwartet, reges Interesse. Und so vereinbarte ich noch am gleichen Tag mehrere Termine. Die ersten Studien brachten jedoch leider nicht den von mir erhofften Erfolg. Entweder entsprach der Körperbau des Studenten nicht meinen Vorstellungen, da er unzureichend definiert war, oder die jungen Männer wirkten angespannt und völlig unnatürlich in ihrer Pose.

Heute jedoch schien ich Glück zu haben. Daniel, ein 25-jähriger, gut gebauter Student für Sportmedizin lümmelte entspannt auf dem weißen Laken meiner kleinen Atelierbühne. Ich hatte ihn für drei Stunden gebucht, was ihn zunächst verwunderte. Ich wollte jedoch ausreichend Zeit haben, um einzelne Körperstrukturen in mehreren Entwürfen zu Papier und im besten Falle auch auf Leinwand zu bringen.

Ich knipste den Scheinwerfer an und forderte ihn auf, sich breitbeinig auf den Hocker zu setzen, damit ich die anatomischen Übergänge von den Oberschenkeln, über die Leisten bis hin zum Unterkörper skizzieren könne.

Ein wenig verunsichert setzte sich Daniel auf den Hocker und öffnete zögernd seine durchtrainierten Beine. Seine plötzliche Nervosität zerstörte die Natürlichkeit meiner geforderten Pose. Etwas enttäuscht griff ich zur Flasche mit dem Körperöl, um die Konturen seiner Beine deutlicher sichtbar zu machen. Routiniert massierte ich das Öl in seine Waden und Oberschenkel ein, sodass sich seine Muskeln deutlicher abzeichneten und im hellen Licht glänzten. Ein Anblick dessen Wirkung ich eindeutig unterschätzt hatte. Das diffuse Kribbeln in meinem Bauch beeinträchtigte meine Konzentration:

„Entspann dich, atme flach und beweg dich bitte nicht!" Mir war nicht entgangen das Daniels rasierter Penis etwas an Größe zugenommen hatte und halbsteif aus seiner Körpermitte emporragte. Lächelnd ging ich mit provozierend, wackelndem Hinterteil zurück zu meinem Skizzenblock und begann meine ersten Entwürfe.

Schon bei den ersten Strichen merkte ich das es passte. Der Junge wirkte entspannter. Die Konturen kamen gut zum Vorschein. Sein großer harter Penis allerdings auch. Prachtvoll ragte er nun steif empor und schien neugierig nach dem Rechten schauen zu wollen. Ein beeindruckendes erotisches Motiv, welches ich in seiner Blüte und Schönheit unbedingt festhalten musste. Konzentriert knabberte ich am Bleistift und leckte mehrmals unbewusst über meine Lippen, während ich seine erregte Männlichkeit zeichnete.

Ich war zufrieden. Die skizzenhafte Zeichnung seines Schwanzes war mir gut gelungen. Fehlte nur noch die detailgetreue Darstellung seines Hodensacks, der zwischen seinen kräftigen Oberschenkeln nur unzureichend erkennbar war. Trotz aller Professionalität spürte ich, dass mich die Situation nicht kalt ließ und zunehmend erregte:

„Daniel, die Beine bitte noch etwas weiter auseinander... und auf dem Hocker ein Stück nach vorne rutschen", forderte ich ihn auf und deutete auf meinem Stuhl an, was ich meinte. Als mein oberschenkellanger Rock sich dabei etwas hochschob, fiel mir ein, dass ich wie so oft auf Unterwäsche verzichtet hatte, um mich beim Zeichnen freier zu fühlen. Zu spät. Wie hypnotisiert starrte Daniel mit offenem Mund zwischen meine Beine.

Schönen Dank Herr Hundertwasser, dachte ich. In meinem Studium faszinierte mich dieser leicht verrückte Künstler moderner Malerei, dessen Angewohnheit es war, meist unbekleidet zu malen. Dieses Freiheitsgefühl beim Zeichnen probierte ich damals für mich aus und fand schnell Gefallen daran. Ich zeichnete nicht komplett nackt, verzichtete jedoch auf die einengende Unterwäsche. Ich fühlte mich freier, was meiner Kreativität zu Gute kam.

Daniels Blick ruhte wie gebannt zwischen meinen gespreizten Oberschenkeln. Ich ließ mir nichts anmerken, behielt meine breitbeinige Sitzposition bei und tat so, als wäre ich voll und ganz in meine Arbeit vertieft. Über meinem Skizzenblock musterte ich immer wieder die beeindruckende Erektion des Jungen, der innerlich mit sich zu kämpfen schien. Längst hatte seine feste, pralle Eichel den schützenden Mantel abgelegt und präsentierte sich in glänzendem Kirschrot.

Die Konzentration auf meine Arbeit wurde im wahrsten Sinne des Wortes auf eine harte Probe gestellt. Deutlich spürte ich die warme Feuchtigkeit meiner Lust, die sich bereits zwischen meinen Beinen sammelte. Ich musste mich ablenken:

„Stell dich nun bitte gerade hin und schließe die Augen! Konzentrier dich auf eine ruhige Haltung, damit ich deine

Beine im Nahprofil zeichnen kann." Inständig hoffte ich sein Penis würde diese eindrucksvolle Standfestigkeit behalten. Solch einen gut definierten Schwanz hatte ich in diesem Zustand bislang nicht zu Gesicht bekommen. Erneut leckte ich mir verträumt über die Lippen und setzte mich direkt vor mein stehendes Modell; sein Schwanz nun direkt auf Augenhöhe. Der leicht würzige, aber angenehme Duft seiner Erregung benebelte mich etwas. Ja, ich war geil und spürte, dass ich allmählich die Kontrolle über die Situation verlor.

Brav hatte Daniel die Augen geschlossen, sodass ich in aller Ruhe seinen wundervollen Schwanz betrachten konnte. Kerzengerade und leicht wippend zeigte er wie ein Richtungspfeil schräg zur Atelierdecke. Faszinierend! Beeindruckt betrachtete ich mit offenem Mund dieses vielversprechende Kunstwerk männlicher Potenz, als es plötzlich passierte.

Daniel geriet etwas ins Schwanken, wobei seine pralle Eichel meinen Mund berührte und sich ein kleines Stück zwischen meine leicht geöffneten Lippen schob. Aus einem mir bis heute unbegreiflichen Reflex schlossen sich meine Lippen wie von selbst um den harten Schaft seines Schwanzes. Überrascht stöhnte Daniel auf.

Kurz hielt ich inne. Was tat ich hier eigentlich? Ein Zurück gab es nun nicht mehr. Eine plausible Erklärung? Undenkbar! Bereitwillig ließ ich meinen Zeichenblock zu Boden und seinen Kolben in meinen Mund gleiten. Unnachgiebig umklammerten meine Lippen seinen pulsierenden Riemen, der sich wie von selbst bis zur Hälfte in meinen Mund schob.

Der einzigartige Geschmack steigerte meine Gier. Haltsuchend tastete ich nach seinem muskulösen Hintern und krallte meine Hände in seinen durchtrainierten Knackpo. Voller Hingabe begann ich seinen steinharten Schwanz zu blasen.

Kurz schaute ich zu ihm auf, um mich zu vergewissern. Sein liebevoller Blick, sein langsamer Augenaufschlag signalisierten mir Einvernehmlichkeit. Fordernd schob er sein Becken vor, während ich leckend und saugend meine blasende Arbeit fortsetzte.

Unkontrolliert begann Daniel seinen ölglänzenden Unterleib vor und zurück zu bewegen. Behutsam hielten seine Hände meinen Kopf fest, während sein prachtvoller Schwanz in meinen Mund fickte. Sein Stöhnen vermischte sich mit meinen schmatzenden Blasgeräuschen. Ich genoss es ihn zu kontrollieren und seine wunderbare Härte in meinem Mund zu spüren. Meine Finger tasteten nach seinen schaukelnden Hoden und streichelten gefühlvoll die beiden Samenkugeln die sich prall im Hodensack abzeichneten. Ein fantastisches Bild, dass ich beim nächsten Termin unbedingt zeichnen musste.

Ich zerfloss geradezu, wollte nun mehr, wollte ihn ganz und spürte, dass auch Daniel bereit dafür war. Ein letztes Mal leckte ich über den Schaft seines steil aufgerichteten Schwanzes und küsste seine pulsierende Eichel.

Mit langsamen, aufreizenden Bewegungen wendete ich mich von ihm ab und kniete nun so auf dem Boden, dass er meinen prallen Hintern vor seiner Rute hatte. Eng spannte sich der halblange Rock über meinen Arsch. Ich war mir sicher, dass er wusste, was nun zu tun sei. Zumindest würde meine fehlende Unterwäsche seine nächsten Schritte enorm vereinfachen.

Mit fester Hand streichelte Daniel gierig über meine runden Backen, bevor er meinen Rock hochschob. Hingebungsvoll massierten seine kräftigen Hände meine prallrunden Arschbacken, die sich nach immer mehr sehnten.

Quälend langsam ließ er seine Eichel an meinen nassen Schamlippen entlanggleiten um ausreichend Fruchtigkeit aufzunehmen. Ich stöhnte auf und wackelte ungeduldig mit meinem Arsch:

„Jetzt fick mich schon Daniel! Ich möchte das du mich jetzt fickst!"

Endlich! Erleichtert spürte ich wie er seine Eichel an den Eingang meiner tropfnassen Möse positionierte und seinen harten Schwanz Stück für Stück in meine fickhungrige Spalte schob. Stöhnend stieß ich ihm mein Becken entgegen, sodass sein Kolben vollständig in meine Fotze glitt. Geräuschvoll klatschte mein erhitzter Arsch gegen Daniels Unterleib. Stöhnend genoss ich seinen Kolben der dem engen Griff meiner nassen Fotze ausgesetzt war. Ich beugte mich tiefer, um ihn noch intensiver in mir spüren zu können.

Ich spürte seine Hände, die über meinen Rücken wanderten und mich schließlich fest an den Hüften packten. Mit langsamen Bewegungen begann er mich zu stoßen. Er fickte mich triebhaft und leidenschaftlich. Ich ließ mich treiben. Langsam erreichte er das richtige Tempo. Meine Arschbacken kamen ihm bei jedem seiner Stöße entgegen. Er ergriff sie und übernahm die Kontrolle. Gefangen in seiner Lust, hämmerte er immer schneller seinen Schwanz von hinten in meine Fotze. Ich presste mein Gesicht auf den Boden und stieß kurze spitze Schreie aus:

„Aua, ja!" Seine Hand klatschte auf meinen Arsch. Ich spürte die Gier seiner Stöße und genoss es, wie sein Schwanz sich in mir austobte. Mit einem letzten tiefen Stoß verharrte er schließlich in mir und stöhnte auf. Ich spürte wie sich seine Hoden zusammenzogen und seine Sahne druckvoll mein Innerstes flutete. Spritzend entleerte er sich in meinen Unterleib und ließ sich kraftlos nach vorne fallen. Stöhnend begrub er mich unter seinem zuckenden Körper.

Mehrere Minuten verharrte ich noch unter ihm liegend, bevor ich schließlich mit zitternden Beinen aufstand und notdürftig meinen Rock richtete. Dickflüssig tropfte sein Sperma aus meiner Möse. Mit einem zufriedenen Lächeln griff ich meinen Block, setzte mich auf den Hocker und begann nun den erschöpften, aber befriedigten Daniel zu zeichnen.

Femme Fatale

* Alle Personen in der Geschichte sind volljährig

Im Winter bekamen wir eine neue Lehrerin. Es war schwer zu glauben, dass Frau Vollmer Physik und Chemie unterrichtete. Wer sie zum ersten Mal sah, dachte eher, sie würde als Modell arbeiten. Sie hatte lange dunkle Haare, mit einem leichten Lila. Ihr Gesicht hatte etwas dominantes und zugleich zartes.

Sie war immer perfekt geschminkt. Man wusste immer, wann sie den Gang entlang ging. Das Klappern ihrer High Heels wurde schnell zu ihrem Markenzeichen. Automatisch blickten sich die Menschen zu ihr um. Dabei spielte es keine Rolle, ob es sich dabei um Frauen oder Männer handelte. Auf alle wirkte sie äußerst anziehend. Und sie war sich ihrer Wirkung auf Menschen durchaus bewusst. Frau Vollmer hatte unheimlich lange Beine, die in den Röcken, die sie stets anhatte, vorteilhaft zur Geltung kamen. Mir gefiel es immer sehr, dass sie dazu auch immer die passenden Nylons trug, nämlich die, die hinten eine Naht hatten.

Nach einigen Wochen bemerkte ich, dass ein Lehrer besonders scharf auf Frau Vollmer war. Er suchte regelmäßig ihre Nähe. Nicht selten zog er sie mit den Augen aus. Nur ein Blinder hätte das nicht bemerkt. Herr Werner war verheiratet. Zumindest hatte er einen Ehering am Finger. Darum überraschten mich seine Annäherungsversuche besonders. Aber andererseits. Bei Frau Vollmer wurden alle schwach.

Wir hatten bei Frau Vollmer die letzte Stunde am Nachmittag Unterricht. Als es zum Ende der Stunde klingelte, verließen meine Mitschülerinnen und ich das Klassenzimmer. Auf dem Flur kam uns Herr Werner entgegen. Er grüßte uns freundlich und betrat unser Klassenzimmer. Ich hatte so ein Gefühl, dass es sich bestimmt lohnen würde, heimlich zurückzugehen und in den Raum zu blicken. Wer wusste schon, was die Zwei dort machen würden. Also blieb ich unter einem Vorwand zurück und die anderen Mädchen gingen ihres Weges.

Ganz leise schlich ich zurück. Die Türe war einen Spalt geöffnet. Vorsichtig spähte ich durch den Schlitz. Frau Vollmer saß auf dem Pult und hatte die Beine übereinander geschlagen. Ihr Busen quoll beinahe aus ihrer Bluse. Herr Werner stand vor ihr. Er wirkte aufgeregt. „Herr Werner, was kann ich denn für sie tun?", wollte sie wissen. „Ich brauche ihre Meinung zu verschieden Punkten." Er reichte ihr mehrere Klassenarbeiten. Sie blickte beiläufig darauf. Dabei wechselte sie die Position ihrer Beine. Es war überdeutlich zu sehen, dass der Lehrer versuchte ihr zwischen die Beine zu schauen.

„Sind sie sicher, dass sie sich nicht mehr dafür interessieren?", fragte sie kokett. Dabei öffnete sie leicht die Schenkel und zog ihren Rock leicht nach oben. Ich konnte den Rand ihrer schwarzen Strapsstrümpfe erkennen. Sie hingen an einem dazugehörigen Strapsgürtel. Herr Werners Kopf wurde knallrot. „Äh, Äh... Ich, Äh", stammelte er. „Oder wollen sie lieber die Beiden kennenlernen?" Mit diesen Worten knöpfte sie ihr Hemd auf und zeigte ihm ihre prallen Titten. Die Frau legte es wirklich darauf an.

„Ihre Brüste, äh... Sehen sehr schön aus", sagte er fast schon schüchtern. „Sie dürfen meine Titten auch gerne anfassen", lockte sie ihn. Er ging auf sie zu. Langsam, beinahe schüchtern berührte er sie. Erst die eine, dann die andere. Er neigte seinen Kopf nach vorne und begann ihre Brustwarzen zu küssen. „Das mag ich", stöhnte die Lehrerin. „Davon wird meine Muschi ganz nass." Sie nahm eine seiner Hände und presste sie zwischen ihre Beine. Er drückte ihr mehrere Finger in die Möse und zog sie schmatzend wieder raus.

„Nicht aufhören! Besorgen sie es meiner kleinen, engen Möse. Ich werde mich auch bestimmt bei ihnen revanchieren." Der Lehrer legte seinen Kopf zwischen ihre Schenkel und begann Frau Vollmer zu fingern und zu lecken. Ihre Möse musste klitschnass sein. Selbst in meinem Versteck konnte ich das glitschige Geräusch hören, dass seine Finger beim rein und raus gleiten erzeugten. Gleichzeitig züngelte er mit seiner Zunge über ihren Kitzler. „aaah. Das ist geil. Sie sind ein wahrer Könner", keuchte sie. Dabei drückte sie den Rücken durch und hob ihr Becken weiter an.

Wie gefesselt starrte ich zu dem Paar. Erst ein lauteres Geräusch schreckte mich aus meiner Trance. Es dauerte einen Moment, bis mir klar wurde, dass ich das Geräusch selbst verursacht hatte. Unbewusst hatte ich meine Hand unter meine Strumpfhose geschoben und massierte mir selbst den Kitzler. Ich hatte mich selbst Stöhnen hören. Vorsichtig blickte ich wieder durch den Schlitz. Die beiden Lehrer hatten mich zum Glück nicht gehört. Sie gaben sich weiterhin ihrer Lust hin. Wieder ließ ich meine Hand nach unten gleiten. Aber ich hatte mir vorgenommen leiser zu sein.

Frau Vollmer wurde indes selbst Lauter. „Lecken sie weiter. Mir kommt es gleich." Sie griff ihm in die Haare und zog ihn zu sich ran. „Ja. Ja. Ja. Jaaaaaaaaaaa", schrie sie. Ihr ganzer Körper schien zu beben. Herr Werner leckte sie ohne Unterlass weiter, bis ihr Orgasmus vorbei war.

„Danke", sagte sie, „jetzt sind sie an der Reihe." Sie schob ihn etwas nach hinten und stand dann vom Pult auf. Sie zog die Bluse aus und ließ den Rock zu Boden gleiten. Es wunderte mich überhaupt nicht, dass sie keinen Slip trug. Das passte irgendwie zu ihr. Sie Schritt hinter Herrn Werner, umarmte ihn, streichelte ihm über die Brust. Dabei presste sie ihm die Brüste in den Rücken. Ihre Hände wanderten weiter nach unten. Zielstrebig fand sie die Beule in seiner Hose. Sie legte eine Hand darauf und massierte die Stelle.

Dann öffnete sie ihm den Reißverschluss und holte seinen Schwanz heraus. Ich war schon die ganze Zeit gespannt, wie sein Teil wohl aussehen würde. Frau Vollmer hatte im Nu seinen langen und geraden Penis in der Hand. Sie fing an ihm die Stange zu wichsen. Ich konnte von meiner Stelle alles genau beobachten. Sie zog seine Vorhaut ganz nach hinten. Dabei leuchtete seine Eichel im zarten Rosa. Seine Penisspitze sah prall aus. Nach einigen Malen glänzte sie bereits feucht. „Jetzt wollen wir doch mal sehen, wie ihr Schwanz schmeckt!", sagte Frau Vollmer ohne Scheu. Sie ging um ihn herum und ging vor seinem Penis auf die Knie.

Zuerst leckte sie mit ihrer Zungenspitze über seine Eichel. Sie umkreiste mit schnellen Bewegungen den Rand. Jetzt war es Herr Werner der Stöhnte. Ein Glückstropfen schimmerte auf seiner Spitze. Eine Sekunde später hatte sie ihn abgeleckt. „Ihr Saft schmeckt ja hervorragend", stellte sie lächelnd fest. „Danke", kam es kurz zurück. Im nächsten Augenblick hatte sie sein Teil bereits im Mund. Sichtlich erregt lutschte und wichste sie seinen Schwanz. Sie zog wieder seine Vorhaut ganz zurück und verwöhnte nur seine Eichel. „Das machen sie ganz ausgezeichnet", bemerkte der Lehrer. Dann behielt sie seine Eichel im Mund und rubbelte heftig seinen Schaft. Ich war mittlerweile selbst komplett geil. Am liebsten hätte ich mitgemacht. Aber irgendwie traute ich mich in dem Moment nicht. Vielleicht schämte ich mich dafür sie bisher beobachtet zu haben. Vielleicht hätte ich mich auch zurückziehen sollen und den bedien ihre Privatsphäre lassen sollen. Aber dafür war es mittlerweile zu spät. Ich wollte alles sehen. Und dabei auch kommen!

„Ich will jetzt vögeln", sagte Frau Vollmer und stand auf. Sie beugte sich mit dem Oberkörper über ihren Schreibtisch und hielt ihm ihre Kehrseite hin. „Los, stecken Sie mir schnell ihren Schwanz in die Fotze." Herr Werner hielt seinen Penis in der Hand und zielte zwischen ihre Pobacken. „Oh", stöhnten beide fast zeitgleich. Er drückte seinen Schwanz tiefer in ihr Loch. Dann ergriff er ihre Hüfte und hielt sie so eine Weile fest. „Sie sind so herrlich eng und nass. Genau so habe ich Sie mir immer vorgestellt", stellte er fast atemlos fest.

Er fing langsam an sich zu bewegen. „Davon träume ich schon seit Langem", sagte er. „Ich weiß. Das habe ich ihnen vom ersten Moment an angesehen", antworte sie keuchend. Die Worte stachelten ihn offensichtlich an. Sein Teil glitt nun schneller rein und raus. Ich konnte hören, wie ihre Leiber gegen einander prallten und das Ganze von einem lauten Stöhnen begleitet wurde. Er nahm sie schwungvoll von hinten. Ihre Hände krallten sich dabei um den Rand des Tisches, um nicht das Gleichgewicht zu verlieren. Der Lehrer vögelte sie mit aller Kraft. „Mir kommt es schon wieder!", schrie Frau Vollmer. Und schon nach wenigen Stößen schrie sie ihren Höhepunkt ein weiteres Mal laut hinaus. Erschöpft sank sie auf dem Pult nieder.

Mein Höhepunkt stand auch kurz davor. Doch ich wollte noch den Abspritzer des Lehrers abwarten. Darum stoppte ich immer kurz davor und massierte meinen Lustknopf langsam weiter.

Herr Werner zog seinen Schwanz aus ihrem Loch. Gespannt wartete ich darauf, wie es nun weiter ging. Er holte einen Stuhl dazu und stellte ihr rechtes Bein darauf. Noch verstand ich das nicht wirklich. Doch eine Sekunde später war klar, was er vorhatte.

Er steckte seinen harten Schwanz in ihren Strumpf. Wie noch eine Minute zuvor, fickte er sie nun so. Dabei drückte er seine Hand gegen seinen Penis und rieb ihn an ihrem Schenkel. Es dauerte nicht lange, bis ich seinen Samenerguss sehen konnte. Sein weißes Sperma quoll aus seinem Schwanz und bildete zunächst eine kleine Pfütze unter dem Nylon. Immer mehr Sperma kam dazu. Der Stoff konnte seinen Samen nicht lange halten und so tropfte er langsam hinunter.

Auf die Art hatte ich bisher keinen Mann kommen sehen. Beinahe im selben Moment zuckte es in meiner Muschi. Ich hatte Mühe leise zu sein. Mein Kommen war heftig. Ich drückte mir eine Hand fest gegen den Unterleib und genoss den Höhepunkt, während ich mir mit der anderen den Mund zu hielt. Erleichtert stelle ich fest, dass ich immer noch unbemerkt geblieben war.

Ich sah, wie Frau Vollmer über die vollgespritzte Stelle streichelte und sich danach die Finger in den Mund steckte. „Ihr Sperma ist genau nach meinem Geschmack", sagte sie, während sie ihre Sachen wieder anzog. Herr Werner verstaute indes seinen Penis wieder in seiner Hose. „Können wir das Morgen wiederholen", wollte er wissen. „Schauen wir mal", sagte sie. „Bestellen sie aber ihrer Frau schöne Grüße von mir."

Das war das Letzte, was ich hörte, bevor ich den Rückzug antrat.

Am Badesee

Es dauerte gut eine Woche bis sich dann Christopher bei mir meldete und mich einlud mit ihm, Tom und ein paar Leuten gemeinsam zum See zum Schwimmen zu fahren. Da es schönes Wetter war und ich nichts anderes vorhatte an dem Tag habe ich eingewilligt. Die beiden holten mich dann zu Hause mit einem Jeep ab, was ich natürlich toll fand.

Ich hatte meinen neuen, knappen Bikini, der seitlich gebunden wurde, schon angezogen, schließlich wollte ich ja ein positives Feedback bekommen von den Jungs und nicht gleich wieder unten durch sein, jetzt wo sich die älteren Jungs mit Autos auch für mich interessierten. Zudem hatte ich nur ein bauchfreies weites gelbes Shirt und einen kurzen Jeansrock an, da es sehr warm war.

Als ich vorne eingestiegen war, meinte Tom, der neben mir am Lenkrad saß, ob ich meinen Bikini schon anhätte, was ich bejahte, worauf er meinte, dass ich doch mein Shirt ausziehen könnte, dann könnte ich mich ja schon sonnen. Ich fand die Idee gar nicht schlecht, so dass ich mir auch mein Shirt direkt ausgezogen und eingepackt hatte. Darauf meinte Tom, dass ich wirklich geil aussehen würde, was mich doch etwas erröten ließ, aber auch stolz machte...

Auf dem Weg dorthin ließ Tom ab und an seine Hand über meinen rechten Oberschenkel gleiten, was mir gefiel und mich erregte und ich es deshalb zuließ. Als wir schon in der Nähe des Sees waren und wirklich langsam fahren mussten, wurde auch Christopher von hinten aktiv, indem er seitlich am Sitz vorbei zuerst an meinem Bauch griff, mich dort streichelte und dann gelegentlich bei einzelnen Hubbeln meine Brust streifte. So naiv wie ich war, hatte ich da noch geglaubt, dass es Zufall war...

Als wir dann an dem kleinen Parkplatz ankamen, den die Jungs immer nutzten, wenn sie an den verbotenen Platz schwimmen gingen und ich aussteigen wollte, griff Christopher beherzt von Hinten an meine Brüste und begann diese kräftig zu kneten. Tom drehte sich zu mir rüber und begann mich zu küssen, während er eine Hand zwischen meine Schenkel schob. Irgendwie war ich überrascht, wollte mich wehren, aber mir gefiel es wie die beiden mich berührten, mich begehrten, so dass es auch nicht lange dauerte, bis ich lustvoll zu Stöhnen begann. Mein Bikini-Oberteil war bereits geöffnet und Tom hatte seine Finger bereits in meiner Möse und fingerte mich...

Dann war Christopher ausgestiegen und zog mich langsam vom Sitz aus dem Wagen, begann mich zu küssen und massierte nun meine Brüste von vorne. Kurz darauf stand ich zwischen den beiden und wurde am Auto gedreht, so dass ich nun bäuchlings gegen das Auto gedrückt wurde. Kurz darauf spürte ich wieder Finger an meiner Möse, dann wurde mein Bikini-Höschen beiseite geschoben und ich spürte einen Schwanz, der auch direkt den Weg in meine nasse Möse fand, um dann auch schon von Tom gefickt zu werden. Ich war inzwischen natürlich auch richtig scharf geworden und stöhnte unter seinen Stößen, bis er kurz darauf auch schon kam und sich in mir entlud. Dann wechselten die beiden aber auch schon und Christopher fickte mich weiter so dass ich kurz darauf meinen Orgasmus hatte, während der von Christopher auch nicht lange auf sich warten ließ. Irgendwie fühlte ich mich zwar überrumpelt, aber vor allem fand ich es toll, dass die Jungs mich wollten, mich begehrten, einfach auf mich standen, dachte ich...

Nachdem wir uns kurz wieder zu Recht gemacht hatten gingen wir an den See und legten unsere Sachen hin, um dann direkt ins Wasser zu gehen, um uns abzukühlen. Natürlich alberten wir wieder herum, wobei die Jungs auch an den Bändern meines Bikinis gezogen hatten, so dass ich schließlich ganz nackt im Wasser war. Aber das störte mich in dem Augenblick nicht, da die beiden mich ja sowieso schon irgendwie nackt gesehen und vor allem ja bereits gevögelt hatten.

Als ich wieder rausgehen wollte und dann auch meinen Bikini zurück haben wollte meinte sie, dass der doch nur stören würde und ich ihn ja nicht brauchen würde, da wir ja allein wären und sie ja sowieso schon alles gesehen hätten. Nachdem sie mir versichert hatten ihn mir dann nachher wieder zu geben, ließ ich mich darauf ein und legte mich nackt auf mein Handtuch zum Sonnen.

Natürlich ließen die beiden mich nicht so einfach liegen, sondern strichen mir immer wieder mal über meinen Körper, je nachdem wie ich lag. Da die Berührungen natürlich nicht nur flüchtig, sondern auch recht intensiv und teilweise sehr zielgerichtet waren, hatte das zur Folge, das ich natürlich schnell wieder feucht wurde und auch blieb...

Als ich dann mal auf dem Bauch lag, dauerte es nicht lange bis Tom schließlich auf bzw. zwischen meinen Beinen lag und auch direkt seinen Schwanz in meine feuchte Möse geschoben hatte und mich wieder fickte, während sich seine Hände um meine Brüste schlossen und sich seine Fingernägel schmerzhaft in meine Haut versenkten, aber die Lust siegte und so genoss ich es, von ihm gefickt zu werden und seinen Samen in mir zu spüren, auch wenn ich dabei keinen Höhepunkt hatte...

Es dauerte nicht lange bis sich auch Christopher auf mich legte und mich ebenso fickte, wie Tom vorher, nur dass er grober war als Tom und mich sogar richtig gekratzt hatte mit seinen Fingernägeln wie ich später merkte.

Nachdem er sich beruhigt hatte, haben die beiden mich dann gepackt und ins kalte Wasser zur Abkühlung geworfen. Die beiden amüsierten sich darüber und ich trottete halb nass wie ich war wieder in Richtung Handtuch, als mich die beiden griffen und Christopher meinte das ich ihm hier im Wasser seinen Schwanz sauber lecken sollte. Da mir Tom meinen Arm leicht verdrehte, beugte ich mich schnell nach vorne und nahm seinen schlaffen Schwanz in den Mund.

Dann packte mich Christopher am Kopf und Tom ließ meinen Arm los und bekam einen kräftigen Schlag auf meinen Hintern mit dem Kommentar „Geiler Arsch!", so das ich schmerzhaft aufstöhnte, aber dann spürte ich auch schon Toms Schwanz an meinem Hintern, an meiner Möse und dann stieß, rammte er mir seinen harten Prügel rein und fickte mich wie ein Besessener im Stehen, wobei er mir immer wieder mal auf meinen Hintern schlug, bis er sich schließlich in mir entlud...

Ich weiß nicht wie er darauf kam, aber Christopher meinte dann, dass er schon viel von anal gehört hätte und das gerne mal probieren würde. Ich erschrak etwas, aber da er mich noch festhielt und ich noch scharf war von grade, bugsierten mich die beiden nun zum Handtuch und Christopher legte sich zwischen meine Schenkel und versuchte nun anal bei mir einzudringen was ihm aber nicht gelang und er mich darauf beschimpfte und mir sogar eine Ohrfeige gab...

Daraufhin musste ich mich vor Tom hinknien und seinen Schwanz lutschen. dabei streckte ich Christopher ungewollt und vor allem unbewusst mein Hinterteil entgegen. Er nahm dann Öl und massierte mir damit meinen Hintern ein, was mir gefiel, so dass ich nicht mehr darüber nachdachte. Auch nicht als das Öl in meine Poritze lief...

Auch dort verrieb er das Öl und selbst als mir seinen Daumen immer mal wieder gegen meinen Anus drückte reagierte ich nicht. Erst als ich seinen Schwanz an meinem Hintereingang spürte, aber da war es bereits zu spät, da Tom meine Arme festhielt, während Christopher seinen Schwanz mit kurzen, aber kräftigen Stößen immer tiefer in mir versenkte, bis er richtig in mir steckte. Ich stöhnte jedes Mal schmerzhaft auf, soweit man das mit einem halbsteifen Schwanz im Mund konnte. Dann fickte er mich anal. Immer wieder stieß er seinen Schwanz in mich hinein, bis er in mir abspritze. Als er ihn dann raus zog, meinte er, dass es geil gewesen wäre, während ich erschöpft aufs Handtuch sank. Er ging derweil ans Wasser um seinen Schwanz wieder zu säubern...

Aber das hatte wohl auch wieder geil gemacht und sein Schwanz stand ja auch wieder, nachdem ich ihn die ganze Zeit im Mund hatte. So packte mich nun auch Tom von hinten, und setzte seinen Schwanz auch an meinem Poloch an und schob ihn ebenfalls mit einem kurzen harten Ruck rein und fickte mich nun auch anal. Diesmal war es nicht mehr so schmerzhaft, so dass ich kaum noch vor Schmerz aufstöhnte, sondern es relativ ruhig über mich ergehen ließ, es mir sogar zu gefallen anfing, bis auch er schließlich in mir abspritzte und sich dann auch seinen Schwanz abwaschen ging, während ich traurig, enttäuscht, verwirrt und durcheinander auf mein Handtuch sank und einschlief...

Dann weckten mich die Jungs und gaben mir mein Shirt und meinen Rock zum Anziehen zurück und meinten, dass sie los wollten und ich mich anziehen sollte. Als ich nach meinem Bikini fragte meinten sie, dass sie sich den als Erinnerung bis zum nächsten Mal behalten wollten, was ich nicht wollte, aber dann meinten sie nur, wenn ich mich so anstellen würde, könnte ich zu Fuß zurück laufen. Daraufhin habe ich ihnen meinen Bikini gelassen und mich auf die Rückbank gesetzt, um dann zurück zu fahren...

Zu dem Zeitpunkt wusste ich bereits, das die beiden mich auch nur ficken wollten, aber ich wollte es nicht wahr haben, denn auf dem Rückweg meinte Christopher, das es ihnen leid täte, das sie mich einfach so anal genommen hätten, aber ich hätte so einen geilen Hintern, das sie einfach nicht widerstehen konnten, was mir dann doch irgendwie geschmeichelt hat, so das ich den beiden deswegen nicht mehr böse war und freute mich sogar als sie meinten, das sie sich wieder melden würden und ob ich denn am Wochenende schon etwas vor hätte oder mit ihnen mitgehen wolle, worauf ich natürlich sofort einging und dachte, dass sie es ernst mit mir meinen würden.

Der weibliche Voyeur

Es war typischer Freitagabend. Nach der Woche war ich echt fertig und freute mich auf das Sofa. Dort etwas mit der Freundin kuscheln und einen Film schauen. Das wäre jetzt echt cool. Mia hatte aber wieder einmal was anderes vor. Ich kam gerade mal in dir Tür rein, da stand sie schon vor mir. Sie war fertig angezogen. Hatte ein kleines schwarzes Kleid an, mit einem netten Ausschnitt, der ihre Titten zum Vorschein brachte. Die Beine waren durch schwarze Nylons bedeckt und die Füße steckten in ein paar heißen High Heels. Sowas trägt sie nur selten, also stand etwas Wichtiges an.

Sie drückte mich aber schon wieder aus der Wohnung. Gut, dass ich auf der Arbeit einen Anzug anhatte. So brauchte ich mich wenigstens nicht umziehen, um auf das gleiche elegante Niveau wie Mia zu kommen. Diese stieg nun auch ihn unseren Wagen, nahm auf dem Fahrersitz platz und wir fuhren in die Stadt. Hatte sie Karten für die Oper oder das Theater? Sie fuhr in der Innenstadt in eine Tiefgarage. Wie von selbst öffnete sich das Tor und Mia wusste auch gleich wo sie hin musste. Ich selbst war bis dahin noch nie hier gewesen und wunderte mich darüber, dass Mia bereits schon einmal hier gewesen sein musste.

Beim Aufzug steigen wir ein und Mia drückte das oberste Stockwerk. Dazu gab sie eine Zahlenkombination ein. Ich wollte schon mal Nachfragen, was das sollte, aber sie antworte mir nicht.

Oben öffnete sich die Tür und wir standen mitten in einer modern eingerichteten Wohnung. Sie ging durch eine Tür und dort hörte ich zwei fröhliche Frauenstimmen, die sie in Empfang nahmen. Schüchtern folgte ich Mia. Die Damen schauten mich gespannt, und irgendwie prüfend und lüstern, an.

Mia stellte mir Paula und Sophie vor. Zwei Kolleginnen von ihr. Da ihre Kolleginnen manchmal kompliziert sein konnten, das wusste ich aus diversen Erzählungen, gab ich beiden einen Handkuss. Das machte auch gleich einen guten Eindruck. „Das ist ja mal ein Gentleman", meinte Sophie. „Ja, da habe ich einen tollen Mann bekommen", antwortet Mia. „Der ist groß, hat Köpfchen, einen tollen Body und das Beste ist, dass er auch einen schön dicken Schwanz hat", ging es weiter. Dabei fasste sie mir ihn denn Schritt.

Was wurde das denn jetzt? Mia massierte meinen Schwanz durch die Hose. Sophie und Paula schauten gespannt. Ich schaute nun auch mal genauer hin. Die beiden Damen waren echt heiß. Beide blonde Haare und beide trugen an den Beinen dasselbe wie Mia. Sophie trug dazu ein schwarzes enges Kleid und Paula hatte einen schwarzen Rock und eine weiße Bluse. Darunter konnte ich einen weißen spitzen BH erkennen.

„Der sieht wirklich mal groß aus, aber du kannst uns viel erzählen", stichelte Paula. Mia öffnete daraufhin meinen Hosenknopf und den Hosenschlitz. Dann zog sie meinen Schwanz aus der Hose. Ich brauch wohl nicht zu erwähnen, dass dieser schon weit abstand. „Ja das sieht sehr gut aus", kommentierten die beiden Damen diese Aktion. „Dann genießt ihn" meinte Mia und zog sich zurück.

Nun war ich wieder etwas überrascht. Vermutlich stand ich nur mit offener Hose da, sondern auch mit offenen Mund. Dies dauerte aber nicht lange, denn schon hatte Paula, die neben mir stand, meinen Schwanz in der Hand. Sophie setzte sich auf den Sessel und zog uns beide zu sich. Auch sie umfasste mein hartes Rohr. Gemeinsam wichsten sie meinen Schwanz. „Man, der fühlt sich echt gut an", meinte Sophie. „Komm, zieh mal dein Jackett aus", kam es von Mia. Diese hatte auf dem Sofa auf der anderen Seite des Tisches Platz genommen.

Paula half mir gleich dabei. Sie wollte sofort mehr und öffnete mein Hemd. Nun stand ich oben ohne im Raum. Paula gab meinen Nippeln einen Kuss. Dann fing sie an mich auf den Mund zu küssen. Unsere Zungen fingen an sich ihn unseren Mündern zu vereinen

Sophie hatte nun mit ihrer Zunge den Weg zu meiner Eichel gefunden und leckte diese genüsslich ab. Dabei war ihre Hand auch weitergewandert und massierte meine Hoden. Diese füllten sich mit immer mehr Sperma. So geil war ich auf einmal. Paula wichste immer noch sanft meinen Riemen. Dann nahm Sophie die Eichel in den Mund ohne dabei aufzuhören meine Eichel mit ihrer Zunge zu umkreisen. Das fühlte sich echt gut an.

Paula drückte mich runter auf denn frei stehenden Stuhl. Die Damen nahmen links und rechts von mir Platz. Gemeinsam küssten sie meinen Schwanz. Sophie links und Paula rechts. Das war mal ein Gefühl. Zwei so heiße Damen am Schwanz zu spüren, das ist doch wohl der Traum jedes Mannes. Und ich erlebte jetzt diesen Traum real.

Sophie war wieder die Erste, die meinen Schwanz in den Mund nahm. Sie bließ gut und kämpfte sich Millimeter für Millimeter weiter nach unten. Sie schaffte es aber nicht ganz ihn zu schlucken. Sie musste leicht würgen und ließ ihn wieder frei. Die Chance ließ sich Paula nicht nehmen und versuchte nun ihrerseits meinen Schwanz zu schlucken. Auch sie hatte deutlich Probleme das ganze Ding in ihren Rachen zu bekommen. Abwechselnd versuchten sie nun meinen Schwanz zu schlucken. Das war ein Anblick. Einfach nur der Wahnsinn.

Ich schaute auf und sah, dass uns Mia direkt gegenüber saß. Sie war fasziniert von dem Treiben was sich hier bot. Sie war so entspannt, dass sie noch nicht mal Anfing es sich selbst zu machen. Wollte sie das Ganze einfach nur genießen? Ich wurde einfach nicht schlau aus ihr. Doch eines war ganz sicher: Sie war geil. Mindestens so geil wie die Girls an meinem Schwanz und ich. Das sah ich in ihren Augen.

Ich kümmerte mich um meine zwei Gespielinnen. Diesen streichelte ich über die weichen blonden Haare. Echt ein paar wunderbare Frauen, die ich hier genießen durfte. Meine Hände wanderten weiter zu über den Rücken der Damen. Am Po angekommen, zog ich die Röcke der beiden hoch und konnte nun auch erkennen, dass die Nylons durch ein Strumpfband gehalten wurden. Darunter war bei beiden ein schwarzer String zu sehen. Dieser teilte jeweils den knackigen Po in zwei Teile. Ich fing an, so gut ich konnte, diese Prachtärsche zu massieren.

„Na wollt ihr nicht mal denn Schwanz in euch spüren", feuerte Mia die Situation an. Das ließ sich Sophie nicht zweimal sagen. Schon stellte sie sich auf und kletterte über mich. Der String wurde zur Seite gezogen. Langsam nahm sie auf meinem Schwanz platz. Zum Glück war sie richtig feucht, sonst hätte ich Probleme gehabt, in das enge Loch zu kommen.

„Mann ist der dick", kommentierte Sophie meinen Schwanz. Das hielt sie aber nicht ab, gleich auf mir zu reiten. Schmatzend flutschte mein Teil tief in ihr Loch und verschwand dort in seiner ganzen Länge. Paula stellt sich neben uns und die beiden fingen an sich zu küssen. Ich packte die kleinen, zarten Brüste von Sophie aus und fing an, an den Nippeln zu knabbern. Das machte Sophie nur noch heißer. Ich umfasste wieder ihren knackigen Arsch und knetete ihn ordentlich durch. Sophie war echt richtig scharf. Sie schaffte es sogar, während dem Reiten die Brüste von Paula zu verwöhnen. Das hielt sie aber nicht lange durch. Sophies Stöhnen wurde immer lauter und dann kam ihr ein gewaltiger Orgasmus. Ich konnte die plötzliche Nässe füllen, wie sie sich ihren Weg aus ihrer Möse suchte. Im ersten Moment dachte ich, sie hätte uriniert. Aber es war tatsächlich ihr Mösensaft der an meinen Beinen hinab sickerte.

„Das will ich auch", kommentierte Paula den Orgasmus. Dabei lehnte sie sich auf den Tisch. Sophie gab mich frei und ich stellte mich hinter Paula. Sie war nicht ganz so eng wie Sophie gebaut. Doch so konnte ich schneller ihn sie eindringen. Sie hatte aber offensichtlich selten so einen langen und dicken Schwanz wie meinen gehabt. Denn ich konnte nicht ganz ihn sie eindringen. Paula stellte ein Bein hoch und so konnte ich weiter und bequemer eindringen. „Fick mich kräftig durch. Zeig mir wie gut du ficken kannst", stöhnte Paula. Der Aufforderung kam ich nur zu gerne nach. Hart drang ich in sie ein, versuchte so tief ich konnte, sie zu ficken.

Als unerwartet mein Schwanz rausrutsche, war Sophie sofort da und nahm ihn gleich ihn den Mund. Das gefiel Paula natürlich nicht wirklich. Sie stand kurz vor ihrem Orgasmus und das gute Gefühl klang gerade erst wieder an. Sophie führte meinen Pimmel zurück zu Paulas Loch und half mir dabei, ihn wieder reinzustecken. Als ich wieder ihn ihr war, hämmerte ich umso fester los. Das turnte sie so richtig an und auch sie kam zu einem Megaorgasmus. Ihr ganzer Körper zuckte unter meinem Schwanz. Dabei spannte sich ihr Unterleib so heftig um meinen Schaft, dass ich selbst beinahe abgespritzt hätte.

„Ich will auch noch einen Orgasmus", schrie Sophie und drückte mich wieder auf den Stuhl. Schnell saß sie wieder auf mir und mein Schwanz war in ihr verschwunden. Dabei saß sie diesmal mit dem Rücken zu mir. Sie ritt sofort wild auf meinem Schwanz. Ihr Arsch hob und senkte sich, und so hatte ich einen perfekten Blick auf ihr wundervolles Arschloch. Während sie auf mir ritt, stand Paula neben uns und rieb an dem Kitzler von Sophie. So dauerte es wieder nicht lange bis sie einen weiteren Orgasmus bekam. Wie beim ersten Mal sprudelte ihr Mösensaft, bei ihrem Höhepunkt, aus ihrer Pussy.

„Dein Freund ist echt der Wahnsinn", meine Sophie etwas heißer. Ich konnte mich aber auch nicht über die beiden Damen beschweren. Und das meine Freundin das Ganze erlaubte, war echt der Wahnsinn.

Als nächstes wollten die zwei mein Sperma haben. Dafür knieten sie sich vor mich hin und ich stellte mich mit meinen steifen Riemen über sie. Sie wollten Sperma in ihrem Gesicht. Das konnten sie haben. Ich brauchte musste mich aber nicht selbst zu Ende wichsen. Denn plötzlich stand Mia neben mir und übernahm das für mich. Ich hatte sie nicht kommen sehen und war überrascht, als sie auf einmal meinen Riemen in der Hand hatte. Ihre Hand schloss sich kraftvoll um meinen Schwanz und wichste ihn schnell vor und zurück. Dabei zog sie meine Vorhaut soweit nach hinten, dass es fast schon schmerzte.

Bei zwei so heißen Schnecken, die auf mein Sperma warten und die Freundin die meinen Schwanz wichste, war es wohl Natürlich, dass ich nicht lange brauchte. Mia bewegte ihr Hand nach vorne und schon landete meine erste Ladung in Sophies Gesicht. Meine Eier zogen sich zusammen. Der Druck des Ganzen löste sich schlagartig und eine richtig große Ladung spritzte auf die Gesichter von Sophie und Paula. Ich konnte schon immer viel Spritzen, aber die Ladung Sperma war enorm. Ich traf die zwei Girls unter mir überall hin. Paula hatte mein Sperma in den Haaren, im Gesicht und tropfenweise auf den Titten kleben. Sophie hatte ebenfalls Spritzer ins Gesicht bekommen, wobei sie ein Großteil in den geöffneten Mund traf, während ein weiterer Strahl ihr die Augen verklebte.

Alle drei Damen waren total Überrascht. Um ehrlich zu sein, ich auch. Aber das hielt Sophie und Paula nicht ab, sich den Saft zu teilen. Keinen Tropfen ließen sie über und küssten sich dann leidenschaftlich. Auch Mia machte mit und so teilten sich die drei Girls meinen Samen.

„Das sollten wir jedes öfters machen", schlug Paula vor. „Das werden wir", war die knappe Antwort von Mia.

Klein und schüchtern? Wie man sich doch irrt...

Meine neue Praktikantin wartete in der Personalabteilung auf mich. 21 Jahre, schüchtern, still, das Bild in ihren Bewerbungsunterlagen verriet nur bedingt etwas. Ich stand in der Tür und betrachtete sie. Figur...naja, sie war okay, sie drehte sich um, als die Personalerin mich begrüßte. Aussehen, eher durchschnittlich. Und wirklich schüchtern. Sie schaute mich kurz an, wurde rot und blickte dann zu Boden. Ich stellte mich vor. Sie blickte mir wieder kurz ins Gesicht, antwortete leise. Ich führte sie in die Abteilung und spürte, dass sie mir auf den Arsch starrte. Da hoher Besuch aus der Zentrale anstand, trug ich ausnahmsweise einen Anzug. Ich stellte ihr die anderen vor und erklärte ihr, was wir alles machen. Sie blieb 14 Tage und wollte spezielle Themen kennen lernen, das hatte sie mir vorab schon am Telefon erklärt. Okay, fachlich war sie schonmal richtig.

Sie saß später neben mir, während ich ihr Sachen am Monitor erklärte, und als ich selbst Richtung Monitor blickte, schnupperte sie an mir. Ich bemerkte es, da ich ein recht großes Sichtfeld habe. Ich grinste sie an und sie wurde wieder rot.

Zwei Tage später. Inzwischen duzte sie mich, weil wir uns alle in der Abteilung duzen. Irgendwann wollte sie wissen, wie alt ich eigentlich sei. Als ich es ihr sagte, wurde sie verlegen. „Oh, das sieht man dir nicht an...aber die paar grauen Haare und Bartstoppeln stehen dir gut!" Was war das denn? Baggerte sie mich gerade an? Ihre blauen Augen blickten intensiv in meine. Heute sah sie gar nicht so schlecht aus, sie hatte sich dezent geschminkt, die Haare gestylt und sich nicht wie zu einer Beerdigung angezogen. Stattdessen trug sie ein Sommerkleid. Sie hatte sich auffällig oft gebückt, denn das Kleid betonte ihren Po. Ganz offensichtlich flirtete sie. Zwar etwas unbeholfen, aber sie hatte Absichten. Nur welche? Ich gab ihr ein paar Aufgaben und ließ sie die am PC meines Kollegen erledigen, der unfairerweise bei diesem Wetter vier Wochen Urlaub hatte. Zwischendurch sagte sie „Kannst du mal kurz kommen, irgendwas funktioniert da nicht so." Ich stand auf, stellte mich hinter sie, schaute über ihre Schulter und fragte „Was ist denn damit?" Sie zeigte es mir. Sie hatte vergessen, ein Feld anzuklicken, also beugte ich mich vor, schob den Mauszeiger zu dem Feld und markierte es, drückte dann auf Ausführen. In diesem Moment war mir nicht bewusst, dass ich ihr sehr nahe gekommen war.

Wieder schnupperte sie an mir, flüsterte „Du riechst gut". Ich drehte den Kopf, schaute sie an. Sie verstand es wohl als Einladung, mich zu küssen, denn plötzlich presste sie ihre Lippen auf meine. Ich wusste nicht warum, aber ich erwiderte den Kuss. Sie küsste gar nicht mal so schlecht. Aber ich riss mich zusammen, stellte mich und fragte, was das denn sollte. „Hm. Du bist ziemlich heiß..." Ich schaute sie verwirrt an. Und ich hatte eine Latte. Sie streichelte über mein Bein, bemerkte die beule in der Hose. 30 Minuten später betraten wir eine Lagerhalle, zu der nur noch ein Schlüssel existierte. Ich sperrte hinter uns zu und sie küsste mich wieder, öffnete dann meine Hose und ging in die Hocke. Sie nahm mein hartes Teil heraus und schaute mich erfreut an. „Oh. Ich mag es groß." Sie nahm ihn in dem Mund. Das machte sie definitiv nicht zum ersten Mal. Auch nicht zum zweiten Mal. Ich stöhnte auf. Als ich kurz davor war, warnte ich sie vor, doch sie ließ nicht locker, ganz im Gegenteil. Ich warnte sie vor, als ich kam. Auch jetzt machte sie weiter und ich entlud mich heftig in ihrem Mund. Sie molk mir den letzten Tropfen heraus und leckte alles ab, dann kam sie wieder hoch und strahlte. Ich schaute sie sprachlos an und sie sagte „Du schmeckst gut. Das habe ich jetzt hoffentlich jeden Tag im Praktikum!"

Dann küsste sie mich. Ich massierte ihren Po, meine Hand wanderte zwischen ihre Beine, ich hob das Kleid an und strich ihr über den String. Sie war ziemlich feucht und stöhnte leise auf, als meine Finger unter den Stoff wanderten. Ich setzte sie auf einen Stapel Paletten, zog ihr den String aus und leckte sie, bis sie kam. Ich drang mehrfach mit 1-2 Fingern in ihre nasse Grotte in und als ich ihren Anus massierte, stöhnte sie am Lautesten auf. Nun wollte ich es aber wissen, feuchtete einen Finger mit ihrem Saft an und drang sanft in ihren Po ein. Sie stöhnte wieder leise auf, ließ mich gewähren. Vielmehr presste sie mir ihr Becken entgegen. Sie war so locker, dass ich einen zweiten Finger dazu nahm. Sie stöhnte wieder auf. Also anal hatte sie also auch schon. Und so wie sie reagierte, mochte sie es. Ich leckte und fingerte sie zu zwei Orgasmen und als sie mich wieder küsste, danach anschaute, sagte sie, dass meine Finger genau am richtigen Ort waren. Wir gingen zurück ins Büro und unterhielten uns kurz darüber, wie sie das gemeint hatte. Sie stand auf oral, vor allem mit Happy End. Und eben auf Analsex. Wobei sie keinen Spaß an Schwänzen unter 18 Zentimeter hatte. Sie musste etwas spüren.

Der nächste Tag. Wieder ein Sommerkleid. Aber ich hatte morgens viel zu tun und ihr ein paar Aufgaben gegeben, die sie eigenständig bearbeiten sollte und dabei auch überlegen musste, was sie alles an Informationen und Daten benötigt. Sie kam gut voran, ging zwischendurch zur Toilette und kam grinsend zurück. 30 Minuten später warf sie etwas in den Abfalleimer, hob plötzlich das Kleid hinten hoch und offenbarte mir einen freien Blick auf ihren Po. Und den Plug darin. Sie grinste mich an, sah, dass in mir die Lust wuchs. Sie ging zu ihrer Handtasche, kramte etwas hervor, ging dann wieder vor meinen Schreibtisch, hielt die Handfläche auf. Zwei Kondome. In der passenden Größe. Ich sagte nur „Lager. Jetzt." Wir zogen Sicherheitsschuhe an, ich nahm einfach ein paar Unterlagen, steckte sie in eine Mappe und sagte den anderen in der Abteilung Bescheid, dass ich ein paar Dinge im Werk zu erledigen hätte. Kaum war die Tür des Lagers wieder hinter uns geschlossen, küssten wir uns, meine Hand wanderte zum Plug. Ich hob ihr Kleid, drehte sie um, sie kramte die beiden Gummis und etwas Gleitgel hervor. Ob ich das brauchte?

Ich stülpte das Gummi über, drang in ihre nasse Muschi ein. Dann zog ich ihn wieder heraus, führte sie zu einer alten Maschine, die auf einer Palette stand. Sie stellte sich darauf, stützte sich an der Maschine ab. Wieder drang ich in sie ein, zuerst ganz vorsichtig, aber sie presste mir ihr Becken entgegen und so stieß ich fest zu. Ich massierte dabei ihren Anus, zog den Plug heraus und als ich mich aus ihr zurückzog, am anderen Loch ansetzte, kamen keine Beschwerden. Ich drückte ihn gegen ihre Rosette, glitt mühelos in sie. Sie stöhnte auf. Ich drang komplett in sie ein und fickte sie im Stehen, schlug ihr mit der flachen Hand auf den Po, wechselte immer wieder das Tempo und plötzlich kam sie. Sie zuckte, stöhnte leise, ich stieß weiter zu und sie kam ein zweites Mal, spannte dabei ihre Muskulatur an, sodass ihr Loch enger wurde, ich nicht mehr anhalten konnte und tief in ihr gewaltig im Gummi kam. Ich blieb noch kurz in ihr, dann richtete sie sich auf und sagte, dass das grad immens geil gewesen wäre.

In der Mittagspause bließ sie mir nochmals einen und nach Ende der Arbeitszeit, als wir alleine im Gebäude waren, vögelte ich sie auf dem Schreibtisch. Das sollte für die nächsten sechs Arbeitstage unser Ritual bleiben. Wir lernten jede einsame Ecke im Werk kennen, hatten dort Sex oder sie bließ mir einen, nutzten die Mittagspause alternativ. Und vor allem vögelten wir jeden Tag nach Arbeitsende.

Sie war erstaunlich, kam beim Analsex vielfach heftiger als bei Vaginalsex, verstand es nicht nur zu blasen, sondern auch bei jedem Mal dafür zu sorgen, dass ich kam. An ihrem letzten Tag erfüllte ich ihr noch einen Wunsch. Nach Arbeitsende verschwanden alle möglichst schnell und wir warteten 30 Minuten, schlichen uns dann in die große Halle und vögelten dort auf einem der Fahrzeuge. Das Praktikumszeugnis fiel natürlich sehr gut aus, ihre Praktikumsbewertung fand nur lobende Worte. Und weil sie mich fragte, ob wir das nicht ab und zu wiederholen könnten, trafen wir uns alle paar Wochen, wobei sie immer mehr ausprobierte, denn ihr neuer Freund hatte es nicht geschafft, ihr einen Analorgasmus oder einen multiplen Orgasmus zu besorgen und durfte daher nur vaginal ran. Und als Übungsobjekt zur Verbesserung ihrer oralen Fähigkeiten herhalten.

Mail Sex

Im Grunde fing alles ganz unschuldig an. Mit meinen knapp 48 Jahren wagte ich noch einmal den beruflichen Neuanfang und fand eine Stelle als Sekretärin in einem mittelständischen Unternehmen. Im Zuge meiner neuen Tätigkeit hatte ich viel mit Mails zu tun. Meist war es nur interne langweilige Korrespondenz.

Einer meiner wichtigsten Ansprechpartner war dabei der Produktionsleiter. Von ihm bekam ich jeden Morgen diverse Auswertungen geschickt. Anfangs waren die Mails sehr sachlich geschrieben. Doch in Laufe der Wochen wurden die Texte immer freundlicher und irgendwann auch etwas intimer. Er war ein verheirateter Mann um die 50. Optisch war er nichts Besonderes. Aber er hatte so eine freche Art, die mich langsam in den Bann zog.

Aus einer Mail am Tag wurden immer mehr. Er machte mir Kompliment und schmeichelte mir. Nach meiner Scheidung war das Balsam für meine Seele. Ich ging auf seine Flirtversuche ein. Mit der Zeit freute ich mich schon morgens darauf seine Mail in meinem Postfach vorzufinden. Ich war schon fast süchtig nach seinen Komplimenten.

Auf dem Weg zu meinem Büro kam ich an seinem vorbei. Obwohl wir persönlich kaum miteinander sprachen, merkte ich, dass er mir immer nachsah, bis ich aus seinem Blickfeld verschwunden war. Bis ich meinen Rechner hochgefahren hatte, war meist schon seine Nachricht da. „Du siehst heute Morgen aber besonders hübsch aus" oder „Du hast mir heute schon meinen Tag verschönert".

Nach einer Weile wurde er etwas direkter. „Deine langen Beine rauben mir beinahe den Verstand." Ich war sexuell total ausgehungert. Seit Monaten hatte ich keinen Sex mehr. Seine Mails erzeugten immer häufiger ein Kribbeln zwischen meinen Beinen. Ich beschloss ihn durch meine Optik weiter zu Reizen. Immer öfters zog ich extra für ihn einen kurzen Rock an, kaufte mir Nylons mit einer Naht hinten und holte meine scharfen High Heels aus dem Schrank.

Natürlich achtete ich wieder darauf von ihm gesehen zu werden. „Du siehst von Tag zu Tag heißer aus", schrieb er mir. Bisher war ich recht zurückhaltend mit seinen Komplimenten umgegangen. Doch ich war an diesem Morgen schon feucht aufgewacht und hatte irgendwie Lust auf Sex. Darum schrieb ich ihm zurück: „Hoffentlich spannt dir jetzt nicht die Hose!" Noch bevor ich es mir anders überlegen konnte hatte ich die Mail bereits abgeschickt.

Prompt kam seine Antwort. „Bei dir bekomme ich regelmäßig einen Ständer." Das war mal ein Statement. Wie auf Kommando spürte ich die Nässe in meinem Slip. Unruhig rutschte ich auf meinem Sessel hin und her. Was sollte ich ihm nun antworten? Schließlich war er verheiratet. Engelchen und Teufelchen saßen auf meinen Schultern. Genauer gesagt saß das Teufelchen zwischen meinen Schenkeln.

„Ich liebe steife Schwänze. Sobald ich einen sehe, werde ich immer richtig geil." Senden. Keine Minute später bekam ich seine Antwort. „Mein Schwanz ist gerade so hart. Der würde dir total gefallen." Als ich die Zeilen las, fasste ich mir unbewusste unter den Rock. Erst das schmatzende Geräusch meiner Möse holte mich in die Realität zurück.

Ich schrieb: „Meine Möse ist gerade richtig nass geworden. Der Gedanke an deinen dicken Pimmel macht mich echt an." Auf seine Mail musste ich wieder nicht lange warten. „Deine Fotze würde ich gerne lecken und dich dann durchficken!" Ich schloss meine Bürotür und setzte mich breitbeinig auf den Stuhl. Wieder wanderten meine Finger in meinen Slip. Ich war so schrecklich geil. Als ich meine Antwort schrieb, massierte ich mir mit der anderen Hand meinen Kitzler. „Fick mich richtig durch und ich schlucke dein Sperma. P.S. Ich habe meinen Slip ausgezogen."

Bing. „Du kleine Luder. Besorgst du dir es gerade im Büro? Ich will auch. Worauf stehst du denn beim Sex?" Ich überlegte einen Moment. Dann schrieb ich ihm zurück: „Ich mag es gerne härter. Super ist auch, wenn der Schwanz etwas größer und dicker ist. Das bringt meine Fotze so richtig zum Glühen. Ich möchte ordentlich ran genommen werden. Dann komme ich zu den geilsten Orgasmen. Aber nur, wenn mich der Mann mit seinem Schwanz kraftvoll fickt. Am liebsten werde ich von hinten gefickt. Dabei kann ich mich dem Schwanz völlig hingeben. Ich will nicht ficken, sondern gefickt werden. So einfach ist das. Ich kenne beim Sex kaum Tabus."

Nach dem Absenden meiner Mail kam nichts mehr von ihm. Schrecklich Gedanken schossen mir in den Kopf. War ich zu direkt gewesen? Bin ich zu weit gegangen? Aber eigentlich hatte er ja mit allem Angefangen. Der Gedanke beruhigte mich wieder etwas.

Nach extrem langen zehn Minuten ertönte wieder das Bing. Ich öffnete das Fenster meines Mailprogramms. „Ich würde dich gerne ficken. Dir meinen Schwanz tief in die Fotze stecken und dich besamen! Wollen wir uns nach Feierabend in deinem Büro treffen und einfach die Tür abschließen?"

Mein Herz raste. Jetzt wurde es ernst. Doch wieder war es das Teufelchen in meiner Ritze, dass mir die Entscheidung abnahm. Es war bereits kurz vor 17.00 Uhr. Mein Chef war außer Haus und nach Feierabend leerten sich die anderen Büros innerhalb von wenigen Minuten. Wir konnten also wirklich diskret in meinem Büro ficken. Ich drückte den Knopf zum Beantworten der Nachricht und tippte nur ein paar Wörter. „Ja. Zehn nach Fünf bei mir. Ich warte auf dich!"

Wie jeden Tag verließen die Mitarbeiter pünktlich ihren Arbeitsplatz, verabschiedeten sich im Vorbeigehen bei mir. Dann wurde es still auf dem Flur. Der letzte Kollege verschloss meine Tür. Ungeduldig wartete ich auf unseren Produktionsleiter. Plötzlich hörte ich das erlösende Klopfen an meiner Tür. „Wer da?", wollte ich wissen. „Ich bin´s!" „Warte noch kurz!"

Ich zog meinen Rock und meinen Slip aus. Dann öffnete ich die Knöpfe meiner Bluse. Wie auf einem Präsentierteller legte ich meine Beine auf den Schreibtisch und spreizte die Schenkel. So konnte er direkt beim Eintreten meine nasse Fotze sehen. „Jetzt, komm rein!", forderte ich ihn auf.

„Wow. So gefällst du mir", sagte er. „Und deine rasierte Fotze ist atemberaubend." „Hol schnell deinen Schwanz raus. Ich will ihn endlich sehen und blasen!" Keine Sekunde später war er aus seiner Jeans und der Boxershorts geschlüpft. Er hatte nicht übertrieben. Sein Riemen stand bereits in voller Größe und war genauso voluminös wie er geschrieben hatte. Er kam auf mich zu und hielt mir sein Rohr vor das Gesicht.

Ich nahm seinen Schwanz in die Hand und bearbeitete ihn mit den Fingern und dem Mund. „Nimm ihn tief in den Mund. Ja, leck auch meine Eier", stöhnte er. Er war sauber rasiert und seine Glocken füllten sich randvoll an. „Da ist ja einer ganz schön geladen", kam es über meine Lippen. „Ich will dich schon den ganzen Tag bumsen. Du bist so verdammt geil und sexy!" „Dein Schwanz schmeckt so geil. Ich will das du mir später die komplette Ladung in den Mund spritzt. Versprichst du mir das?" „Ja, auf jeden Fall. Ich werde dich total vollwichsen!"

„Lass uns jetzt endlich ficken! Ich will deinen Pimmel tief in mir spüren." Ich stellte mich breitbeinig vor den Schreibtisch. Gierig drückte er meine Arschbacken auseinander und betrachtete meine Möse und mein Arschloch. „Deine Löcher machen mich geil." „Du kannst mich in beide ficken! Suche dir einfach eins aus."

Er rieb seinen Schwanz zwischen meinen Schamlippen entlang nach oben. Ein wolliger Schauer durchzuckte meinen Körper. Seine pralle Eichel ließ mich auf einen geilen Höhepunkt hoffen. Er wiederholte die Bewegung einige Male. „So…", sagte er, „der Fotzensaft müsste reichen um dich jetzt in den Arsch zu ficken." Und schon spürte ich den sanften Druck auf meiner Rosette. Mein letzter Arschfick war schon länger her. Trotzdem entspannte sich mein Schließmuskel schnell und er drang in mich ein.

„Fick mich hart und tief ins Arschloch", feuerte ich ihn an. Die Geilheit drohte meinen Körper zum Explodieren zu bringen. Seine Stöße waren wirklich sehr intensiv. Jede Bewegung brachte mich näher an meinen Höhepunkt. Noch nie war ich alleine durch einen Arschfick gekommen. Aber die lange Enthaltsamkeit und die dauerhafte Erregung des heutigen Tages bescherten mir einen einzigartigen Orgasmus. Mein Höhepunkt kam aus dem Nichts und überrollte mich wie eine Lawine.

Während der gesamten Zeit fickte er mich weiter und verlängerte so meinen Höhepunkt. Erschöpft sank ich mit dem Oberkörper auf den Schreibtisch. Atemlos sagte ich „Ich bin noch nie Anal gekommen. Das war der Hammer. Dein Schwanz ist das Geilste, was ich je in mir hatte!" „Das freut mich. Aber dein Hintern ist ja auch zu geil. Eng und einfach geil." Er war auch hörbar außer Atem. Doch er dachte nicht an eine Pause.

Er hielt inne und zog seinen Schwanz aus meinem Arschloch. Sein schwerer Körper presste sich erneut gegen mein Becken. Dieses Mal drang er in meine Möse ein. Ich schnappte nach Luft. Mühelos bohrte er seinen Riemen bis zum Anschlag in mich. Meine Fotze war gut geschmiert und gierig nach seinem Kolben. Er hatte eine ausgezeichnete Ausdauer. Denn wieder fickte er mich in der gleichen Geschwindigkeit.

Er griff mir von hinten an die Titten und massierte mir die Nippel. „Du hast wundervolle Brüste", stöhnte er mir ins Ohr. Meine Brustwarzen standen steil nach oben. „Dein Fickschwanz ist auch geil. Besorg es meiner Fotze richtig." Ich drückte meinen Arsch kräftig nach hinten und sein Riemen flutschte schmatzend rein und raus. Dabei klatschten seine Eier immer wieder gegen meinen Kitzler.

Plötzlich grunzte er lautstark. „Mir kommt es!" Er zog seinen Schwanz abrupt aus meiner Möse. Blitzschnell ging ich vor ihm auf die Knie und sperrte meinen Mund weit auf. „Los, gib mir deine Ficksahne. Spritz mich richtig voll!" Ich konnte es kaum erwarten. Gierige streckte ich meine Zunge heraus und berührte seine Schwanzspitze. Einen Moment später rieselte sein Sperma auf mich herab. Sein Samen sprudelte unkontrolliert auf mich und traf mich überall. „Ja, spritz mich voll. Ich will alles haben!"

Er griff mir mit der einen Hand in die Haare und mit der anderen Hand wichste er sich zu Ende. „Das war vielleicht geil", keuchte er. „Leck meinen Schwanz sauber. Du geiles Stück, du!" Das hätte er mir nicht sagen müssen. Denn ich hatte ohnehin vor dies zu tun. Sein Saft schmeckte herrlich. „So geil bin ich schon lange nicht mehr gefickt worden." „Du bist eine wahnsinnig geile Frau", gestand er mir. „Wenn du möchtest, können wir das gerne wiederholen", bot ich ihm an. „Gerne. Aber jetzt muss ich schnell nach Hause. Bis Morgen." Wir küssten uns zum Abschied und dann war er auch schon weg.

Bevor ich das Büro verließ, blickte ich in meinen kleinen Handspiegel. Mein ganzes Gesicht war voll mit Sperma und meine Schminke war verlaufen. Jeder, der mich so sah, wusste was ich getan hatte. Ich blickte vorsichtig zur Tür hinaus. Es war keiner mehr da. Ich schlich zur Toilette und brachte wieder alles in Ordnung.

Doch bevor ich nach Hause fuhr, musste ich noch einmal im Büro masturbieren.

Wie ich zur Hotwife wurde

Ich schreibe heute diese Geschichte über meinen ersten Dreier, der dazu führte, dass ich seitdem mit meinem Mann Thomas eine Hotwife-Beziehung führe. Die Geschichte basiert auf einem tatsächlichen Ereignis, aber die Namen wurden geändert. Es ist etwas, an das ich mich immer erinnern werde und das mich immer wieder auf das Neue erregt. Also dachte ich, es ist an der Zeit, dass ich es erzähle.

Thomas und ich waren erst seit ein paar Monaten zusammen. Er war groß, dunkelhaarig und gut aussehend. Er trainierte oft, um in Form zu bleiben, und hatte sogar ein Sixpack. Er war der Typ, der den Frauen sofort ins Auge fiel, wenn er irgendwo hinging. Darüber hinaus war er extrem fürsorglich und freundlich. Ein wirklich guter Fang! Ich habe mich oft gefragt, warum ausgerechnet ich so viel Glück hatte, mit ihm auszugehen.

Ich bin eher eine durchschnittliche Frau, bin zwar gut in Form, aber keineswegs sportlich. Ich bin etwa 1,70 Meter groß, wiege 65 Kilo, habe eine tolle Oberweite und langes braunes Haar. Die Leute werden oft von meinem Lächeln angezogen und fühlen sich normalerweise sofort wohl bei mir. Ich habe einen schönen flachen Bauch, aber definitiv auch einige Kurven Rund um meine Hüfte und meinem Hintern. Ich habe einen sehr lässigen Stil, der zu meinem Aussehen passt. Jeans und ein T-Shirt gehören zu meiner Lieblingskleidung.

Wir waren beide in Ende Zwanzig und unsere Beziehung begann definitiv sehr heiß und heftig. Der Sex war fantastisch! Nichts war langweilig oder gewöhnlich, wie in all meinen früheren Beziehungen. Aber wir hatten auch eine ganz besondere Verbindung. Ich hatte schon sehr früh das Gefühl, dass dies eine großartige Sache werden könnte.

Eines Abends gingen Thomas und ich in eine Bar und waren ein bisschen beschwipst. Wir tanzten ein wenig, und er wurde ein wenig übermütig und zog mir auf der Tanzfläche den Rock hoch. Ich merkte, dass er wirklich geil war, also spielte ich mit und reizte ihn. Zu spüren, wie seine Hände meinen Körper hinaufgleiten, machte mich auch an. Ich konnte spüren, wie die Beule in seiner Hose wuchs, als mein Hintern an ihm rieb. Ich konnte es kaum erwarten, nach Hause zu kommen und ihn so richtig durchzuficken!

Später in der Nacht, nachdem wir gevögelt hatten, drehte sich Thomas im Bett um und bat mich, ihm meine größte Fantasie zu erzählen. Ich hatte nicht wirklich eine... Ich hatte alles, was ich wollte! Alles war wunderbar, und ich konnte mir nichts Besseres vorstellen. Ich bekam ein wenig Angst, dass er nicht glücklich war, aber ich fragte ihn trotzdem, was seine Fantasie sei.

Da sagte er mir zum ersten Mal, dass er mich gerne mit einem anderen Mann sehen wollte. Ich war schockiert! Wie konnte er mich mit einem anderen Kerl ficken sehen wollen? Wollte er auch mit einer anderen Frau schlafen? Warum sollte ich ihn betrügen? Hatte er mich nicht mehr lieb?

Bevor ich etwas sagen konnte, erklärte er mir, dass er die Fantasie ebenfalls nicht ganz verstehe und auch nicht, warum es ihn anmache. Aber dass es zum Teil darum gehe, dass der Wunsch so sexuell sei, dass ein einziger Mann die Fantasie nicht befriedigen könne. Und dass es darum gehe, zu sehen, wie viel Spaß der Sex mir mit anderen Männern mache. Es ging nicht darum, irgendjemanden zu betrügen, aber es machte ihn an, meine Lust zu sehen.

Ich sagte ihm, wie überrascht ich sei und dass ich etwas Zeit bräuchte, um das zu verarbeiten. Bisher war ich nur in traditionellen Beziehungen und hatte nie über so etwas nachgedacht. Ich wusste, dass ich nie wollen würde, dass mein Mann mit einer anderen schläft. Folglich dachte ich, dass es andersherum genauso wäre.

In den nächsten Tagen, nachdem ich den ersten Schock überwunden hatte, dachte ich über Thomas Fantasie nach. Ich dachte, es ist nicht falsch und kein Betrug, wenn er es von mir wollte und wir ehrlich zueinander waren. Ich meine, wirklich Fremdgehen ist nicht nur Sex, sondern auch das Lügen und Hintergehen des Partners. Also dachte ich, dass ich mit diesem Teil einverstanden war.

Aber ich war mir immer noch nicht sicher, ob ich mit einem anderen Mann schlafen sollte. Ich war keineswegs prüde, ich hatte in der Vergangenheit meinen Anteil an One-Night-Stands gehabt. Aber ich dachte immer, dass ich mich auf eine feste Beziehung zubewegen würde, und das war eine neue Erfahrung für mich. Ich dachte, Sex sei eine eher private Angelegenheit, aber ich schätze, das lag vor allem daran, dass die Gesellschaft sagte, das sei normal.

Ich beschloss, Thomas zu sagen, dass ich bereit wäre, die Dinge auszuprobieren. Aber dass ich in dieser bestimmten Nacht keinen Druck erleben wollte. Ich war mir nicht sicher, wie weit ich tatsächlich gehen konnte. Er schätzte es sehr, dass ich so offen war, und sagte mir, dass er mich nie zu mehr drängen würde, als ich mir zutrauen würde.

Die nächsten Wochen verliefen nicht ganz so normal wie sonst. Wir sprachen im Bett immer öfter darüber, wie gerne er sehen würde, dass meine Lippen den Schwanz eines anderen Mannes umschließen, während ich ihm einen blase. Oder wie er sehen wollte, dass ich auf einen anderen Mann ritt. Jedes Mal, wenn wir dieses Thema ansprachen, bemerkte ich ein Leuchten in seinen Augen. Sein Penis war immer steinhart bei dem Gedanken und das erregte mich sehr.

Ich beschloss, dass es an der Zeit war, den Plan in die Tat umzusetzen. Und wenn dies geschehen sollte, dann sollte es etwas sein, das auch ich wollte. Darum buchte ich eine Hotelsuite in der Stadt für den kommenden Freitag. Ich sagte ihm einfach, er solle sich auf einen lustigen Abend einstellen und mich nach der Arbeit um 20.00 Uhr in der Stadt treffen.

Da es an diesem Abend um mich ging, nahm ich mir den Freitag frei und gönnte mir eine Gesichtsbehandlung, Maniküre und Pediküre und ging tagsüber Shoppen. Ich ging in die örtliche Dessous-Boutique und kaufte ein paar neue Dessous, die definitiv für besondere Anlässe und nicht für jeden Tag geeignet waren. Dann checkte ich im Hotel ein und entspannte mich ein wenig, bevor ich beschloss, dass es Zeit war, mich fertig zu machen. Ich entschied mich, mein Make-up etwas stärker aufzutragen als sonst, da ich ja auf Fotos zu sehen sein würde. Dann zog ich meine neuen Dessous an, einen sehr sexy, durchsichtigen schwarzen BH und ein passendes Höschen sowie schwarze Netzstrümpfe. Dazu trug ich einen kurzen Minirock, der kaum die Oberseite der Strümpfe bedeckte, und eine ärmellose Bluse, die ich einen Knopf mehr offen ließ, als ich es normalerweise getan hätte.

Es war 19:30 Uhr. Ich schrieb Thomas eine SMS und sagte ihm, er solle mich in der Hotelbar treffen. Er hatte immer noch keine Ahnung, was wir an diesem Abend vorhatten oder dass ich uns eine Suite besorgt hatte. Ich beschloss, etwas früher zu gehen und einen Drink zu nehmen, bevor er kam. Es waren nicht viele Leute an der Bar, so dass ich problemlos ein Glas Sekt bekam. Ein älterer Herr am anderen Ende der Bar warf mir immer wieder neugierige Blicke zu, was mir ein gutes Gefühl gab. Ich fühlte mich sexy in meinem Outfit, aber es war gut zu wissen, dass es auch seinen Zweck erfüllte und andere Männer anlockte.

Thomas kam herein, als ich gerade mein zweites Glas Sekt genoss.

„Wow! Du siehst toll aus! Was ist so besonders an heute Abend?", fragte er.

„Ich dachte, wir könnten uns in der Stadt amüsieren, da wir nicht so oft ins Nachtleben gehen, und ich dachte, ich mache mich ein bisschen schick für dich. Gefällt dir das?"

„Oh mein Gott, ja! Das Kleid ist der Hammer!"

„Warte, bis du siehst, was drunter ist." Ich stichelte.

Sein Gesicht leuchtete auf. Wir genossen zusammen ein paar Drinks und etwas Fingerfood, während ich ein paar Gelegenheiten nutzte, ihn zu necken. Ehe wir uns versahen, war es bereits 23.00 Uhr und Zeit zu gehen.

Ich stand auf, ergriff Thomass Hand und sagte ihm: „Ich habe eine Überraschung für dich."

Ich entführte ihn zu einem der kleinen (Männer)Clubs der Stadt, stellte mich an den Anfang der Schlange und ging hinein. Von früher wusste ich, dass man im Club die Möglichkeit hatte an Pole-Stangen zu tanzen und dass es dort viele super Tänzerinnen gab. Der Türsteher, der mein Kleid sah, hatte kein Problem damit, dass wir nach vorne gingen.

Thomas fragte einfach: „Was machen wir hier, Sarah?"

„Ich dachte, wir könnten einen sexy Abend verbringen."

Ich konnte sehen, dass er nicht widersprechen würde. Also setzten wir uns an einen Tisch neben einer Gruppe von Jungs, die wohl Mitte zwanzig waren. Sofort erntete ich Blicke und konnte sehen, wie sie sich über mich unterhielten. Das war perfekt, genau so sollte es sein.

Thomas erregte die Aufmerksamkeit der Kellnerin und bestellte ein paar Drinks. Während er abgelenkt war, nutzte ich die Gelegenheit, um ein Gespräch mit den Jungs neben uns zu beginnen. Ich fand heraus, dass sie alle zusammen arbeiten, aber die Hälfte von ihnen in die Stadt pendelt. Das erklärte, warum sie immer noch Anzüge trugen.

Thomas drehte sich wieder um und beteiligte sich an der Unterhaltung. Der Abend verlief, wie man es erwarten würde. Immer wieder Gespräche mit der Gruppe, ein paar Tänze am Tisch, sogar ich bekam einen. Thomas sagte, dass es ihm wirklich gefiel, ihr beim Tanzen zuzusehen. Auch die Gruppe neben uns johlte und brüllte.

Nur der gutaussehendste der Männer war leider der auch der zurückhaltendste. Ich sah, dass dies vielleicht eine gute Chance war mit ihm ins Gespräch zu kommen. Ich bat die Tänzerin, dem Mann neben mir einen Tanz zu schenken. Ohne ein Wort zu sagen, rutschte sie einfach rüber und tanzte weiter, aber vor ihm. Ich rutschte auf dem Tisch hinüber, so dass ich direkt neben ihm stand, lehnte mich hoch, gab ihm einen Kuss und sagte: „Für dich."

Er grinste einfach zurück, während Thomas mir einen Blick zuwarf, der sagte: „Wo ist meiner?"

Ich lächelte und sagte nur: „Mach dir keine Sorgen, Schatz!"

Nach dem Tanz bedankte sich der Herr bei mir und fragte: „Wofür war das denn?"

Ich erklärte ihm, dass ich bemerkt hatte, dass er den ganzen Abend über sehr respektvoll war und dass er der einzige Kerl war, der keinen Tanz bekommen hatte. „Hast du eine Freundin? Oder hast du kein Interesse an Frauen", wollte ich von ihm wissen

„Nein, ich bin nur etwas entspannter, also lasse ich die anderen Jungs ihren Spaß haben."

„Ich verstehe. Tut mir leid, ich habe deinen Namen vergessen", sagte ich. Sie hatten sich alle vorgestellt, als wir uns zum ersten Mal hingesetzt hatten, aber ich konnte mir nicht merken, wer er war.

„Mario"

„Schön, dich kennenzulernen, Mario".

Das Gespräch ging weiter und Thomas mischte sich ein. Ich merkte, dass Thomas sich darüber freute, dass ich so nah bei Mario saß, denn er warf mir immer wieder diesen neugierigen Blick zu. Wir tranken alle ein paar Kurze, lachten viel und tanzten noch ein paar Mal am Tisch. Die meisten von Marios Gruppe waren schon weg, also nutzte ich die Gelegenheit, das Gespräch zu wechseln: „Ich wollte schon immer mal einen Striptease machen."

Sowohl Thomas als auch Mario sahen mich aufgeregt an und erzählten mir, wie heiß das wäre und dass sie viel Trinkgeld geben würden, um das zu sehen.

Ich grinste sie an und sagte: „Also Jungs, ich habe ein Zimmer im Hotel die Straße runter. Sollen wir gehen und ich zeige euch meine Show?"

Mario sah Thomas an, der sofort aufmuckte. „Aber ja! Los geht's!"

Wir standen alle auf und liefen los. Die Jungs folgten mir, neckten und scherzten. Thomas versuchte unterwegs ein paar Mal, mir den Rock hochzuziehen, so dass ich ihm eine gespielte Ohrfeige verpassen und ihn auf neckische Weise zur Geduld ermahnen musste.

Ein paar Minuten später waren wir im Hotel. Im Aufzug sagte ihm, er solle sich ein Lied aussuchen und es auf seinem Handy vorbereiten, während ich, wie zufällig, die beiden mit meinen Hintern berührte. Enge Fahrstühle haben definitiv Vorteile.

Wir kamen im Zimmer an und ich sagte nur: „Nehmt eure Plätze ein, Jungs!" Um ehrlich zu sein, war ich enorm aufgeregt. Aber ich war auch erregt. Das war nicht zu leugnen.

Mario setzte sich auf das Sofa und Thomas setzte sich in den Sessel daneben. Thomas fing an, Musik zu spielen. Ich weiß gar nicht mehr, was für ein Lied es war. Mein Herz pochte und ich war gespannt auf das, was ich gleich tun würde. Ich hatte noch nie einen Striptease getanzt. Aber ich dachte mir, dass Männer nun mal Männer sind und ihnen das Tanzen nicht so wichtig ist.

Ich ging hinüber und beugte mich über Thomas, um ihm einen tiefen, langen Kuss zu geben, während ich sicherstellte, dass Mario einen tollen Blick auf meinen Hintern hatte. Ich stand auf, zog mein Haar zu einem festen Pferdeschwanz zurück und begann langsam zu tanzen, während ich Thomas direkt in die Augen sah. Ich fuhr mit den Händen an meinem Körper auf und ab und drehte mich zwischen Thomas und Mario hin und her. Langsam begann ich, die Knöpfe meiner Bluse zu öffnen, während die beiden eifrig zusahen.

Ich drehte mich zu Mario und stellte mich direkt vor ihn, während ich Stück für Stück meine Bluse öffnete und sie zu Boden fallen ließ, so dass meine Brust in meinem durchsichtigen schwarzen BH zum Vorschein kam. Ich sah, wie seine Augen einfach auf meine Brustwarzen starrten, während ich für ihn weitertanzte. Meine Nippel waren hart von der Erregung. Es machte mich an mich vor meinem Freund einem anderen Mann zu präsentieren.

Beide fixierten mich mit ihren Augen. Ich griff nach hinten und öffnete den Reißverschluss meines Rocks. Ich trat vor, so dass ich direkt vor Mario auf der Couch stand, biss mir auf die Unterlippe und lächelte ihn an. So erotisch ich konnte, schob ich den Rock nach unten und ließ ihn auf den Boden fallen, bevor ich ganz aus ihm herausstieg. Er schaute mich von oben bis unten an, während er seine Hände auf der Couch ließ. Ich konnte die Lust in seinen Augen sehen.

Ich ließ mir Zeit und tanzte in meinen Dessous für sie. Ich wollte sichergehen, dass die neue Kleidung gut zur Geltung kam und sie nicht umsonst gekauft hatte. Mein sexy Outfit gab mir ein sicheres Gefühl und steigerte mein Selbstvertrauen. Ich ging langsam zwischen ihnen hin und her.

Dann ging ich zurück zu Mario und drückte seine Knie mit meinen Knien auseinander. Langsam und verführerisch drehte ich mich um, bevor ich mich bückte, so dass mein Hintern nur noch 15 Zentimeter von seinem Gesicht entfernt war. Ich ließ mich langsam auf seinen Schoss sinken, während ich Thomas immer noch ansah. In seinen Augen war die Lust zu erkennen. Ich drückte mich auf unseren Gast und konnte spüren, wie sein Schwanz durch seine Hose wuchs.

Ich griff nach meinem BH, öffnete ihn und ließ ihn nicht fallen, sondern warf ihn meinem Freund ins Gesicht. Der grinste breit, ich zwinkerte ihm zu und lehnte mich dann an Mario. Mein Kopf war direkt neben seinem, als ich nach oben griff und mit meinen Händen durch sein Haar fuhr. Er schaute mir über die Schulter und hatte einen freien Blick auf meine nackte Brust. Ich nahm eine seiner Hände von der Couch und legte sie direkt auf meinen Busen. Ich wollte ihm zeigen, dass ich wollte, dass er mich anfasst.

Er spielte mit meiner harten Brustwarze, während ich mich an ihm rieb. Ich blickte hinüber und sah, wie Thomas sich durch seine Hose rieb. Ich spreizte meine Beine und begann, mich durch mein Höschen zu reiben. Ich konnte spüren, wie klatschnass meine Pussy schon war. Ich war mir anfangs nicht sicher, wie ich mich fühlen würde, wenn ich für meinen Freund und einen anderen Mann strippte. Aber ich war extrem erregt. Ich konnte spüren, wie schwer Mario unter mir atmete.

Ich nahm seine Hand, stand auf und schob seinen Finger unter den Träger meines Höschens. Gemeinsam zogen wir ihn langsam bis zu den Knöcheln herunter, damit ich ihn ganz ausziehen konnte. Mit einem nassen Fleck blieb mein Höschen einfach auf dem Boden liegen. Ich drehte mich um und zog seinen Kopf nach vorne gegen meinen Bauch, während ich weitertanzte. Ich spürte, wie seine Hände meine Beine und meinen Hintern rauf und runter fuhren. Eine Gänsehaut breitete sich auf meinem gesamten Körper aus. Die Erregung und Aufregung wuchsen stetig an. Genauso wie die Feuchtigkeit zwischen meinen Schenkeln. Ich trat ein wenig zurück und nahm eine seiner Hände. Ich führte sie zwischen meine Beine und ließ ihn nur kurz spüren, wie feucht ich war, bevor ich ihn zurück ins Sofa drückte.

Während ich weitertanzte, ließ ich mich vor ihm auf die Knie sinken und begann, mit meinen Händen seine Brust und seine Oberschenkel auf und ab zu streicheln. Vorsichtig tastete ich mich zu seinem Schoss vor. Mit einer Hand begann ich, seinen Schwanz zu reiben, der jetzt steinhart in seiner Hose war. Ich nahm zwei seiner Finger in den Mund und leckte sie verführerisch ab. Ich hörte ihn leise stöhnen. Thomas verfolgte die Szene mit stiller Leidenschaft.

Zu Beginn dieser Nacht dachte ich, dass dies der perfekte Plan für mich war, um herauszufinden, ob ich das alles wirklich wollte. Denn wenn ich mich nicht wohl gefühlte hätte, hätte ich hier einfach aufhören können. Und hätte gewusst, dass Thomas dafür dankbar und immer noch erregt gewesen wäre. Aber zu diesem Zeitpunkt war ich bereits so geil, dass ich nicht anders konnte, als den Reißverschluss von Marios Hose zu öffnen, hineinzugreifen und seinen steinharten Schwanz herauszuziehen. Er fühlte sich so gut in meiner Hand an! Sein Penis war zwar kein Monster, aber sowohl von der

Länge als auch vom Umfang her definitiv über-
durchschnittlich. Ich sah Thomas direkt in die Augen, als ich
meine Zunge herausstreckte, um die Spitze von Marios
Schwanz zu lecken. Ich fuhr mit meiner Zunge die ganze Länge
des Schwanzes rauf und runter und dann, ohne den
Blickkontakt mit Thomas zu unterbrechen. Er nickte mir zu,
ich lächelte zurück und schlang meine Lippen langsam um
Marios Eichel. Ich konnte es nicht fassen! Ich bließ einem
anderen Kerl vor den Augen meines Freundes einen. Thomas
sah dabei so aufgeregt zu, dass er aussah, wie ein Kind, das
gerade seinen allerersten Süßigkeitenladen betreten hatte.

Der Reiz des Neuen hatte mich erfasst. Ich ließ mir Zeit und
konzentrierte mich nur darauf, Marios Schwanz zu genießen.
Seine Adern traten deutlich hervor und gaben seinem
Schwanz ein mächtiges Aussehen. Hart, dick und groß. Ich
war mir nicht sicher, ob ich das ganze Ding in den Mund
nehmen konnte, aber ich wollte es unbedingt versuchen. Also
leckte ich auf und ab und ging langsam tiefer und tiefer, bis
ich seinen Pimmel im Mund hatte. Man, war sein Teil riesig.
Ich konnte es kaum erwarten, ihn in mir zu spüren!

Ich stand auf, sah Mario an und sagte ihm, er solle sich
ausziehen. Dann ging ich zu Thomas hinüber und gab ihm
wieder einen dicken, tiefen Kuss. Er war so erregt, dass es ihm
egal war, dass ich gerade den Schwanz eines anderen Mannes
in meinem Mund hatte. Ich glaube, es gefiel ihm sogar. Ich
lehnte mich zurück und fragte: „Hat dir das gefallen, Baby?"

Er schüttelte den Kopf, mit einem teuflischen Grinsen im
Gesicht. Ich griff nach unten und stellte fest, dass seine Hose
bereits offen war. „Du bist ein schlechter Lügner", rügte ich
ihn und zog seine Boxershorts herunter. Natürlich hatte er
bereits auch einen gewaltigen Ständer. Er grinste mich

unschuldig an. Ich stand auf und sagte: „Zeih den Rest auch einfach aus." Dann kehrte ich zu Mario zurück, der hinter mir stand, nahm ihn in meine Arme und küsste ihn. Ich zog ihn auf die Couch hinunter und ließ mich von ihm überall küssen. Er ging nach unten und schaute zu mir hoch, als sein Kopf zwischen meinen Beinen war. Es war, als ob er sich vergewissern wollte, dass alles in Ordnung war. Als Antwort packte ich seinen Kopf und zog sein Gesicht auf meine Vagina.

Thomas war mit dem Ausziehen fertig und fing an, meine Brust zu küssen und an meinen Nippeln zu saugen, während Mario mich leckte. Ich war kurz davor durchzudrehen, denn ich hatte zwei Männer, die sich nur darauf konzentrierten, mich zu befriedigen. Nie zuvor hatte ich daran gedacht, so etwas zu machen. Doch jetzt konnte ich mich nicht zurückhalten. Ich stöhnte in Ekstase, als ich mit meinen Händen durch Marios Haare fuhr, während er mit seiner Zunge gekonnt über meine Klitoris leckte. Nach nur ein paar Minuten konnte ich es buchstäblich nicht mehr aushalten und hatte meinen ersten intensiven Orgasmus! Ich hätte nie gedacht, dass sich ein Orgasmus so gut anfühlen könnte wie dieser!

Ich brauchte eine kurze Pause. Zufrieden schloss ich die Augen und genoss die Nachwirkungen meines Höhepunktes. Dann ließen mich meine Lover aufstehen und ich kniete mich zwischen die Männer. Zwei wundervolle Pimmel nur für mich. Ich nahm einen Schwanz in jede Hand und fing an, sie zu wichsen. Dann nahm ich wieder Marios Teil in den Mund und begann dann zwischen ihnen hin und her zu wechseln. Es war so geil, zwei Schwänze zu haben, mit denen ich mich vergnügen und meinen Spaß haben konnte. Ich konnte nicht glauben, dass ich das nicht nur zuließ, sondern es auch noch selbst steuerte und genoss. „Nicht abspritzen!", ermahnte ich die beiden grinsend, „eure Schwänze werden noch gebraucht!"

Selbstsicher stand ich auf, hielt mich immer noch an den beiden Schwänzen fest und sagte: „Ich will ficken!" Ich ging zum Bett und zog die Männer an ihren Penissen einfach hinter mir her. Dort angekommen blieb ich stehen und hielt Mario an seinem Schwanz zwischen meinen Beinen fest. Ich sah Thomas an und fragte: „Bist du bereit dafür?" „Ja, bin ich", antwortete er kurz und bündig.

Ich sah nur die Erregung in seinen Augen, als er mich ansah und schnell noch einmal zustimmend nickte. Nach seiner finalen Zustimmung legte ich mich auf den Rücken und zog Mario mit auf das Bett. Ich sah Thomas aufmerksam zu, als ich Marios Schwanz nahm, seine Eichel zwischen meine Schamlippen platzierte und meine Pussy langsam auseinanderzog. Seine Schwanzspitze drückte fordernd gegen meinen Lustknopf, und als er mich damit massierte, wäre ich beinahe wieder gekommen.

„Steck mir deinen Schwanz endlich in meine Möse", sagte ich mit einer ungewohnten Deutlichkeit. Stück für Stück drang er in mich ein und ich spürte, wie er mich ausfüllte. Ich stieß ein tiefes Stöhnen aus. Thomas beugte sich sofort vor und genoss eine zeitlange den geilen Anblick des fremden Schwanzes in meiner Pussy. Er fing an, mit mir zu knutschen, um mir zu zeigen, dass er das wirklich gerne sah. Dann stellte er sich so hin, dass er sich neben meinem Kopf befand. Ich hielt mich an seinem Schwanz fest und begann ihn zu wichsen. Indes fickte mich Mario langsam in meine Muschi hinein und zog seinen Pimmel wieder heraus. Ich war im Himmel. Ich drehte meinen Kopf und steckte Thomas Teil in meinen Mund und Mario fing an, mich etwas schneller zu ficken. Es fühlte sich so fantastisch an, einen Schwanz in meinem Mund zu haben, während ich von Marios Stößen hin und her geschoben wurde. Ich kam mir vor, wie eine kleine Schlampe. Aber überraschenderweise fühlte es sich erstaunlich gut an. Es fühlte sich an, als könnte ich all meine Hemmungen ablegen und einfach nur den Sex genießen.

Es dauerte nicht sehr lange, bis Mario meine Muschi zu meinem zweiten Orgasmus gefickt hatte. Ich packte seinen Arsch und zog so seinen Schwanz bis zum Anschlag in mich hinein und schüttelte mich, als ich meinen Höhepunkt erreichte. Thomas erzählte mir später, dass er es absolut liebte, seinen Schwanz in meinem Mund zu haben, während ich zum Orgasmus kam.

Ich wollte nicht, dass Mario schon abspritzte und alles vorbei war. Also sagte ich, wir sollten tauschen. Thomas musste sich auf den Rücken legen und ich kletterte auf ihn und ließ mich auf ihn herab. Dann stand Mario vor mir auf dem Bett auf. Oh mein Gott! Ich liebte das. Ich ritt meinen Freund hart, während ich sich meine Lippen um Marios hartem Schwanz schlossen. Es kam mir so vor, als wäre Thomas Schwanz heute sogar noch härter als sonst. Woran das wohl lag? Ich hielt mich mit beiden Händen an Marios Hüften fest, damit ich sowohl Thomas besser ficken, als auch Mario blasen konnte. Es dauerte einen kleinen Augenblick, aber dann fand ich einen guten Rhythmus zwischen den beiden. Die ganze Szene machte mich so sehr an.

Und ich musste dringend noch von hinten gefickt werden. „Ich will, dass Mario mich von hinten fickt", rief ich.

Ich kletterte von Thomas herunter und ließ ihn sich auf den Rücken legen, mit dem Kopf an der Kante des Bettes. Dann legte ich mich über sein Gesicht, in einer 69er Position und Mario führte seinen dicken Schwanz langsam wieder in mich hinein. Direkt vor Thomas Gesicht. Wenn Thomas sehen wollte, wie ich einen anderen Kerl ficke, sollte er eine Nahaufnahme bekommen. Ich spürte, wie seine Zunge über meine Klitoris zu lecken begann und mir sagte, dass ihm der Anblick gefiel. Ich fühlte mich wie eine Sexgöttin. Eine verdammt geile und hemmungslose Sexgöttin. Ich habe es schon immer geliebt, wenn Thomas mit meiner Klitoris spielte, während er mich fickte, aber das war eine ganz andere Ebene.

Mario fickte mich immer schneller, immer härter. Sein ganzer Schwanz verschwand in meinem nassen Loch, während seine Eier gegen mich klatschten. „Oh mein Gott, ich spritz gleich ab!", rief er plötzlich. „Komm in mir, bitte! Spritz mir in die Fotze. Gib mir dein geiles Sperma. Los, komm in mir!" Ich erkannte mich nicht wieder und konnte es auch nicht verhindern. Die schmutzigen Worte sprudelten unkontrolliert aus meinem Munde. Und ich wollte sein Sperma in mir spüren.

Er stieß rein und raus, während Thomas meine Klitoris mit seiner Zunge reizte. Mario fing an, laut zu stöhnen, und ich spürte, wie seine Finger meine Hüften noch fester umklammerten. Auf einmal konnte ich sein warmes Sperma in mir spüren. Ich war so kurz davor, meinen dritten Orgasmus in dieser Nacht zu haben. „Ist das geil", stöhnte ich, „nicht aufhören! Ich will deinen ganzen Saft in meiner Fotze haben." Mario bewegte sich langsamer werden weiter, bis seine Eier komplett leer waren und er mir sein gesamtes Sperma in die Pussy gepumpt hatte.

Als er fertig war und zog er sich langsam aus meiner triefend nassen Muschi zurück. „Thomas, bitte hör nicht auf! Ich bin so kurz davor, zu kommen!"

Thomas ließ nichts anbrennen und machte weiter. Ich drückte meine Muschi fest auf sein Gesicht. Anscheinend störte es ihn auch nicht sonderlich, das fremdes Sperma in meiner Muschi war. Ich spürte, wie seine Zunge zwischen meinem Kitzler hin und her wanderte und tief in mich eindrang. Dadurch verlor ich erneut die Kontrolle und kam wieder. Ich bin noch nie dreimal in einer Nacht gekommen, geschweige denn bei einer Sexsession wie dieser, aber ich konnte nicht anders. Alles an diesem Abend hat mich so aufgeregt und erregt.

Ich rollte mich von Thomas herunter. „Bitte fick mich auch noch mal, Baby!" Er legte sich auf mich und drang langsam in mich ein. „Fick mich hart! Bitte!" Er begann, mich schnell zu ficken. Ich schrie vor Freude! Sein Schwanz stieß tiefer in mich hinein. Ich schlang meine Arme um seinen Hals und flüsterte ihm ins Ohr: „Wie fühlt sich meine Muschi an, Baby? Gefällt es dir, meine Muschi mit Marios Sperma zu ficken?"

Diese kleine Bemerkung brachte ihn völlig aus dem Konzept und er kam so plötzlich und heftig. Ich konnte die Intensität seines Höhepunktes in seinem Gesicht sehen. Sein Körper bebte, während er in mich hineinspritzte. Ich fühlte mich wie eine Königin, weil ich ihn dazu gebrachte hatte, so heftig zu kommen und so viel Freude zu empfinden. Er brach einfach auf mir zusammen, völlig außer Atem. Es fühlte sich so gut an, nach so einem wilden Erlebnis meine Arme und Beine um meinen Freund zu legen. Es war fast so, als würden wir uns am Ende umarmen, um uns zu sagen, dass wir zusammen gehören und uns lieben.

Mit gebührendem Anstand zog sich Mario an, gab mir einen Kuss und sagte, er würde jetzt gehen und uns etwas Privatsphäre geben. „Danke für den geilen Fick", sagte ich noch etwas atemlos. „Ich habe zu danken", erwiderte er als echter Gentleman und hinterließ seine Nummer bei Thomas. „Falls wir wieder ausgehen wollt und Lust auf eine Wiederholung habt", zwinkerte er uns zu. Mein Mann brachte unseren Gast zur Türe und kam dann zurück zum Bett, legte sich auf mich und gab mir einen tiefen Kuss. Er blickte mir in die Augen. Ich sah ihn direkt an und sagte einfach „Danke" mit dem größten Lächeln das mir zur Verfügung stand.

Das war der Start als Hotwife. Wir sind schon seit Jahren zusammen und inzwischen verheiratet. Wir lieben es immer noch, andere Männer in unser Sexleben einzubeziehen. Manchmal nur mit kleinen Neckereien in Bars, oder frivolen Ausgehen. Manchmal suchen wir aber auch richtige Sexdates, bei denen beinahe alles erlaubt ist.

Sex mit anderen Männern ist nicht alles, aber es hat unsere Beziehung stärker gemacht, als ich es mir je hätte vorstellen können. Und unser Sex ist so leidenschaftlich, dass ich nicht glücklicher sein könnte. Ich denke, es ist an der Zeit, vielleicht auch einmal was zurück zu geben und eine Frau einzuladen, um mit uns Spaß zu haben. Und so meinen liebenden Ehemann erleben zu lassen, was ich seit Jahren erleben darf! Wer weiß, vielleicht werde ich diese Erfahrung auch lieben!

Im Schlafzimmer einer Fremden

Daniel und Laura mieteten das oberste Stockwerk eines riesigen Dreifamilien-Hauses in einem sehr schönen Teil von München. Das Haus war in eine Erdgeschoss-, eine Obergeschoss- und eine Dachgeschosswohnung aufgeteilt, und sie lebten gerne dort.

Sie waren seit zwei Jahren verheiratet und waren direkt nach ihren Flitterwochen von ihrer Heimat im Norden nach München gezogen. Ihre Jobs liefen gut und sie waren ziemlich glücklich. Sie hatten sich noch nicht ganz an das Zusammenleben gewöhnt, und Laura arbeitete oft auswärts, was dazu beitrug, dass ihr Sexleben ziemlich gut war. Der Sex beim Weggehen und vor allem der Sex beim Nachhausekommen waren sehr gut.

An einem Freitagabend saßen sie in ihrer Wohnung, als es unerwartet an der Tür klopfte, und zwar nicht an der Klingel für die Außentür, sondern an der Wohnungstür selbst. Das konnte nur einer der beiden anderen Bewohner sein konnte. Daniel ging zur Tür.

Und in der Tat, es war Carmen, die direkt unter ihnen im ersten Stock wohnte. Sie war vielleicht 30 Jahre alt, ähnlich alt wie Laura. Sie war sehr hübsch und hatte eine gute Figur.

„Oh, Hallo", sagte Carmen sichtlich verlegen. „Kann ich dich um einen Gefallen bitten? Ich fahre für ein paar Wochen weg und habe mich gefragt, ob es dir nichts ausmachen würde, auf meine Wohnung aufzupassen. Vielleicht könntet ihr auch meine Fische zu füttern?

„Natürlich", sagte Daniel. „Kein Problem, wann fährst du denn?"

Sie erzählte ihm die Einzelheiten ihrer Reise und fragte, ob sie vorbeikommen wollten, damit sie ihnen zeigen konnte, wo alles war. Daniel willigte spontan ein und gemeinsam gingen sie in Carmens Apartment. Sie zeigte ihnen die Zimmer, wie man die Alarmanlage ein- und ausschaltet und den Pin-Code dafür. Obwohl die Wohnung die gleiche Form wie ihre hatte, sah sie ganz anders aus. Alles war sehr spartanisch eingerichtet. Als ihnen die Fische gezeigt wurden, warf Daniel einen Blick durch die teilweise geöffnete Schlafzimmertür. Er sah das große Bett, dessen schwarze Bettwäsche, die wie Seide aussah, ordentlich bezogen war.

Drei Tage später war Carmen weggefahren, und es war ihr erster Tag, an dem sie dran waren mit „Fischsitting." Abends gingen sie beide zu Carmens Wohnung hinunter. Natürlich plagte beide die Neugierde und so hatten sie einstimmig beschlossen sich ein wenig umsehen.

Sie fütterten die Fische und schnüffelten im Anschluss ein wenig herum. Sie landeten natürlich auch im Schlafzimmer und stellten fest, dass die schwarzen Seidenlaken durch ein dunkelviolettes Set ersetzt worden waren. Das Bett schien riesig zu sein. Eigentlich viel zu groß für nur eine Person.

„Verdammt, hier könnte man glatt eine Orgie drin feiern", sagte Daniel.

„Behalte deine schmutzigen Fantasien für dich", erwiderte Laura lächelnd. Aber auch sie fand die Größe des Bettes sehr interessant.

„Ich habe sie noch nie vögeln gehört", sagte Daniel. „Hast du?"

Laura überlegte kurz und sagte: „Nein, ich glaube nicht." Sie dachte weiter nach und erzählte dann: „Ich bin eines Morgens die Treppe hinuntergegangen, um zur Arbeit zu gehen. Da bin ich einmal mit einem Typen zusammengestoßen, der ihre Wohnung verlassen hat. Er sah ziemlich kaputt aus", lachte sie.

Er grinste über beide Ohren. „Ich hätte nichts dagegen, auf einem Bett dieser Größe zu ficken. Da könnte man sich richtig auspowern", sagte Daniel und sah Laura in die Augen, als sie sich auf das Bett setzte.

„Ich weiß, was du denkst", sagte Laura. Während sie das sagte, spürte sie, wie ihre Muschi anfing zu kribbeln.

„Tust du das?", sagte Daniel.

Laura sah ihm in die Augen. In Wahrheit war sie den ganzen Tag über schon ein bisschen geil gewesen. Sie teilte sich ein Büro mit drei anderen Kolleginnen. Davon hatten aber zwei heute frei, also waren nur Martina und Laura da. Martina war ihre Lieblingskollegin, mit der sich offen über alles reden konnte. Und das bedeutete im Grunde für die zwei Damen, dass sie Zeit genug gehabt hatten, den ganzen Tag über Sex zu reden. Laura wusste, dass ihre Kollegin sexuell ziemlich freizügig, erfahren und gerade Single war. Sie erzählte Laura gerne von ihren sexuellen Abenteuern.

Als Martina von ihren neusten Eskapaden mit ihrem neuen Freund erzählte, wie sie ihm in seinem Büro einen bließ oder wie er sie im Kino mit seinen Fingern zum Abspritzen gebracht hatte, wurde Laura ganz kribbelig. Sie ließ ihre Gedanken ein paar Mal im Laufe des Tages schweifen. Natürlich dachte sie dabei immer an Sex. „Nicht nur bei Männern ist das so", dachte sie belustigt. Auch Frauen können echte Schweinchen sein.

Sie hatte beschlossen, Daniel klarzumachen, dass sie heute Abend Lust auf Sex hatte. Aber in Carmens Wohnung war das nicht geplant.

„Wie würdest du dich fühlen, wenn wir sie bitten würden, auf unsere Wohnung aufzupassen und sie am Ende in unserem Bett vögeln würde?", fragte Laura, die die Antwort teilweise vorhersah.

„Ziemlich happy", sagte Daniel, „mir würde das voll gefallen."

„Ich wusste, dass du das sagen würdest", erwiderte sie, ging auf ihn zu und küsste ihn dann auf die Lippen. „Nun, wir werden hier ganz sicher nicht vögeln. Aber mach dir keine Sorgen. Ich will dich später tief in mir spüren." Mit der Antwort musste sich Daniel für den Augenblick zufrieden geben. Sie sahen sich weiter um, und Daniel fragte Laura: „Findest du, dass das Öffnen von Schubladen ein bisschen zu viel ist?"

„Was hoffst du zu finden?"

Daniel überlegte und antwortete dann: „Einen Einblick in ihr Leben oder vielleicht eine Reihe von Fotos von mir, die sie heimlich gemacht hat, weil sie auf mich steht", scherzte er.

„Ich würde nicht darauf wetten", antwortete Laura, ebenfalls scherzend.

Sie sahen sich weiter um, und dann hörte Daniel, wie Laura über seine Schulter hinweg „Verdammte Scheiße", rief. Er schaute sich um.

Laura stand vor dem Nachttisch, dessen unterste Schublade geöffnet war. Sie hielt einen schwarzen Dildo in die Höhe, mindestens 25 Zentimeter lang war. Er hatte die Form eines gigantischen Penis.

„Verdammte Scheiße", war alles, was Daniel sagen konnte.

„Komm und sieh dir den Rest an!", sagte Laura und das tat Daniel auch. Die Schublade enthielt eine sehr ordentliche Auswahl von Sexspielzeugen. Jedes war ordentlich in seiner Schachtel. Allerdings sahen die Verpackungen aus, als wären sie schon oft geöffnet und geschlossen worden.

„Das ist verdammt heiß", flüsterte Laura. Sie konnte nicht anders, als sich Carmen mit diesem Dildo vorzustellen. Der Gedanke machte sie wirklich an. Sie fragte sich, ob ihre Nachbarin es tatsächlich schaffte, sich dieses riesige Teil selbst in die Muschi zu schieben oder nur benutzte, um ihre Klitoris zu stimulieren. Laura hatte es noch nie mit einer Frau getrieben, aber sie liebte es, Frauen in Pornofilmen beim Masturbieren zuzusehen.

Laura hatte sich früher, wäre des Studiums, einmal ein Zimmer mit einer Kommilitonin geteilt, die ihr irgendwann mal erzählt hatte, dass sie fast jede Nacht an sich selbst rumspielte. Mit dem Wissen hatte Laura manchmal so getan, als schliefe sie, um zu hören, wenn ihre Freundin sich selbst befriedigte. Und ihre Mitbewohnerin tat es wirklich sehr oft. In Lauras Muschi wurde es immer richtig feucht und sie besorgte es sich ebenfalls. Natürlich still und heimlich.

„Sie steht wohl auf große Schwänze", sinnierte Daniel.

„Tun wir das nicht alle...?", sagte Laura. Plötzlich dachte Laura Sex. Genau hier, in einer fremden Wohnung, in einem fremden Bett. Sie dachte an Carmen, wie sie in diesem Bett lag und der Dildo in ihrer Fotze steckte und sie dabei stöhnte.

Auch Daniel dachte über Carmen und den Dildo nach. Er sah seine Nachbarin in einem neuen Licht. Er hatte einen Blick in ihre Unterwäscheschubladen geworfen und alles darin sah teuer und sexy aus. Sie kleidete sich eindeutig gerne sexy. Er hatte allerhand Tangs, Strapse, Strümpfe und sogar offene Strumpfhosen entdeckt. Jetzt fragte er sich gerade, ob Carmen manchmal solche Sachen beim Wichsen an hatte. Der Gedanke erregte ihn und sein Schwanz wurde hart.

„Ist der Fick noch im Angebot?", fragte Laura unerwartet. Dabei funkelten ihre Augen verführerisch. Sie ließen sich auf das große Bett fallen, küssten sich leidenschaftlich und krallten sich an der Kleidung des anderen fest. Laura zog als erste ihr T-Shirt aus. Daniel zog ihren BH herunter, um seinen Mund auf ihre kleinen Brüste und ihre erigierten Brustwarzen zu legen. Sie machten sich nicht die Mühe, sich vollständig zu entkleiden. Dazu war die Leidenschaft bereits zu weit fortgeschritten. Es reichte gerade nach soweit sich gegenseitige die Hosen samt Unterwäsche runter zu ziehen. Und in nächsten Augenblick war er in ihr und stieß gegen ihre Hüften. Sie packte ihn und zog ihn gegen sich, trieb ihn an und stöhnte ihm ins Ohr.

Seine Stöße, tief und schnell, brachten sie beide schnell zum Orgasmus, und schon bald spritzte er einen Strom von Sperma in sie.

Danach lagen sie zusammen und kuschelten. Nach ein paar Minuten der Erholung sagte Laura: „Wir sollten aufräumen." Also brachten sie alles zurück in den Urzustand. Als Daniel den schwarzen Dildo zurück in die Schublade legte, bemerkte er zwischen den Spielzeugen ein Handy. Ein älteres IPhone. Er sagte zu Laura: „Hier ist ein Telefon."

„Eingeschaltet?"

„Noch nicht... jetzt ist es an", antwortete er.

„Daniel!", rief Laura aus, „verdammt noch mal!"

„Es hat einen Pin-Code, macht nichts", sagte er und schaltete es wieder aus. Sie verließen die Wohnung und schlossen ab.

Am nächsten Abend war Daniel nicht da und Laura ging allein nach unten. Sie hatte einen anstrengenden Tag hinter sich und dachte weder an die vergangene Nacht noch an die Spielzeugschublade. Doch als sie hineinging und den Code in die Alarmanlage eintrug, musste sie kichern. Zu frisch waren die Erinnerungen an den Quicky im Schlafzimmer. Sie fütterte die Fische und ging den kurzen Flur entlang, um erneut einen weiteren Blick ins Schlafzimmer zu werfen. Mit leichtem Herzklopfen öffnete sie wieder die Schublade mit den Dildos. Sie betrachtete die Reihe der Spielzeuge und bemerkte das doppelendige Teil, das wie ein schiefes „U" aussah und eindeutig für Muschi und Arsch gedacht war. Sie spürte ein Kribbeln. Tief in ihrer Muschi.

Sie erblickte das Telefon, setzte sich damit auf das Bett und dachte darüber nach. Was könnte da noch drauf sein, außer sexuellem Zeug? Sie bewahrte es schließlich in einer Schublade mit ihren Sexspielzeugen auf. Um Himmels willen!

Sie erinnerte sich, dass es ausgeschaltet gewesen war. Dennoch schaltete sie es erneut ein. Sie hatte eine Idee. Als sie den Sperrbildschirm erreichte, konnte sie kaum noch atmen.

Sie gab den vierstelligen Alarmcode ein, den Carmen ihnen gegeben hatte, und das Telefon ... sagte sofort ... „Falsche PIN." Mist!

Sie wollte es gerade ausschalten, als ihr ein anderer Gedanke kam. Laura holte ihr eigenes Telefon heraus und suchte Carmens Privatnummer heraus. Dann gab sie die letzten vier Ziffern in das iPhone ein, das sich sofort entsperrte.

Laura geriet leicht in Panik, fühlte sich wie ein ungezogenes Kind und schaltete das Telefon sofort aus. Dann verließ sie so schnell wie möglich die Wohnung.

Zurück in ihrer eigenen Wohnung schickte sie Daniel sofort eine Nachricht, in der sie ihm mitteilte, dass sie „DAS Telefon" entsperrt hatte. Er antwortete und fragte, was sie gefunden habe, und sie antwortete: „Noch nichts. Ich traue mich nicht. Beeil dich!"

Daniel verließ die Veranstaltung früher als geplant. Sobald er zu Hause war, gingen sie direkt nach unten in Carmens Wohnung. Sie saßen zusammen auf dem Bett und warteten darauf, dass das Telefon hochgefahren wurde.

„Wonach sollen wir suchen?", fragte Laura, und die Aufregung war deutlich in ihrer Stimme zu hören.

„Bilder, glaube ich", sagte Daniel. Laura gab den Pin ein und öffnete die Fotospeicher-App.

Und keuchte.

Und Daniel auch.

Das erste Bild zeigte Carmen, relativ nah. Ihr Gesicht, das glücklich lächelte. Und es war mit Sperma bedeckt. Ein Schwanz war zu sehen, aus dessen dickem Ende die letzten Tropfen fielen. „Jesus" war alles, was Laura sagen konnte, und sie begann zu scrollen.

Als nächstes kam ein Video, das kurz vor dem vorherigen Bild aufgenommen wurde und denselben Schwanz tief in Carmens Mund zeigte. Sie nahm den größten Teil des Schwanzes in ihre Kehle auf und würgte daran. Der Besitzer, der laut stöhnte, zog ihn heraus und begann zu wichsen, während er stöhnte, dass er kommen würde.

Es folgten eine Reihe von Fotos und Videos, die Carmen und den Mann, dessen Gesicht nicht zu sehen war, beim Ficken zeigten. Ständig zeigte es die beiden in neuen Stellungen. Es wurde deutlich, dass das Handy, abgesehen von den letzten Bildern, die offensichtlich auf einer Art Stativ entstanden, hauptsächlich während des Sex gemacht wurden. Das Paar sah zu, wie Carmen weiter in unterschiedlichen Stellungen fickte. Sie den langen Schwanz lutschte, sich die Muschi lecken ließ, ihren Arsch fingerte und wiederholt kam. Es war unglaublich sexy. Sie schwiegen beide, als sie die Bilder durchblätterten.

Die folgenden Bilder zeigten Carmen mit einem Mann und einer Frau. Auch hier wurde der Großteil der Aufnahmen mit dem Telefon auf einem Ständer gemacht. Wobei andere Aufnahmen von dem einen oder anderen Teilnehmer gefilmt oder geknipst wurden, der gerade das Telefon hielt. Es war ein anderer Mann. Sein Schwanz war nicht so groß, dafür aber sehr lang. Die Frau war schlank und sehr attraktiv. Daniel und Laura bemerkten, dass der Drehort das Bett war, auf dem sie saßen.

Diesmal gab es zahlreiche Videos, die in Abschnitten von zwei bis drei Minuten gefilmt wurden. Sie sahen zu, wie Carmen und die Frau sich küssten. Ihre Finger waren zwischen den Beinen der anderen aktiv, sie gingen dazu über, sich gegenseitig die Muschis zu lecken. Dann begann der Typ Carmen zu ficken, während sie ihre Klitoris geleckt bekam, was sie zu einem lauten Orgasmus brachte. Sie sahen zu, wie Carmen seinen Schwanz lutschte, bevor sie ihn in die klatschnasse Muschi der anderen Frau schob.

Zu diesem Zeitpunkt war Laura so geil wie selten zuvor und sagte zu Daniel: „Ich werde mich selbst fingern. Mach dich bereit, mich danach noch zu ficken." Sie schob ihre Hand in ihre Leggings und stöhnte, als ihre Finger ihren Kitzler fanden. „Oh, ich bin so verdammt feucht", sagte sie.

Daniel stand auf, öffnete seine Hose und zeigte ihr seinen harten Schwanz. Er wichste ihn einen Moment lang langsam, bevor er begann, Lauras Leggings und Schlüpfer auszuziehen. Sie legte sich mit dem Rücken auf das Bett und spreizte ihre Beine weit. Ihre Finger fuhren sanft über ihren Kitzler und ihre Muschi.

„Komm her und fick mich", sagte sie.

„Oh, das werde ich", antwortete Daniel.

„Ich will es hart. Besorg es meiner nassen Fotze. Steck den Schwanz einfach in mich rein."

Daniel tat, was sie sagte, setzte die Spitze seines geschwollenen Schwanzes gegen ihre Schamlippen und stieß dann fest hinein. Sie stöhnte laut auf und genoss das Gefühl, voll von ihm komplett ausgefüllt zu sein. Er begann, in sie hinein und wieder heraus zu stoßen, während sie ihre Beine um seinen Rücken schlang. Ihr Stöhnen wurde immer lauter, und sie genoss es, wie sein Schwanz in sie stieß.

„Oh ja, mache es mir so. Gib es mir hart", stöhnte sie und ihre Fingernägel fuhren über seinen Rücken.

Daraufhin stieß er schneller und tiefer in sie und hob ihre Beine über seine Schultern. Jeden Zentimeter seines Schwanzes steckte in ihr. So fickte er sie eine gefühlte Ewigkeit, und Laura spürte, wie sie sich einem gewaltigen Orgasmus näherte. „Lass uns die Videos anschauen, während du mich fickst. Mach es mir von hinten!", forderte sie ihren Mann auf.

Er zog sich aus ihr heraus, kniete sich hin und schaute auf ihr klatschnasses Fickloch. Er konnte nicht widerstehen, seinen Kopf zu beugen und seinen Mund auf ihre Pussy zu legen, seine Zunge fest auf ihrer Klitoris.

„Oh verdammt, ist das gut!", stöhnte sie. „Das ist so geil."

Er zog seinen Mund für einen Moment zurück. „Du bist herrlich nass. Ich liebe den Geschmack von dir." „Leck mich weiter", sagte sie und zog sein Gesicht wieder an ihre Muschi. Sofort verwöhnte er ihren Liebesknopf. Laura schrie laut auf: „Oh mein Gott, das ist so verdammt gut. Mach weiter, ich glaube ich komme gleich."

Er leckte sie weiter mit seiner Zunge, ihr Stöhnen wurde lauter, doch dann zog er sich wieder zurück.

„Auf die Knie, heb deinen verdammt sexy Arsch in die Luft."

Sie gehorchte. Laura schob ihre Hand zwischen ihre Beine und öffnete ihre Lippen, um seinen pochenden Schwanz wieder in sich aufzunehmen. Sie schnappte sich das Telefon und legte es vor sich hin. Zufälligerweise wurde Carmen auf dem Bildschirm auch von hinten gefickt. Die Kamera wurde von der anderen Frau gehalten, die Carmens Gesicht zwischen ihren Schenkeln hatte. Sie konnten die Frau sprechen hören: „Oh, das ist geil, ja ja ja, genau so. Magst du seinen Schwanz in deinem Arsch? Du liebst es doch so gefickt zu werden." Wenige Momente später hatte ihre Nachbarin diesen langen Pimmel in ihrem Arschloch stecken und wurde gevögelt. Dabei leckte Carmen die Pussy der zweiten Frau. Carmen stöhnte und kam dann lautstark zum Höhepunkt.

Das war sowohl für Laura als auch für Daniel zu viel. Laura schrie auf, als ein gewaltiger Orgasmus ihren Körper durchzuckte, und Daniel spürte, wie sich sein Schwanz anspannte und dann einen Schwall warmen Spermas in die pulsierende Muschi seiner Frau entließ. Keuchend pumpte er seinen Samen tief in ihr nasses Loch hinein.

Als sie danach beieinander lagen, sahen sie sich den Rest des Handys an. Später fanden sie auf der Web-Browsing-App ein Lesezeichen zu einer Amateur-Porno-Seite. Sie erkannten bald, dass Carmen Videos hochgeladen hatte, die andere sehen konnten. Bei diesen Videos handelte es sich um bearbeitete Versionen der Videos, die sie gesehen hatten. Mit unkenntlich gemachten oder verpixelten Gesichtern. Gleichzeitig bemerkten sie, dass das neueste Video an diesem Tag hochgeladen worden war. Sie klickten auf den Link und sahen eine Frau, die in einem Liegestuhl auf einem Balkon saß. Sie war nackt, abgesehen von einem breitkrempigen Hut, der ihr Gesicht bedeckte. Beide hatten genug von Carmen gesehen, um ihren nackten Körper zu erkennen, und sie sahen zu, wie sie sich mit ihren Fingern selbst befriedigte. Am Ende hörten sie sie sagen: „Ich werde später etwas Besonderes für euch hochladen."

„Sollen wir danach Ausschau halten?", sagte Daniel.

„Ja, das sollten wir, ich bin fasziniert, und ich bin mir ziemlich sicher, dass ich dich später wieder in mir haben will", antwortete Laura lüstern. Sie kopierten die Anmeldedaten der Website und stellten alles wieder so hin, wie es sein sollte.

Später am Abend gingen Laura und Daniel ins Bett und loggten sich auf der Website ein. Zu ihrer Freude sahen sie, dass ein weiteres Video hochgeladen worden war. Es war klar, dass sie sich den Clip ansehen würden. Ein Klick später startete der Film.

Sie sahen Carmen auf dem Video, wie sie auf dem Bett in einem Zimmer lag, von dem sie gerade erfahren hatten, dass es ihr Hotelzimmer war. Ihre Nachbarin lutschte den Schwanz eines gut aussehenden Mannes, dann hielt sie inne und griff nach dem Tablet neben sich. Sie sprach in die Kamera: „Der nächste Upload bin nicht ich, aber er ist sehr heiß. Thomas und ich haben es uns vorhin angesehen und es hat uns auf jeden Fall in Stimmung gebracht. Ich schalte ihn jetzt für euch auf den Stream."

Der Bildschirm verschwand, dann erschien er wieder und zeigte Carmens Zimmer aus dem üblichen hohen Kamerawinkel. Es war leer.

„Sie muss eine falsche Datei hochgeladen haben", sagte Daniel enttäuscht.

In demselben Moment, in dem er das sagte, erschien eine Gestalt auf dem Video. Von hinten gesehen, war ihr Gesicht nicht zu erkennen, aber Daniel glaubte ihre Kleidung zu erkennen. Eine Sekunde später erschien eine weitere Gestalt. Diesmal erkannte Daniel die Person leicht. Es war er.

„Oh, verdammte Scheiße", sagte Laura laut, die zur gleichen Zeit wie Daniel erkannte, wer die Personen waren. „Scheiße, Scheiße, Scheiße." „Ich verstehe das nicht", sagte Daniel. „Wie zum Teufel konnte das passieren...?"

Sie beobachteten sich dabei, wie sie das Handy aus der Schublade nahmen und es entsperrten. Sie guckten sich selbst dabei zu, wie sie die Videos auf Carmens Handy anschauten. Zum Glück konnte die versteckte Kamera ihre Gesichter nicht erfassen, da der Winkel nicht stimmte. Aber sie hörten sich selbst sprechen. Dann sahen sie, wie Laura ihre Hand in ihre Leggings schob und wie Daniel aufstand, um seinen harten Schwanz aus seiner Jeans zu befreien.

Auf dem Bildschirm wandte sich Daniel der Kamera zu, woraufhin sein Gesicht verpixelt wurde. Beide atmeten erleichtert auf. Wenigstens würden sie nicht in der Öffentlichkeit gezeigt, aber was sie Carmen sagen würden, war eine andere Frage.

„Sie muss eine Kamera auf dem Schrank haben", sagte Daniel schockiert.

„Ja, aber wie kann sie aufnehmen? Sie muss sie aufgestellt haben. Sie hat uns reingelegt! Sie wollte verdammt noch mal, dass das passiert", sagte Laura wütend.

„Stört dich das wirklich? Man kann uns doch nicht sehen", sagte Daniel.

„Nein, nicht das Video stört mich. Aber ich frage mich ernsthaft, was sie sagen wird, wenn wir uns wieder begegnen. Schließlich haben wir in ihren Sachen herumgewühlt und hatten Sex in ihrem Bett", erklärte Laura. „Beruhige dich. Sie wird sicher nicht böse auf uns sein! Dazu ist sie viel zu locker drauf."

Am nächsten Abend ging Daniel hinunter, fütterte die Fische und kam gleich wieder nach oben. Das tat er auch in den nächsten beiden Nächten.

Am nächsten Morgen erhielt Laura eine Nachricht von Carmen. Erleichtert zeigte sie Daniel den Text: Ich finde es euch zwei super! Ich LIEBE es, dass ihr in meinem Bett gevögelt habt. Ich hoffe, dass euch das Video nichts ausmacht, das ich von euch gefilmt habe. Ich habe es extra verpixelt ist, damit ihr anonym bleibt." Daniel begann zu grinsen und Laura atmete erleichtert aus.

Sie endete mit: „Ich habe bemerkt, dass Laura aufgehört hat meine Wohnung zu betreten, seit ihr das Video gesehen habt. Das ist nicht nötig, Ihr könnt gerne weitermachen. Schaut euch doch an, was ich gerade veröffentlicht habe, vielleicht inspiriert es euch..."

Es gibt nichts, was es nicht gibt

„Ich will deinen Schwanz lutschen."

Welcher Mann würde sich nicht freuen, diesen Text zu lesen, vor allem, wenn er, wie bei mir, von einer wirklich schönen Frau stammt. Das Problem war, dass es sich bei der Frau um Stefanie, meine Ex-Frau, handelte.

Der Grund dafür, dass sie meine Ex-Frau war, war, dass sie vor etwa zwei Jahren beschlossen hatte, ihre Beine für einen Kollegen zu öffnen und mit ihm eine Affäre zu führen. Und das kam eines Tages natürlich raus. Es folgte eine Zeit der Reue, Eheberatungen, Versöhnungsversuchen usw. und dann reichte ich letztendlich doch die Scheidung ein. Seitdem hatte ich mich weiterentwickelt und war kürzlich mit einer wirklich bemerkenswerten Frau, Eva, zusammen gekommen.

Eva und Stefanie, zwei Frauen, die körperlich nicht unterschiedlicher sein könnten. Obwohl, wie ich zugeben muss, beide sehr hübsch sind. Stefanie war eine hübsche Frau und hatte glattes schwarzes Haar, das ihr bis zur Taille hing. Sie war dreißig Jahre alt, 1,70 m groß und wog etwa 62 Kilogramm, hatte eine makellose Haut und tolle Titten. Ihre Brustwarzen standen aufrecht wie Radiergummis. Sie war auch ziemlich gut im Bett, wenn auch nicht großartig. Ihr größtes Manko war eine fast phobische Reaktion auf Sperma. In ihrer Muschi abzuspritzen war in Ordnung, alles andere war tabu. Sie war beinahe die perfekte Schwanzlutscherin, bis sie spürte, dass ein bisschen Sperma aus dem Schwanz tropfte. Dann zog sie sich sofort zurück, als ob mein Schwanz geschmolzenes Metall ausspritzen würde.

Sie war eine leidenschaftliche Liebhaberin, enthusiastisch, und ließ meinen Schwanz hin und wieder sogar in ihren Arsch. Sie musste dafür in Stimmung sein, damit das passierte, aber wenn sie es tat, schien sie es genauso zu genießen, wie ich.

Eva hingegen war durch und durch ein echtes Luder. Ich weiß das, weil sie mir sagte: „Ich bin das größte Luder, das du je getroffen hast." Das sagte sie, nachdem wir das erste gemeinsam nach dem Vögeln im Bett lagen. „Aber nur für dich, ich bin eine Ein-Mann-Frau", fügte sie hinzu. Sie war eine ziemlich kleine Blondine, etwa 1,60 Meter groß, mit einem tollen Arsch und einem verführerischen Aussehen, fast wie ein Filmstar. Sie war Ende zwanzig. Ihre Haare waren modisch geschnitten und sie war gebaut, wie man sich eine richtige Sexbombe so vorstellt.

Aber sie ließ mich mit dem Sex anfangs lange zappeln. Nach mehreren Verabredungen und trotz meiner Bemühungen, sie zu vögeln, hielt sie sich noch immer zurück. Schließlich versprach sie, dass wir am kommenden Freitag einen „erotischen" Abend verbringen könnten. Die Vorfreude war natürlich enorm.

In den Tagen davor schickten wir uns per E-Mail immer ausführlichere Beschreibungen dessen, was wir am Freitag tun würden. Freitagmorgens schickte sie mir eine E-Mail von ihrer Arbeit aus: „Ich kann es kaum erwarten, bis heute Abend, ich rutsche geradezu vom Stuhl." (Später fand ich heraus, dass das wohl stimmte; denn sie hatte die feuchteste Muschi, die ich je erlebt habe).

Am Freitagabend stand sie vor meiner Wohnungstür und trug ein enges schwarzes Kleid, das tief ausgeschnitten war, und das ihre üppigen Titten (noch größer als die von Stefanie) richtig zur Geltung brachte. Mein Schwanz war sofort größer, aber ich versuchte dennoch cool zu bleiben. Zuerst speisten wir mein hausgemachtes Abendessen, das ich für uns zubereitet hatte. Dann ging es ins Wohnzimmer zu Wein und passender Musik. Es dauerte nicht lange, bis wir uns küssten und sich unsere Zungen miteinander vereinten. Bald darauf hatte ich ihre Titten aus dem Kleid geholt, und sie waren wirklich prächtig; groß und mit rosa Brustwarzen. Ich saugte an ihnen, bis Eva vor Vergnügen stöhnte, gleichzeitig streichelte sie meinen Schwanz durch meine Hose. Sie zog den Reißverschluss herunter und entfaltete meine 17 Zentimeter. „Groß und dick", stellte sich zufrieden fest, „genau wie ich es mag." Sie stand vom Sofa auf, kniete sich zwischen meine Beine, und nahm meinen Schwanz in die Hand.

Sie musterte genüsslich meine Männlichkeit, zog meine Vorhaut damit weit nach unten, bis sich meine Eichel spannte. „Ich kann es kaum erwarten deinen Schwanz zu blasen", sagte sie und stülpte ihre Lippen über meine Penisspitze.

Ich hatte noch nie einen besseren Blowjob, als den, den ich von Eva bekam. Sie hatte die Fähigkeit, ihre Zunge von einer Seite zur anderen zu rollen, sodass ihre Zunge eine Art U bildete, das die Vorderseite und die eine Seite meines Schwanzes umschloss. Mit dieser U-förmigen Zunge glitt sie dann langsam an meinem Schwanz auf und ab, bis ich stöhnte und schon fast bereit war, meine Ladung Sperma direkt in ihren einladenden Mund zu blasen. Sie spürte das und sagte: „Noch nicht, du kannst in meinem Mund abspritzen, wenn du willst. Aber zuerst will ich dich in meiner Fotze haben."

Sie führte mich ins Schlafzimmer. Langsam, und stets darauf bedacht mich im Blick zu behalten, zog sie ihr Kleid aus. Darunter kam ihre schwarze Unterwäsche mit dem passenden Strapsgürtel und den sündigen Nylons zum Vorschein. Ich verschlang sie förmlich mit meinen Augen. „Soll ich das auch noch ausziehen?", fragte sie mich und deutet auf ihren Slip sowie den BH. „Zeig mir deinen sexy Körper!" Wenige Sekunden später stand Eva nackt, bis auf die Strapse und die Highheels, vor mir. „Du bist Sex pur!", stammelte ich.

„Leck meine geile Fotze!", sagte sie und legte sich mit dem Rücken auf das Bett. „Darauf freue ich mich schon seit unserem ersten Date!", erwiderte ich und nahm zwischen ihren geöffneten Schenkeln platz. Ihre Pussy war zum größten Teil rasiert. Nur über den Schamlippen hatte sie fein rasierte Schamhaare, was den Eingang zu ihrer Muschi noch besser zur Geltung brachte. Ich fing an, mit der Zunge ihren Kitzler zu lecken, während ich mit zwei Fingern in ihr nasses Loch eintauchte (habe ich schon erwähnte, dass sie die feuchteste Muschi hatte, die ich je erlebt habe?).

„Lass uns endlich ficken! Ich brauche jetzt deinen Schwanz tief in meiner Pussy", stöhnte sie und drehte sich auf alle Viere, sodass ich mich neben das Bett stellen musste und so in ihre bereits triefende Muschi eindringen konnte. Sie ahnte wohl, dass mich der Anblick meines Schwanzes, wie er in ihre Muschi glitt, anmachen würde. Und das machte es auch!

Mühelos verschwanden meine 17 Zentimeter bis zum Anschlag in ihrem Loch. Eva war herrlich eng gebaut, und dank der Feuchtigkeit war es mir möglich sie sofort schnell, hart und tief zu ficken. Dabei wippten ihre großen Titten mit, während meine prall gefüllten Eier gegen sie klatschten und das dabei das typische „Fickgeräusch" erzeugten.

Mein Grundsatz bei Sex war schon immer: Ladies first, das bedeutet für mich, erste kommt die Dame und danach ich! Doch noch nie war es für mich schwieriger, mich daran zu halten als in dieser Nacht. Mit sehr viel Mühe ich konnte durchhalten, während ich Eva fickte und zusah, wie sich ihr toller Körper unter mir wand. Sie half ihrem Orgasmus selbst etwas nach, in dem sie sich selbst mit einer Hand den Kitzler massierte. Schließlich verzerrte sich ihr Gesicht und ich konnte erkennen, dass sie kam (natürlich war ihr Spruch „Ich komme, hör nicht auf" auch ein ziemlich guter Hinweis). Danach verlangsamte ich meine Stöße ein wenig, damit sie sich erholen konnte, ohne dass ich mit dem ficken aufhören musste. Sie fragte mich kurzatmig: „Wo willst du abspritzen?" Ihre ständigen schmutzigen Worte brachten mich fast um den Verstand und ich schoss so plötzlich meine ganze Ladung Sperma in ihre nasse Fotze.

Danach, als wir im Bett lagen, unterhielten wir uns. Sie sagte mir: „Ich kann ein echtes Luder sein. Mit dem richtigen Mann an meiner Seite." „Ich denke, dass ich dieser Mann für dich sein kann", antworte ich. Dann erklärte sie mir, wie unser Sexleben aussehen könnte. „Ich bin eine echte Drei-Loch-Stute. Du kannst meinen Mund, meine Muschi oder meinen Arsch ficken, wann immer du willst; jedes Loch, zu jeder Zeit, überall; in einem vernünftigen Rahmen. Aber ich will nicht wegen Erregung öffentlichen Ärgernisses erwischt werden." Für viele ist Dirtytalk im Schlafzimmer ein Tabu. Meiner Meinung nach wird das Thema völlig unterschätzt. Den als ich das hörte, wurde mein Schwanz augenblicklich wieder hart. Sie sah meine Reaktion und fragte mich: „In welches Loch willst du mich jetzt ficken?"

Ich setzte sie vor mir auf die Knie und fickte sie in den Mund. Dieser Anblick hatte etwas köstlich Obszönes an sich. Ich hielt ihren Kopf mit beiden Händen fest, während ich Evas Mund fickte. Ich fing langsam an und steckte ihr meinen Schwanz nur bis zum Ende meiner Eichel zwischen die Lippen. Nach und nach schob mehr von meinem Schwanz hinein, bis ich die Spitze meines Schwanzes an der Öffnung ihrer Kehle spürte. Das war etwa nach 15 Zentimeter und ich dachte, ich hätte den Tiefpunkt erreicht. Eva war jedoch eine wahre Meisterin im Schwanzlutschen und beherrschte selbst einen Deepthroat. Sie sah mir direkt in die Augen, während ihr Mund mit meinem Schwanz gefüllt war.

Ihr Blick und ihr Stöhnen verrieten mir, dass sie mehr wollte. Ich fragte sie: „Soll ich noch tiefer rein?" Sie sagte etwas, aber ich konnte es nicht verstehen. Da sie meinen Schwanz im Mund hatte, war ihre Aussprache natürlich nicht die beste. Aber sie nickte leicht, und das war das Einverständnis, das ich brauchte, um die letzten zwei Zentimeter in ihren Mund und ihre Kehle zu schieben. Es war herrlich, die Spitze meines Schwanzes so tief in ihr zu spüren. Für mich war das eine komplett neue Erfahrung und ich genoss das Neue. Eva umklammerte mit den Händen meinen Po und gab so das Tempo vor. Ich begann sie ernsthaft in die Kehle zu ficken. Nach einiger Zeit übernahm ich das Kommando und zog meinen Penis fast ganz heraus und stieß ihn dann wieder in sie hinein. Ihre Lippen schmiegten sich weich und verführerisch um meinen Schaft. Einfach geil, das kann ich euch sagen!

Während sie weiter vor mir auf dem Boden kniete, streckte sie ihre Zunge heraus und benutzte sie, um über meine Eier zu streichen. Nun, ich kann nur so viel ertragen, aber nach ein paar Minuten des perfekten Blowjobs schoss ich meine zweite

Ladung des Abends ab. Diesmal in ihren Mund. Eva nahm mein Sperma auf und sah mir die ganze Zeit in die Augen, während ich in ihren Mund mit meinem Saft flutete. Dann tat sie etwas, was ich nie vergessen werde, obwohl sie es seitdem noch viele Male getan hat. Sie neigte ihren Kopf zurück und öffnete ihren Mund, um mir das Ergebnis meiner Spermaexplosion zu zeigen. Ein schöner perlenartiger Mund voll warmen Spermas. Sie schob die schaumige Ladung zwischen ihren Lippen hinauf, ohne einen einzigen Tropfen zu verlieren. Dann bließ sie Spermablasen, während sie mir direkt in die Augen sah. Schließlich schluckte sie die Ladung und rief: „Das war lecker, ich hoffe, dass ich in den nächsten Tagen noch viel mehr bekomme."

Jedoch zurück zu Stefanie. Vielleicht erinnerst du dich an ihre Textnachricht: „Ich will deinen Schwanz lutschen!" Das war nicht die einzige Nachricht, die sie mir schickte, sie bat mich auch, sie in den Arsch zu ficken und schickte verschiedene Nacktfotos von ihr, eines mit einem riesigen Dildo in ihrer Muschi.

Es war eine Art Dilemma. Denn ich wollte mit Stefanie tatsächlich Kontakt haben. Nicht um mit ihr verheiratet zu sein, sondern einfach um sie zu ficken? Aber Eva war wirklich bemerkenswert und ich wollte sie nicht verlieren. Ich hatte mit der Beziehung zu meiner Ex auch abgeschlossen und hatte echte Gefühle für Eva. Was sollte ich tun? Schließlich beschloss ich, Eva von den SMS und den Bildern zu erzählen, aber nicht, dass ich Stefanie gerne noch einmal ficken wollte. So dumm war ich nicht. Aber vielleicht würde Eva die Ehrlichkeit zu schätzen wissen, und eine Art Lösung für dieses Thema finden. Sie behauptete ja von sich, sie sei ein echtes Luder.

Also erzählte ich ihr davon. Ich zeigte ihr sogar die SMS und die Bilder. Evas Reaktion war erfreulicherweise wie erhofft. Sie studierte jedes Bild, jedes Detail und jede Kurve von Stefanies schönem Körper. Schließlich reichte sie mir mein Handy zurück und sagte: „Vielleicht ist es an der Zeit, dass ich ein noch wenig ehrlicher werde. Ich liebe es zwar mit dir zu ficken und deinen Schwanz zu blasen. Aber ich genieße es auch, ab und zu eine Muschi zu lecken; ja, ich schätze, ich bin bisexuell. Und deine Ex ist verdammt heiß. Vielleicht können wir Stefanie ja zu einem dauerhaften Dreier überreden."

Ich muss sagen, dass ich das nicht erwartet hatte. Aber es versteht sich wohl von selbst, dass dieses Geständnis höchst willkommen war. Doch dann dachte ich: ´Hey, wir reden hier über Stefanie, das wird nie passieren.´ Ich erzählte Eva alles, was ich über Stefanie wusste. Über ihre Abneigung gegen Sperma, ihre begrenzte Anal-Erfahrung und den ganzen Rest (einschließlich der Tatsache, dass sie, soweit ich wusste, Sex zwischen zwei Frauen noch nie in Erwägung gezogen hatte). Im Grunde genommen dachte ich, dass sie sich nie darauf einlassen würde.

Eva sagte: „Sieh mal, man kann nie wissen, was jemand will. Sie will offensichtlich unbedingt wieder mit dir zusammenkommen. Eine Beziehung kommt natürlich nicht mehr in Frage. Aber ich hätte nichts gegen eine sexuelle Dreiecksgeschichte. Sofern sie zustimmt zu. Und natürlich muss sie daran arbeiten, eine echte Dreiloch-Stute für dich zu werden, und eine Muschileckerin für mich. Lass mich mit ihr reden. Ich werde ihr alles erklären und wir werden sehen, was dann passiert."

Ich machte mir keine großen Hoffnungen, gab aber Eva Stefanies Telefonnummer.

Am nächsten Tag rief Eva mich an und erzählte, dass sie ein langes Gespräch mit Stefanie hatte. Sie sagte Stefanie, dass ich bereit sei, sie wieder zurückzunehmen, aber nicht ganz so wie früher. Dass sie, Eva, jetzt meine neue Freundin sei. Aber das sie, Eva, nichts gegen eine moderne Dreiecksbeziehung hätte. Und dass einige Änderungen vorgenommen werden müssten (die ganze Sache mit der Dreiloch-Stute und dem Muschilecken). Sie sagte, dass Stefanie lange gezögert hatte, aber dennoch wenig dagegen zu haben schien. Schließlich sagte, dass sie es ausprobieren würde. Stefanie wollte versuchen das zu tun, was wir von ihr wollten. Die beiden hatten direkt für heute Abend ein Kennenlernen in meiner Wohnung vereinbart, um zu sehen, ob wir gemeinsam in die Tat umsetzten konnten.

In diesem Augenblick hättest du mich mit einer Feder umhauen können.

Eva traf zuerst bei mir ein. Sie war eindeutig gekleidet und auf Sex eingestellt. In einem hautengen Rock und einer tief ausgeschnittenen Bluse, die wenig der Fantasie überließ. Sobald sie die Tür geschlossen hatte, lehnte sie sich zurück und öffnete langsam den Reißverschluss an der Seite ihres Rocks. Dabei sah sie mir die ganze Zeit in die Augen. Als sie ihren Rock zu Boden schob, konnte ich sehen, dass sie wieder ihren schwarzen Strumpfgürtel trug, dazu einen durchsichtigen schwarzen Slip und hautfarbene Strümpfe trug. Sie wusste, was ich mochte. Dann zog sie ihre Bluse aus und enthüllte ihre großen, perfekten Titten, die in einem schwarzen und durchsichtigen BH steckten.

In diesem Moment klingelte es an der Tür. Eva lehnte noch immer entspannt an der Tür. Sie drehte sich um und öffnete sie. Ich glaube, Stefanie war ein bisschen schockiert, als sie diese schöne, halbnackte Frau vor sich stehen sah. Aber sie kam trotzdem herein.

Stefanie sah ebenfalls toll aus. Sie trug ein enges schwarzes Kleid mit dunklen Strümpfen. Ihre Titten wölbten sich gegen das Kleid, und ich konnte es kaum erwarten, sie wieder in meinen Händen zu halten (obwohl ich das noch immer nicht wirklich glaubte).

Glücklicherweise lag keine unangenehme Spannung in der Luft. Die Damen musterten sich gegenseitig. Dann eröffnete Stefanie das Gespräch: „Eva, erklär mir bitte noch einmal genau die Situation: Er ist bereit wieder eine Beziehung mit mir zu führen, aber nur als Teil eines Trios mit dir. Dann ist das ganze hier wohl sowas ähnlich ein Vorstellungsgespräch, oder?"

Ich wollte gerade antworten, als Eva das Wort ergriff: „Nennen wir es eine Art Test oder wie du willst. Unterm Strich wirst du zeigen müssen, dass du sexuell mit uns mithalten kannst. Wir wissen, dass du eine leidenschaftliche Frau sein kannst. Aber du musst uns zeigen, dass du zukünftig auch die Spermaladung deines Mannes richtig genießen kannst. Du musst lernen sein Sperma zu mögen, wenn er bereit ist, dir in die Fotze zu spritzen. Außerdem musst du beweisen, dass du meine Muschi richtig lecken kannst und das auch selbst möchtest. Und natürlich auch, dass du seinen Schwanz jederzeit in deinen Arsch nehmen kannst. Dann können wir es versuchen. Glaubst du, dass du den Test bestehen kannst? Und bitte verzeih mir. Ich liebe es die Dinge direkt beim Namen zu nennen."

Stefanie sah etwas nervös aus. „Ich glaube, ich kann das alles", sagte sie, „ich bin auf jeden Fall bereit, es zu versuchen. Vielleicht kannst du mir dabei sogar helfen? Sag mir einfach was ich tun soll?" „Sicher, fang damit an, dass du uns deinen Körper zeigst. Ich habe dir ja gesagt, was du anziehen sollst. Wie du weißt, mag es unser Mann. Ich hoffe doch sehr, dass du das getan."

Mein Ex nickte verlegen und Eva führte mich zum Sofa, wo wir uns nebeneinander hinsetzten. Sie war immer noch halb nackt, und in Sekundenschnelle hatte sie meinen Reißverschluss geöffnet und streichelte meinen Ständer.

Stefanie stand etwa einen Meter vor uns und begann sich langsam zu entkleiden. In der Zwischenzeit hatte ich meine Hand in Evas Höschen geschoben und massierte langsam ihre Klitoris mit meinem Zeigefinger. Sie wand sich gegen meine Hand und wichste mich weiterhin langsam ab.

Stefanie sah aus, als würde sie die Situation erregen. Sie öffnete langsam den Reißverschluss ihres Kleides und ließ es zu Boden fallen. Sie trug auch einen Strumpfgürtel mit schwarzen Strümpfen und einen passenden BH, der kaum ihre Brüste verbarg. Ihre zarte Haut bildete einen perfekten Kontrast zu ihren schwarzen Haaren. Ihre langen Haare hingen ihr bis zum Hintern. „Was soll ich jetzt machen?", fragte sie unsicher.

Wieder einmal ergriff Eva die Initiative und forderte sie auf, sich auf den Couchtisch zu legen und die Beine zu spreizen. „Zeig uns deine geile Möse", kam sie mir zuvor. Stefanie gehorchte ohne zu zögern, lehnte sich mit ihrem Hintern auf die Kante des Couchtisches und spreizte ihre Beine weit. Sie zog den dünnen Stoff ihres Höschens beiseite und enthüllte ihre leicht behaarte Muschi. „Gefällt dir das?", fragte sie mehr an Eva als an mich gerichtet.

Eva gefiel es sehr gut, und mir natürlich auch. Dann begann Stefanie mit sich selbst zu spielen. Sie führte einen Finger in ihre Fotze ein, dann zwei und schließlich drei. Sie spreizte ihr Liebesloch weit auf, damit wir es sehen konnten. Ihre Selbstsicherheit wuchs allmählich, genauso wie die Kurve ihrer Erregung.

„Jetzt werden wir sehen, wie du dich beim Arschficken machst", sagte Eva. „Komm zum Sofa und beuge dich vor, lege deine Hände auf das Sofa und wölbe deinen Arsch." Stefanie tat, wie ihr geheißen, während Eva ihr das Höschen herunterzog und mir zu verstehen gab, dass ich mich hinter Stefanie stellen solle. Eva begann, Stefanies Arschloch zu lecken, wobei sie eine Menge Speichel hinterließ. „Das perfekte Gleitmittel für einen guten Arschfick", sagte Eva.

Ich nahm das als mein Stichwort, um wortwörtlich aufzusteigen. Ich umfasste Stefanies Hüften und bereitete mich darauf vor, in ihr enges Arschloch einzudringen, während Eva Stefanies BH öffnete und ihre prächtigen Titten freiließ. Der Anblick von Stefanies großen, herabhängenden Titten machte mich ziemlich geil und ich setzte meine Eichel an ihr Arschloch.

„Drück gegen ihn", sagte Eva, „du kontrollierst das, bis du gut gedehnt bist, dann lass ihn die Kontrolle übernehmen." Stefanie drückte meinen Schwanz zurück, bis er durch ihren Schließmuskel rutschte. Ihr Arsch war unglaublich eng, und ich wusste, dass es zumindest etwas unangenehm für sie sein musste. Doch falls dies das der Fall war, zeigte sie es nicht. Tapfer drückte Stefanie dagegen und nahm mich langsam Zentimeter für Zentimeter in sich auf, bis ich ganz in ihrem Arschloch steckte. Die Empfindungen waren unglaublich. Dann bewegte sie sich langsam zurück, wodurch sich mein

Schwanz mitzog, aber nicht ganz. Kurz bevor meine Penisspitze aus ihrem Arsch herausrutschte, stieß Stefanie zurück und nahm wieder meinen ganzen Schwanz auf. Nachdem sie dies ein paar Mal getan hatte, sagte sie: „Mein Arsch gehört jetzt dir, fick mich gut."

Das war alles, was ich hören musste, um sie richtig zu nehmen. Ich begann ihr Arschloch immer schneller zu stoßen. Ich war im siebten Himmel. Womit hatte ich soviel Glück verdient?

Eva sah uns nicht nur zu. Sie befreite Stefanie aus ihrem BH und begann an ihren Brustwarzen zu saugen. Meine Ex ließ keinen Zweifel daran, dass sie es genoss von uns verwöhnt zu werden. „Ist das gut", stöhnte sie, während ich mich Stefanies Arschloch fickte. Es war ein schöner, schmutziger Anblick. Stefanie beugte sich über das Sofa, ihre Hände stützten sich darauf, ihre langen, bestrumpften Beine waren gespreizt. Als ich nach unten sah, konnte ich sehen, wie mein Schwanz in Stefanies Arsch ein- und ausfuhr. Darunter lag Eva mit gespreizten Beinen. Ich sah ihre Fotze glänzend unter mir, während sie auf dem Rücken unter Stefanie lag und an ihren Titten lutschte.

„Mache ich das so weit gut?", fragte Stefanie keuchend. „Klar", grunzte ich, und Eva sagte etwas, dass man nicht wirklich verstand, da ihr Mund Stefanies rechter Titte saugte. Ich bin mir bis heute nicht sicher, was sie genau sagte, aber es schien positiv zu sein.

Eva bewegte sich, bis ihr Kopf und ihr Mund unter Stefanies Muschi waren. Sie begann, mit ihrer Zunge über Stefanies feuchten Kitzler zu streichen, ihn langsam zu umkreisen und ihn sanft in den Mund zu nehmen. Ich konnte sehen, wie dies unter meinem fickenden Schwanz geschah. Und der mit zunehmender Geschwindigkeit in Stefanies Arschloch ein- und ausfuhr. „Es gibt nichts besser als wenn man zwei Frauen mit Bi-Neigung vögelt", dachte ich. Ich denke, eine Frau weiß am besten, was eine andere Frau will.

Stefanie war kurz davor zu kommen. Und ich war auch nicht weit davon entfernt zu spritzen. Die Kombination aus Arschficken und Muschi lecken, die Stefanie zum ersten Mal erlebte, brachte sie zum Überlaufen. Sie begann sich noch heftiger gegen mich zu stemmen und stöhnte dabei laut auf. „Dein Schwanz in meinem Arsch ist so gut! Ich will das ab jetzt immer so haben!" „Okay", sagte ich, „das kannst du gerne haben!"

Jetzt war ich wirklich nicht mehr weit davon entfernt, meinen Schwanz zu in ihrem Arschloch zu entleeren. Plötzlich sagte Eva: „Spritz nicht in ihren Arsch ab. Ich will deinen Samen in meinem Mund." Dann befahl Eva Stefanie: „Wenn ich sein Sperma in den Mund habe, legst du dich mit dem Rücken auf das Sofa und machst deinen Mund ganz weit auf. Ich werde dich küssen und dir ein Teil des Spermas abgeben. Wir werden sehen, wie du damit umgehen kannst."

Ihre Worte brachten mich um den Verstand. Bevor ich doch in Stefanies Arschloch kam, zog ich mich aus ihrem Poloch zurück und begann meinen Schwanz in Evas weit geöffneten und wartenden Mund zu wichsen. Eva hatte ihre Zunge herausgestreckt, um ja jeden Tropfen auffangen zu können. Das tat sie auch, was meinem exzellenten Zielen mit zu verdanken war. Mit Blick auf Stefanies gedehntes Arschloch und Evas weit geöffneten Mund wichste ich weiter, bis der erste Strahl Spermas direkt in Evas Mund schoss. Ich kam sehr heftig. Meinem ersten Stoß folgten weitere starke Schübe meines dicken Spermas. Jeder davon direkt in Evas Mund und auf ihre wartende Zunge. Eva presste ihre Lippen fest zusammen, nachdem sie sicher war, dass ich ihr den größten Teil meiner Ladung gegeben hatte. Sie benutzte ihre Lippen, bewegte sich damit langsam an meinem Schwanz auf und ab, um auch die letzten Tropfen zu bekommen.

Sie stand auf, die Lippen geschlossen und die Wangen aufgeblasen, und versuchte, jeden Tropfen festzuhalten. Eva gab Stefanie ein Zeichen, die Stellung einzunehmen, was meine Ex auch sofort tat. Sie legte sich mit dem Rücken auf das Sofa. Zuerst wollte Stefanie ihren Mund nicht ganz öffnen. Da Eva in ihrem jetzigen Zustand nicht sprechen konnte, sagte ich zu Stefanie: „Mach ihn weit auf, du musst beweisen, dass du eine echte Spermaschlampe sein kannst. Du musst diese Rolle lieben, sonst wird das nichts." Stefanie sah ein wenig besorgt aus, als ob sie nicht wüsste, ob sie würgen würde, wenn sie das Sperma zum ersten Mal schmeckte. Aber sie war eine Kämpferin, das muss man ihr lassen.

Sie öffnete ihr Mund so weit sie konnte und Eva positionierte sich vorsichtig direkt über Stefanies wartendem Mund. Langsam öffnete sie ihre Lippen und ließ das Sperma in Stefanies offenen Mund tropfen. Sie ließ es einfach geschehen und schon bald suchte sie mit ihrer Zunge Evas Zungenspitze. Beide Frauen verschmolzen in einem sinnlichen Spermakuss. Dann lösten sie sich voneinander und Stefanie zeigte mir den Mund voller Sperma, den sie gerade bekommen hatte. Sie schien stolz auf sich zu sein. „Spiel damit", forderte Eva, jetzt, da sie wieder sprechen konnte.

Stefanie reagierte darauf, indem sie mit weit geöffnetem Mund mit meinem Sperma gurgelte. Spermablasen bildeten sich auf ihren rot bemalten Lippen. Dann schob sie das

Sperma langsam zwischen ihre Lippen, bis es ihr fast das Kinn herunterlief, aber im letzten Moment zog sie es wieder in den Mund. „Schluck die Ladung nicht runter, das hast du dir noch nicht verdient", sagte Eva.

Stefanie sah enttäuscht aus. Tatsächlich schien sie gefallen an dem Thema gefunden zu haben. Aber sie war gehorsam. „Jetzt leckst du noch seinen Pimmel sauber. Fein säuberlich", forderte Eva. Stefanie gehorchte und wollte meinen Schwanz ablecken. Doch ich rieb zunächst meinen Schwanz an ihrem Gesicht und verteilte noch etwas frisches Sperma, woraufhin Eva mit ihrer Hand den klebrigen Samen weiter über Stefanies hübsches Gesicht verteilte. „Wir lassen das jetzt einfach trocknen, während wir deinen nächsten Test planen", sagte Eva, „und jetzt leckst du ihn sauber!"

„Hast du schon eine Idee für den nächsten Test?", fragte ich Eva. „Ich denke schon. Der Test wird wahrscheinlich beinhalten, dass sie meine Muschi leckt und deinen Schwanz tief in den Mund nimmt", sagte sie, während sie genüsslich ihre Fotze rieb.

Bilder der Vergangenheit

Diese Geschichte habe ich meinem Mann einmal erzählt als er mich beim Masturbieren erwischt hatte und unbedingt wissen wollte, wovon ich erregt worden war. Ich sagte ihm dass ihm meine Geschichte nicht besonders gefallen würde, aber er bestand darauf. Ich erzähle die Geschichte aus der Sicht meines Mannes, so wie er mir später seine Gefühle beschrieben hat...

„Also gut. Es war ungefähr drei Jahre nach Finns Geburt, also vor zehn Jahren. Ich fühlte mich damals immer müde, und ich hatte das Gefühl dass du mich nicht mehr wolltest. Wir hatten nur selten Sex, immer war etwas zu tun, du hast immer gearbeitet und ich hatte immer mit Finn zu tun. Wir hatten keinen Spaß mehr, keinen Urlaub, nicht mal am Wochenende haben wir etwas unternommen. Ich fühlte mich ausgelaugt und hässlich."

Ich erinnerte mich an die Zeit. Maria hatte Recht, damals gab es nur Schulden, Arbeit, und Finn. Ich war auch immer müde von den schlaflosen Nächten und den Überstunden die ich machte. Nur war Maria mir niemals hässlich erschienen, sie war für mich immer die begehrenswerteste Frau der Welt. Nach Finns Geburt trainierte sie wie eine Wilde um das überflüssige Gewicht wieder zu verlieren und wieder in Shape zu kommen, und es dauerte nicht lange bis ihre Figur wieder so toll war wie vorher.

„Wir hatten einen furchtbaren Streit am Wochenende, wegen irgendeiner Belanglosigkeit. Ich war so wütend auf dich, und auch auf mich selbst. Ich wusste einfach nicht was ich tun sollte, wie lange das noch so weitergehen sollte. Ich brauchte einfach etwas anderes, etwas Abwechslung. Ich brachte Finn zu meiner Freundin Silvia, ich musste einfach allein sein, doch das wurde nach einer Stunde auch zu viel. Ich machte das Haus sauber, aber nach einer Weile hatte ich genug, ich musste raus.

Ich nahm eine Dusche und zog mich hübsch an, schminkte mich, was ich schon eine Ewigkeit nicht mehr getan hatte. Für was denn auch? Du warst zu müde es zu sehen, und sonst sah mich ja keiner. Ich schnappte mir meine Handtasche und ging ins Einkaufszentrum. Ich hatte einen Kaffee mit Kuchen, und kaufte mir ein neues Kleid und ein Paar Schuhe. Und ich aß eine ganze Tafel Schokolade, zur Hölle mit den Kalorien.

Als ich so durch bummelte, fiel mir das Kino auf, in dem sie einen Französischen Film zeigten. Mit Untertiteln, so etwas dass du dir nie ansehen würdest. Ich kaufte mir einfach eine Karte und ging rein, ich war schon ewig nicht mehr im Kino gewesen, und wenn dann immer nur zu diesen blöden SciFi Filmen die du so liebst.

Das Kino war fast leer, und ich fand einen Platz weit hinten in der Mitte, ganz alleine in der Reihe. Während der Reklame kamen noch ein paar Frauen rein, doch im Ganzen waren da nicht mehr als 15 Leute in der Vorstellung.

Fünf Minuten nachdem das Licht ausging sah ich eine Person den Gang runter gehen, dann umdrehen und wieder hoch kommen. Ich dachte noch der soll sich bloß woanders hinsetzen, da kam er auch schon in meine Reihe. Nicht nur das, er setzte sich auf den Platz neben mich. Ein junger Mann, nicht mehr als 18 oder 19, groß und schlank und gut angezogen.
Ich konzentrierte mich auf den Film, aber ich wurde immer wieder abgelenkt von den Blicken des Mannes, der mich

immer wieder anschaute. Mir wurde bewusst wie kurz mein Rock war, denn er schien meist auf meine Schenkel zu starren. Und auf meine Brüste, die unter der engen Bluse in dem Push-Up BH riesig aussahen. Zuerst wollte ich aufstehen und mich woanders hinsetzen, aber du weißt ja wie sehr ich es hasse Aufsehen zu erregen, und er hatte ja wirklich nichts getan, also blieb ich sitzen und versuchte seine Blicke zu ignorieren. Irgendwie fühlte es sich sogar gut an, so angestarrt zu werden. Ich fühlte mich fast wieder ein wenig begehrenswert.

Vielleicht eine Viertelstunde in den Film fühlte ich plötzlich eine Hand an meinem Schenkel, eine ganz leichte Berührung. 'Ein Versehen,' dachte ich zuerst, doch einige Sekunden später wieder. Ich sah zu dem Mann, doch der schien ganz gebannt von dem Film zu sein, der sich leider als ziemlich langweilig entwickelte.

Immer wieder fühlte ich die leichte Berührung an meinem Bein. Zuerst in der Mitte zwischen meinem Knie und dem Rocksaum, dann langsam immer höher gehend bis er den Saum meines Minirocks berührte. Seine Finger waren nicht fordernd, eher zärtlich und sanft. Mein erster Gedanke war, steh auf, lauf weg, setz dich neben eine der anderen Frauen da bist du sicher. Ich weiß nicht, warum ich es nicht tat, aber ich blieb einfach sitzen und ließ ihn gewähren.

Seine Finger tasteten sich langsam vor unter meinem Rock, höher und höher, bis sie meine Höschen berührten. Meine Gedanken überschlugen sich.

'Du kannst dich doch nicht hier im Kino von einem Fremden befummeln lassen!'

'Oh mein Gott, was macht er da?'

'Das gehört sich doch nicht.'

'Das fühlt sich gut an, seine Finger sind so warm.'

Und dann waren seine Finger plötzlich weg. Ich war erleichtert, aber irgendwie auch enttäuscht.

Bis ich seine Hand dann auf der Seite meiner Brust spürte. Seine Hand glitt über meine Bluse, ich fühlte wie meine Nippel hart wurden, und ein Ziehen in meinem Unterleib, obwohl ich durch den festen BH gar nicht viel spürte. Einfach nur der Gedanke, das ich mich schamlos befummeln ließ, brachte mich auf Touren, und ich presste meine Schenkel zusammen. Seine Hand drückte etwas fester und bewegte sich zur Mitte, wo sie begann an meinen Knöpfen zu fummeln. Ich schluckte als der erste Knopf aufsprang, doch ich versuchte mir nichts anmerken zu lassen. 'Guck einfach nur den Film an, dann hört der schon auf,' redete ich mir ein.

Was natürlich nicht stimmte!

Ein Knopf nach dem anderen fiel seinen geschickten Fingern zum Opfer, und bevor lang war meine Bluse vollkommen offen. Es war zwar nicht total dunkel, doch wir saßen hinter allen anderen, keiner konnte uns sehen ohne sich umzudrehen. Er zog die Bluse aus dem Rock und öffnete sie, bevor seine Hand in meinen BH fuhr. 'Er greift dir einfach an die Titten, und du läßt es dir gefallen?' Ich weiß nicht ob ich es erklären kann was in mir vorging. Ich weiß selbst nicht warum, aber ich wollte mich nicht wehren, nichts tun. Ich wollte es, ich wollte mich befummeln lassen wie eine billige Nutte. Einfach nur nichts tun. Ihm zu Willen sein.

Er schob meinen BH hoch und befreite meine Brüste aus ihrem Gefängnis. Sich zu mir drehend knetete er meine Brust mit einer Hand, während die andere sich langsam an meinen Schenkeln wieder nach oben vortastete. Sie glitt zwischen die Schenkel, und ohne zu denken spreizte ich sie so weit wie möglich. Seine Finger nahmen die Gelegenheit wahr und rieben sanft über mein feuchtes Höschen. Jedes Mal wenn sein Finger meinen Kitzler durch den dünnen Stoff berührten zuckte ich leicht zusammen.

'Du bist halb nackt,' dachte ich. 'Deine Titten hängen raus, dein Rock ist hoch, und du spreizt auch noch die Beine? Bist du wirklich so geil das du es dir von einem Fremden besorgen lassen musst?' Anscheinend, denn ich hielt still und ließ ihn machen was er wollte.

'Zieh den Schlüpfer aus,' flüsterte der junge Mann plötzlich. Ich reagierte nicht. Ich wollte nichts tun, ihm nicht helfen, aber mich auch nicht wehren.

'Zieh ihn doch aus,' versuchte er es noch einmal. Als ich wieder nicht reagierte, ließ er von meiner Brust ab und drehte sich zu mir. Mit beiden Händen griff er mir unter den Rock, und mit einem Ruck riss er mir das Höschen vom Körper und steckte es sich in die Hosentasche. 'Du musst ohne Höschen unter dem Rock nach Hause,' kicherte ich in Gedanken. Er lehnte sich in seinem Sitz zurück und streichelte wieder meine Brust, und legte die andere Hand zwischen meine Beine auf meine nackte Fotze.

Als seine Finger zwischen meine Lippen glitten, schämte ich mich. Ich war so nass, und weit offen für seine gierigen Finger. Meine Nippel waren steinhart, genau wie mein Kitzler, heiß und pochend. Ich sank tiefer in meinem Sitz, meine Hände griffen die Lehnen wie einen Rettungsring. Seine Stimme in meinem Ohr, 'Du bist total nass du kleine Schlampe,' fing ich an mich an seinem Finger zu reiben. 'Er hat Recht,' dachte ich, 'du bist eine Schlampe, läßt dich von einem Fremden betatschen, befummeln, und wirst auch noch geil davon. Dein Mann ist bei der Arbeit, deine Freundin passt auf deinen Sohn auf, und du läßt dich in aller Öffentlichkeit fingern.'

Der Mann fuhr fort mir Schweinereien ins Ohr zu flüstern während er meine Fotze fingerte, und plötzlich keuchte ich auf als ich unter seinem Finger kam. Er war gut, er hielt mich lange auf meinem Höhepunkt und ließ mich dann langsam runter, nicht zu sanft und nicht zu rau.

Es dauerte einige Zeit bis ich wieder denken konnte. 'Hast du es dir wirklich gerade im Kino machen lassen, von diesem jungen Kerl? Oh Gott war das geil. Du Schlampe, du sitzt hier fast nackt, was ist wenn jemand kommt und dich so sieht?'

Ich war immer noch sehr erregt, und der Mann schien das zu spüren. Seine Finger auf meinem Kitzler wurden langsam wieder schneller, genau wie mein Atem. Plötzlich nahm er meine Hand und zog sie zu sich und legte sie auf seinen heißen, harten Schwanz, den er irgendwann ohne mein Wissen aus der Hose geholt hatte. Ich zuckte zusammen, doch irgendwie wollte ich es. Er hatte mich ja auch kommen lassen, und so wie er mich befummelte würde es nicht lange dauern bis ich noch einmal kam.

Ich hab ihm den Schwanz gewichst. Ich saß fast nackt neben ihm, und er hat mich befummelt und gefingert und mir zwei Finger reingesteckt, und ich hab ihn gewichst. Sein Schwanz war ziemlich klein, aber heiß und steinhart, und ich hab ihn gewichst bis er abgespritzt hat. Im gleichen Moment kam es mir zum zweiten Mal. Ich hab nicht geguckt, aber er muss alles über sein Hemd gespritzt haben. Sofort nach seinem Orgasmus packte er seinen Schwanz wieder ein, stand auf und lief beinah aus dem Kino, fast wie eine Flucht. Und ich saß alleine da, mit nackten Titten, ohne Höschen und mit nasser Fotze, und griff mir zwischen die Beine und machte es mir noch zweimal während ich mir vorstellte dass mich jemand so fand. Ich fühlte mich total versaut! Keine meiner Freundinnen hatte jemals so etwas verdorbenes gemacht. Ich fühlte mich zum ersten Mal seit langer Zeit wieder als eine richtige Frau.

Kurz bevor der Film zu Ende war hab ich mich halbwegs wieder zurecht gemacht und bin raus. Nach Hause gegangen, langsam und ohne Schlüpfer unter dem kurzen Rock. Ich wusste nicht, was ich dir sagen sollte, und so hab ich beschlossen gar nichts zu sage. Aber ich hab noch monatelang daran gedacht, mich für mein Verhalten geschämt. Und... und auch noch oft masturbiert während ich daran gedacht habe."

Maria schwieg, und auch ich wusste nicht was ich sagen sollte. Nach einer Ewigkeit fragte meine Frau leise, fast schüchtern, „und nun? Was denkst du von mir?"

Ich sollte aufstehen, ins Bad gehen, wer wusste wie Maria reagieren würde, doch ich konnte sie in dieser Stimmung nicht alleine lassen. Also legte ich eine Hand auf ihren Rücken und zog sie zu mir, bis sie meinen steifen, nassen Schwanz auf ihrem Bauch fühlte. Ich konnte ihre Überraschung spüren, nicht nur wegen der Härte die sich in ihren Bauch drückte, sondern auch wegen der Feuchtigkeit die von meiner Hand an ihrem Rücken herunter lief.

„Ist das… bist du… aber du bist doch noch…" stammelte sie.

„Ja. Ich hab mich gewichst als ich dir zugehört hab, und ich bin über meine Hand gekommen. Das ist mein Sperma, dass dir jetzt am Rücken runterläuft, Schatz. Und wie du fühlen kannst bin ich immer noch geil, vielleicht noch mehr als vorher. Was du getan hast… ich hatte dich vernachlässigt, und es tut mir unglaublich leid. Es ist nicht deine Schuld dass du zu Hause nicht mehr befriedigt warst. Und ich finde es nicht schlimm was du gemacht hast, ich wünschte mir nur ich wäre dabei gewesen. Ich stell mir vor wie du da fast nackt im Kino gesessen hast, geil und verschwitzt, und tropfnass zwischen deinen Beinen. Wie du dich gewichst hast, mit den Leuten um dich rum. Ich stell mir vor wie du dich geschämt haben musst, wie jemand dich hätte sehen können, und wie du es dir trotzdem noch gemacht hast, ohne dich anzuziehen."

Maria legte sich zurück, spreizte ihre Beine weit, und zog mich an meinem Schwanz zwischen ihre Schenkel. Ich glitt leicht zwischen ihre nassen, heißen Lippen in ihre glühende Fotze. Plötzlich wurde ich geblendet von der Lampe auf dem Nachttisch. Es dauerte einige Sekunden bis ich Marias Augen vor mir sah, ihren geöffneten Mund, die vollen, roten Lippen, ihr Lächeln, ein paar Tränen der Erleichterung in ihren Augen. Sie schaute mich tief an und sagte, „Ich war eine Sau. Ich hab mich einfach befummeln lassen, und ich hab dem Kerl einen runtergeholt. Im Kino. Nackt. Ich will dir in die Augen sehen während ich es dir sage, mich nicht verstecken. Nach deinem Stöhnen zu schließen gefällt dir das?"

„Ich hab es dir doch schon vorher gesagt: ich mag es, wenn du dich versaut benimmst, und dir gefällt es doch auch.

Auch wenn du Angst hattest, mir die Geschichte zu erzählen, es hat dich aufgegeilt, oder?"

„Ohh, ja."

„Mir zu erzählen was für ein Schwein du warst? Wie versaut du dich benommen hast?"

„Ja, ja, es war..."

„Würde es dir gefallen, wenn ich dir so etwas befehlen würde? Wenn du es tun müsstest, egal was?"

„Ich weiß nicht, vielleicht... Oh Gott, bitte...bitte fick mich doch endlich."

Wie konnte er so einer Bitte widerstehen?

Swing ´n´ Fun

Es war das erste Mal nach Monaten, dass ich wieder das Hotel „Galaxy" betrat. Beruflich ein halbes Jahr ins Ausland abkommandiert, erlaubte es mir meine Zeit leider nicht, meinem Nebenjob nachzugehen. Ein Job der nur allzu sehr Vergnügen bereitete. Als ich die Chefin anrief, ob meine Dienste noch gewünscht seien, entgegnete sie wie aus der Pistole geschossen: „Die weiblichen Gäste haben Dich sehr vermisst."

Nachdem ich bereits am frühen Morgen meine Kammer bezogen hatte, schlenderte ich nach einem kurzen Frühstück in der Personalkantine durch den Keller. Die Chefin hatte mir erzählt, dass meine damalige Idee mit dem Dessous-Shop sensationell angenommen worden war. „Ouvert" hieß der Laden und war mittlerweile so bekannt, dass selbst Käufer, die nicht im Hotel übernachteten, in Scharen die Verkaufsräume fluteten. Heute Morgen war allerdings wenig los.

Ich inspizierte den Laden, der nicht nur eine gigantische Auswahl an Damendessous und Kostümen für Rollenspiele bereit hielt, sondern mich vor allem wegen der riesigen Auswahl an Dildos in Staunen versetzte. Hochgerechnet musste jede Frau etwa drei solcher Spielzeuge zu Hause versteckt haben, so umfangreich und vielfältig war das Angebot.

Überrascht wurde ich allerdings noch mehr von den Räumen daneben. Es gab zwei Eingänge, die jeweils mit dem Symbol für Weiblichkeit und Männlichkeit versehen waren. Alle Glasscheiben waren von innen mit schwarzen Vorhängen aus Samt bedeckt und obendrüber hing ein dunkelrot beleuchteter Schriftzug „Swing ´n´ Fun", den ein Handwerker auf einer Leiter gerade auf seine Funktionstüchtigkeit hin überprüfte.

Merkwürdig, dachte ich mir und ging zur Morgenbesprechung. Diese wurde mittlerweile offenbar von Josefine geleitet, denn sie führte das Wort, obwohl die Chefin leicht grinsend neben ihr saß. Ich blickte in einige vertraute, aber auch zwei, drei neue Gesichter. Die Lesbe Sarina war nicht da. Ob sie hier überhaupt noch arbeitete? Josefine riss mich aus meinen Gedanken.

„Also Jungs, heute ist der große Tag. Wir eröffnen als Ergänzung zu unseren Angeboten 'Swing ´n´ Fun'." Die Chefin flüsterte ihr mit Blick in meine Richtung etwas ins Ohr. „Ah ja, für alle Wiederkehrer", lächelte Josefine, „noch mal kurz eine Erläuterung. Swing ´n´ Fun ist unser neuer Swinger Treff, völlig anonym und ohne persönliche Verabredung."

Ich sah wohl wie ein einziges Fragezeichen aus. Josefine seufzte: „Du weißt doch, was ein Swingerclub ist, Tom." Ich bejahte. „Also. Je nach Wunsch der Dame, werden beliebig viele Männer durch die Schleuse gelassen. Prinzipiell ist es dunkel im Swing ´n´ Fun. Man sieht seine Spielpartner nicht und kennt sie auch nicht."

Der junge Mann neben mir stöhnte lustvoll auf, was zu großem Gelächter führte. Auch Josefine und die Chefin lachten. Josefine berichtete weiter, dass zur Eröffnung alle Stammkundinnen eingeladen waren. Sonst kostete der Service natürlich Geld. Auch eine komplette, tageweise Fremdvermietung der Räume sei möglich. Und selbstverständlich auch für rein gleichgeschlechtliche Belegung.

Gleichgeschlechtliche Belegung? Was für ein komischer Begriff, dachte ich. Josefine gab danach die Einteilung bekannt. Ich war mit Ben, dem Mann aus der Belegschaft, einem Einsatz für einen Dreier zugeteilt. Wir sahen in unsere Handys, wo bereits die Uhrzeit hinterlegt war. Beim Namen der Kundin stand nur ein Triple-X.

Pünktlich fanden sich Holger und ich am Eingang zur Welt des Swing ´n´ Funs ein, hielten unsere Handys an die Scanner. Ein Hinweis leuchtete auf: Eintritt offen für zwei Männer, hetero. Wir staunten nicht schlecht. Hinter dem Zugang war es absolut stockfinster. Eine warme weiche weibliche Stimme Marke Telefonsex ertönte: „Hallo. Keine Sorge, hier könnt ihr euch nirgendwo stoßen oder weh tun. Ich zeige euch den Weg, greift nach dem Handlauf. Und in dem Moment zeigte ein fluoreszierender Streifen einen Handlauf, den wir entlang liefen, bis wir in eine - immerhin schummrig beleuchtete - Umkleidekabine kamen. „Zieht euch aus und legt die Penisringe an. Darum bittet euch eure Kundin."

Wow, flüsterte mir Holger zu, da hat sich die Chefin aber mal wieder was einfallen lassen. Und ich dachte mir: Siri und Alexa sind jetzt schon in den Swingerclubs angekommen. Die Stimme ertönte wieder: „Habt noch etwas Geduld, eure Kundin ist noch nicht so weit." Holger und ich sagten zeitgleich: „Man. Von der Stimme kriegt man ja schon einen Ständer." Wir mussten lachen. Abgesehen davon war die ganze Atmosphäre obergeil. Ob der Raum, in dem die Kundin wartete, auch so dunkel ist? Man könnte dann ja nicht sehen, mit wem man es zu tun hat.

Nach einer Weile schob sich sanft eine Schiebetür zur Seite und vor uns im Dämmerlicht konnte man einen kleinen Raum ausmachen mit einem riesigen Bett. Die Decke oben bestand aus einem Spiegel, um den herum klitzekleine Lämpchen brannten. Ich kam aus dem Staunen nicht mehr aus. Wir tasteten uns nach vor, Holger sagte „Guten Tag". Von einer sichtlich aufgeregten weiblichen Stimme kam ein zartes „Guten Tag" zurück. Einen Moment herrschte Stille, bis ich sprach: „Guten Tag, Wir sind für ihr Wohlbefinden da. Ich bin Tom und das ist Ben." Die Frau antwortete: „Sehen kann ich euch ja nicht. Hoffentlich spüre ich dafür umso mehr." Und schon etwas selbstsicherer schob sie die Frage nach: „Habt ihr die Cockringe angelegt." Wir bestätigten.

„Wer ist denn von euch beiden der viel gepriesene Leckkünstler." „Das bin ich", antwortete ich und tastete mich nach vorn. Überraschend scharf befahl die Frau: „Dann leck mich sofort. Ich brauche es ganz dringend." Ich tastete weiter mit der rechten Hand und fand einen Fuß und schloss daraus messerscharf, dass es der linke war. Ich tastete nach links, aber da war kein Bein. Offenbar lag die Frau erwartungsvoll und breitbeinig da. Ich küsste mich nun an der Innenseite des Beins empor, konnte quasi schon die Frucht der Weiblichkeit riechen. Da ertönte wieder die Stimme der Frau: „Dann muss der andere der Typ mit dem Pferdeschwanz sein." Ich verkniff mir gerade noch den Scherz: „Ne, der hat doch eine Glatze." Ich hatte übrigens schon davon gehört, dass Holger nachgesagt wurde, er hätte den größten Schwengel der ganzen Belegschaft. Gesehen hatte ich ihn noch nicht. Hier im Dunkel würde ich das auch nicht überprüfen können. „Will ich lutschen. Sofort", befahl wieder die Frau.

Keine Ahnung, wie Mund und Schwanz in dieser Dunkelheit zusammenfanden. Ich selbst war mittlerweile dort angekommen, wo meine flinke und ausdauernde Zunge hingehörte. Zwischen die warmen und weichen Schamlippen einer Frau, eingerahmt von ihren weichen Schenkeln. Als ich meine Zunge rausschnellen ließ, zuckte die Frau zusammen, schob aber ihr Becken mir weiter entgegen. „Öffne die Auster", murmelte sie und an dem sich anschließenden schmatzenden Geräusch erkannte ich, dass sie den Kolben von Holger zwischen ihre Lippen schloss.

Ich zog ihre Schamlippen auseinander und lutschte und zog mit meinen Lippen daran. Die Möse vor mir wurde feucht und feuchter. Nun leckte ich mich nach oben bis zur Perle und ließ meine Zunge darüber hinwegschnellen, variierte das Tempo und den Zungendruck. Von der Frau war ein zunehmendes Stöhnen zu hören, wie es sich anhört, wenn eine Frau eine pralle Latte zwischen den Lippen lutscht. Sie kreiste ihr Becken und drückte es mir immer fester entgegen. Ihre Grotte war nun nicht mehr nur feucht, sondern nass, ach was, tropfnass. Sie war so nass, dass mir ihr Saft sogar schon vom Kinn runtertropfte. Ich leckte nun noch schneller und fester über ihre Klitoris, spürte plötzlich eine Hand in meinen Haaren, die sich regelrecht festkrallte. Ich schob nun noch zwei Finger in ihr glitschiges Loch, was dem erregten Vollweib, wie ich am Umfang ihrer Schenkel spürte, offenbar den Rest gab. Mit einem Plopp ließ sie die Rute von Holger aus ihrem Mund gleiten, bäumte sich schwer atmend hoch und entließ die Luft mit einem langgezogen Aaaaah aus ihren Lungen, zuckte mit dem Unterleib. Das Kreisen des Beckens wurde schwächer. „Genau das habe ich erstmal gebraucht", stieß sie atemlos hervor.

Ich ließ meine Zunge weiter über ihre Klit kreisen, um zu erspüren, ob sie gleich noch einen Orgasmus hinterher wollte. Sie aber zog ihr Becken zurück, schob meinen Kopf weg und schnaufte. „Genug. Jetzt will ich den Prallen in mir spüren."
Sie drehte sich offenbar um und trug Holger auf, unter ihr durchzurutschen. Nur in Schemen erkennbar, aber besser am

schmatzenden Geräusch zu hören, ließ sie Holgers Stab in ihre patschnasse Fotze bohren und begann in zunächst sanft anzureiten.

Mir trug sie auf, nach vorn zu kommen, wo sie bald nach meinem besten Stück hangelte. Natürlich war ich hocherregt, was durch den Cockring natürlich noch verstärkt wurde. Sie griff meinen Harten und wichste ihn. „Oh", gurrte sie zufrieden, „da sabbert aber jemand schon erwartungsvoll. Ich weiß schon, warum ich euch Kerlen Schwanzringe verordne." Sie forderte jetzt Holger auf: „Stoß mich fester und härter und tiefer." Und Holger stieß seinen Unterleib rhythmisch und mit Tempo in die Frau, von der er wie ich weder Aussehen, Alter noch Haarfarbe kannte. Die Unbekannte ließ sich eine Weile auf diese Weise von unten stechen, bis sie aufhörte meinen stocksteifen Degen zu wichsen und wünschte, zu mir gewandt: „Und Du. Du fickst mir jetzt gleichzeitig in den Arsch. ich will, dass ihr mich doppelt und restlos ausfüllt."

Ich tastete mich im Dunkeln also wieder von vorn weg, kniete hinter die Frau, deren prallen Arsch ich nun fühlen könnte, spürte mit den Fingerspitzen die Prachtlatte von Ben, die die Scheide unserer Kundin restlos ausfüllt. Ich nahm mein Glied in die Hand, fühlte mit den Fingern nach dem Poloch der gierigen Luststute, schmierte es mit ihrem reichlich vorhandenen Mösensaft ein und schob druckvoll mit einiger Mühe mein Rohr in ihren Hintereingang. Mit zunächst sanften Bewegungen vor und zurück schaffte ich es schließlich, meinen Prügel bis zum Anschlag in sie hineinzuschieben. Nun begann auch Holger wieder von unten zu stoßen, während ich mich vorsichtig vor und zurück bewegte.

Die Frau feuerte uns an. „Ja, so will ich das, genau so. Und jetzt schneller und fester ihr geilen Hengste." Ich packte sie an den drallen Hüften und rammte ihr wie gewünscht meinen Speer mit einem klatschenden Geräusch immer wieder in den Hintern rein. Sie beugte ihren Oberkörper zu Holger runter, der ganz schön zu schuften hatte, um seinen Lümmel einigermaßen in der schmatzenden Grotte unseres Auftrags rein- und rauszuziehen. „Knabbere mir die Nippel", befahl sie Holger und kurz darauf folgte das Schmatzen seiner Lippen an ihren Knospen.

Ich konnte gar nicht beschreiben, wie megageil dieser Dreier mit Unbekannter im Fast-Dunkeln war. Die Enge ihres Polochs führte jedenfalls dazu, dass in mir die Säfte bereits bedenklich hochgestiegen waren. Nun stöhnte ich: „Uh, ich komme gleich", worauf die Frau sich hastig vorn wieder aufrichtete und ihren Kopf zu mir wandte. „Spritz aber alles in mich rein. Füll mich ab." Ich spürte, wie sich mein Sperma unaufhaltsam seinen Weg aus meinem Schwanz bahnte. Ich hielt bis zum Anschlag in sie rein und schoss jeden Tropfen zuckend in sie ab.

Die Unbekannte hielt sich aber nicht allzu lange mit meinem zuckenden Gerät auf, drehte sich spürbar um auf den Rücken und wies Holger an. „So. Und Du ziehst mich jetzt mal so richtig durch mit Deiner Monsterlatte." Ich konnte schemenhaft erahnen, dass Holger sich zwischen die Schenkel unserer Kundin schob und kurz darauf begann dieses rhythmisch klatschende Geräusch, wenn beim Ficken Schenkel aufeinander platschen. Die Frau schätzte offenbar Dirty Talk, denn sie heizte Holger unaufhörlich an: „Los, Bull. Stopf mich. Tiefer, fester, ich will Dich hart spüren. Ah, füllt mich Dein Pimmel aus, meine Güte ist das ein Riesending. Komm, fick schneller, fick fester, Fick mich richtig ab." Am Ruckeln der Matratze merkte ich, dass Holger großen Spaß an seiner Aufgabe hatte, denn er rammelte wie ein Besessener in die Frau rein, Die wimmerte und stöhnte und seit sie geschnauft hatte, „ich bin Dein williges Fickfleisch", hörte ich sie nur noch stöhnen und abwechselnd, ahh, ohs und jas wimmern.

Als sie spürte, dass Holgers Pfahl zum Bersten gespannt war, weil er unmittelbar davor war, seinen Saft abzuspritzen, flüsterte sie überraschend. „Spritz mir auf den Bauch" und stöhnend ergoss Holger seine klebrige Sahne über ihren Leib.

Als Holger und ich uns wieder angezogen hatten und aus dem reichlich dunklen Ankleideraum verschwunden waren, erinnerte er mich noch daran, dass im großen Saal die Eröffnungsparty steigen sollte. Nach einer raschen Dusche und frischen Klamotten, begab ich mich zu dem Fest, dass schon gut besucht war. Und immer noch kamen neue Leute dazu, die offenbar vorher in dem Swing ´n´ Fun gewesen waren. Es war eine ungewöhnliche Situation. Alle hatten es gerade erst getrieben, aber niemand wusste mit wem. Man sah neugierige abschätzende Blicke, welcher Schwanz geblasen und welche Möse geleckt worden war - und vor allem, zu welchem Gesicht die nassen wie spritzigen Erlebnisse passen. Es knisterte in der Atmosphäre.

Die Frau eines anderen gevögelt

Heute gebe ich ein Erlebnis wieder, von einem sehr schönen Abend, den ich mit einer extrem heißen Frau hatte. Also nicht mit meiner Frau, sondern mit der Freundin eines anderen Mannes.

Es passierte in einer Großraum-Disko, ein riesiger Komplex. Eines dieser Läden, wo früher oder später am Wochenende die gesamte Stadt und die gesamte Umgebung zusammen kommt, um auf mehreren Tanzflächen und an den zahllosen Bars zu feiern.

Der Laden war an dem Abend gerammelt voll, wie so ziemlich jeden Samstag. Ich denke, dass es für diese Disko auch eine maximale Anzahl an zulässigen Besuchern gab, die wahrscheinlich immer um das doppelte oder dreifache überschritten wurde. Interessiert hat das wohl niemanden, es war schwül und heiß wie in den Tropen, jeder auf dem riesigen Main Floor schwitzte, man kam sich zwangsläufig sehr nah durch die Enge, es war allein dadurch schon eine sehr erotisch aufgeladene Atmosphäre an diesen wunderschönen Spätsommer-Abend. Alle waren aus dem Sommerurlaub zurück und bei bester Laune. Die Mädels machten sich in der Regel alle ultra-sexy zurecht, wenn sie in diesen Laden gingen.

Ich war an dem besagten Abend auch mit meiner Truppe da, aber wie es immer so ist, läuft man da einem Kumpel übern Weg und der andere kennt an der Ecke wieder einen, sodass sich das Ganze dann irgendwie verlief mit der Zeit und in diesem ganzen Gewühl. Ich hatte einen Kumpel getroffen, mich kurz unterhalten, und zog dann alleine weiter.

Und da sah ich sie. Sie sah mega heiß aus. Ein kurzer Rock und ein Hintern, der selbst JLo eifersüchtig gemacht hätte. Wunderschöne Brüste, die von der Größe her perfekt zu ihrem Körper passten und auf die man dank ihres knappen Oberteils einen wunderbaren Blick hatte. Lange schwarze Haare, braune Augen. Eine wunderschöne Frau.

Ich sah sie, mir gefiel sie sofort, ich wollte sie haben. Also betrat ich die Tanzfläche, und musste mich erstmal durch die schiere Masse der anderen Diskobesucher in ihre Nähe kämpfen.

Durch die ganze Enge war ich dann aber auch ziemlich nah bei ihr, ich musterte sie, sie war einfach unglaublich sexy, wie sie sich bewegte.

Da bemerkte ich auch, dass sie mit einem anderen Typen tanzte. Ihr Freund, mit dem sie etwas über 3 Jahre bereits zusammen war, wie sie mir später erzählte. In dem Moment wusste ich das natürlich noch nicht, aber ich ahnte es, dass sie in einer Beziehung waren. Natürlich hätte es auch einfach ein anderer Diskogänger sein können, oder ein langjähriger bester Freund. Aber daran glaubte ich nicht, ich habe gesehen, wie die beiden sich miteinander bewegten und interagierten. Auch wenn sie sich nicht küssten, war da diese ganz gewisse Chemie, dieses Etwas zwischen den Beiden, was man so nur in Beziehungen sieht.

Ich tanzte also in der unmittelbaren Nähe von den beiden, und natürlich versuchte ich dabei immer wieder mit ihr Blickkontakt aufzunehmen. Es gelang mir mit der Zeit, erst kurz, ein-, zweimal. Aber dann passierte etwas, so beim dritten Blickkontakt muss Ihr aufgefallen sein, dass sich unsere Blicke nicht zufällig treffen. Die folgenden

Blickkontakte wurden daraufhin länger, und ich merkte, dass ihr das ganze anfängt zu gefallen. Ich fing bewusst an auf ihren Körper zu starren, auf ihre Brüste, ihre Beine, immer in dem Moment, als sich unsere Blicke wieder trafen, sodass sie es mitbekommt. Später hat sie mir gestanden, dass es sie irgendwie heiß gemacht hat, erst unser Blickkontakt und dann „wie ich sie mit den Augen ausgezogen habe" waren ihre Worte.

Es war eine total heiße Situation, diese wahnsinnig sexy Frau flirtet mit mir nur durch Blickkontakte, aber immer intensiver, während sie zur selben Zeit mit ihrem Freund tanzt und ihn so bei Laune hält, dass er nichts mitbekommt. Aber wie beschrieben, es war eine Atmosphäre wie im Karneval von Rio, heiß und alle waren eng beieinander, es war die ideale Atmosphäre um genau dieses Spiel zu spielen, weil es in der Hitze und der Masse auch nicht auffiel, wenn eine Frau im Beisein ihres Freundes anfängt zu flirten.

Endlich kam der Punkt, an dem der Mann sein Gesicht direkt zum Ohr seiner Freundin bewegte und ihr etwas sagte. Ich konnte natürlich nicht verstehen was es war, aber ich ahnte es, er würde erstmal verschwinden, wahrscheinlich aufs Klo oder kurz an die Bar. Und genau das tat er dann auch.

Das war meine Chance. Als er weg war ging ich noch ein Stück näher in Richtung seiner Freundin. Zu meiner Überraschung, drehte sie mir gleich den Rücken zu. Ihr Hintern kreiste so sexy zu der Musik. Ich wusste, ich habe nur diese eine einzige Chance, und auch nicht ewig Zeit, weil ihr Freund wahrscheinlich recht schnell zurückkommen würde (überfüllte Großraum-Disko, Klo und Bar dauern in dem Gewusel eine Zeit, aber eben auch nicht ewig). Und außerdem würden es mit Sicherheit auch bald ein paar andere Typen bei ihr versuchen, wenn sie da eine so sexy Frau auf der Tanzfläche alleine sehen.

Sie hatte mir also den Rücken zugedreht, sofort als ihr Freund ging, und bewegte ihre Hüften absolut sexy zur Musik. Ich bewegte mich von hinten an sie ran, und es war das erste Mal, dass unsere Körper sich berührten. Also ob etwas Klick gemacht hätte, ließ sie sich sofort auf meinen Körper ein und schmieg ihren Körper eng an meinen, ihr sexy Hintern rieb gegen meinen Schritt, es war der Wahnsinn. Mit meinen Händen berührte ich ihren ganzen Körper, ihre Bewegungen zeigten mir, wie sehr sie das genoss.

Ich ging einen Schritt weiter und küsste sie an Nacken und Hals, ihr Körper verkrampfte vor Lust. Sie drehte sich um, wir starrten uns ein paar Sekunden in die Augen, in ihrem Blick unglaubliche Lust und Fassungslosigkeit über das, was gerade geschieht, und geben uns dann einen langen, unglaublich geilen Zungenkuss. Jetzt bin ich es, der den Kuss unterbricht und etwas in ihr Ohr sagt: „ Lass uns gehen". Sie guckt mich an, mit demselben geilen Blick voller Lust und Fassungslosigkeit, und spricht auch etwas in mein Ohr: „Lass uns gehen!"

Wir verlassen die Tanzfläche, gehen zum Ausgang, dann ins Freie, und dann zu meinem Auto. Ich merke, wie sie in dieser Zeit etwas angespannt ist, ob sie ihrem Freund über dem Weg läuft oder er sie sieht. Ich finde die ganze Situation absolut geil. Erst bei mir im Auto entspannt sie sich wieder merklich, und fängt bei der Fahrt an mir einen heißen Zungenkuss zu geben. Ich muss aufpassen keinen Unfall zu bauen. Während der Fahrt sprechen wir kaum, aber pure Geilheit, purer Sex liegt in der Luft.

Ich überlege kurz, ob wir zu mir fahren, aber da das Mädol echt eine richtige Granate ist, eine wirklich ultra sexy Frau, sie phänomenal geil küsst und es ein super schöner Abend ist, entscheide ich sie in ein Hotel zu nehmen.

Das Hotel welches ich dafür wähle hat auf manchen Zimmern Jacuzzis, und genau dafür ist es auch in unserer Stadt, ja der ganzen Umgebung bekannt, dass Paare dort gerne eine heisse Nacht oder ein heißes Wochenende verbringen. Nachdem ich ihr gesagt hatte, wir fahren in dieses Hotel, spüre ich an ihrer Gestik, wie sie nochmal die Geilheit überkommt. Ihr wird klar, was wir in den nächsten Stunden machen werden. Während ihr Freund erst ohne sie die Disko verläßt und alleine nach Hause fährt, wird sie mit gespreizten Beinen vor mir liegen und hemmungslos stöhnen vor Lust und Geilheit. Sie meinte später zu mir, dass sie in genau diesem Moment so geil war, dass sie die erste Runde mit mir am liebsten im Auto gehabt hätte.

Übrigens, auch das hat sie mir noch später gesagt, im Auto hatte sie bereits ihrem Freund geschrieben. Ich ahnte das bereits, als ich sie auf dem Beifahrersitz kurz mit dem Handy tickern sah. Eine klassische Ausrede wie sie mir später erzählte hat sie ihrem Freund geschrieben. Sie hatte überraschend die und die Bekannte gesehen, die aber genau in dem Moment aber noch in mit der und der weiterziehen wollten in den und den Laden bla bla und deshalb musste sie sofort mit, weil musste verstehen bla bla ewig nicht gesehen. Und ihm wars wohl auch egal, weil er da an dem Abend in der Disko auch noch Kumpels hatte und somit ungestört mit denen feiern konnte.

Ob es ihm auch egal war, dass ich, während sie diese Nachricht an ihn schrieb seiner Freundin auf die perfekten

Titten starrte, die dank des knappen Oberteils perfekt zu sehen waren? Wir werden es wohl nie erfahren, aber das ist auch egal. Ich bin sogar der Meinung, sie hätte mir ihre geilen Titten mit Absicht noch deutlicher präsentiert als sie die Nachricht schrieb.

Beim Hotel angekommen, geht der Check-In ganz schnell, keiner sonst ist da, es ist tiefste Nacht. Und die nette sympathische Dame an der Rezeption weiß genau, was wir vorhaben. Ihrem Grinsen sieht man es an. Es fehlt nicht viel und sie hätte uns wohl ein „Treibts nicht zu dolle" hinterher gerufen.

Im Zimmer angekommen, lasse ich das Wasser für den Jacuzzi ein und wir fangen an, uns gegenseitig auszuziehen und zu küssen. Ich sehe erstmals ihren Hammerkörper. Der Tanga den sie trägt ist der Wahnsinn, schwarz, und perfekt auf ihren Körper und ihren geilen Arsch zugeschnitten. Die Nacht wird der Wahnsinn denke ich mir. Ich bin kaum ausgezogen und nicht mal richtig in den Jacuzzi gestiegen, da fängt sie schon an ihn mir zu blasen. Sie macht das echt genial, aber ich bin so geil, dass ich sie nehme, und sie breitbeinig vor mir aufs Bett setze und beginne ihre Muschi zu lecken. Die beste Muschi, blank rasiert, wunderschön, es ist wahnsinnig geil sie zu lecken. Wir halten es nicht mehr aus und beginnen zu ficken. Es ist der Wahnsinn. Wir werden es über Stunden in allen möglichen Stellungen treiben. 69er ist mit ihr besonders geil, aber auch, wie sie auf mir reitet. Wir benutzen Kondome, aber, und das ist der Wahnsinn, sie hat kein Problem das ich kurz vor dem Orgasmus abziehe und auf ihren Titten komme. Ich muss richtig mit mir kämpfen, es ist viel zu geil in ihrer Muschi, aber als ich am Ende mein Sperma auf ihren geilen Titten sehe und sehe wie sie ihre Brüste damit einreibt, wäre ich fast ein zweites Mal gekommen.

Ich schaffe das an diesem Abend noch einmal rauszuziehen und komme auf ihrem geilen Arsch, wie mein Sperma auf ihren geilen Arschbacken landet, den Arschbacken einer fremden Frau, einer Frau die in einer festen Beziehung ist, der Anblick macht mich wahnsinnig. Ihr Freund ist in der Nacht kein Thema mehr, nur einmal, in den Pausen nach dem Sex, ziehe ich sie auf, was für ein böses Mädchen sie ist wegen dem, was sie da heute Nacht tut. Es macht sie unglaublich geil und sie kokettiert mit mir. Am nächsten Morgen, in der Früh kurz bevor wir auschecken wollen, passiert auch noch etwas, was ich nie erwartet hätte. Ich dachte wirklich es geht nichts mehr, die Nacht war unglaublich geil und ich total am Ende, schafft sie es irgendwie doch noch mich durch Blasen zum Orgasmus kommen zu lassen, und, tatsächlich schluckt sie meinen Saft. Ich spritze in den Mund mit dem sie gleich ihrem Freund einen Kuss geben wird, die beiden wohnen seit kurzem zusammen wie sie mir sagt, also, sie fährt zu ihm.

Wir hatten danach noch für ein paar Wochen Kontakt und haben uns geschrieben. Sie meinte, diese Nacht war der Wahnsinn und sie wird sie nie vergessen. Sie erzählte mir auch, als sie zu ihrem Freund nach Hause kam, war sie immer noch so geil, dass sie sofort zu ihm ins Bett gesprungen ist und am Morgen mit ihm mehrmals Sex hatte. Ihr Freund war wohl total überrascht, und sie hatte Angst, dass er merkt, dass sie die ganze Nacht Sex hatte. Aber am Ende schöpfte er wohl keinen Verdacht.

Nach ein paar Wochen schlief der Kontakt zwischen uns endgültig ein. Ich habe gemerkt, dass sie mit der Zeit immer mehr Sorgen hatte, es würde irgendwie rauskommen. Wiedergesehen haben wir uns nie. Aber diese eine Nacht werden wir beide nie vergessen. Dafür war der Sex einfach zu gut.

Auf Wohnungssuche

Maria hatte nicht viel Zeit, sie war nur drei Tage in der Stadt, die so weit von ihrem Zuhause entfernt lag und die zumindest für die Dauer ihres Studiums ihre neue Heimat werden sollte. In dieser Zeit musste sie eine Wohnung finden, was auch deshalb nicht einfach war weil ihre finanziellen Möglichkeiten fürs erste arg beengt waren. Sie musste so oder so jobben, um ihr Studium zu ermöglichen, aber im Moment konnte sie nicht absehen, welche Arbeit sie finden und wie viel Geld sie ergo zur Verfügung haben würde, auch um ihr neues Domizil zu finanzieren. Gedankenverloren hockte sie in der S-Bahn. Sie hatte an diesem Tag schon einige Pleiten hinter sich und für heute würde die nun folgende Wohnung die letzte sein. Sie war müde und nicht sehr gut gelaunt. Sie bemerkte nicht die sehnsuchtsvollen Blicke der anwesenden männlichen und gar einiger weiblicher Fahrgäste, die auf ihrer unter einem engen T-Shirt drall hervorstechenden Büste, ihrem langen, seidig naturblonden Haar, ihrem irgendwie raubkatzengleichen Antlitz mit den tiefgrünen Augen und ihrer insgesamt sportlichen Figur ruhten. Sie zog noch einmal den Zeitungsausschnitt mit der Annonce für die Wohngelegenheit aus ihrer Handtasche, die sie gleich begutachten würde und grübelte ein weiteres Mal über dem Text, der ihr auf der einen Seite nicht ganz geheuer erschien und sie auf der anderen Seite faszinierte.

„Studentin, 23, sucht sportliche und freizügige Mitbewohnerin für 2er-WG in geräumiger 4ZKB-Altbauwohnung. Südbalkon, eigenes Schlaf- und Arbeitszimmer, Monatsmiete warm 0 bzw. 600 €."

Am Telefon hatte die Inserentin ganz nett geklungen, Maria hatte allerdings darauf verzichtet, all die Fragen zu stellen die ihr angesichts des kurzen Textes durch den Kopf gingen. Anschauen kostete ja nichts, und wenn es konkret werden sollte könnte man die Details ja immer noch klären.

Fast zu spät bemerkte sie, das sie ihre Zielstation erreicht hatte. Hastig steckte sie den Zeitungsschnipsel in ihr Handtäschchen, hastete aus dem Zug, stieg die Bahnhofstreppe hinauf Richtung Tageslicht und blickte sich um. Sie fand die ruhige Nebenstraße recht bald und stand wenig Später vor dem vierstöckigen Gründerzeit-Bau, der nun darauf geprüft werden sollte ob er ihr neues Heim werden könnte.

Die Haustür stand offen, die Tür der Wohnung im dritten Stock allerdings war verschlossen. Maria drückte auf die Klingel. Es ertönten Schritte hinter der Tür, und kurz darauf wurde diese geöffnet. „Hi, Du musst das Mädel sein, das vorhin wegen der Anzeige angerufen hat, stimmts?" Maria bejahte dies und musterte dabei die rehäugige braunhaarige Schönheit, die ihr gegenüberstand. Die junge Frau war etwa gleichgroß wie Maria selbst. Sie hatte eine mindestens ebenso sportliche Figur und betonte diese mit einem enganliegenden schwarzen Ledertop und einer dazu passenden Hose. Maria war sich sicher, dass sie sich nichts aus Frauen machte, aber die hier war definitiv auch in ihren Augen sexy. „Ich bin die Pia", sagte diese nun und reichte Maria die Hand. „Ich bin Maria". „Schön, komm doch rein!"

Die Angesprochene folgte der Aufforderung und trat hinter Pia in einen geräumigen, absolut leeren Flur, von dem aus an jeder außer der ans Treppenhaus grenzenden Wand jeweils zwei Türen in die übrigen Räume führten. Pia zeigte ihr zunächst die Räume, die ihre werden konnten. Alles war hell und geräumig und gefiel ihr gut. Und zu Pia fühlte sie sich auf eine merkwürdige Weise hingezogen, die sie ziemlich durcheinander brachte. „Warum ist Deine letzte Mitbewohnerin ausgezogen?" „Es ist zu hart für sie geworden. Sie hatte Angst dass sie ihr Studium nicht zu Ende bringt wenn sie hier bleibt". Maria verstand nur Bahnhof, fragte aber für den Augenblick nicht weiter nach. Sie unterzog auch Küche und Bad einer eingehenden Inspektion, die ebenfalls zu ihrer Zufriedenheit ausfiel. Hier könnte sie es aushalten. Soviel stand für sie fest.

„Ein paar Fragen hätte ich noch, aber wenn Du mich nimmst glaub ich fast, dass wir ins Geschäft kommen", sagte sie zu Pia. „Komm in mein Zimmer, wir setzen uns auf mein Bett und reden über die Einzelheiten". Beide nahmen auf der Kante eines großen, plüschig ausstaffierten Futonbettes Platz. Ihre Knie berührten sich und sie sahen einander fest in die Augen. „Ich glaube, Du bist richtig. Wenn wir uns über die Bedingungen einig werden, kannst Du hier einziehen, Schätzchen". „Sehr gerne, hab ich ja schon gesagt. Was sind denn Deine Bedingungen?" „Hast Du den Mietpreis gelesen?" „Ja, 0 bzw. 600 € - ich grüble schon die ganze Zeit, was das zu bedeuten hat." Das bedeutet, das die Miete für einen Monat jeweils von einer von uns beiden erarbeitet wird und die andere solange nix blechen muss". „Das wird nix, 600 allein für die Miete werd ich mir nie leisten können." Enttäuscht ließ Maria die Mundwinkel sinken. Die andere musterte sie mit einem anerkennenden Blick. „So wie Du gebaut bist, sind 600 Kröten für Dich ein Kinderspiel. Sieht doch ne Blinde, das Du gut im Bett bist!" „Und was hat das damit zu tun?" Maria fragte in einer Mischung aus Fassungs- und Verständnislosigkeit. „Na, ganz einfach: Du schaffst die Kohle ran, in dem Du für mich auf den Strich gehst, Herzchen". Maria war ein Sturm der Entrüstung, als sie aufbrausend und fast schreiend erwiderte: „Du spinnst doch wohl komplett. Bin ich ein dreckiges Flittchen oder was? Such Dir ne andere, ich geh ganz sicher nicht für Dich anschaffen!"

Pia grinste gutmütig. „Beruhig Dich. Vielleicht musst Du ja nie - wenn Du gut bist könnte es ja sein, es trifft immer mich......" „Wenn ich worin gut bin?" Maria war sich nicht ganz sicher, ob sie nur noch weg oder es nun doch ganz genau wissen wollte. „Ganz einfach, wir prügeln uns am Ende jeden Monats. Die Verliererin schafft im nächsten Monat die Knete ran und schmeißt alleine den Haushalt. Außerdem darf die Siegerin mit der Verliererin einen Monat lang machen was immer sie will". „Das heißt, Du wärst meine Zuhälterin und ich nicht nur ne Nutte sondern auch noch Deine Sklavin. Geht's noch?" „Sehe es nicht so negativ. Es kann ja auch andersherum ausgehen. Ich sehe Dir doch an, dass Dir einiges einfällt was Du mit mir anstellen könntest wenn Du gewinnst". Sie grinste Maria aufmunternd direkt ins Gesicht. Dieser gingen in diesem Moment gedanklich die Gäule durch und sie grinste unwillkürlich zurück. „Also ein Spiel mit hohem gegenseitigem Risiko" überlegte sie laut. „Gefährlich, aber letztlich fair. Und wenn ich Glück habe kann ich sehr günstig wohnen und muss nix dafür leisten außer Dich einmal im Monat umzuhauen." Ihre Entrüstung war gewichen. Sie begann, sich in die Idee eines solchen Abenteuers zu verlieben. „Langsam gefällt mir die Idee. Aber ich muss wissen, auf was ich mich damit einlasse. Können wir einmal zur Probe kämpfen?"

Pia war sofort damit einverstanden. „Okay, wir kämpfen im Flur. Und natürlich nackt, damit ich besser an Deine Titten und Deine Fotze komme". „Du meinst wohl ich an Deine, hä?" Maria grinste bei diesen Worten selbstgefällig. Sie war jetzt voll drin in diesem Spiel und absolut bereit, es mitzuspielen. Hätte ihr eine Stunde vorher jemand derartiges vorhergesagt hätte sie demjenigen wohl einen Eiltransport in die geschlossene Psychiatrie besorgt. Aber Pia und deren Art wie sie ihr die ganze Angelegenheit verkaufte, hatten sie in ihren Bann geschlagen. Sie wollte in ihrem Innersten diese Frau beherrschen und besitzen. Und sie würde dazu Gelegenheit bekommen. Maria war regelrecht high von diesen Gedanken.

Beide traten nun nackt in den Flur und musterten sich erst einmal genau. Auf beiden Gesichtern zeichnete sich ab, dass ihnen gefiel, was sie sahen. Zwei junge, makellose athletische Körper standen einander gegenüber und schlugen den Geist, der beiden innewohnte wechselseitig in ihren Bann. Maria war am ganzen Körper glattrasiert, Pia war unter den Achseln und an ihrem Körperzentrum buschig behaart. Unwillkürlich wurde Maria bei diesem Anblick klar, was sie nach dem Kampf tun würde. Beide waren tätowiert, Maria schien eine Sonne rund um den Bauchnabel, über Pias linkem Busen flatterte ein Schmetterling.

„Genug geglotzt", sagte Pia und schlug mit der rechten Faust in ihre linke Handfläche. „Lass uns anfangen. Erlaubt ist alles, verboten demzufolge nix. Schluss ist wenn eine aufgibt oder aufhört, sich zu verteidigen. Alles klar?" Maria nickte, nun zeichnete sich Entschlossenheit, Kälte und Berechnung auf beiden Gesichtern ab, das Klima im Raum blieb spannungsgeladen, aber wenn es kurz zuvor noch sehr warm gewesen war musste man jetzt von einer fast greifbaren Kälte sprechen.

Beide umkreisten einander wie zwei Raubkatzen auf dem Sprung, die Fäuste geballt, den Oberkörper leicht nach vorne gebeugt. Maria fasste sich als erste ein Herz und hieb nacheinander mit beiden Fäusten in Richtung des Kopfes ihrer Kontrahentin, die allerdings die Attacke früh genug wahrnahm um einige Schritte zurückzuweichen. Ihrerseits lancierte Pia nun einen Tritt, der Maria am Oberschenkel traf. Diese sprang nun mit geballten Fäusten in ihre Gegnerin hinein und platzierte einige Schläge auf den drallen Möpsen ihres Gegenübers. Pia zeigte allenfalls ein leicht schmerzverzerrtes Gesicht, war aber nicht weiter beeindruckt. Maria hingegen schon, als sie jetzt das Knie der Rivalin ungebremst im glattrasierten Schambereich zu spüren bekam. Sie stöhnte laut auf und krümmte sich nach vorne. Der Ellenbogen Pias traf sie im Genick. Sie sank vor ihrer Kontrahentin in die Knie.

Aber der Schmerz war noch nicht stark genug, um ihre Geistesgegenwart auszuschalten. Blitzschnell griff sie mit beiden Händen nach dem linken Unterschenkel ihrer Gegnerin und riss ihr das Standbein weg. Diese verlor das Gleichgewicht, ging rückwärts zu Boden und prallte mit dem Hinterkopf gegen einen Heizkörper an der Wand. Beide Kämpferinnen saßen nun eine Weile vom Schmerz benommen am Boden, ehe sie sich fast gleichzeitig wieder aufrafften. Etwas schwankend gingen sie aufeinander zu. Maria krallte sich mit der Linken in Pias rechtem Apfel fest und zog mit der rechten deren Kopf an den Haaren in den Nacken. Diese war sichtlich überrascht und schrie vor Schmerz wie am Spieß. Aber wie schon zuvor gelang es ihr erneut, ihrer Peinigerin das Knie in die Möse zu rammen, so dass diese beide Griffe löste und sich einen kurzen Moment nur auf ihren Schmerz und ihre Überraschung konzentrieren konnte. Wenn jemand zugesehen hätte, hätte er allerdings das Gefühl haben müssen, dass beide bei diesem schmerzhaften Spiel voll in ihrem Element waren. Sie kämpften mit Wonne und mit Hingabe, und keine schien der anderen die erlittenen Schmerzen übel zu nehmen. Bevor beide nach einem kurzen Durchschnaufen wieder weiterkämpfen konnten schenkten sie einander jedenfalls ein Lächeln, so als wollten sie sich gegenseitig sagen „Hey, Du bist gut, es macht Spaß mit Dir"!

Gesprochen wurde indes nicht. Beide keuchten lediglich schwer und ihre Körper glänzten zunehmend schweißnass als sie sich nun gegenseitig mit ganzen Serien von Fausthieben auf Kopf und Körper durch den Raum trieben. Irgendwann gelang es Maria, sich etwas zurückzuziehen und einen satten Tritt zwischen Pias Beine zu landen. Die steckte diesen allerdings weg und landete ihrerseits einen Tritt an Marias Schläfe. Dieser wurde einen Moment schwindelig, sie glitt rücklings zu Boden. Blitzschnell war Pia über ihr, fixierte die Arme der liegenden unter ihren Knien und begann Maria mit Inbrunst abwechselnd links und rechts Backpfeifen zu verpassen. Diese schrie erst auf, später schluchzte sie. Beides ließ die junge Frau in der Oberhand ungerührt. Erst als Maria bewusstlos war erhob sich diese und ließ mit einem selbstgefälligen Grinsen von ihrem Opfer ab.

Das Erste, was Maria bemerke als sie wieder zu sich kam waren die Handschellen und die Fußfesseln. Das Zweite was sie realisierte war das summende Geräusch an ihrem Kopf. Sie wurde rasiert! „Nein, Du Mistschlampe. Das tust Du nicht!" Sie schrie fast panisch. „Was tätest Du denn jetzt, wenn es andersherum gelaufen wäre?", fragte eine kalte Stimme hinter ihr. Maria musste nicht lange nachdenken. Sie hörte auf zu schreien. Nachdem ihre komplette Goldmähne entfernt war sagte Pia anerkennend „Du bist selbst mit Glatze noch zuckersüß, mach Dir keine Sorgen". Die machte Maria sich aber. Ihre Gedanken schlugen Purzelbaum. In der Gewalt dieser anderen fühlte sie sich einerseits hilflos ausgeliefert, andererseits war sie fasziniert von diesem Zustand und gespannt darauf, was als nächstes passieren würde. Und sie malte sich schon ihre Revanche aus. Okay, sie hatte verloren. Das Risiko war also wirklich hoch. Aber jetzt wollte sie erst recht hier einziehen.

Pia trat nun in ihr Gesichtsfeld. Sie trug eine Art Gürtel, an der sie einen Dildo befestigt hatte, der nun genau dort saß, wo bei einem Mann das authentische Gegenstück gesessen hätte.. Maria krisch förmlich: „Nein, lass das, Du dreckige Hure..." Pia grinste diabolisch. „Du bist zu laut, was sollen die Nachbarn denken. Los, lutsch dran, das stopft Dir das Maul....." Pia ließ sich mit ihrem Körperzentrum über ihrem Opfer nieder und drückte dieser das Gerät fest in den Rachen.

Dann zog sie es wieder heraus und begann kurz darauf, Maria an der herkömmlichen Stelle zu penetrieren. Hart und rhythmisch stieß sie in das Lustzentrum der Gefesselten, bis diese ihren Orgasmus nicht mehr unterdrücken konnte. Maria war so feucht geworden, dass auch ihre Rosette nun gut geschmiert war und Pia rammelte nun auch noch ihren Arsch durch, Maria stöhnte dabei leicht und meinte nachher dass sie ja nun auch anal entjungfert sei. „Bin ich gut, Miststück?" „Du bist verdammt gut, elende Scheißhure." Maria keuchte diese Worte. Die Lippen beider Frauen umspielte jetzt ein zufriedenes Lächeln. „So, jetzt will ich aber auch meinen Spaß." Pia nahm den Umschnalldildo ab, legte ihn zur Seite und setzte sich über Marias Mund. „Leck meine Fotze, los!" Maria leistete keine Gegenwehr und keinen Protest sondern tat wie ihr geheißen wurde. Sie tat es solange, bis auch Pia kam. Danach zwang Pia sie noch, ihre Pisse zu trinken. Jetzt fühlte sich Maria wieder erniedrigt und gedemütigt. Sie musste hier einziehen, schon um sich zu rächen.

Pia war nun offensichtlich zufrieden mit dem Erreichten. „Keine Dummheiten, wenn ich Dir jetzt die Fesseln abnehme, okay?" Maria gelobte es hoch und heilig. „Und?", fragte Pia, als sie sich wieder auf Augenhöhe gegenüberstanden. „Ich ziehe hier ein. Zieh Dich schon mal warm an, dreckige Schlampe!" Beide grinsten. „So gefällst Du mir. Wir werden eine heiße Zeit haben, und ich freu mich auf Dich". Der Blick den beide jetzt tauschten war tief. Beide empfanden sehr viel und sehr ambivalent für die andere, und beiden wurde klar, dass ihre Wohngemeinschaft ein Tanz auf mehr als nur einem Vulkan werden würde. „Es ist spät geworden.... Willst Du ins Hotel zurück oder magst Du heute hier bleiben?" „Darf ich in Deinem Bett schlafen?" „Du musst in meinem Bett schlafen. Allein wäre mir heut Nacht kalt...."

Am nächsten Morgen verabschiedeten sich beide voneinander. An der Wohnungstür fielen sie einander in die Arme und tauschten einen innigen Zungenkuss.

Auf der S-Bahn-Fahrt zum Hotel ging vieles durcheinander in Marias nun so kahlgeschorenem Kopf. Zwei lange Monate würde sie warten müssen, bis sie Pia wiedersehen konnte. Bis sie Pia alles heimzahlen konnte. Und bis sie sich wieder in den Armen liegen würden. Sie erkannte sich nicht wieder in ihren Gedanken und Sehnsüchten. Sie war ein neuer Mensch geworden. Und sie freute sich nun auf das Leben in dieser Stadt. Sie würde wohl lange brauchen für ihr Studium. Aber was sie dafür bekam war den Zeitverlust wert. Sie sah Pia vor sich und schwebte auf Wolke sieben.

„Scheiße, ich bin in die Nutte verknallt", platzte es aus ihr heraus. Dann hielt die Bahn, und sie wurde gewahr, das sie aussteigen musste. Peinlich war ihr indes nichts. Sie war zu sehr mit sich selbst beschäftigt.

Maria packte ihre Sachen im Hotel, bezahlte die Rechnung und fuhr nach Hause zu ihren Eltern. Schon jetzt vermisste sie Pia sehr, aber auch Pia sehnte schon die Zeit herbei wenn Maria einzog, dann würden sie viel Spaß haben und Pia glaubte auch die Frau für´s Leben gefunden zu haben.

Auf der Bahnfahrt nach Hause bewegte Maria das Thema ebenfalls, sie war sich sicher die Partnerin für das restliche Leben gefunden zu haben, und da war kein Platz mehr für ihren derzeitigen Freund. Zu Hause angekommen hatte sie natürlich Erklärungsnotstand bezüglich der Glatze. Doch sie fand eine Erklärung, schwer wurde es nur ihrem bisherigen Freund die Trennung klar zu machen, aber für sie gab es kein zurück mehr. Auf für sie eigentlich brutale Art und Weise machte sie ihm klar dass Schluss sei.

Danach war sie befreit und ihre Gedanken weilten nur noch bei Pia. Pia erging es ähnlich, da sie keine Beziehung hatte, war dies kein Problem, aber schon am 1. Tag war ihr das Warten auf Maria zu lang; aber sie hatten verabredet, es gäbe keine Telefonate oder sonstigen Kontakt, für jeden Kontakt wäre schon je 1 Monat Niederlage anzurechnen und das wollten Beide nicht. Mit jedem Millimeter den ihre Haare wieder wuchsen, wuchs auch ihre Sehnsucht nach Pia, doch auch Pia sehnte den Tag des Wiedersehens herbei.

Oft lagen sie nachts im Bett und befriedigten sich selber, so sehnsüchtig warteten sie auf den Tag des Wiedersehens. Endlich war der Tag da, ein heißer Sommertag und schon früh am Morgen stand der Kleintransporter vor Marias Elternhaus, sie hatte schon Kleidung angelegt, um Pia zu becircen. Sie trug nur eine auf dem Bauch geknotete weiße Bluse, einen superkurzen schwarzen Minirock, einen weißen String und oberschenkellange schwarze Stiefel. So saß sie mit in dem Kleintransporter und die Blicke der 2 Möbelpacker hefteten nur an ihren Beinen, Busen und dem superhübschen Gesicht von Maria. Pia wartete schon ungeduldig, sie trug ein bauch- und rückenfreies Top ohne BH drunter, einen weißen Minirock, einen schwarzen String und weiße oberschenkel- lange Stiefel. Je näher Maria ihrer neuen Heimat und Liebe kam, umso unruhiger wurde sie; sie konnte es kaum mehr erwarten Pia in den Arm zu nehmen. Auch Pia hielt es kaum noch aus.

Endlich bog der Transporter in die Straße ab und hielt vor dem Haus, Maria sagte noch dass die Möbel in die Wohnung im 3. Stock müssten.. Pia hatte am Fenster gestanden und lief zur Wohnungstüre, Maria war aus dem Wagen gesprungen und hechtete die Treppe zur 3. Etage hoch. Lächelnd erwartet von Pia, die Beiden fielen sich um den Hals, küssten sich, ihre Zungen steckten sie sich gegenseitig tief in den Mund, ihre Hände wanderten unter Bluse und Top und unter die Miniröcke, sie konnten sich nicht voneinander lösen, auch als die Möbelpacker die ersten Möbelstücke hoch brachten nicht. Die ahnten sofort warum Maria ihnen gegenüber so abstoßend reagiert hatte.

Pia flüsterte Maria ins Ohr : „Na, Miststück hast Du Dich schon direkt als Nutte zurecht gemacht?" Maria meinte nur leise : „Du brauchst es ja nicht, Du bist ja eine Hure." So teilten sie noch einige Freundlichkeiten aus und Maria meinte sie freue sich schon auf die Revanche, worauf Pia antwortete sie freue sich schon jetzt darauf sie den gesamten nächsten Monat als Gespielin, Hure, Sklavin, Putzfrau und absolut gefügige Befehlsempfängerin für Alles zur Verfügung zu haben. Worauf Maria nur sagte, warte ab Du wirst es sein die verliert.

Die Möbelpacker hatten sich eigentlich darauf gefreut die süße Maria nach dem Einzug flach zu legen, aber dass dieses hübsche Girl in keine eigene Wohnung zog und dann noch eine Lesbe ist, schockierte sie zutiefst, sie hatten sogar alles an ihren Platz gestellt, aber sie verließen fluchtartig nach getaner Arbeit die Wohnung, Maria hatte noch nicht mal Zeit ihnen Trinkgeld zu geben. Pia und Maria hatten sich viel zu erzählen und lagen nackt in Pias Bett, liebkosten sich und erzählten sich die Begebenheiten der letzten beiden Monate.

Als sie Alles durchgesprochen hatten brannten Beide auf den Kampf, denn Jede wollte ihre geliebte Freundin besiegen und anschließend beherrschen.

Sie gingen wieder nackt zum Kampf in den Wohnungsflur. Ihre wohlgeformten Körper sahen bezaubernd aus, Jede genoss den Anblick der Anderen und Beide lächelten. Der Kampf fand wie bei Pia immer ohne Regeln statt, bis Eine aufgab oder total besiegt war. Nun waren Beide jedoch hoch konzentriert. Zuerst gab es einen reinen Boxkampf, jede traf die Gegnerin mal in Gesicht und Busen, beeindruckt war jedoch weder Maria noch Pia. Pia traf dann Maria mit einem Tritt zwischen die Beine, Maria wich etwas zurück um dann jedoch plötzlich anzugreifen, davon wurde Pia nun doch überrascht und der Tritt von Maria unter ihr Kinn ließ sie straucheln und schließlich zu Boden gehen.

Sofort saß nun Maria auf Pias Bauch und fixierte mit ihren Knien die Arme von Pia. Nun bekam Pia eine Ohrfeige nach der anderen, rechts und links, mit einer Hand zwirbelte Maria auch noch ihre Nippel, um jedoch nun Pia endgültig zu überwältigen wollte sie um noch mehr Kraft zu haben etwas höher rutschen und setzte sich auf Pias Busen, weiter gab sie Pia eine Ohrfeige nach der anderen und Pia schluchzte, doch Maria kannte nun auch keine Gnade. Pia arbeitete jedoch noch am Sieg, brachte sich etwas in Position und dadurch dass Maria höher gerutscht war konnte sie nun ihre Beine einsetzen. Blitzschnell hatte sie Marias Kopf in einer Beinschere und zog sie rücklings von sich herunter. Sie drückte immer fester zu und Maria wurde bewusstlos.

Pia atmete tief durch, denn hätte Maria durch Übereifer nicht den Fehler gemacht zu hoch zu rutschen, wäre es um sie selber schnell geschehen gewesen. Nun hatte sie einen Monat ihre geliebte Maria restlos zur Verfügung. Sie freute sich darauf und würde sie richtig rannehmen und fertig machen. Sie schleppte sie zum Küchentisch und legte Maria bäuchlings darüber, dann fesselte sie die Fuß- und Handgelenke jeweils an ein Tischbein. Sie band sich schon mal den Umschnalldildo um und legte sich auch einen Dildo und eine Reitgerte zu recht.

Als Maria zu sich kam trat Pia an ihren Kopf und schob ihr den Dildo bis tief in den Rachen, Pia grinste sie fröhlich an während sie Maria geradezu ins Maul fickte. Dann ging sie um Maria und meinte nun sei ihr kleines Arschloch dran. Maria protestierte, doch als ihr Pia sagte, dass sie es lieber wäre, die Maria die anale Unschuld nehme, als irgendein Freier, da stimmte Maria, nun doch froh, zu.

Genützt hätte es ihr ja sowieso nicht, sagte sich Maria, denn sie wusste ja, nun war sie einen Monat auf Gedeih und Verderb der Pia ausgeliefert, auf der einen Seite aufregend, auf der anderen Seite fieberte sie jedoch dem nächsten Kampf schon jetzt entgegen, denn sie wollte Revanche. Doch erst mal leckte ihr Pia jetzt die Rosette, küsste ihre Pobacken und Pospalte, dann leckte sie Marias Rosette richtig feucht, glitt mit 1 und dann 2 Fingern hinein, bevor sie ansetzte und zustieß, ihr Becken klatschte gegen Marias Backen, die stöhnte vor Schmerzen auf, Pia fickt sie nun in gleichmäßigen Stößen, immer etwas fester werdend in den Arsch und Maria genoss es nun. Sie erlebte einen riesigen Orgasmus und Pia fragte : „Na, Schlampe war ich gut." „Ja, Du verdammte Hure, Du warst Spitze."

Pia schob Maria den Umschnalldildo ins Maul und sie musste ihn sauber lecken, während Pia ihr den anderen Dildo ins Arschloch schob und mit der Reitgerte leichte Klapse auf die Backen gab, Maria erlebte noch einen riesigen Orgasmus. Pia nahm ihren Umschnalldildo nun ab und sagte : „Na Du geiles Flittchen, Du gehst ja ab wie eine Rakete, halt wie eine Nutte." Bevor Maria etwas entgegnen konnte musste sie Pias Muschi lecken, die schließlich auch kam und ihr Orgasmus ergoss sich in Marias Rachen.

Dann band Pia Maria los, die wusste, es wird ein harter Monat. Erst mal machte Maria nun das Mittagessen und sie aßen. Dabei brachte ihr Pia schon nahe, dass heute die ersten Lektionen anstehen würden. Doch dann küssten sie sich erst mal innig, ihre Zungen verschmolzen miteinander und ihre Hände wanderten über den Körper der Geliebten. Sie bezeichneten sich gegenseitig liebevoll als Schlampe, Miststück, Hure und Flittchen.

Pia befahl schließlich Maria nun aus einem bestimmten Schrankteil ihre Kleidung für den „Spaziergang" heraus zu nehmen. Es war ein Paris Hilton T-Shirt, also so weit ausgeschnitten, dass die Nippel nicht bedeckt waren, eine Jeansshorts die nur aus 2 kleinen Dreiecken und einem Bändchen besteht, um das sich direkt Marias Schamlippen legten, und oberschenkellange rote Lackstiefel. Pia sah richtig elegant aus, mit einer Bluse, Kostüm mit kurzem Rock und Pumps - sie packte Maria unters Kinn und küsste sie, ihre Zungen verschmolzen, danach meinte Pia : „Na, gehen wir mal Du geile Hure, nun verdienst Du das erste Geld mit Deinem wundervollen Körper." „Schlampe, warte nächsten Monat besiege ich Dich und dann räche ich mich." Pia lachte nur und ließ eine Hand klatschend auf Marias rechter Backe landen und dort blieb sie auch als sie aus dem Haus gingen und zum nahe gelegenen Rotlichtviertel gingen. Einige Leute sahen sich um und schüttelten den Kopf, Maria wurde doch einige Male rot, Männer hatten Probleme mit ihren Frauen keinen Ärger zu bekommen, so sahen sie Maria nach und manche machten recht eindeutige Angebote. Schließlich kamen sie im Rotlichtviertel an und Maria war irgendwie erleichtert. Pia zeigte ihr wo sie warten sollte und meinte sie solle es strikt einhalten, sonst würde es Ärger geben. Zuerst blickte sich Maria neugierig um und erkundete mit ihren Blicken die Umgebung.

Doch schon kam ein Fußgänger und fragte was denn französisch mit Aufnahme koste und Maria sagte mal € 80,--. Er war sofort einverstanden, zog Maria mit in einen Hof und holte seinen Schwanz heraus, den er Maria an die Lippen hielt. Sie dachte, na ja es muss ja sein, und nahm ihn erst mal in die Hand und wichste ihn zärtlich. Er streichelte sie zärtlich über die Haare und sie fand es gar nicht so schlimm wie sie es sich vorgestellt hatte, sie wurde freier und ließ ihre Zunge die Unterseite seines Schaftes entlang gleiten, sie näherte sich seinen Eiern und küsste seinen Sack, ihre Zunge wanderte wieder an der Unterseite des Schwanzes lang, er wurde schon dick, groß und hart, sie umspielte nun auch die Seite und den oberen Schaft, zog die Vorhaut zurück und ihre Zunge umspielte neckisch seine Eichel und er begann leise zu stöhnen, nun nahm sie seine Eichel ganz in den Mund, er packte nun ihren Kopf und bewegte ihn leicht vor und zurück, im Takt wie er sein Becken vor und zurück bewegte, sein Schwanz wurde noch dicker und Maria schob ihren gierigen Mund nun schon von selbst über den Schwanz und bald füllte er ihren ganzen Mund aus, sie wurde immer stürmischer und sie merkte es tat sich was und richtig, plötzlich entlud er sich und sie merkte wie ihr das Sperma in den Rachen gepumpt wurde und ihre Speiseröhre herunter lief. Sie leckte ihn noch etwas ab, war froh dass sie nun endlich wieder mehr Luft bekam, er steckte seinen Schwanz in die Hose und steckte ihr € 100,-- in ein Dreieck ihrer Jeans und meinte sie hätte es Klasse gemacht und verschwand.

Maria war froh diese erste Nummer hinter sich zu haben. Aber auch stolz, wenn sie bedachte sie hatte schon 1/6 der Monatsmiete herein geholt. Nun nahte aber bereits ein Auto, in dem Eisen-Karl ein Stadtbekannter Zuhälter saß, und mit dem hatte Pia ein Abkommen, dass er Maria „überführte an einer falschen Stelle zu stehen" und sie deshalb mal zum einreiten und einfahren mitnahm um ihr zu zeigen wie hart die Gesetze auf dem Strich sind. Maria ahnte natürlich nichts als das Auto langsam anrollte. Die Scheibe im Fond wurde herunter gefahren und Maria angesprochen. Sehr langsam fuhr das Auto weiter und natürlich kam Maria aus dem Bereich, den ihr Pia genannt hatte, einfach weil sie gar nicht darauf achtete. Eisen-Karl ließ blitzschnell das Fenster hoch fahren und Marias Kopf war eingeklemmt, als sie schrie bekam sie erst mal einige Ohrfeigen, bis sie still war, dann stieg Karl aus, ging um den Wagen herum und stand nun hinter Maria.

Er schlug Maria nun mit seinen riesigen Pranken jeweils 10x auf jede Arschbacke, die danach wirklich rot glühten. Er gab dem Fahrer ein Zeichen und schon rollte der schwere Wagen noch etwas die Straße herunter und dann in die zweite Einfahrt, im Hof hielt er dann vor einer Türe an. Das Fenster wurde herunter gelassen und Maria sofort von 2 herbei geeilten Männern von Karl unter Kontrolle gebracht, sie wehrte sich heftig, doch gegen die 2 Möbelschränke von 1,98 und 1,96 hatte sie keine Chance und sie trugen sie ohne große Probleme ins Haus, Karl saß schon in seinem Büro auf einem Sessel, der aussah wie ein Thron. Die Beiden stellten sich schräg rechts und links hinter sie, sie sah es aus den Augenwinkeln, also war gar keine Chance da abzuhauen.

Als Karl ihr befahl sich mal endlich zu entkleiden, Karl und seine zwei Helfer lachten, denn was hatte sie schon groß auszuziehen. Maria machte sehr langsam, sie hatte nicht gemerkt, dass die Beiden nun dicht hinter ihr standen und sie erschrak sich als sie zwei derbe Klapse auf den Arsch erhielt, nun ging es sehr schnell und sie stand nackt da. Karl machte nur einen Wink mit dem Kopf und die zwei schnappten sich Maria, fesselten ihre Hände mit Handschellen auf den Rücken und sie landete rücklings auf dem Bett und die Beiden hielten sie problemlos fest und drückten ihre Knie, seitlich neben ihr kniend, rechts und links neben ihren Kopf. Ihr Muschi und Rosette präsentierten sich unanständig offen.

Nun trat Karl wieder in ihr Blickfeld und ihr blieb wohl nichts erspart, er hatte einen Dildo dabei, na wenn er klein war hatte er so circa 25x7, und er meinte zu Maria er würde sie jetzt erst mal einfahren, erst mit seinem Dildo und dann mit seiner Hand, und er hatte Pranken wie eine Riesenpfanne, und dann würde er mich 3 von seinen engsten Mitarbeitern anvertrauen, die sich liebevoll um sie kümmern würden und zum Abschluss würde er sie dann noch mal rannehmen. Ohne erst mal anzufeuchten rammte er ihr den Dildo hart in die Muschi, sie schrie auf, worauf er meinte dass sie sowieso keiner hören würde und er es sehr mögen würde wenn Girls schreien.

Noch 2,3 mal stöhnte Maria laut als ihr der Dildo brutal rein gerammt wurde, dann hielt sie nur die Luft an, er rammte ihr das Teil so lange rein bis sie in einem riesigen Orgasmus gekommen war, dann war es schon ihr Glück dass ihre Muschi auch ihre Rosette überschwemmt hatte, denn sofort schob er ihr vier Finger in den Po und fickte sie direkt tief rein, mit dem

Daumen knetete er den Kitzler, der unter der harten Hand knüppelhart wurde, ihr Schließmuskel dehnte sich und als er meinte es wäre weit genug, da setzte er den Dildo an und stieß ihr dieses Teil mit einem Stoß in den Po, nun schrie Maria wie am Spieß und er hatte Spaß daran und stieß immer wieder tief und hart in ihren Po, bis sie Ruhe gab und sich in ihr Schicksal ergab. Sie kam und überflutete wieder alles.

Er grinste zufrieden, neben den Beiden war noch ein Dritter, ein Schwarzer von bestimmt 2,05, da, und diese Drei sollten sich jetzt mit ihr vergnügen. Reihum fickten die Drei nun Maria nun immer gleichzeitig und nach 1 Stunde hatte sie alle Löcher mehrmals besamt und sie meinte allein ihr Mund hätte mehrere Liter abbekommen. Ihre Löcher taten ihr weh, zum Abschluß rammelte ihr nun Eisen-Karl noch ½ Stunde das Arschloch wund, er hatte es immer wieder heraus gezögert bis er kam, aber nun kam er und überflutete ihren Darm, sie hatte schon wieder zwischendurch 3 Orgasmen gehabt und war total fertig.

Er sagte dass sie eine geile Stute würde und sie solle Pia schön grüßen. Maria stand der Mund offen, sie zog sich ihr bisschen Kleidung und stapfte wütend nach Hause, dort wartete Pia schon grinsend, und im Keim erstickte sie jeden Wutausbruch und meinte, habe ich Dir nicht gesagt Du sollst aufpassen wo Du hin gehst. Maria musst es kleinlaut eingestehen und tröstete sich dann damit schon 1/6 der Monatsmiete erwirtschaftet zu haben. Dann schmusten die Beiden noch stundenlang.

Erstens kommt es anders und zweitens als man denkt

Manchmal hält das Leben komische Situationen für einen bereit. In meiner Firma gab es diese junge und wirklich scharfe Kollegin. Sie war eine attraktive Frau, Anfang 20, mit einer hocherotischen Ausstrahlung. In Gedanken hatte ich sie schon mehrfach gefickt. Ich stellte mir vor, wie ich sie hier in meinem Büro durchfickte, sie im Fahrstuhl von hinten nahm oder sie im Parkhaus in den Arsch fickte.

Doch die Realität sah eher nüchtern aus. Bis auf ein „Guten Morgen" und „auf Wiedersehen" hatten wir bisher keine weiteren Worte gewechselt. Irgendwie ergab sich einfach nie die richtige Situation. Tage, Wochen und Monate vergingen. Es änderte sich nichts. Ich stellte mir bei jedem Wichsen vor, wie ich es ihr besorgte. Meiner Fantasie waren keine Grenzen gesetzt.

Der Sommer nahte und unser Sommerfest stand an. Ich hatte es beinahe ganz aufgegeben mit ihr zu sprechen, sie besser kennenzulernen, sie zu ficken. Doch dann half der Zufall nach.

Unser Sommerfest war ein voller Erfolg. Die Stimmung war ausgezeichnet und jeder Mitarbeiter hatte seinen Spaß. Es wurde auch ausgelassen getrunken und gefeiert. Ich holte mir gerade eine neue Weinschorle, und als ich mich umdrehte stand sie plötzlich vor mir. „Hi", sagte ich ganz zwanglos. Daraus entwickelte sich ein sehr angenehmer Smalltalk. Wir unterhielten uns über dies und das. Es war wirklich magisch. Plötzlich hatte ich wieder Hoffnung doch noch meinen Schwanz in ihre Möse zu stecken.

Wir tranken gemeinsam und unsere Gespräche wurden intimer. Nach einiger Zeit nahm ich all meinen Mut zusammen und gestand ihr mein Interesse. Ihre Augen funkelten. „Ich steh auf Männer den Mut haben", flüsterte sie mir ins Ohr. Mein Herz begann zu rasen. Sofort wurde Blut nach unten gepumpt. Sie nahm meine Hand und sagte: „Ich habe Lust zu ficken. Aber wir machen es auf meine Weise. Ist das okay für Sie?" Ich war völlig perplex. Sowas hatte ich an der Stelle nicht erwartet. Ich konnte einfach nur stumm nicken.

Gemeinsam fuhren wir zu ihr nach Hause. Sie hatte eine nette 3-Raum-Wohnung. Wohnzimmer, Schlafzimmer und einen dritten Raum. Die beiden anderen Räume betraten wir nicht. Sie führte mich in den letzten Raum. Diesen Raum hatte sie zu einem Sexzimmer ausgebaut. Ich sah ein Andreaskreuz an der Wand, sowas ähnliches wie einen Thron und Sexspielzeug hing feinsäuberlich an der Wand.

„Zieh dich jetzt aus! Ich werde mich kurz umziehen gehen". Der Ton in ihrer Stimme hatte sich verändert. Plötzlich wirkte sie sehr dominant. Mir wurde langsam klar, dass ich sie nicht ficken würde, sondern sie mich. Ich war hin und her gerissen als sie den Raum verließ. Eine Hälfte von mir wollte davon laufen, die andere wollte bleiben. Es war eine merkwürdige Situation. Doch bevor ich mich entscheiden konnte, war sie zurück.

Sie war nun komplett anders gekleidet. Ihre Jeans und T-Shirt hatte sie gegen schenkelhohe Lackstiefel und durchsichtige Unterwäsche eingetauscht. „Stell dich an das Andreaskreuz. Ich werde dich jetzt festketten". Ihr Tonfall ließ keine Widerrede zu. „Arme hoch". Ich gehorchte. „Wie ist es, wenn man völlig wehrlos ist", sagte sie mit flüsternder Stimme. „Mach mich bitte wieder los", flehte ich sie an. „Ich habe die ganze Zeit bemerkt wie du mich in Gedanken gefickt hast", sagte sie fast beiläufig.

Ich war völlig sprachlos. Sie kam näher und ihre langen Haare streifen meinen Körper. Sofort bekam ich eine Gänsehaut davon. Ihre Fingerspitzen umkreisten meine Brustwarzen und glitten dann weiter nach unten. „Ich sehe doch genau wie dir das alles hier gefällt" und deutete dabei auf meinen Ständer. „Dir gefällt es doch mir hilflos ausgeliefert zu sein". Ohne zu zögern griff sie nach meinem harten Schwanz.

„Ab jetzt sagst du Herrin zu mir! Verstanden?" Ich erschrak. Dann nickte ich stumm. Sie schnippte mit ihren Fingern gegen meinen Riemen. „Ja, Herrin", sagte sie noch. „Ja, Herrin". Na also. Geht doch." Ihre zarte Hand schloss sich um meinen Schwanz. Es fühlte sich verdammt gut an. Dabei fuhr sie zweimal an meinem Schaft auf und ab. Dieses kleine Luder wusste genau wie sie einen Mann geil machen konnte.

Gleichzeitig fiel mir auf, dass sie ihren Blick nicht von meinem Schwanz nehmen konnte. Das gefiel mir, machte mich an. „Ich werde dich an den Rand des Wahnsinns treiben", versprach sie mir. Dabei lächelte sie siegesbewusst. Dann ging sie vor mir auf die Knie.

Mit den Lippen berührte sie die Spitze meines Schwanzes. Genussvoll leckte sie mir die ersten Tropfen ab. Weiter berührte sie mich nicht. Ich konnte es kaum fassen. Von wegen ich werde sie bumsen. Jetzt war ich das Lustobjekt. Frech versuchte ich meinen Schwanz tiefer in ihren Mund zu bekommen. Doch sie wich immer wieder geschickt vor mir zurück. „Bitte quäl mich nicht so...", flehte ich sie an. Allerdings bekam ich keine Antwort von ihr. Stattdessen stand sie schweigend vor mir und verwöhnte sich selbst die glänzend nasse Möse.

Das Schmatzen ihre Möse machte mich schier verrückt. Ich war meinem Ziel so nah und doch so weit entfernt. „So, du kleiner Lustmolch, du willst also mehr? Das kannst du gerne haben!" Sie öffnete meine Fesseln und befreite mich. „Mit dem Rücken auf den Boden!"

Als sie mir ihre warme und erregte Möse auf das Gesicht presste, dachte ich erst, sie wollte mich ersticken. Sie verringerte das Gewicht und ich kam wieder zum Atmen. Sofort konnte den herrlichen Duft ihrer Fotze riechen. „Streck deine Zunge weit hinaus", befahl sie mir. *Wie geil ist das denn? Die Frau sitzt mit gespreizten Beinen auf meinem Gesicht*, ging es mir durch den Kopf. „Leck mich schön aus, dann bekommst du vielleicht später noch eine Belohnung".

Das hätte sie mir nicht sagen brauchen. Wie ein Verdurstender leckte ich ihr den leckeren Mösensaft aus dem Loch. Sie schmeckte einfach köstlich. Ich vergrub meine Zunge so tief ich konnte in ihrer nassen Spalte. Sie stöhnte heftig. Mit der Nase rieb ich ständig über ihren Kitzler. Dieser war schon völlig geschwollen. Die junge Dame hatte wohl auch ihren Spaß.

Mittlerweile schmerzte ein Ständer. Er stand senkrecht nach oben und wurde weiterhin komplett von ihr ignoriert. Zwischen Lecken und Saugen stöhnte ich: „Können wir jetzt ficken? Ich würde dich gerne spüren"! „Du bist aber noch nicht fertig mit Lecken! Leck mich zum Orgasmus. Dann sehen wir weiter", antwortete sie streng. Ich schwieg einen Moment und leckte sie dabei weiter. „Kannst du bitte meinen Schwanz wichsen? Bitte!", flehte ich wieder.

„Leck mich jetzt!", schallte es mir entgegen. Ich konzentrierte mich wieder auf meine Aufgabe. „Du sollst auch mein

Arschloch lecken"! Auch das tat ich gerne. Ich bohrte ihr meine Zunge in die Rosette. Sie stöhnte lustvoll. Ich umkreiste den dunklen Ring ihres Anus. Wieder erhöhte sie das Gewicht auf meinem Gesicht und zwang mich so zum tieferen Eindringen.

Ich leckte im Wechsel ihre Löcher. Zusätzlich begann ich mit meinem Finger ihre geschwollen Kitzler zu verwöhnen. Das Doppelspiel zeigte schnell Wirkung. „Das ist gut... Mach so weiter", hörte ich sie über mir keuchen. Die Worte stachelten mich zu Höchstleistungen an. Ich wollte sie mehr denn je zum Orgasmus bringen.

Sie begann ihr Becken an seinem Gesicht zu reiben, stöhnte lauter und schon schoss mir ihr Mösensaft ins Gesicht. Sie kam so gewaltig das mich wieder beinahe erstickte. Ihre Fotze lag schwer auf meinem Mund und doch genoss ich jeden Augenblick. Danach brach sie erschöpft auf mir zusammen. Ihr ganzer Körper lag nun schwer auf meinem.

Es dauerte einen Augenblick bis sie sich wieder erholt hatte. Dann ergriff sie mit ihren Händen meinen harten Schwanz. Um ein Haar wäre es mir dabei selbst gekommen. So sehr hatte ich mich darauf gefreut. „Na? Du wirst mir doch nicht gleich abspritzen wollen", sagte sie. Dabei leckte sie mir die kleinen Spermatröpfchen von der Schwanzspitze. Darauf hatte ich die ganze Zeit so sehnsüchtig gewartet. Jetzt endlich bekam mein Schwanz Aufmerksamkeit.
Meine Eier waren schmerzhaft geschwollen. Die Situation hatte mich derart erregt, dass sie nun prall gefüllt waren. Wie ein Schraubstock umklammerte sie meinen Riemen. Ich war überrascht wie viel Kraft in so zarten Händen stecken konnte. Hart bewegte sie meine Vorhaut auf und ab.

„Du bekommst jetzt deine Belohnung. Ich werde dich nun reiten. Aber du darfst erst spritzen, wenn ich dir das erlaube! Verstanden?" „Ja, Herrin."

Sie schwang ihren Körper über mein Becken. Ihre Fotze war genauso nass wie ich es erwartet hatte. Meine Eichel durchdrang ihre Schamlippen und flutschte tief in ihr Innerstes. Sie war verdammt eng. Sie beugte sich weit nach vorne und streckte mir so ihren Arsch entgegen. Der Anblick, wie mein Riemen in ihr steckte und wie ihr zartes Arschloch vor meinen Augen aufklaffte, ließ mich erneut fast kommen.

Sie merkte meine Erregung und stoppte ihren Ritt. „Noch nicht spritzen!", ermahnte sich mich. „Ja, Herrin", stammelte ich. „Brav!" Für einen kurzen Augenblick kletterte sie runter von mir. Im nächsten Moment saß sie wieder auf mir. Dieses Mal hatte ich ihre fantastischen Titten vor der Nase. Bei jeden Auf und Ab schaukelten sie verführerisch im Takt mit. Mir war klar, dass sie mich in erster Linie für ihre Lust benutzt. Ich war ihr Sexobjekt. Doch diese Tatsache änderte nichts daran, dass es der geilste Fick meines Lebens war.

Während sie meinen Schwanz für sich beanspruchte rieb sie mit dem Kitzler über meinen Bauch. Sie nahm sich was von mir was sie brauchte. Noch nie zuvor hatte ich Sex mit so einer Frau. Sie wusste was ihr gefiel. Ihre selbstsichere Art faszinierte mich.
Vor meinen Augen begann sich meine Kollegin die Brüste zu massieren. Erst zärtlich, doch je näher sie ihrem zweiten Höhepunkt entgegen kam, wurde sie wilder. Ihre Finger zwirbelten und quetschten ihre Brustwarzen. Die Nippel waren im Nu errötet. Ihre Bewegungen wurden zunehmen hektischer. Ihre Atmung beschleunigte sich, der Brüste hoben und senkten sich, das Stöhnen ging langsam in einen spitzen

Schrei über. Auf einem explodierte sie. Ich konnte die plötzliche Nässe in ihrer Fotze spüren.

Schwer atmend blieb sie auf mir liegen. Dabei berührten ihre vollen Brüste meinen Oberkörper. Sie waren so zart und weich. Ihr ganzer Körper war verschwitzt und vom Sex erhitzt. *Wow, ich bin noch nie so gefickt worden*, dachte ich.

Es dauerte eine Weile bis meine Kollegin den Kopf von meiner Brust hob. „Das hast du gut gemacht", flüsterte sie mir zu. „Jetzt darfst du in mir kommen! Spritz mir deine Ficksahne tief ins Loch!" Endlich war Erlösung in Sicht. Mein Verlangen nach einem Samenerguss war noch nie größer gewesen. Sie hob ihr Becken etwas an und gab mir somit die Möglichkeit sie zu stoßen. Mit harten Stößen drang ich tief in sie ein. Dabei schmatze ihre Fotze. Die Feuchtigkeit, die Enge, das Fickgeräusch, das Klatschen meiner Eier gegen ihre Pobacken. Alles war so elektrisierend und erregend für mich.

Auch wenn ich sie gerne stundenlang gevögelt hätte, das Sperma stand mir bereits bis zur Schwanzspitze. Ich wollte meinen eigenen Höhepunkt noch weiter hinauszögern. Doch dann bewegte ich mich einmal zu viel. Mein Sperma kam wie aus einer Pistole geschossen. Der Knall war mein eigenes Keuchen. Lang und ergiebig ergoss ich mich in ihrer Fotze. „Du geiler Bock. Ja, füll mir die Möse mit deinem Saft auf", keucht sie.

In ihren Augen funkelte erneut die Lust. Offensichtlich liebte sie es mit Sperma abgefüllt zu werden. Bis zum letzten Tropfen gab ich ihr alles. „Das hast du fein gemacht", lobte sie mich. „und jetzt leckst du alles wieder sauber!" Ich erschrak. Doch bevor ich mich wehren konnte, saß sie wieder auf meinem Gesicht. Ihre Möse war direkt über meinem Mund.

„Mund auf!", schallte es mir entgegen. Instinktiv befolgte ich ihren Befehl. Die Mischung aus ihrem Fotzensaft und meinem Sperma floss zähflüssig aus ihrem Loch.

Zu meiner großen Erleichterung schmeckte mir die Flüssigkeit. Es war salzig und erinnerte mich an Sex. Nach einem anfänglichen Zögern begann ich nun leidenschaftlich meine Zunge in ihrer Ritze zu vergraben. Jeden Tropfen holte ich mit der Zunge heraus und schluckte es mit Wonne. Zufrieden berührte sie den Ansatz meiner Haare. „Das hast du gut gemacht. Mir und meiner Fotze hat es gefallen. Wenn du möchtest darfst mich gerne wieder besuchen kommen. Möchtest du das?", fraget sie mich. „Ja, Herrin."

Obwohl ich eigentlich nicht devot bin, war es zu geil von einer Frau benutzt zu werden. Als ich mich anzog und das Haus verließ, freute ich mich auf das nächste Mal mit ihr. Um im Geschäft keine Gerüchte zu streuen, verblieben wir so, dass wir weiterhin Distanz wahrten und unsere sexuellen Spiele nur außerhalb der Firma praktizierten. Ich war ihr neues Lustobjekt und sie meine wunderschöne Herrin.

ENDE

IMPRESSUM

© 2025 Sylvia Schwanz
Traumhafte Sexgeschichten
ISBN 9 783769 377859
Ebooks.ab.18@gmx.de

Andere Bücher von Sylvia Schwanz

Porn Up dein Leben - 30 heiße Sexgeschichten
Erotische Geschichten ab 18 Jahren
Buch 9783758370380
E-Book 9783759727756

Ganz viel Sex | Erotische Geschichten für Erwachsene
30 Sexgeschichten für Erwachsene
Buch 9783759707239
E-Book 9783759708960

So verdorben - 30 Sexgeschichten
Erotische Geschichten ab 18 Jahren
Buch 9783757853273
E-Book 9783758392610

Erotische Abenteuer
Sexgeschichten ab 18
Buch 9783757878917
E-Book 9783758377709

Und viele mehr... Einfach nach Sylvia Schwanz googeln und
Erotik pur genießen.